나이프

**옮긴이 오유리**

1969년 서울에서 태어나 성신여자대학교 일어일문학과를 졸업했다. 대표적인 일본 문학 전문 번역가로
활동하고 있다. 옮긴 책으로는 《도련님》, 《마음》, 《인간실격》, 《사양》, 《파크 라이프》, 《랜드마크》, 《워
터》, 《일요일들》, 《최후의 아들》, 《오듀본의 기도》, 《사막》, 《소년, 세상을 만나다》, 《안녕, 기요시코》,
《텐텐》, 《비밀의 화원》, 《나카노네 고만물상》, 《다이브》, 《우울한 해즈빈》, 《그래스호퍼》 외 다수가 있다.

NAIFU(Knife)

by Kiyoshi Shigematsu

# 나이프

**1판 1쇄 발행** 2004년 6월 28일 | **2판 1쇄 발행** 2012년 6월 7일

**지은이** 시게마츠 기요시 | **옮긴이** 오유리
**펴낸이** 조재은 | **펴낸곳** (주)양철북출판사 | **등록** 제25100-2002-380호(2001년 11월 21일)
**편집** 임중혁 조현나 김지훈 김인정 이단비 박시영 | **디자인** 나지은 | **마케팅** 조희정 조민희 | **관리** 정영주
**주소** 서울시 마포구 양화로8길 17-5 | **전화** 02)335-6407 | **팩스** 02)335-6408
ISBN 978-89-90220-23-8 03830 | **값** 11,000원

카페 http://cafe.daum.net/tindrum 블로그 http://blog.naver.com/tin_drum

※ 잘못된 책은 바꾸어 드립니다.

# 나이프
## knife

시게마츠 기요시 지음 | 오유리 옮김

양철북

차 례

# 내 친구 에비수

1

초등학교 시절의 마지막 여름방학은 그야말로 최악의 여름방학이
되고 말았다. 기분 좋은 일 같은 건 하나도 없는, 진저리나는 일만 많
았던 날들이었다. '오늘의 날씨' 대신 '오늘의 기분'을 적어 넣는 일
기장이 있다면, '불안했다' '슬펐다' '속상했다' '외로웠다' '포기했다'
'약간 안심했다'란 말로만 40일을 채웠을 것이다.

'여름방학의 추억'이란 제목의 미술 숙제로는 바다로 뻗은 곳에 있
는 대학병원을 그렸다. 독서 감상문으로는 《15소년 표류기》를 골라
일단 "나도 딱 한 번만이라도 좋으니까 이런 모험을 해보았으면 좋
겠습니다." 하고 글을 끝맺었다가, 다시 한 번 읽은 다음엔 "그러나 이
렇게 재밌는 모험은 실제로는 있을 리 없다고 생각합니다."라고 덧붙
였다. 마당에 핀 해바라기를 관찰하겠다고 맘먹었던 생물 과목의 자
유 연구 숙제는, 8월이 되자마자 옆 동네에 사시는 할아버지 댁으로

가서 여름방학이 끝날 때까지 지내야 했기 때문에, 결국 공책을 다섯 장밖에 메우지 못했다.

2학기 첫 수업이 시작되는 날, 나는 교실로 들어가기 전에 교무실에 들러 생물 숙제를 하지 못했다고 담임인 후지타 선생님께 머뭇거리며 말씀드렸다. 보통 숙제를 안 해 오면 꼭 꿀밤을 한 대 얻어맞는다. 하지만 선생님은 화를 내시기는커녕, 동정어린 얼굴로 말씀하셨다.

"히로시도 이번 여름방학엔 여러 가지로 힘들었을 거야. 좋아, 봐줄게."

"죄송해요."

"다른 애들한테는 비밀이다."

"죄송해요."

"그렇게 자꾸 죄송하다, 죄송하다 말하지 않아도 된다니까. 사내는 머리를 너무 그렇게 조아리는 게 아니야."

선생님은 살짝 웃음을 띠었다가 곧 원래의 표정으로 돌아와 여동생 유코의 상태를 물으셨다. 요 며칠 동안은 꽤 괜찮다. 호흡곤란에 빠진 7월 말에는 다들 "이제는 틀렸다."고 하며 마음의 준비를 하고 있었고, 그 고비를 넘긴 뒤에도 혈압이 급속히 떨어지기도 하고 패혈증을 일으킬 뻔도 하다가 위 기능이 떨어지기도 해서 8월 중순까지 한시도 눈을 뗄 수 없는 상황이었다. 중환자실에서 일반 병실로 옮긴 게 겨우 지난 주일인데, 그래도 9월 한 달 내내 엄마 아빠가 교대로 병원에서 간호하지 않으면 안 된다.

선생님은 팔짱을 끼고 "그래, 히로시도 한동안은 힘들겠구나." 하시며 고개를 끄덕이다가 문득 생각났는지 "학교에서 대학병원까지 가려면 버스를 갈아타고 가겠구나." 하셨다.

나는 말없이 대충 고개를 끄덕였다. 오늘 아침은 교칙에서 금하고 있는 자전거를 타고 학교에 왔다. 자전거는 후문 근처의 공터에 세워 두었다. 수업이 끝나면 곧장 병원으로 타고 갈 생각이었다.

"히로시, 너만 특별히 자전거 통학하는 거, 허락해 줄까?"

"그래도 돼요?"

"교직원용 자전거 주차장, 알지? 거기다 세워 두렴. 다른 선생님이 뭐라고 하시거든 후지타 선생님이 허락하셨다고 말하면 된다. 내가 직원회의에서 말은 해두겠지만."

"고맙습니다."

또 머리를 숙이고 말았다. 하지만 이건 내가 늘 하는 짓이다. 버릇이라기보다 습성에 가깝다.

"그리고 말이다. 자전거 통학을 허락하는 대신이라고 말하기는 좀 뭣하다만, 네게 부탁할 게 좀 있는데."

"뭔데요?"

"우리 반에 전학생이 한 명 들어올 거야. 에비수라고, 지금까지 도쿄에서 살던 아인데, 네 옆자리에 앉힐 테니 네가 잘 좀 도와줘라."

"에에……."

"좋아, 그럼 그것으로 됐지? 생물 숙제, 다섯 장이라도 괜찮으니 제출해."

선생님은 회전의자를 돌려 책상을 향해 돌아앉더니, 읽다 만 스포츠 신문을 빨랫감 펼치듯 넓게 펼치셨다. 나가시마도 틀렸네, 역시 올해로 은퇴할 모양이지? 아이고, 이것으로 자이언츠도 끝이구먼. 씁쓸함과 흥미가 뒤섞인 말투다. 이 마을 사람들 대부분이 그렇듯, 선생님도 한신 타이거즈의 열렬한 팬으로 자이언츠를 아주 싫어하는데, 그래도 나가시마 시게오만큼은 특별하다고 한다.

1974년. 나가시마 시게오 선수의 현역 마지막 해. 내가 초등학교에서 보내는 마지막 가을. 이것이 유코와 함께하는 마지막 가을이 될지도 모른다고 생각하고 있었다.

돌아 나가려는 내게 선생님은 그대로 스포츠 신문을 내려다보시면서 말했다.

"여동생이 빨리 나았으면 좋겠구나."

"감사합니다."

고개가 다시 밑으로 떨어지기 시작해, '아차, 안 돼.' 하면서도 또 숙여 버렸다. 내 자신이 한심스러워 한숨이 폭 흘렀다.


체육관에서 진행된 2학기 첫 조회가 끝나자, 에비수가 후지타 선생님을 따라 교실로 들어왔다. 덩치가 큰 녀석이었다. 키는 우리 반에서 제일 큰 기쿠보다도 크고, 몸집도 학년에서 제일 뚱뚱한 다카자와보다 훨씬 더 컸다. 더구나 지방 덩어리인 다카자와랑은 달리 몸 전체가 아주 탄탄해 보였다.

선생님은 아침에 말씀하신 대로 에비수를 내 옆자리에 앉히고 교단 위에서 "잘 모르는 게 있으면 무엇이든 히로시에게 물어봐라."라고 하셨다. 앞자리에 앉은 여자아이가 "선생님, 도쿄에서 온 애한테는 뭐라고 처음 말을 걸어야 하죠?" 하고 놀리자, 교실 전체가 웃음소리로 술렁였다. 그러던 차에 뒷자리에 앉은 나카사이가 "우리 반의 간디, 히로시가 짝꿍이니까 아주 다정하게 대해 줄 텐데 뭘." 하고 끼어드니 교실에는 다시 한 번 웃음이 번진다.

간디. 아주 오래전, 어떠한 어려움을 당하더라도 저항하면 안 된다, 묵묵히 참아 내야만 한다고 사람들에게 설교해 결국에는 영국으로부터 인도를 독립시킨 위인. 1학기 도덕 시간에 그 이야기를 배울 때, 선생님이 "우리 반으로 말하자면, 히로시 같은 사람이지." 하고 말씀하시는 바람에 그다음부터 내 별명이 간디가 된 것이다. 자리에 앉은 에비수의 얼굴을 옆에서 몰래 들여다보았다. 볼살이 통통하다. 손가락으로 푹 찌르면 저 끝까지 쑥 들어가 박힐 것 같다. 뚱하니 입을 다물고 앉아 있다. 선생님과 나란히 교탁 앞에 섰을 때부터 그렇다. 낯선 학교, 낯선 아이들과 처음 만나는 순간의 긴장감과는 다른, 뻔뻔하고 아무것도 거칠 게 없다는 표정이다.

숙제를 제출하고 인쇄물을 돌리느라 교실이 시끌벅적해지길 기다렸다가 말을 걸었다.

"앞으로 사이좋게 지내자."

에비수는 내게 눈도 돌리지 않고 콧바람을 내쉬었다. 말로 대꾸해 줄 기분이 아니라는, 그런 느낌의 행동이었다.

"에비수, 너 지금까지 쭉 도쿄에서 살았다며? 그래도 곧 익숙해질 거야, 모르는 게 있으면 무엇이든 물어봐."

다시 콧소리를 낸다. 반응은 그게 다다.

"우리 친구하자, 응?"

이번엔 콧방귀조차 뀌지 않았다.

괜찮아, 뭐. 나는 창밖으로 펼쳐진 하늘로 시선을 옮겨, 여름이 남긴 소나기구름의 윤곽을 쫓으며 속으로만 말했다.

신이시여, 저는 착한 아이지요? 전학 온 애와는 사이좋게 지내야지요? 맞지요?

신은 꼭 존재한다. 내가 나쁜 짓을 하면 올바르게 고쳐 주려고 구름 위에서 나를 가만히 지켜보고 계신다. 이미 초등학교에 들어오기 전부터 쭉 그렇게 생각하고 있었다. 나는 벌 받는 게 무섭다. 너무너무 무섭다. 신은 한번 화가 나면 내가 가장 슬퍼할 일을 벌로 내리실 거다.

예끼 이놈, 히로시, 너는 나쁜 아이니 이런 벌을 받는 거다. 신은 그리 말하면서 내 단 하나뿐인 여동생을 손을 뻗어도 닿지 않을 아주 먼 곳으로 데려가시겠지.

그 무렵, 나는 믿는 것이 많았다. 배후령(背後靈, 수호령, 지도령 등 모든 수호신을 총칭하는 말-옮긴이)과 지박령(地縛靈, 그 땅에 먼저 살던 자들의 원한이 그대로 땅에 스며 후대에까지 화를 미치는 신-옮긴이)을 믿었고, UFO와 유리겔라도 믿었다. 지금 돌이켜 생각하면 무서운 것들만 믿고 있었던 것 같다. 내가 겁쟁이란 걸 알고 있었는데도 아니, 분명히 겁쟁이였기 때문에 무서운 것이나 꺼림칙한 것들을 그냥 웃어넘길 수가 없었던 것 같다.

그리고 초등학교 6학년인 내가 굳게 믿고 있었던 또 하나.

기적은 언젠가, 반드시 일어난다. 일어나지 않으면 곤란하다. 신은 그날을 위해 하늘에서 날 지켜보고 계시는 거다.


수업이 끝나면 운동장에서 소프트볼을 하자는 키얀과 친구들의 말도 거절하고, 나는 서둘러 후문을 지나 밖으로 나왔다. 공터에 세워 둔 자전거에 올라타고 있는 힘껏 페달을 밟아 유코를 만나러 대학병원으로 향했다.

1학년 때부터 줄곧 들고 다닌 책가방은 뚜껑의 단추가 너무 닳아 자전거로 자갈길을 달리면 끊임없이 열렸다 닫혔다 해서, 그때마다 달카닥달카닥 소리가 난다.

육지의 끄트머리인 곳까지 가파른 언덕길이 이어진다. 5단 변속 자전거는 오르막길용 기어로 바꾸고 난 다음에 조심조심 몰지 않으면 체인이 빠져 버린다. 4학년 때부터 어디든 타고 돌아다닌 탓이다. 중학교에 들어가면 아빠가 새것으로 사 주겠다고 했지만, 여름방학 동안 자전거에 대한 말은 역시 꺼내지 않기로 마음먹었다. 유코가 저렇게 몸이 아픈데 나만 갖고 싶은 것을 다 받으면 신께서 용서하지 않으실 테니까.

나는 유코를 위해 산다. 살고 싶다고 생각한다. 초등학교 6학년짜리에게 '산다'는 말이 너무 거창하다고 한다면, 이렇게 바꾸어도 된다. 그 무렵 내 머릿속엔 오로지 유코밖에 없었다고.

우린 다섯 살 터울인 남매다. 커다란 배를 문지르면서 이제 곧 히로시의 남동생 아니면 여동생이 나올 거라고 흐뭇하게 말하던 엄마의 웃는 얼굴도, 한밤중에 갑자기 아파하는 엄마를 태우고 병원으로 향하던 구급차의 빨간 램프도, 분만실 앞 복도에 쭈그리고 앉아서 머리를 감싸 쥐고 있던 아빠의 뒷모습도 또렷이 기억하고 있다.

하지만 내 기억 속에 가장 진하게 남아 있는 광경은 유코와 처음 만났을 때 모습이다. 유코는 푸르스름한 빛이 도는 캡슐 같은 통에 들어 있었다. 조그만 몸 구석구석에 튜브가 꽂혀 있고 얼굴은 이마까지 산소마스크로 덮여 있었다. 캡슐 주변에는 큰 기계들이 몇 대나 놓여 있었고, 의사와 간호사들이 심각한 얼굴로 기계를 만지고 있었다. 달을 다 못 채우고 8개월 만에 태어난 유코의 심장은, 굵은 혈관들의 연결이 잘못되어 있고 뚫려 있어야 할 구멍이 막혀 있는 불량품이었다. 병실에 들어가기 전에 아빠는 몇 백만 명 중에 한 명이 걸리는 드문 병이라고 했고, 의사 선생님은 "유코는 집에 돌아가도 몸이 성치 않으니까 아주 조심조심 예뻐해 줘야 한다."고 말했다.

슬픔보다 분한 마음이 더 컸다. 몇 백만 명 중에 한 명이라는데 그게 왜 하필 내 동생이지?

나는 캡슐에서 얼굴을 떼고, 유코의 호흡에 맞춰 움직이는 그래프가 그려진 장치를, 아빠가 들어와 어깨를 감쌀 때까지 계속 바라보고 있었다.

유코가 태어난 뒤 우리 집은 생활이 확 바뀌었다. 아빠는 유코의 치료비를 벌기 위해 우체국을 그만두고 야근수당과 위험수당을 받을 수 있는 조선소로 직장을 옮겼다. 엄마는 병원과 집을 왔다 갔다 했는데, 집에서 보내는 밤에도 웃는 일은 거의 없었다.


반년 뒤, 유코가 마침내 캡슐에서 나올락 말락 할 무렵, 나는 엄마에게 뺨을 한 대 얻어맞았다. 이유는 잊어버렸다. 유코를 간호하느라 정신이 없어 날 돌봐 주지 못하는 엄마에게 내가 투정을 부렸기 때문일 거다.

엄마는 나를 때린 뒤 눈물을 뚝뚝 흘리면서 신음하듯 말했다.

"히로시는 오빠니까, 오빠가 좀 참아야지. 부탁이니까 좀 착하게 굴어라. 네가 나쁜 아이로 살면 유코의 병은 언제까지고 좋아지지 않을 거야. 유코, 죽어 버릴지도 몰라. 그래도 좋겠니? 너 그러고도 오빠라고 할 수 있어?"

그날 일을 계기로 나도 변했다. 투정은 절대 입 밖에 내지 않고, 친구들과 싸움도 하지 않게 됐다. 장난도 치지 않고, 엄마 아빠에게 응석 부리는 일도 없어졌다. 착한 아이가 되어야지. 유코를 위해서 열심히, 최선을 다해 착한 아이가 되자고 마음먹었다. 참을성이나 인내와는 조금 다르다. 착한 아이가 되는 게 내 꿈이자 목표가 됐다. 카드에 도장을 찍어 나가는 것처럼 한 번 착한 아이가 되면 한 번 신께 칭찬을 받고, 한 번 유코의 건강이 좋아지는 것이다.

유코가 태어난 지 이제 곧 7년이 되어 간다. 도장은 몇 개나 쌓였을까? 카드의 빈칸이 다 차면 어떤 상을 받을 수 있을까? 신께서 혹시라도 도장 찍는 걸 잊지는 않았겠지……

병실에 들어서니 유코는 마침 링거 바늘을 빼던 참이었다. 평소에는 속이 다 비칠 정도로 창백하던 얼굴도 링거를 맞은 다음엔 아주 살짝 핏기가 돈다. 한 달 가까이 식사도 제대로 하지 못했는데 얼굴이 둥그스름해졌다. 항생제의 부작용으로 부었기 때문이다. 어쩌다가 문병을 오는 친척들은 "유코가 많이 좋아졌다."라며 기뻐하지만, 얼굴이 홀쭉할 때보다 사실 지금이 훨씬 유코는 죽음에 가까운 상태다.

나는 침대 옆 의자에 앉아 엄마가 매점에서 사다 준 빵과 우유로 점심을 때우면서 에비수에 대해 말했다. 덩치가 크다는 점은 손짓 발짓을 섞어 가며 이야기했지만, 뚱한 얼굴로 대꾸 하나 없다는 말은 하지 않았다. 기분이 안 좋아지는 이야기는 하고 싶지 않다. 이야기하는 나보다 듣는 유코를 위해서.

유코는 "에비수, 참 신기한 이름이네. 꼭 맥주 이름 같아." 하고 아기 새처럼 말했다.

"에이 무슨, 그럴 리가 있니? 유코."

엄마가 침대 뒤의 손잡이를 돌려 유코의 몸을 일으키면서 말한다.

"참 좋은 이름이네. 에비수님은 7복신 중 하나니까 말이야."

"정말이야, 오빠?"

"정말이지, 그럼. 상가(商家)의 수호신이야, 에비수님은."

유코는 그 말을 듣고 코로 숨을 내뿜었다. 두 볼의 움직임은 별반 없어도, 우린 남매다. 약간의 표정 변화로도 감정을 읽을 수 있다. 웃을 때는 언제나 두 눈이 감기고, 쑥스러우면 위아래 작은 앞니를 앙 다물고, 화가 나면 아랫입술을 안쪽으로 말고 깨문다. 실망했을 때는 코로만 숨을 내쉬고, 그 숨의 뒤를 쫓는 것 모양 두 눈을 위로 향하고는 어깨의 힘을 뺀다.

"왜 그래?" 하고 묻자, 유코는 "그렇잖아, 상가의 수호신이라면 우리하고는 하나도 상관이 없잖아." 했다.

"에이. 유코는 에비수님을 너무 얕잡아 보는 거 아니야? 벌 받아도 오빠는 모른다아~."

"어째서?"

"상가가 번성한다는 건, 음, 그건 말이야, 모두가 행복해진다는 뜻

18

이야. 예를 들면 유코처럼 몸이 아픈 아이는 병이 눈 깜짝할 사이에 낫고, 오빠처럼 공부를 해야 하는 아이는 공부를 아주 잘하게 된다고. 어때? 굉장한 신이지? 정말로 에비수님은 신 중의 신이야. 무슨 소원이든 들어준다고."

유코는 엄마가 내민 식힌 물을 한 모금 빨아 마시고 나서, 배시시 웃으며 말했다.

"에이, 바보 같다."

볼에 열이 나는지 손으로 부채질을 한다. 가느다란 손목이 까딱까딱한다. 좀 더 세게 흔들면 그대로 톡 부러져 버릴 나뭇가지 같다.

"저기, 오빠, 오빠네 반의 에비수는 에비수신이랑 무슨 관계가 있어?"

"관계?"

"그 오빠의 먼 할아버지가 에비수신이니까, 이름이 에비수인 거 아니야? 신의 손자라면 좋을 거 같은데……, 아닌가? 에이, 아니다 뭐."

말끝에 다시 "바보 같아." 하고, 좀 전보다 더 힘 빠진 소리가 입술을 타고 흐른다.

"좋지!" 나는 불쑥, 큰 소리로 말했다. "그거, 좋잖아. 친구가 신의 자손이라는데 그보다 더 좋은 일이 어디 있어?"

"뭐가?"

"다 좋지. 전부 다."

"근데, 그럴 리가 없잖아."

"그건 모르는 거야. 신의 자손일지도 몰라. 아니, 진짜로 그 아인 신의 자손이 맞아. 오빠는 분명히 알 수 있어."

"에이, 바보 같은 말 하지 마."

"바보 같은 말이 아니라니까 왜 자꾸 그래. 사람 말을 듣고 자꾸만 바보, 바보 하는 사람이 바보인 거야."

유코가 자기 말을 "바보 같다."고 할 때마다 나는 무작정 억지를 부리게 된다. 듣고 싶지 않다. '바보 같다'는 말을 연발하다가 끝에 가선 '지금껏 버텨 온 게 바보같이' 될까 봐, 무섭다. 유코는 언제나 즐거운 일만 생각했으면 좋겠다. 몸이 약한 만큼 마음만은 늘 씩씩하게, 무언가를 꿈꾸고 무언가를 좋아하게 됐으면 좋겠다. 그걸 위해서라면 무엇이든 해 주고 싶다.

하지만 유코는 바라는 것도 거의 없고 투정도 부리지 않는다. 병원에 오랫동안 입원해 있는 아이들은 모두 그렇단다. 단념하고 참아 내는 데 너무 익숙해졌기 때문일지도 모르고, 가족들이 자기를 간호하느라 너무 지쳐 있다는 걸 피부로 느끼고 있기 때문일지도 모르고, 무언가를 바라고 꿈꿀 기력조차 사그라져 그럴지도 모른다. 그렇지 않으면, 퇴원해서 밖으로 나가고 싶다는 그 가장 첫 번째 꿈마저 막혀 있기 때문일까? 이유를 딱 잘라 '이거'라고 하는 건, 병 없는 자의 오만이라는 생각도 든다.

유코가 내게 선물해 달라고 졸랐던 적은 지금까지 딱 한 번밖에 없다. 작년 크리스마스가 되기 전에 자기가 가장 좋아하는 사이조 히데키(西城秀樹, 1970년대 인기 가수-옮긴이)의 사인이 갖고 싶다고 했다. 나는 "좋아, 오빠한테 맡겨. 히데키한테 편지를 써서 부탁해 볼 테니까. 분명히 해 줄 거야." 하며 손가락까지 걸고, 그 약속을 지켰다. "유코, 빨리 완쾌하길!"이라는 글귀가 쓰여 있는 사인 종이를 크리스마스 이브에 병원으로 가져갔다. 날짜도 정확히 1973. 12. 24. 사이조의 한자가 원래 '西城'인데 '西條'로 쓰여 있다고 엄마가 살짝 가르쳐 준 것은 이튿날 밤으로, 그때는 이미 사인 종이가 베갯머리 벽에 자랑스럽게 붙어 있었다.

유코는 식은 물을 한 모금 더 마시고 어깨를 천천히 아래위로 움직였다. 이것은, 이럴까 저럴까 궁리를 할 때의 버릇이다.

"그렇담, 오빠, 에비수라는 친구한테 한 번 부탁해 봐. 만약, 진짜로 만약에……, 그럴 리는 없겠지만, 혹시라도 정말 신의 자손이라면, 한 번 문병 와 달라고."

"문병?"

"응? 괜찮지?"

"좋지, 데려올게. 약속해, 자 손가락 걸고."

유코는 뼈가 비치는 가녀린 손가락을 내 새끼손가락에 감았다. 손가락 걸고 맹세, 거짓말하면 바늘 천 개 삼키~기. 노래하듯 말하는 유코는 태어나서 지금까지 거짓말 같은 건 한 번도 해보지 않았는데도 가슴에 이미 바늘이 천 개나 들어 있다. 호흡곤란이 왔을 때의 고통은 바늘을 천 개나 삼킨 것과 같은 거라는 말을, 언젠가 간호사 누나한테 들은 적이 있다.

손가락 걸고 약속한 다음 유코는 "아아, 바보 같은 약속을 다 했네." 하며 엄마를 보고 웃었다.

"바보 같은 약속인지 아닌지는 모르는 거야, 오빠는 늘 약속을 잘 지켰잖아." 엄마가 말한다.

나는 머릿속으로 지금까지 유코가 만난 적이 없는 친구들의 얼굴을 차례차례 떠올려 보았다.

아아, 안 돼, 눈을 깜빡거려 얼굴들을 모두 지워 버리고, 큰일났다……, 혼잣말을 했다. 쓸데없는 소릴 해 버렸다. 우리 반에서 가장 뚱뚱하고, 또 가장 꺽다리인 에비수를 대신할 만한 녀석은 아무도 없다.


집으로 돌아오면 우선 빨래를 돌리고, 밥솥의 타이머를 맞춘다. 돌아오는 길에 슈퍼마켓에서 사 온 반찬을 냉장고에 넣고 방 청소를 끝내면 그때까지도 해는 걸려 있지만 1층 덧문을 닫는다. 아빠가 야근을 하는 날은 아침까지 혼자 있어야 한다.

재미나게 이야기할 상대도 없는 식탁을 물리고 나서 백과사전을 펼치고 에비수신에 대해 찾아보았다. 똑같이 에비수라고 발음은 해도 한자 표기법은 다양하다.

惠比須, 惠比壽, 夷, 戎.

전학 온 에비수는 '戎'라고 쓴다. 한자의 의미는 원래 무기, 병사, 싸움이라는 뜻이고, '夷'에는 이민족이나 야만인이라는 의미도 있단다. 한자의 뜻에 에비수의 얼굴이 딱 들어맞는지 어쩐지는 모르겠지만, 그 체격과 태도로 보면 에비수신의 자손이라기보다 먼 옛날 난폭한 병사의 혈통을 이어받은 게 아닌가 싶다.

그리고 무엇보다 중요한 건, 에비수신에게 병을 치유할 힘이 있는지의 여부다.

…… 없었다.

에비수신은 장사 번성, 풍작, 풍어의 신으로 그 이외에는 효험이 없다. 더구나 바다에 표류하는 익사체를 가리켜 에비수신이라고 하는 경우도 있다고 한다.

뭐야, 이거, 하나도 도움이 안 되는 신이잖아. 백과사전에 그려져 있는, 낚싯대를 안고 빙그레 웃는 에비수신의 그림을 엄지손가락으로 마구 문질러 뭉개 버렸다. 혼자서 밤을 보낼 때 나는 의외로 성질이 꽤나 사납다.


2


이튿날 아침 교실에 도착해 내 자리에 가 앉았는데, 난데없이 뒤통수로 주먹이 날아들었다. 아픔보다는 그 울림으로 눈앞이 순간 새까매져서 머리를 감싸 안고 뒤를 돌아다봤더니 에비수가 서 있었다.

"에비수, 그러지 마, 아프잖아."

에비수는 무섭게 인상을 쓰고 있었다. 투실투실 살이 찐 둥근 얼굴에 가늘게 째진 눈이 폭 박혀 있었고 콧구멍을 벌렁대고 있다.

"이거, 네가 썼지?" 에비수는 말했다. 낮게 깔린 목소리. 벌써 변성기가 지났는지도 모른다.

"이것 봐! 너, 아주 사람 우습게 보고 있어." 하면서 학급일지를 내 코앞에 들이댔다. 어제의 일지 당번은, 출석 번호 1번인 나였다.

"뭐가?"

"글자가 틀렸잖아, 이 바보야!"

성난 목소리와 함께 에비수의 몸이 갑자기 불곰처럼 커졌다. 프로레슬링 선수 자이언츠 바바같이 등을 뒤로 젖히고 다리를 쳐든다 싶은 순간 내 의자 뒤를 걷어차, 나는 그만 의자와 함께 바닥으로 나뒹굴고 말았다.

여자아이들이 비명을 지르고, 교실 뒤에서 반바지 주머니에 양손을 찔러 넣은 하마모토가 "무슨 일이야? 엉? 엉?" 하며 달려왔다. 억지웃음을 지어 보이며 하마모토에게 아무것도 아니라고 머리를 흔들려는데, 바로 그 얼굴 위로 학급일지가 내리꽂혔다. 순간 콧등은 손으로 막았지만, 학급일지의 모서리가 이마에 부딪혀 눈물이 날 만큼 아팠다.

"뭐야, 너, 히로시한테 왜 이래?"

하마모토가 에비수에게 따져 물었다. 여자아이들이 다시 비명을 지른다. 하마모토의 형은 그 지역 폭주족 대장으로, 고등학교 중퇴 뒤에는 다랑어잡이 어선을 탄다. 하마모토도 체격은 보통 또래들과 비슷하지만 학교에서 싸움도 가장 잘하고 성질도 사납다. 유치원 때부터 알고 지낸 나와는 그 인연으로 친하게 지내고 있지만, 1학기에는 역앞에서 시비를 걸어 온 중학생을 되레 때려눕히고 지갑까지 빼앗은 적도 있다.

에비수는 하마모토와 정면으로 마주섰다. 겁먹은 모습은 아니었다. 하마모토가 얼마나 무서운지 모른다. 에비수 이 바보, 너 인제 죽었다. 나뿐만 아니라 우리 반 아이들 모두 그렇게 생각했을 것이다.

하지만 다음 순간 옆으로 나가떨어진 건, 하마모토였다. 책걸상이 몇 개나 우당탕탕 소릴 내며 쓰러졌다. 에비수의 라이트 훅이 하마모토의 볼에 정통으로 맞았다. 얼빠진 표정으로 바닥에 엉덩방아를 찧은 하마모토는 곧바로 "너, 이 새끼……." 하면서 일어섰다.

거기에 에비수의 돌려차기가 날아들었다. 이번엔 배다. 하마모토는 기를 쓰고 두 다리로 버티며 "너, 죽었어." 신음하면서 몸을 추스르려 하는데 에비수의 두 번째 돌려차기가 순간을 놓치지 않고 얼굴을 강타했다. 여자아이들이 비명을 지를 새도 없었다.

쓰러진 책상에 엎어진 하마모토는 등을 웅크리고 얼굴을 감쌌다. 교실 전체가 얼어붙은 것 모양 숨죽이고 있던 틈에 하마모토의 입에서 새어 나왔는지 가느다란 신음소리가 들려왔다. 저 죽일 놈, 죽일 놈……. 울상을 짓고 중얼거리는 입술에는 피가 배어 있다.

나는 허둥지둥 일지를 넘겨 전날 페이지의 비고란을 찾아보았다.

"에비수가 도쿄에서 전학을 왔습니다. 우리 모두 사이좋게 지냅시다."

고개를 갸웃거리려던 순간, 등줄기를 타고 싸늘한 기운이 쓸고 내려갔다. 한자가 틀렸다. '에비수(戎)' 자가 '戒'로 되어 있었다. 빨리 유코한테 가야겠다는 생각에 너무 서두르다가 그만 잘못 쓴 것이다.

"너 일부러 그런 거지?"

고개를 힘껏 내저었다.

"날 우습게 본 거 아니야!"

내가 왜 에비수 널 우습게 보겠어. 한 번만 봐줘. 목구멍이 울렁거리기만 할 뿐 소리가 나오지 않는다. 허리를 뒤로 빼고, 목을 움츠리고, 양손으로 얼굴을 감쌌을 때, 시작종이 울렸다.

복도 쪽 자리에 있던 여자아이가 "선생님 오신다!" 하고 외치니 그제야 우리를 둘러싸고 있던 아이들이 일제히 흩어졌다. 하마모토도

코를 훌쩍거리면서 자기 자리로 돌아갔다. 쓰러진 책상들을 각각 그 자리의 임자들이 서둘러 일으켜 세웠지만 원상태로 돌아오기도 전에 후지타 선생님이 교실로 들어오셨다.

"무슨 일이야? 왜 책상을 이리저리 움직이고 그래?"

힐끔거리며 흘러가던 아이들의 시선을 에비수는 아무것도 모른다는 표정으로 받았다.

"무슨 일 있었나?" 선생님이 가까이에 앉아 있는 몇몇 아이들에게 물었다. 입 밖으로는 아무 소리도 내지 못하고 그저 오물거리고만 있는 여자아이를 제치고 하마모토가 "아무것도 아니에요. 저랑 야스하루가 프로레슬링 한 판 한 거예요." 하더니 옆자리의 야스하루를 쿡 찌르며 "네가 잘난 체하고 사람을 엎어치니까 이렇게 시끄러워졌잖아." 하고 웃었다.

초등학교 6학년. 무슨 일이든 미주알고주알 부모님과 선생님에게 다 고해바치는 건 창피스러운 일이라고, 하마모토 같은 개구쟁이는 물론 간디라는 별명을 가진 나까지도 생각하던, 그런 시기다.

선생님이 그 정도에서 그치고 아침 지시 사항을 전하기 시작하자, 에비수는 특유의 무표정한 얼굴을 내게 돌리며 둘째 손가락을 먼저 자기 쪽으로, 그다음 내 쪽으로 가리키고서 그 손가락 움직임에 맞춰 말했다. "사이좋게 지내 주지. 베스트 프렌드다, 우리."

웃었다. 자기가 하는 말에 웃음을 곁들인 건지, 입을 헤 벌리고 쳐다보는 내 모습이 우스워서 그런 건지는 모르겠지만, 에비수는 분명 처음으로 웃었다. 입은 웃고 있어도, 역시나 그 가늘게 째진 눈은 얼굴에 폭 박힌 채 그대로였다.

우리는 베스트 프렌드가 됐다. 주변 아이들은 누구 하나 인정하지 않고, 당사자인 나조차 도대체 뭐가 베스트 프렌드란 건지 모를, 그런 기묘한 관계가 시작된 것이다.

　에비수는 내 교과서에 볼펜으로 여자의 성기를 그렸다. 여자의 그곳을 도쿄에서는 '오망코'라고 부른다고 가르쳐 주며 "자, 말해 봐, 외웠으면 이제부터 큰소리로 말해 보라고!" 하며 내 귀를 잡아당겼다. 샤프펜슬의 심을 전부 빼간다. 자를 활처럼 뒤로 잡아당겼다가 튕겨서 내 손등을 찰싹 때린다. 컴퍼스의 끝부분으로 얼굴을 찌르는 시늉을 해 손으로 얼굴을 가리면 정강이를 걷어찬다. 체육 시간 전에 옷을 갈아입고 있으면 "팬티 벗겨 줄까?" 하고 뒤로 돌아와 내가 당황해서 도망친 틈에 운동화 속에 침을 뱉어 놓는다. 급식 시간에는 잼이나 마멀레이드를 빼앗아 간다. 진흙투성이 운동화로 내 하모니카를 밟는다.

　쉬는 시간에도 도망칠 수가 없다. 에비수는 내가 화장실 갈 때에도 따라와 한창 볼일을 보고 있는 도중에 바지를 치켜 올려 팬티에 오줌이 묻으면 옆의 여자 화장실까지 들리도록 큰 소리로 "아이고, 더러워! 히로시, 오줌 지렸다아!"라고 외쳤다. 매점으로 지우개나 공책을 사러 갈 때도 걸어가는 내 뒤에서 발뒤꿈치에 침을 뱉고, 그것을 털어내려 발을 탁탁 터는 내 등에 돌려차기를 날린다.

　에비수는 매번 웃고 있었다. 내가 속상해서 발을 동동 구르거나 달달 떨거나 울먹이고 있는 걸 보면 웃는 입술은 더 벌어진다.

　하지만 에비수가 웃어 보이는 상대는 나 한 사람이었다. 에비수는 다른 누구하고도 사귀려고 하지 않고 말도 섞지 않는다. 전학 온 첫

날과 똑같이 언제나 뚱한 얼굴로 반 아이들을 바라보기만 했다.

"베스트 프렌드지? 나랑 히로시."

에비수는 나를 괴롭힌 다음에는 꼭 그렇게 말하고 악수를 청한다. 마지못해 손을 내밀면 새끼손가락이 내 엄지손가락만한 큰 손으로 내 손을 감싸 쥐고 갑자기 레몬을 쥐어짜듯이 힘껏 조인다. 조이면서 손목을 비틀고, 팔꿈치는 반대쪽으로 튼다. 안 돼, 뼈 부러지겠어, 신음소리 내면서 그리 생각한 적도 한두 번이 아니다. 팔꿈치를 끌어안고 웅크린 등에는 "우린 언제까지나 베스트 프렌드지? 배신하면 안 돼, 알지?" 하는 에비수의 실실 웃는 목소리가 얹힌다. 그 소리를 문질러 새기려는 듯, 내 등을 몇 번이고 짓이기면서 마무리로 엉덩이를 걷어찰 때도 있다.


아침에 학교에 갈 준비를 할 때마다 배가 쌀쌀 아프기 시작했다. 한밤중에도 여러 번 오줌이 마려워 일어난다. 변기 앞에 서도 거의 나오지는 않는데 이부자리로 돌아오면 바로 고추의 저 안쪽이 움찔거린다.

우리 반의 아무도 도와주려 나서지 않는다. "히로시, 네가 너무 바보같이 가만히 있는 거 아니야? 네가 만날 참고 있으니까 에비수가 자꾸 괴롭히는 거지." 몇몇 친구들한테 그런 말을 들었다. 마치 이쪽이 잘못해서 야단을 맞고 있다는 투다.

에비수는 자기소개를 한마디도 하지 않았지만, 좁은 동네다. 소문이 하나둘 흘러들었다. 어머니와 에비수 둘뿐이란다. 어머니와 둘이서만 이 마을에 왔다. 아버지는 야쿠자였던 모양이다. 똘마니에게 살해 당했다는 설도 있고, 사건을 일으켜 감옥에 있다는 이야기도 있고, 홍콩인지 대만인지 그런 곳에 도피해 있다고 말한 아이도 있었다. "히로시, 네가 사실이 어떻게 된 건지 한번 물어보는 게 어때?" 기쿠와 그 무리들은 남 생각도 안 하고 그런 말을 하지만, 어찌 됐거나 야쿠자의 아들이라는 이유로, 에비수에게 정면으로 맞서서 불만을 이야기하는 친구는 단 한 명도 없었다. 그나마 믿을 구석이었던 하마모토도, 1대 1 승부에서 케이오 당한 게 어지간히 멍이 됐는지 에비수에 관해서는 무시로 일관하고 있었다.

후지타 선생님은 아무것도 모른다. 에비수가 한눈을 파는 사이, 점심시간에 교실을 빠져나와 교무실 앞까지 간 적은 있다. 하지만 노크를 할 수가 없었다. 노크하면 안 된다고 나 자신에게 명령했다.

절교도 하면 안 된다. 우리들은 계속해서 베스트 프렌드로 있어야만 한다.

유코의 상태는 9월 중순이 지나서야 겨우 한 고비를 넘겨, 오늘 내일 사이에 목숨이 어떻게 되는 일만큼은 없어졌다.

하지만 기운을 차린 만큼 에비수의 문병을 고대하는 마음도 날이 갈수록 커졌다. 내가 병실에 들어설 때마다 "에비수 오빠는 아직 안 와?" 하고 채근한다. 문을 열자마자 침대에서 몸을 일으키고 들어오는 게 나 하나뿐인 걸 확인하면 실망해서 한숨을 폭 내쉰다. 때로는 "빨리 데려와. 응? 오빠, 빨리 에비수 오빠랑 만나게 해 줘." 하고 조르다가 그만 두 눈에 눈물이 맺힐 때도 있다.

이제 와서 "만에 하나, 신의 자손이라면, 오빠가 데리고 오겠다는 이야기였잖아."라고 할 수도 없다. 어느 틈에 유코의 머릿속에는 에비수가 신의 자손이 아닐 가능성은 까맣게 사라지고 없는 것 같았다. "뭐 그렇게 서두를 것 없잖아. 어차피 만날 거, 좀 더 건강해진 다음에 만나는 게 좋지 않아?" 해도 소용없다. 유코는 안 된다며 고개를 흔들고 발뺌하려는 내게 따지듯이, 내가 가장 듣고 싶지 않은 말을 한다.

"오빠가 며칠 전에 말했잖아. 에비수 오빠하고 친구가 됐다고. 친구라면 부탁 좀 해 봐. 병원으로 좀 와 달라고 말이야. 그런 것도 할 수 없다면 친구도 아니지 뭐."

오랫동안 병을 앓아 온 환자는 거짓말을 꿰뚫어 보는 데 민감해진다고 어떤 책에선가 읽은 기억이 난다.

그러니 나는 에비수하고 더욱더 사이가 좋아지지 않으면 안 된다.

9월 하순이 돼도 에비수의 괴롭힘은 계속됐다.

수업 중 후지타 선생님이 칠판으로 돌아설 때마다 에비수는 굵은 팔을 뻗어 내 허벅지 안쪽 살을 꼬집는다. 손톱을 세우고 쥔 살을 나사 돌리듯 꽉 비튼다. 급식 시간에 받은 잼을 쉬는 시간에 내 의자에 발라 두기도 하고, 오후 수업 시간 중에 빼앗아 간 지우개를 칼로 조각조각 내서, 다음 쉬는 시간에 옷 속으로 집어넣는다.

욕조에 들어가서 보면 온몸이 멍 자국이다. 지우개를 빼앗기고, 연필이 동강 나고, 공책이 찢기는 동안에 9월 한 달치 용돈이 다 없어지고, 세뱃돈으로 받아 저축해 두었던 돈도 이대로 가다간 10월이 가기도 전에 다 없어질 판이다.

나는 학교에서 돌아오는 길에 울면서 자전거를 몰게 됐다. 페달을 힘껏 밟아 언덕길을 오르면서 눈물을 뚝뚝 떨어뜨린다. 소리는 나오지 않는다. 이를 악물고 운다. 병원에서 돌아오는 길에도 눈물이 난다. 내리막길을 거의 끄트머리까지 브레이크도 잡지 않고 달린다. 정면에서 세차게 불어오는 바람을 그대로 뒤집어쓰면서 몹쓸 놈, 몹쓸 놈, 몹쓸 놈, 에비수에게가 아니라 나 자신에게 맺힌 소리를 뇌까린다.

베스트 프렌드라고 에비수는 말한다. 괴롭히기 위한 핑계라는 것쯤 다 알고 있으면서도, 나는 그 말을 믿고 그 말에 매달리고 있었다. 베스트 프렌드니까 에비수도 내 부탁을 들어줄 거라고 나 자신에게 타이르면서 고문을 참아 내고 있다. 그게 너무나 속상하고 한심스러워 견딜 수 없지만, 반대로 그 줄을 놓아 버리면, 나는 이제 학교에도 다니지 못하게 될 것 같은 느낌이 들었다.

에비수, 잠깐 내 얘기 좀 들어줄래? 부탁이 있는데. 목구멍 끝까지 올라온 말을 몇 번이나 도로 삼켰는지 모른다. 아니야, 아직 때가 일러. 좀 더 당해 주고 에비수가 기분이 더 좋아져서 웃을 때까지 기다렸다가 말을 꺼내야 해.

너 바보 아니냐? 마음속에서 다른 목소리가 들려온다.

하지만 곧바로 바보여도 상관없어, 또 다른 목소리가 들려온다.

이러나저러나 바보는 바보다. 야속함도 한심함도 느끼지 못할 정도의 바보가 되어 버렸으면 좋겠다.

애써 생각해 봐도, 그게 9월 며칠이었는지 날짜가 떠오르지 않는다.

하나의 장면, 잊어버리고 싶을 만큼 싫은 광경만 남고 나머지는 모두 기억 속에서 사라져 버렸다.

점심시간이었다. 화장실에 가려고 자리에서 일어서는데, 에비수가 팔로 가로막았다.

"오줌이야, 똥이야?" 에비수는 내 팔을 잡고 물었다. "잠깐만 봐 봐. 미안, 얼른 돌아올게." 했지만 놓아 주지 않았다. "나는 똥 누러 갔다 오겠습니다, 하고 말해 봐. 구린내 나는 똥이 마려우니까 잠깐 지나가게 해 주세요, 하고 큰 소리로 말하라고!"

에비수는 손목을 비틀었다. 신음소리가 새어 나오는 걸 필사적으로 참고서 억지로 웃음을 지어 보이며 "농담이 너무 심하다."라고 했다. 그러자 에비수는 눈을 더 가늘게 뜨고 "그렇군. 지금 이건 농담이란 말이지?" 하며 고개를 끄덕이다가 손목을 더 비틀더니 덧붙였다.

"변소까지 네 고추 내놓고 가. 오줌이 샐 것 같지? 그러니까 여기서 부터 고추 내놓고 가는 게 낫잖아, 그치?"

"안 돼, 그건. 할 수 없어."

"해!"

"한 번만 봐줘."

"시끄러워! 빨리 하란 말이야!"

정강이를 걷어채었다. 쭈그려 앉으려 해도 팔목이 잡혀 있어 몸을 움직일 수가 없다. 게다가 아랫배의 힘을 빼자 오줌이 새어 나올 것만 같았다. 정강이가 아파 찡그린 눈이 눈물로 젖는다. 눈꺼풀 속에서 현란한 빛이 날아다닌다.

모두들 보고 있는 걸까? 분명, 보고들 있다. 하지만 도와주지 않는다. 에비수에게 당하는 것보다, 어느 누구한테서도 도움을 받지 못하고 있다는 것 때문에 가슴속으로 슬픔이 복받쳤다. 복도에서 여자아이들의 웃음소리가 들려왔다. 요시다 도미코의 목소리도 섞여 있다.

여자 임원인 요시다 도미코는 우리 반에서 공부도 제일 잘하고 얼굴은 두 번째로 예쁜 아이로, 내 짝사랑의 상대이기도 했다. 요시다 도미코가 이제 곧 교실로 들어올 것이다. 에비수에게 손목을 비틀리고, 발을 밟히고, 정강이를 채이고, 머리를 쥐어박히고 있는 나를 볼 것이다. 그리고 고추를 내놓고 걷는 나를 보게 될 것이다. 웃을까? 기막혀하며 고개를 내저을까? 경멸할까? 그래도 동정만은 받고 싶지 않다. 히로시, 너무 불쌍하다, 요시다 도미코의 목소리로 그런 말을 들을 바엔, 차라리 죽는 게 낫다.

"빨리 고추 내놔! 오줌 누러 가고 싶지 않아? 얼른 하지 않으면 너 그 자리에서 오줌 지린다."

"에비수, 왜 이런 짓을 하는……." 숨을 참고 말하지 않으면 정말로 오줌이 새어 나올 것 같았다. "왜 나를 괴롭히는 거야."

"뭔 소리 하는 거야, 이 바보자식! 우리는 베스트 프렌드지? 베스트 프렌드가 부탁하고 있잖아. 자, 빨리 해! 아이고, 히로시이~, 부탁합니다, 내 소원이에요. 얼른, 고추 내놔!"

소원. 에비수는 분명히 그렇게 말했다. 에비수의 소원을 들어주면 다음번엔 내가 소원을 말할 수 있다. 그래, 분명히 그렇지? 틀림없지? 나 자신에게 묻고, 대답이 나오기도 전에 반바지의 지퍼에 손을 댔다.

"에비수, 내 소원도 들어줄래?"

"뭐?"

"나, 고추 내놓을 테니까, 다음엔 에비수 네 차례야, 그렇지? 내 소원, 딱 하나만 들어줘."

지퍼를 내리고 팬티 속으로 손가락을 넣어 오므라든 고추를 끄집어냈다. 분수대 위의 꼬마 조각상처럼 배를 앞으로 쭉 내밀고 엄지손가락과 둘째, 셋째 손가락으로 잡은 고추를 흔들었다. 울어 버릴까도 했지만, 굳었던 얼굴 근육이 풀어지면서 맥없이 웃음이 흘렀다. 교실 안이 텅 빈 것 같다. 정말로 말소리가 다 사라졌는지 어쨌는지는 모르겠지만, 내 기억 속에서 그다음부터의 광경에 소리는 없다.

에비수가 위치를 바꾸었다. 내 정면으로 와 섰다. 반 아이들 모두의 시선을 막아서듯 커다란 몸집을 두 배, 세 배나 되게 벌리고 등을 돌려 서서는 무서운 표정으로 나를 노려보았다. 두 볼의 두툼한 살들은 어디로 사라져 버렸는지, 흰자위만 많은, 위로 째진 눈이 끝에서 끝까지 또렷이 보였다. 이제 됐어, 끝이야, 에비수의 입술이 움직인다. 그걸 빨리 팬티 속으로 집어넣으라고 턱으로 지시한다. 내가 시킨 대로 하자, 프로레슬링 선수가 1회전을 끝내고 코너로 돌아가 앉을 때처럼 난폭하게 의자에 앉더니 그다음엔 그저 딴 데로 시선을 돌리고만 있었다.

소리가 다시 들리기 시작한 것은 한계에 부친 요의를 발가락 끝까지 힘을 주어 참으면서, 내 일생의 소원을 다시 한 번 확인하려고 했던 순간이었다.

"내 말해 두겠는데, 너 아직 복도를 걷지는 않았으니까 약속 같은 건 무효다."

온몸에서 힘이 쭉 빠져, 허겁지겁 다시 아랫배를 조이려 했지만, 늦었다. 슈슉~ 하는 소리라고도, 뜨거움이라고도, 어떤 감촉이라고도 표현하지 못할 것이 고추 끝에서 퍼져 나가더니 이내 팬티의 앞부분이 무거워졌다. 아주 조금. 유치원의 병아리반 시절 이후, 처음이었다.

그날 병원에서 돌아오는 길에 하마모토를 만났다. 학교에서 금지하고 있는 사이클을 타고 있던 하마모토는 "야아, 이거 우연이네." 하며 웃었다. 하지만 생각해 보면 하마모토의 집은 병원이 있는 바닷가 언덕과는 정반대 방향이다. 게다가 언덕으로 난 외길에서 국도로 나오자마자 등 뒤에서 먼저 이름을 부른 걸 보면, 마치 잠복해 나를 기다리고 있던 것 같은 느낌이었다.

하마모토는 나를 쫓아오더니 안장에서 엉덩이를 들어 뒷자리로 옮겨 앉았다. 두 팔을 앞으로 뻗어 핸들을 잡고 자전거를 지그재그로 몬다. 내 자전거에 부딪힐 뻔하다가 바로 떨어지고 다시 다가오다가 멀어진다.

"어이, 히로시."

불량배 목소리를 흉내 내며 겁을 주려고 하는 것 같았지만, 아직 변성기가 지나지 않았기 때문에 그 목소리는 꼭 만화영화에 나오는 쥐새끼 소리 같았다. 그 점이 에비수와의 차이였다.

"자전거로 통학하는 거냐? 배짱 한번 두둑한데 그래."

앞바퀴를 걷어채일 것 같아 서둘러 핸들을 꺾어 피했다.

"위험해."

"바보, 처음부터 닿지도 않는다고. 내 다리가 그렇게 기냐? 이거 정말로 겁쟁이 아니야?"

하마모토는 어이가 없다는 듯이 웃고, 나도 희죽 웃어 보이고서 그 다음부터는 나란히 달렸다.

하마모토와 둘이서 이야기하는 것은 실로 오랜만이다. 뭔가, 설날이 되어야만 만나는 사촌 형제들과 애들은 애들끼리 놀라고 한방에 몰아넣어졌을 때의 기분이었다.

"저기, 하마모토, 내가 말해 두겠는데 자전거 통학은 후지타 선생님께 허락을 받은 거야. 내가 맘대로 타고 다니는 거 아니야."

"알고 있어."

"대학병원에 다녀야 하거든. 저기, 내 동생……."

이번엔 정말로 앞바퀴를 발길로 차였다. 순간 중심을 잃는 바람에 길가 밭고랑에 빠질 뻔했다. 간신히 자세를 바로 잡고 나서, "뭐하는 거야?" 하며 입술을 삐죽거리자 하마모토는 나보다 더 화가 난 얼굴로 말했다.

"알고 있다고 했잖아. 그런 거 다 알고 있다고, 이 바보야! 뭘 만날 그렇게 구시렁구시렁대, 사내자식이!"

그래, 맞다. 잠자코 고개를 끄덕였다. 길게 구시렁대 봤자 아무 소용도 없는 거지.

"에비수는 모르지? 네가 자전거 통학하는 거."

"응. 나는 종례가 끝나면 곧바로 뛰어나가니까."

"너, 교실에서 나갈 때 일부러 빙 돌아서 후지타 선생님 옆을 지나서 가지?"

"알고 있었어?"

"당연하지. 한심한 거 아니야? 선생님 눈앞이라면 괴롭힘 당하지 않을 거라 생각하는 네 녀석이나, 선생님이 있으면 건들지 못하는 에비수 자식이나 한심하긴 매한가지야. 그런 건 사내가 아니지. 사내 탈을 쓴 계집애라고, 너희 둘 다."

하마모토의 자전거는 다시 좌우로 움직이기 시작했다. 고무로 된

경적을 삐이삐이 울리면서 "베스트 프렌드라는 것도 무진장 어려운 거야." 하더니 "그치?" 하면서 자전거를 가까이 대고 내 반응을 살피려는 듯 얼굴을 빤히 쳐다본다.

"베스트 프렌드가 아니야. 에비수가 제멋대로 그렇게 정해 버린 것뿐이라고."

"그렇다곤 해도 히로시 너도 말이야, 꽤 그 짓을 즐기는 거 같더라. 고추까지 내보이고, 정말이지 참 수고해서."

실실 웃으면서 쥐어박을 듯이 턱을 바짝 쳐든다.

"바보 같은 소리 하지 마." 나는 하마모토의 시선을 떼내 버리려고 자전거의 속도를 약간 높였다.

"매일 매일이 지옥이라고."

"그러면 너는 에비수가 싫단 말이냐?"

"싫다, 는 건 아니지만……."

"좋아?"

"아니, 그렇게 물으면 대답하기 좀 그런데……."

"어느 쪽이냐니까?"

하마모토는 뒷자리에서 엉덩이를 들고 힘껏 페달을 밟았다. 핸들을 왼쪽으로 바짝 틀어 내 앞길을 가로막는 위치에서 브레이크를 잡았다. 나도 급브레이크를 걸고 한쪽 발을 땅에 내려놓고 몸을 지탱했다. 몸이 착지한 것보다 한 템포 늦게 등에 멘 가방에서 뚜껑이 툭탁 닫혔다.

어느 쪽이야? 나도 내게 물었다. 진저리나게 싫을 게 뻔하잖아, 그렇게 말해 버리면 하마모토도 납득했을 것이고, 내 속도 훨씬 후련해졌을 터인데.

하마모토는 자전거를 세워 두고 웃음기 가신 얼굴로 말했다.

"너 내가 야속하지 않던?"

"뭐가?"

"어째서 기쿠도, 마루도 어느 누구도 너를 도와주지 않는지 가르쳐 줄까? 모두들 에비수의 아버지가 야쿠자이기 때문에 무서워서 빼는 게 아니야. 네가 에비수한테 무슨 짓을 당해도 화를 내지 않으니까, 그럼 뭐 우리들도 가만 놔둬도 되겠네, 생각하는 거라고. 알겠어? 필사적으로 저항하지도 않는 애를, 뭣 때문에 남이 나서서 도와주겠어?"

"나도 나름대로 필사적이야. 필사적으로 참고 있는 건 안 보여?"

"너한테 참아 달라고 누가 부탁이라도 했어? 필사적이 된다는 건, 이젠 더 이상 참을 수 없게 된다는 거잖아. 아니야?"

아니야. 필사적이 되니까 참을 수 있는 거야.

"응? 히로시, 딱 한 번이라도 좋으니까, 에비수한테 불만을 말해 봐. 한 방 정도는 얻어터지겠지만, 두 번째부터는 문제없어. 우리들 모두 널 도와줄 거야. 그 돼지 자식, 아주 신나게 걷어차 줄 테니까."

하마모토는 바로 안장에 올라 타 페달을 밟아 나갈 준비를 하면서 약간은 어색한 표정으로 한마디 더 했다.

"다른 애들은 어떨지 몰라도, 나는, 꼭 그럴 거다."

고맙다고 말하기가 쑥스러워 그저 말없이 고개만 슬쩍 끄덕였다.

"나 말이야, 히로시 네가 간디라고 불리는 거, 실제로는 기분 안 좋아."

하마모토는 그렇게 말하고 자전거를 유턴했다. 어깨를 한 번 으쓱해 보인 안짱다리가 한신 타이거즈 야구 모자를 고쳐 쓰고, 경적을 크게 한 번 울린다.

초등학교 고학년이 된 이후 서로 다른 친구들과 어울리게 되어 좀처럼 같이 노는 일도 없어졌지만, 유치원 다닐 때 나와 하마모토는 제일 친한 사이였다. 그리고 초등학교에 들어온 이후 만난 친구들은 아무도 믿지 않겠지만, 그 시절 나는 매일 패싸움을 했고, 언젠가 한 번은 하마모토를 이긴 적도 있었다. 전부 유코가 태어나기 전에 있었던 일이다.

"우린 최고의 친구야." 혀 짧은 소리로 우정을 맹세한 적도 분명 몇 번인가 있을 것이다.

지금까지도 풀리지 않는 수수께끼처럼 남아 있는 의문.

나는 아무리 괴롭힘을 당해도 에비수를 미워하지 않았다. 괴롭힘 당하는 건 물론 싫었다. 괴롭고, 속상하고, 창피하고, 무엇보다 주먹으로 맞고 발로 차이면 너무 너무 아팠다. 그래도 에비수를 미워하거나 원망하지는 않았다. 참고 또 참아서 그렇게 된 게 아니라 처음부터 아예 미움이나 원망의 감정이 움트지 않았던 거다.

공중에 떠 버린 채 흐지부지되어 버린 하마모토의 물음에, 지금이라면, 고개를 갸웃하고서라도 대답할 수 있다. 나는 에비수가 좋았다. 어째서? 하마모토의 목소리가 들리는 것 같다. 그래도 기억을 거슬러 올라가 당시의 나한테 지금의 내 기분을 덧씌워 보면, 역시나 좋았다 고밖에 말할 수 없다.

착각은 하지 마, 하마모토. 난 호모나 마조히스트와는 다르다고. 친구로서 그렇다는 말이야.

어떻게 설명하면 좋을까? 친구란 건 덧셈만 갖고는 되지 않는 거잖아. 저 녀석에게는 이런 좋은 점이 있어, 저런 좋은 구석이 있어, 하고 좋은 점만 하나씩 더하면서 사이가 좋아지는 것도 친구일지 모르지만, 이런 게 싫어, 저런 점이 못마땅해, 이렇게 하나씩 빼 나가면서 친해지는 친구가 있어도 좋지 않나? 그렇잖아, 에비수는 힘이 센 녀석이잖아, 힘이 센 놈은 뺄셈을 하면 되지 뭐. 자기 멋대로고 난폭해도 좋아. 한신 타이거즈의 에나쓰 선수나 프로레슬링 선수인 디스트로이어도 그렇잖아. 나, 남자니까 힘센 사람이 좋아.

너 바보냐? 며 하마모토는 피식댈 거고, 나도 아마 히죽 웃어 보이겠지. 하마모토, 너는 강한 녀석이니까 모를지도 모르겠구나. 이 말은, 속으로만 덧붙일 거다.


이튿날에도 괴롭힘은 계속됐다. 에비수는 미리 생각해 둔 방법을 하나씩 하나씩 내게 시도하고는, 볼살에 눈을 콕 박고서 분이 풀렸는지 웃는다. 나는 부탁할 말을 꺼낼 틈조차 잡지 못하고 에비수의 베스트 프렌드 역할을 묵묵히 감당할 뿐이었다.

에비수의 어깨너머로 교실 한 귀퉁이에 모여 있는 하마모토와 그 무리가 보인다. 그 애들도 힐끔힐끔 이쪽을 훔쳐보고 있다. 투수의 견제구를 경계하는 1루 주자처럼, 에비수가 뒤돌아보면 얼른 다른 데로 시선을 돌리는 걸 나는 보았다.

"웃어." 에비수가 말하면 나는 굳은 얼굴을 푼다.

"웃지 마, 이 바보야!" 하면 벌어졌던 입술을 냉큼 오므린다.

"심심하니까, 네 머리 좀 잠깐 빌려 줘." 하고 손짓을 해서 얼굴을 들이대면, 에비수는 자기 손가락으로 내 코를 튕긴다. 눈에 비치는 광경이 물기로 어릿어릿하고 하마모토와 그 친구들의 등이 너울거린다.

아이들이 외면하고 있는 건, 에비수가 아니라 나다.


3


10월에 들자, 학교 전체가 술렁이기 시작했다. 운동회 날짜가 다가와 방과 후 자율 연습이 시작됐기 때문이다. 운동회에서는 전 학년이 학급별로 홍팀, 백팀, 청팀으로 나뉘어 서로 겨룬다. 우리 반은 백팀으로, 입장 행진의 기수를 겸한 팀 주장에 하마모토가 뽑혔다.

자율 연습을 하는 첫날, 오후 수업이 끝나고 후지타 선생님이 교실에서 나가기도 전에 하마모토가 교단으로 뛰어올라가 옆 반에까지 들릴 만큼 큰 소리로 말했다.

"남자들은 기마전 연습! 여자들은 응원기 만들기! 알았나? 남자들은 모두 5분 이내에 운동장으로 모여라, 지각하면 혼날 줄 알아!"

어디서 가져왔는지 선생님이 체육 시간에 사용하는 메가폰으로 교탁을 두들기며 "어이, 야야, 빨리빨리 움직이라구!" 하며 아이들을 몰아세웠다. 응원전을 위해 안감에 호랑이와 용무늬가 새겨진 형의 교복 상의까지 준비한 하마모토는, 이날을 위해 태어난 사람 같았다. 하나모토가 이럴 때는 그의 말에 순순히 따르는 수밖에 없다.

하지만 에비수는 아이들이 허둥지둥 자리에서 일어나든 말든 상관없이 특유의 무뚝뚝한 표정으로, 아마도 일부러 더 그랬겠지만, 천천히 가방에 교과서와 공책을 챙겨 넣었다.

"어이, 뭐야? 너."

하마모토가 교단에서 그 모습을 놓치지 않고 목소리에 칼을 세워 물었다.

"설마 집에 가려는 건 아니겠지?"

"집에 간다." 에비수는 무시하듯 아무렇지도 않게 내뱉었다.

"잠깐 기다려, 너 그렇게 네 맘대로 행동하지 마!"

"맘대로 행동하는 게 누군데 그래? 수업도 아니잖아, 너한테 지시받을 이유가 없다고. 뭐 잘못 먹었냐, 너?"

잠잠한 교실에 풍선이 터지는 듯한 큰 소리가 울렸다. 하마모토가 있는 힘껏 메가폰을 칠판에 갖다 박은 것이다.

에비수는 전혀 동요하지 않고 옆자리에 있던 나를 돌아보았다.

"저 자식, 또 한 번 울고 싶은 모양이지? 네 생각은 어떠냐?"

"히로시는 상관없잖아! 에비수, 너 죽을 줄 알아!"

"거참, 되게 시끄럽네, 한 방 걷어채면 찔찔 짜는 주제에." 에비수는 내게 얼굴을 돌린 채로 웃었다. "야, 히로시. 거 왜 겁 많은 개일수록 어쩌구 하는 말 있잖냐. 그 뭐라 그러지? 너 국어 잘하잖아. 가르쳐 줘라. 저 녀석같이 겁 많은 개가 어쩐다고?"

"에비수, 이제 그만해, 응? 모두 사이좋게 지내야지, 제발 부탁이야."

"됐으니까, 너 잠깐 저 앞으로 가서 말이야, 저 바보 자식 좀 때려 주고 와."

실내화 위로 발가락을 짓밟혔다. 에비수는 오른손에 컴퍼스를 쥐고 있었다. 6교시 수학 시간에, 반바지 위로 몇 번이나 허벅지를 바늘로 찔렸다. 에비수는 바늘 끝을 확인하고는, 피가 묻었네, 하면서 키득댔다.

교단 위에서는 머리끝까지 화가 나 얼굴이 새빨개진 하마모토가 당장이라도 이쪽으로 달려들려는 것을 기쿠와 다카자와가 안간힘을 다해 붙잡고 있다.

"히로시! 이리 와서 날 때려, 상관없으니까! 내가 당장 가서 흠씬 두들겨 패 줄 테다."

"자, 어서, 때리고 와."

에비수는 큼지막한 손에 컴퍼스를 꼭 쥐고 바늘 끝만 겉으로 내밀고서 웃는다.

"너 가기 싫어? 그럼, 내가 문신이란 거 한번 새겨 줄까?"

나는 정신없이 고개를 가로저었다. 고개가 떨어져 나가도 좋다. 어찌 되어도 상관없다. 이런 거 이제 정말 싫다. 에비수나 하마모토한테 두들겨 맞는 건 상관없다. 대신, 어느 쪽이든 내 손으로 때리고 싶지는 않다.

나는 에비수가 좋다. 하마모토가 좋다. 강한 사람은, 전부 다 좋다. 나는 왜 이렇게 약한 걸까? 얼핏 보니, 하마모토까지 울음을 터뜨릴 것 같은 얼굴을 하고 있었다. 그것이 너무나 기쁘고, 또 그만큼 슬펐다.

반 임원인 오자와가 중재를 하려는지 에비수에게 말했다.

"저, 에비수, 기마전은 팀으로 하는 경기잖아? 네 명이 한 조가 돼서 하는 거라 에비수 네가 빠지면 다른 세 명이 곤란해져."

하지만 에비수는 실실 웃으며 침을 뱉듯 한마디 던졌다.

"나랑은 상관없어, 그런 거."

"저 자식, 때려 죽여!" 하마모토가 외치는 소리를 가로막고 나선 것은, 요시다 도미코의 카랑카랑한 목소리였다.

"모두들 잠깐만 들어. 운동회도 중요하지만 저마다 개인적인 일도 있을 거라 생각해. 나도 다른 볼일이 없는 사람들은 모두 참가했으면 좋겠지만, 아무래도 참가할 수 없는 날도 있을 거야. 이런 건 미리 물어 보는 게 좋지 않을까?"

하마모토도 에비수도 모두 입을 다물고 있었다. 요시다 도미코도 강한 사람이다. 내 생각에는 요시다 도미코가 어른이 되면 배우나 가수가 되는 게 좋을 것 같은데, 정작 본인은 변호사나 학교 선생님이 되고 싶은 모양이다.

요시다 도미코라는 믿음직한 장군을 얻은 오자와가 가슴을 펴고 교실을 휘 훑어보며 말했다.

"그럼, 우선 에비수 이외에 오늘 연습에 나올 수 없는 사람이 있으면 손을 들어 주세요."

"배신자는 에비수뿐이라고!"

하마모토가 초조한 생각이 들었는지 지레 소리를 질렀다.

나는 고개를 숙이고 눈을 감는다. 유코의 얼굴이 어둠 속에서 떠오른다.

"다들 알겠지! 한 사람이 멋대로 행동하면, 모두가 피해를 본다는 걸 말이야."

하마모토의 목소리가 나만을 겨냥해서 내리꽂히는 것 같다.

"아무도 없어요? 그러면 에비수 이외에는 전원 참가하는 것으로……."

오자와의 말이 도중에 멈추자, 나는 눈을 뜨고서 보일 듯 말 듯 얼굴 옆으로 들고 있던 팔을 내렸다.

"아, 그렇지, 히로시. 그 일이 있었지."

요시다 도미코가 혼잣말하듯 말하니 근처에 있던 여자아이들이 "그 일이 뭔데? 도미코, 가르쳐 줘." 하고 물었다. 나를 돌아다보는 아이도 있다. 자기들끼리 수군대는 아이들도 있다. 요시다 도미코는 곤란한 얼굴로 입을 다물었지만, 그 대신 여자아이들 가운데 가장 수다쟁이인 후지이가 의자에서 엉덩이를 들고서 기다렸다는 듯이 "저기 말이야, 히로시는 집안에 큰일이 있어." 하고 말을 꺼냈다.

순간, 뒷말을 가로막고 하마모토가 다시 한 번 메가폰으로 칠판을 두들겼다. 조금 전보다 더 큰 소리가 교실에 울려 퍼지고 분필 가루가 휘휘 날아올랐다. 하마모토의 양옆에서 기쿠와 다카자와, 그리고 이마짱이 얼굴을 감싸고 콜록대고 있었다.

"여자는 입 좀 다물고 있어! 못생긴 게 잘난 척 떠들지 말라고!"

"잠깐만, 너 지금 뭐라고 그랬어? 하마모토."

골이 바짝 난 얼굴로 자리에서 벌떡 일어난 후지이를 요시다 도미코가 말렸다.

"후지이, 신경 쓰지 마. 쟤는 만날 저렇잖아."

하마모토는 다시 한 번 메가폰으로 칠판을 두들기고 교실 전체를 노려보았다.

눈이 맞았다. 고맙다, 고 나는 살짝 미소를 띠어 보였다. 정말로 고마워. 역시 하마모토다. 남자 대 남자의 우정이야.

하지만 하마모토는 고개를 획 돌리더니 가래가 낀 탁한 목소리로 말했다.

"주장의 명령이야. 배신자하고는 이제 말도 하지 마. 알았지?"

그리고 조금 더 쉰 목소리로 덧붙였다.

"너희들, 이제야 알겠지? 배신자는 두 명이란 걸."

에비수는 나를 보고 희죽 웃고는 컴퍼스의 바늘로 반바지의 바짓단을 가볍게 찔렀다.

마치 우리 둘의 우정을 확인하려는 것처럼.


그날을 기점으로 에비수를 제외한 우리 반 남자아이들 아무도 내게 말을 걸지 않았다. 그래도 난 하마모토가 좋았다. 에비수가 좋았다. 요시다 도미코도 좋았고, 생활지도에는 엄격하면서도 아이들에 관해서는 아무것도 모르는 후지타 선생님도 좋았다.

처음에는 하마모토가 으름장을 놓으니까 별수 없이 그러다가, 나중에는 재미가 들려 나를 무시하게 된 키얀과 기쿠도 모두 좋았다.

나는, 내가 만나는 사람들 모두를 좋아하고 싶었다. 왜일까? 유코가 눈앞에 있기 때문일까?

유코는 병원 밖에는 친구가 없었다. 병 때문에 유치원에도 못 다니고, 올 4월에 입학한 초등학교에도 결국 두 달도 안 돼서 못 다니게 됐다. 6학년 교실과는 다른 건물의 1층, 1학년 교실로 이어지는 복도를 걸을 때마다 나는 가방들이 나란히 놓인 선반을 바라본다. 1학기 말 무렵 유코의 선반은 텅 비어 있었다. 교통안전 표시인 노란 덮개를 씌운 가방들이 칸칸이 제자리에 들어차 있는 가운데 딱 한 자리, 이 빠진 옥수수처럼, 유코의 선반만 비어 있었다. 2학기가 시작된 지 얼마 지나지 않아 그곳에는 다른 아이들이 두고 간 여름방학 공작 숙제가 몇 개 버려져 있었다. '아이하라 유코'라고 쓴 내 동생 이름표를 벗기거나 낙서를 하는 녀석이 있으면, 흠씬 두들겨 패 줘야지.

그러지도 못할 거면서, 마음만 먹는다.

정식 학교인지 아닌지는 모르겠지만 유코는 7월에 입원한 이후 몸 상태가 좋은 날에는 대학병원 안에 마련된 원내 학급에서 공부를 하게 됐다. 7월 당시, 1학년은 다섯 명 있었다. 그 뒤 약 석 달 사이에 하늘나라로 간 아이들이 두 명, 병이 나아 퇴원한 아이가 한 명, 새로 들어온 아이들이 두 명이다. 돌아오지 못할 곳으로 떠난 아이들 중 한 명은 유코와 가장 사이가 좋았던 미나라는 여자아이다. 8월 말 요독증으로 죽었다. 이튿날 아침 유코가 울며 그린 '안녕.' 하고 손을 흔드는 도라에몽 그림은, 미나의 아버지가 관에 함께 넣어 주었다고 한다.

친구가 죽어 버린다는 것은, 그리고 죽어 버릴지도 모르는 친구를 만나 사귄다는 건, 어떤 기분일까? 만화나 TV에서 보고 대충은 이런 느낌일거라 생각해 보긴 했지만, 내가 그 기분을 '안다'고 말하기엔 너무 미안한 기분이 든다.

나는 친구들이 모두 좋다. 어느 누구도 죽지 말았으면 좋겠다. 친구들이 지금 건강하게 살고 있다는 것이, 난 너무너무 기쁘다. 이 기쁨이 언제까지고 계속됐으면 좋겠다. 친구들뿐만이 아니다. 버스 운전기사 아저씨도, 슈퍼마켓에서 계산기를 두드리는 아주머니도, 책방 아주머니도, 세탁소 아저씨도, 옆집 강아지도, 새들도, 붕어들도, 벌레들도……. 아무튼 모두들, 하나도 빠짐없이 전부 좋아하고 싶었다.

분명, 그 무렵 나는, 가슴에 다 품을 수 없을 만큼 커다란 짝사랑을 하고 있었던 거겠지.

누구를?

웃지는 말아 줘.

우주를.


유코의 상태가 갑자기 나빠졌다. 아침부터 미열이 나기 시작해 저녁이 되어도 내리지 않더니 해가 질 무렵부터 폐에 공기가 차기 시작했다.

"괜찮아, 괜찮아, 늘 있는 일이니까, 곧 좋아질 거야. 괜찮아."

엄마는 유코의 이마에 난 땀을 젖은 타월로 닦으면서 누구에게 하는지도 모르게 계속 웅얼거렸다. 이대로 가다간 오늘 밤 안에 의료기구들이 설치되어 있는 다른 방으로 옮겨질 테고, 더 악화되면 집중치료실로 옮겨질 거다. 여름방학 때의 비디오테이프를 다시 돌려 보는 것 같았다.

유코는 내가 병실에 있는 것을 보고 열로 촉촉해진 눈을 한껏 뜨면서 숨이 차 넘어가는 목소리로 말했다.

"오늘도, 에비수님, 안 와?"

말끝을 올릴 힘조차 없는 모양이다.

나는 침대 옆에서 무릎을 구부려 유코와 눈높이를 맞추고 "내일 와."라고 대답했다.

"내일 오겠다고 약속했어. 정말로. 에비수가 오면, 유코, 너 뭐할 거야? 그렇게 기다리다 드디어 내일 만나는데, 몸이 계속 안 좋으면 안 되잖아. 힘내, 내일 만날 수 있으니까, 응? 가슴 설레지? 그치? 내일, 에비수랑 만나면 무슨 부탁을 하고 싶어?"

유코는 열과 호흡곤란으로 홍조 띤 볼을 살짝 움직이며 말했다.

"몰라, 아직."

"미리 생각해 둬야지. 모처럼 와 주는 건데."

"아무거나, 말해도, 돼?"

"그럼, 뭐든지 좋아. 뭐든지 다 들어줄 거야, 정말로. 무슨 부탁이야?"

간호사 누나가 상태를 보러 들어왔다. 평소에는 늘 장난스런 말만 하는 명랑한 누나였는데, 오늘은 딱딱하게 굳은 얼굴로 내가 살짝 인사를 해도 본척만척이다.

"오빠아⋯⋯." 하고 입을 뗀 유코를 엄마가 그만하라며 말렸다.

간호사 누나는 유코의 맥을 짚고 체온계를 겨드랑이에 꽂으면서 오늘 밤 당직은 누구누구라고 엄마에게 전했다. 당직 의사만이 아니라 유코의 주치의이기도 한 의국장까지 대기할 거라고 한다.

체온은 38.6도. 간호사 누나는 눈썹을 찡그리며 "다시 조금 올랐네요." 하고는, 간호사 호출 버튼의 작동을 확인하려는지 유코의 머리맡을 한 번 본 다음 종종걸음으로 방을 나갔다.

문이 닫히자마자 유코는 다시 나를 불렀다. 아까보다 훨씬 목소리가 가늘어졌다. 나는 유코의 얼굴에 귀를 갖다 대고 "부탁할 거 정했어?" 하고 말했다. 턱이 아주 조금 아래로 움직인다. 숨쉴 때마다 크르륵 크르륵, 탁한 음이 섞인다.

"히로시, 이제 그만해라." 엄마가 굳은 표정으로 나지막이 말했다.

"자꾸 말하다가 기침이라도 나면 큰일이잖니. 내일 말해도 되잖아."

나는 유코의 얼굴을 바라보며 엄마의 말에 답했다. "안 돼."

"너 무슨 소리를 하는 거니, 유코가 지금 안 좋은 거 모르겠어?"

"알아. 그렇지만, 지금 정했으면 좋겠어."

"그렇게 자기 생각만 하면 못써. 자자, 거기서 좀 일어나라. 유코가 숨쉬기 불편하잖아."

"지금 정해야 돼."

"히로시, 도대체 왜 이러니……" 일단 높이 치솟았던 엄마의 목소리는 금세 수그러들더니, 곧바로 눈물 섞인 소리로 바뀌었다.

"응? 엄마 좀 힘들게 하지 마."

유코는 눈을 뜨고 있는 건지 감고 있는 건지, 숨쉬는 데 맞춰 바르르 흔들리는 속눈썹에 가려 눈동자가 보이지 않는다. 입술은 열로 갈라지고, 두 볼은 망처럼 가는 혈관이 들여다보인다. 기나긴 밤이 될 것이다. 아빠도 일이 끝나면 곧장 달려오겠지. 유코의 상태가 이 단계에서 멈춰 줄지, 집중 치료실에서 며칠이나 보내게 될지, 아니면 더이상 이 방으로 돌아올 수 없게 될지, 지금으로서는 아무것도 알 수 없다. 그러니까, 난 지금 들어 둬야겠다. 소리가 내 귀에까지 미치지 않아도 된다. 유코의 입으로 직접 말하게 하고 싶다. 바라는 것, 하고 싶은 것, 꿈꾸는 것, 무엇이든.

"에비수님이 오실 때까지 참아야 돼. 괜찮아, 유코. 에비수는 신이니까, 무슨 부탁이든 해도 돼. 내일 오빠랑 같이 에비수에게 부탁하자. 응? 무슨 말 하고 싶어? 뭐가 갖고 싶어? 응? 뭐든 좋으니까, 말해 줘."

유코는 얼굴을 찌푸리고 힘없는 목소리로 말했다.

"미나를…… 한 번만 더, 만나고 싶어."

볼도 하나 움직이지 않는 가녀린 미소가 떠오른다. 야, 이 바보야! 나는 소리도 표정도 없이 격렬하게 외친다. 바보 같은 소리 하지 마! 이 바보야, 무슨 그런 아무 도움도 안 되는 말을 하고 있어!

"아, 안 돼, 갑자기, 말, 하려니까, 생각이, 안 나."

마디마디 끊어지는 소리가 내 귀에 와 매달린다.

"그래도, 뭔가 있어, 생각해 둘게."

"그래, 그래, 생각해 둬. 약속이야, 오빠도 이번엔 꼭, 꼭, 약속 지킬 테니까, 자 손가락 걸어, 응? 거짓말하면 바늘 천 개 삼키기다, 알았지?"

"벌써, 삼켰어, 난."

유코는 자기 목에 손가락을 대고 이마와 관자놀이에 맺힌 땀을 짜내듯이 얼굴을 찡그렸다. 입술이 다시 움직인다. 말을 하려고 한 게 아니다. 이젠 입술을 제대로 다물지도 못한다.

숨을 들이쉴 때의 소리가 달라졌다. 탁한 소리가 없어지고, 피리 소리 같은 피이, 쉬이, 바람 새는 소리다. 7월 말 의식불명이 됐을 때랑 똑같은 소리.

엄마가 베갯머리에 달라붙듯이 서서 호출 버튼을 눌렀다. 인터폰이 채 연결되기도 전에 빨리 와 주세요, 빨리 선생님 좀 불러 주세요, 흐느끼면서 같은 말을 계속한다.

복도 쪽에서 간호사 누나들이 달려오는 발소리와 유코를 옮기기 위한 이동식 침대의 바퀴 소리가 들려온다.

"신은 있어, 분명히 있어. 오빠가 매일매일 착한 아이였으니까, 꼭 상을 내려 주실 거야. 알았지? 꼭 상을 주실 거라고. 기다려, 내일이야. 내일, 에비수님이 와 주실 거야! 알았지?"

유코는 눈을 감고 끄덕였다. 실제로 고개와 턱이 움직였는지는 모르겠다. 하지만 나는 안다. 유코는 확실히 내 목소리를 듣고, 내일이 오길 기다리고 있다.

알아. 모를 리가 없어. 유코는, 이 세상에 단 하나뿐인 내 동생이니까.


날짜가 바뀌었을 즈음 나는 아빠와 둘이서 어스름한 외래 대합실 긴 의자에 앉아 자판기 캔 커피를 마시고 있었다.

유코의 상태는 한밤중이 되어서야 겨우 안정이 됐다. 열도 37도대로 떨어져 아침까지 정상 체온으로 돌아오기만 하면, 집중 치료실로 들어가는 건 면할 것 같다.

"정말 괜찮겠어? 집에 가지 않아도?"

조선소 작업복 차림의 아빠가 물었다.

나는 "귀찮아, 그냥 여기서 잘래." 했다. 아빠는 택시를 타고 집에 가면 된다고 했지만 아무도 없는 어두컴컴한 집에 돌아가는 게 싫었다.

"열, 내일까지 내릴까?" 내가 물으니 아빠는 기름과 소금 냄새가 밴 손으로 내 머리를 쓰다듬으며 "괜찮아, 걱정하지 마." 하고 말했다.

자판기의 불빛이 아빠의 얼굴을 흐릿하게 비춘다. 평소에는 조선소 근처의 대중탕에서 땀을 씻어낸 다음 병원으로 오는데, 오늘 밤은 여전히 얼굴에 기름때가 거뭇거뭇 묻어 있다. 좀 더 빛이 밝았으면, 말라붙은 땀 때문에 얼굴 전체에 소금이 묻어 있는 것도 보였겠지. 한여름에는 눈썹에 소금이 새하얗게 덮여 있을 때도 많았다.

아빠는 잠깐 동안 말없이 있다가 커피를 한 모금 들이켜고 나서 물었다.

"히로시, 사내대장부끼리 약속할 수 있어?"

"뭘?"

"유코를 수술시키려고 생각하고 있어. 오사카 대학병원 있지? 거기에 아주 용한 의사 선생님이 계신 모양이야. 작년에 미국으로 연구하러 가셨는데 올해 말에 돌아오신대. 뭐 아빠는 어려운 말은 잘 모르겠지만 심장이식 같은 것도 할 수 있는 훌륭한 선생님인가 봐."

"정말?"

"너한테 뭐하러 아빠가 거짓말을 하겠어."

아빠는 내 어깨를 가볍게 톡 치고서, "같은 대학병원이라 해도, 여기는 사립이잖니. 오사카 대학은 나라에서 세운 대학이고. 옛날 말로 하면 제국대학이지. 훌륭한 선생님들이 아주 많이 계실 거야." 하며 웃었다.

"그 선생님한테 수술받는 거야?"

"아직 몰라. 이 병원 의국장이 소개장을 써 주겠지만 원래 실력 있는 의사 선생님들은 아주 바쁘잖아. 그래서 어떻게 될지는 모른다고. 지금 한 얘기, 사내대장부끼리의 약속이다. 수술이 정식으로 결정되기 전까지는, 유코한테도 엄마한테도 말하면 안 돼. 비밀이야, 알았지?"

"수술하면, 정말로 좋아질까?"

"여기 의국장이 말하기는 반반이라는데, 그래도 우리 유코는 그냥 놔둔다고 낫는 병이 아니잖니. 이 상태로 몸이 커지면, 유코의 심장은 힘이 달려서 안 돼. 예를 들면 말이야, 통통배 엔진으로 유조선을 움직이려고 하는 거랑 같다고나 할까. 그 전에 어떻게든 수술을 하지 않으면 안 되지."

"돈, 많이 들겠지?"

"이런, 조그만 녀석이 그런 걱정은 하지 않아도 돼, 인마. 괜찮아, 아빠가 아주 열심히 일하고 있으니까."

아빠는 다시 한 번 내 머리를 쓰다듬어 준다. 조금 전보다는 거친 손놀림이었지만, 그만큼 두툼한 손과 마디가 불거진 손가락이 믿음직해 좋았다. 어른의 손이었다. 누군가를 위해 일하고 누군가를 가슴속에 꼭 담고 살아가는 사람의 손은 크고 따뜻하다. 내 손은 몇 밤을 더 자야 아빠 손처럼 크고 단단한 손이 될까?

아빠는 "꽤 쌀쌀해졌다." 하면서 긴 의자 등받이에 걸쳐 둔 점퍼를 내게 건넸다. 나는 말없이 점퍼 소매에 팔을 끼운다. 내겐 엄청 쿨렁쿨렁했지만, 아빠는 기분이 좋은 듯 "아주 잘 맞네. 이거, 아빠가 이제 금방 우리 히로시한테 따라잡히겠는걸." 하고 말했다.

"아니야, 아직 난 애야, 애."

"그렇지 않아. 이제 어른이지. 그러니까 아빠가 우리 히로시하고 사내대장부의 약속을 한 거 아니야?"

"피, 무슨 어른이야. 아까 아빠가 그랬잖아, 조그만 녀석이 돈 걱정하지 않아도 된다고."

"뭘 그리 쓸데없이 우기고 그래."

엄마가 대합실로 들어오는 것을 보고 아빠는 자리에서 일어나면서 손목시계를 내려다보았다. "좀 쉬어. 내가 유코 옆에 있을 테니까."

"고마워, 그럼 30분만……."

아빠와 교대해 긴 의자에 앉은 엄마는 긴 한숨을 내쉬더니, 기분을 돌려보려는지 나를 돌아보고 웃었다.

"이제 곧 운동회지? 감기 들면 안 된다."

"괜찮아."

"아빠랑 엄마도 도시락 싸 가지고 갈 테니까, 달리기 경주에서 열심히 뛰자."

"됐어, 그런 건 뭐."

"아니야, 유코는 이모한테 와서 봐 달라고 할 거니까."

"안 와도 된다니까, 정말로."

"그렇게 사양할 것 없다니까 그러네."

"사양하는 거 아니야."

뚝뚝하게 대답하는 나를 엄마는 지친 얼굴로 바라보며 미소 짓는다. 나는 이제 엄마의 얼굴을 정면으로 쳐다보지 않는다. 보면, 가슴이 아프다. 머리카락을 쥐어뜯고 싶어진다.

"나는……." 뒤에 이을 말도 생각하지 않고, 그저 덮쳐 오는 침묵에서 벗어나고자 말을 꺼냈다. "삼촌네 집으로 이사해도 돼. 그게 좋지? 내가 밥 먹는 거나 빨래하는 거나 걱정하지 않아도 되잖아."

그 자리에서 떠오른 생각인지 뭔지, 나도 알 수 없었다. 입 밖으로 내고서야 비로소 그런 방법도 있다는 걸 깨달은 것 같기도 하고, 오래 전부터 생각해 오다가 이제야 말을 꺼낸 거 같기도 했다.

엄마는 바보 같은 소리 말라며 웃었다.

"농담 아니야, 나 진심이야. 여름방학 때도 그랬으니까, 괜찮아. 나 착하게 말 잘 듣고 있을게."

"무슨 말 하는 거니? 그리고 무엇보다 네가 삼촌 댁으로 가면 학교도 옮겨야 하는데 너 전학 가도 괜찮겠어?"

나는 고개를 떨구고 괜찮다고 했다. 에비수의 얼굴, 하마모토의 얼굴, 요시다 도미코의 얼굴, 기쿠의 얼굴, 오자와의 얼굴, 다른 몇몇 친구들의 얼굴이 어지럽게 떠올랐다가 사라졌다. 엄마, 나 학교에서 왕따 당하고 있어. 전학 온 에비수가 날마다 괴롭히고 때리고, 하마모토는 나한테 말도 안 걸어 준다고. 목구멍 끝까지 올라온 말을, 하지 마, 말하면 안 된다, 고 꾹꾹 눌러 삼키는 사이에 눈물이 솟아올랐다.

"뭐야, 이거. 안 돼, 안 돼, 전학 가는 건 안 되겠어. 나도 참 바보다, 거기까진 생각 못 했어. 지금 한 얘기, 없었던 거다. 삼촌네 가는 거 없었던 얘기다."

여전히 눈물을 뚝뚝 흘리면서, 웃었다. 당황해서 달뜬 내 목소리는 엄마의 귀까지 가 닿았는지 어쨌는지 모르겠다.

엄마는 아무것도 묻지 않고, 또 아무 말도 하지 않고, 내 어깨를 감싸 안았다.

꽉, 터질 듯이 안았다. 나는 고개를 숙인 채 무릎에 얹은 조그맣게 움켜쥔 주먹을 내려다보았다.


4


이튿날 아침, 잠을 제대로 못 자 뻑뻑한 눈을 연신 깜빡거리면서 학교 건물의 현관에서 신발을 갈아 신고 있는데, 요시다 도미코를 선두로 우리 반 여자아이들 몇 명이 내게 다가왔다.

"너, 너무 속상하지 않니? 넌 잘못한 것도 하나 없는데, 이런 거 정말 웃겨."

요시다 도미코는 나와 마주 서자마자, 화난 목소리로 말했다. 쌍꺼풀진 왕방울만한 눈을 더 동그랗게 뜨고 볼을 부풀려 가며 다른 여자아이와 서로 눈짓을 주고받은 뒤 말을 이었다.

"여자들끼리 모여 의논했어. 후지타 선생님께 이야기해 볼게. 히로시가 에비수한테도, 하마모토한테도 왕따 당하고 있다고 말이야. 우리들이 괜한 참견한다고 생각할지도 모르지만, 우린 더 이상 두고 볼 수가 없어. 이대로 그냥 두면 히로시, 너무 불쌍하잖아."

주위에 서 있던 여자아이들이 모두 고개를 끄덕였다. 초등학교 6학년은 여자아이들이 남자아이들보다 덩치가 큰 시기다. 요시다 도미코와 그 무리들의 시선은 위에서 아래로 향해 있다.

"응? 히로시, 선생님께 이야기해도 되지? 학급회의를 열어서 아이들 전부 이 문제에 대해서 이야기하도록 해야 해."

나는 고개를 숙이고 좌우로 흔들었다.

"왜? 우리들, 히로시 너를 걱정하고 있어. 왜 말하면 안 되는데?"

말이 안 나온다. 어떻게 설명해야 좋을지 모르겠다. 나는 그저 고개만 계속 흔들어 댈 뿐이다. 요시다 도미코의 흰 블라우스 가슴께에 속옷 레이스가 비쳤다. 요시다 도미코는 가슴이 크다. 블라우스를 입고 있으면 잘 티가 안 나지만, 체육복으로 갈아입으면 가슴에 그려진 마름모꼴 학교 마크가 요시다 도미코만 가로세로로 곱절 늘어나 있다.

"도미코는 말이야, 너를 정말로 많이 걱정하고 있어."

요시다 도미코 옆에 있던 도리야마가 말하고, 건너편 구석에서 긴토가 뒤를 잇는다.

"저기, 이 자리에선 말하지 않으려고 했는데, 도미코가 어제도 아이들 모두한테 말했어. 히로시의 여동생한테 종이학을 접어서 선물하자고 말이야. 정말이야, 모두들 정말로 너의 일……."

뒷말은 다른 여자아이의 비명소리에 묻혀 버렸다. 요시다 도미코가 복도에서 뒤로 자빠지는 모습이 슬로모션처럼 눈에 들어왔다. 치마가 위로 말려 올라가 안에 입고 있던 검은색 블루머(bloomers, 바짓단에 고무줄이 들어 있는 여성용 속바지)가 겉으로 드러났다. 그것을 보고서야 겨우, 지금 내가 무슨 짓을 했는지 알았다. 양손에 남아 있는 부드러운 감촉은 요시다 도미코의 봉긋한 가슴을 힘껏 찍어 눌렀을 때의 느낌이었다.

"너 뭐하는 거야!"

긴토가 요시다 도미코를 안아 일으키면서 날카로운 소릴 지르고, 지금까지 잠자코 있던 와타나베까지 나를 노려보며 말했다.

"히로시, 너 아까부터 어디 보고 있었어? 우리 다 알고 있어. 너, 도미코의 가슴만 계속 쳐다보고 있었지? 지금도 블루머를 뚫어지게 봤잖아? 정말 더러운 변태야!"

여자아이들이 퍼붓는 욕설을 고스란히 받으며 나는 밖으로 도망쳤다. "야, 이 겁쟁이야!" 누군가의 목소리가 등에 와 꽂힌다. 요시다 도미코였을지도 모른다.

현관에서 정문으로 이어지는 길을 등교하는 아이들과 몇 차례나 부딪히면서 내달렸다. 몇 발자국을 달려 나간 뒤에야 오른발에는 실내화를, 왼발에는 운동화를 신고 있다는 걸 알았다. 돌아갈까, 생각한 건 그 한순간으로 끝이었다.

1학년인지 2학년인지 가방 곁에 노란 커버를 씌운 조그만 사내아이가 달려오는 나를 피하려다 넘어졌다. 나는 멈춰서지도, 돌아보지도 않고 계속 달렸다. 눈은 뜨고 있었지만, 아무것도 보이지 않았다. 하늘의 푸르름만 눈에서 가슴속으로 미끄러지듯 스며든다. 신은 어디에도 없다고 생각했다. 아무리 참고 견뎌도, 아무리 착한 아이가 되려고 애써도 신은 나를 괴롭고 슬프게만 한다. 그런 건 신도 뭣도 아니다.

윤곽이 흐릿한 정문이 앞으로 다가온다. 문 앞 횡단보도 신호등이 파란색으로 바뀌고, 얼굴을 제대로 알아볼 수 없는 수많은 남자아이들과 여자아이들이, 하나 둘 셋! 구령이 떨어진 것처럼 내 쪽을 향해 일제히 걸어온다.

"히로시!"

스쳐 지나간 몇몇의 형상들 속에서 목소리가 들렸다. 하마모토다,

하마모토다. 나는 달리는 속도를 늦춰 소리 나는 쪽을 돌아다보고 눈의 초점을 맞췄다.

"너, 뭐하는 거야? 어디 가?"

의아한 표정으로 나를 보고 있는 아이는 에비수였다. 당연하지, 개네 둘은 목소리가 완전히 다르잖아. 실망하기에 앞서 나는 다시 전속력으로 뛰기 시작했다. 교문을 빠져나와 파란불이 깜빡이는 횡단보도를 건넜을 때, 유코와의 약속이 떠올랐다. 하지만 되돌아갈 마음은 들지 않는다. 이제 어디로 갈 것인지도 생각나지 않는다. 이곳 이외의 장소라면 어디든, 상관없다.

"히로시! 야! 잠깐 기다려!"

에비수가 뒤쫓아 온다. 나는 그대로 앞을 향한 채 외쳤다.

"따라오지 마!"

"뭐야, 너, 왜 화를 내고 그래?"

"저리로 가!"

"기다리라니까, 야, 히로시. 너 또 걷어찬다, 이 바보 자식아."

에비수의 목소리는 눈 깜짝할 사이에 뒤통수까지 바투 다가와 있었다.

횡단보도 앞에서 다시 에비수를 마주하게 됐다. 국도의 우회로다. 이번 신호는 빨간색이었다. 오른쪽으로 돌까, 왼쪽으로 꺾어질까 잠시 망설이느라고 속도가 떨어지는 바람에, 에비수의 큰 덩치가 등 뒤로 덮치게 된 것이다. 나는 멈춰 서서 몸을 모로 틀고 눈을 감았다. 나 스스로도 무슨 소린지 모를 큰 소리를 지르며 오른팔을 있는 힘껏 아래에서 위로 내질렀다. 와 닿는 게 있었다. 체육 시간에 쓰는 매트 같은 단단함. 주먹이 튕겨 나간다고 느낀 바로 그 순간, 의외로 내 주먹은 곧장 그 매트에 가 박혔다. 눈을 뜬다. 에비수의 턱과 입 경계에 내 주먹이 있다. 어퍼컷. 〈내일의 조〉에서 리키이시 도루가 조를 때려눕힌, 바로 그 필살의 펀치가 먹힌 것이다.

주먹을 얼굴에서 떼려 했지만 온몸이 마비되어 버린 것 같이 팔도 다리도 허리도 고개도, 얼굴조차 움직이지 않는다. 에비수가 신음소리를 내면서 내 팔을 잡아 치운다.

에비수는 질러 놓았던 봉을 걷어 내는 것 모양 내 팔을 떼 내더니, 그 자리에 무릎을 꿇고 턱을 두 손으로 누르며 웅크리고 앉았다. 나는 에비수 옆에 허수아비처럼 서서 꼭 쥔 오른손 주먹을 멍하니 바라보았다. 떨고 있었다. 주먹만이 아니다. 팔 전체가, 어깨부터 경련을 일으킨 듯 떨고 있었다. 에비수가 턱을 감싸고 일어난다. 얻어맞을 각오는 당연히 되어 있었다. 날 죽일까? 그래 좋아, 어떻게든 해봐. 나는 걷기 시작했다. 무게가 느껴지지 않는다. 오른발엔 실내화, 왼발엔 운동화, 양쪽 발바닥의 어색한 느낌이 장딴지를 타고 허리로 전해 온다. 몇 발자국 앞으로 나가서야 겨우 주먹을 펼 수 있었다. 피가 통하지 않아 하얗다 못해 푸르스름해진 손으로 한꺼번에 붉은빛이 타고 내려온다. 에비수는 아직까지 주먹질을 하지 않고 있다. 나는 푸르디푸른 하늘을 쏘아보며 계속 걸었다. 하늘로 파도가 번져간다. 수업 시작종이 울린다. 생각했던 것보다 멀리서 들린다. 종소리의 여운이 귓속을 파고들어 귀 전체를 휘감다가 사라진다. 하늘이 흔들린다. 흰구름이 번져 간다. 늦여름의 소나기구름은 이미 뭉게구름으로 바뀌어 있었다.

에비수는 날 때리지 않았다. 아무 말 없이, 가끔씩 턱을 쥐고 칫 칫, 혀 차는 소릴 내면서 내 뒤에 좀 떨어져서 따라왔다.

뭐하는 거야, 빨리 때려, 조금도 겁나지 않아. 발로 차도 좋고 목을 졸라도 돼. 뒤에서 컴퍼스로 찔러도 상관없다고 생각했다. 그런데 에비수는 웬일인지 오늘은 아무 짓도 하지 않는다. 처음에는 그게 영 신경 쓰이고 찜찜했지만, 걷는 동안에 이젠 무슨 짓을 하든 상관없다는 생각이 들더니, 끝에 가선 듬직한 부하를 거느린 왕자가 된 듯한 기분마저 들었다.

미안해. 왕자의 늠름함이 아닌 쓸쓸함으로 가슴을 채우고, 유코에게 사과했다. 오빤 거짓말쟁인가 봐. 에비수를 때렸어. 이젠 분명 부탁해도 소용없을 거야. 하지만 남자는 그렇게 머리를 조아리면 안 되는 거거든. 어차피 이 자식은 에비수님의 자손도 뭣도 아닌데 뭘. 그냥 돼지에다 바보일 뿐인 걸…….

트럭과 트레일러들이 줄지어 오고 가는 우회로는, 마을의 중심지에서 떨어져 있기 때문에 점심나절엔 지나다니는 사람이 거의 없다. 덕분에 컨테이너 창고들이 늘어서 있는 항구 변두리까지 한 시간 정도 걸리는 길을, 아무 방해도 받지 않고 끝까지 통과할 수 있었다.

창고 거리를 지나면 우회로는 T자 모양의 길로 바뀐다. 오른쪽으로 돌면 대학병원이 있는 언덕으로 이어지고, 왼쪽으로 가면 조선소가 나온다. 막다른 길 너머는 바다다.

나는 곧장 내 키보다도 높은 방파제의 계단을 올랐다. 한 발 더 내딛으면 바다로 곤두박질친다. 양끝이 대학병원이 서 있는 곳과 조선소의 제방으로 끊어져 있긴 해도 바다는 한량없이 넓다. 하늘보다도 그 깊이를 더해, 얼핏 초록도 섞여 있는 푸른빛이 끝없이 이어진다.

바다 내음을 실은 바람이 꽤 강하게 분다. 파도를 일으킨다. 파도가 방파제 앞에 쌓여 있는 돌에 부딪칠 때마다 웅장한 북소리가 울려 퍼진다.

소리가 나면 나는 대로 한쪽 귀로 흘려보내고 발밑 수면이 일렁이는 것을 멍하니 보고 있으려니, 몸의 무게가 발끝에서 쑤욱 빠져나가는 것 같다.

"야, 위험해."

계단 밑에서 에비수가 처음 입을 뗐다. 목소리가 탁한데다 고음으로 들리는 것은, 목이 그때까지도 아팠기 때문일지 모른다.

뭐하러 따라왔어, 학교 수업 빼먹는 건 불량 학생이나 하는 짓이라고. 후지타 선생님한테 얻어맞아도 난 몰라, 이 바보야. 나는 에비수에게서 등을 돌린 채 피식 웃고 줄넘기하듯 그 자리에서 점프했다. 몇 번이고 거푸 뛰었다. 앉아 있을 때보다 수평선이 밑으로 내려가 하늘이 넓어진다. 관자놀이가 싸하게 차가워지고 이번에는 수평선이 밀려 올라온다. 죽을까? 죽어 버릴까? 실내화와 운동화 밑창 두께와 무게의 차이로, 착지해서 남긴 발자국 모양이 묘하게 일그러지고, 한번 점프했다가 내려설 때마다 몸이 조금씩 앞으로 나아간다.

"야, 그러다 너 바다에 빠진다, 위험하다니까. 야, 잠깐만!"

거짓말 같다. 에비수가 나를 걱정해 주고 있다. 착하구나, 에비수 너. 사실은 아주 다정한 애 아니었어? 아니, 이건 그냥 해본 소리다.

하하하, 소리 내어 웃고 다시 한 번 힘껏 뛰어올랐다. 바다와 하늘, 각각의 푸른 빛깔이 번져 하나가 된 순간 가방 뚜껑에 붙은 단추가 떨어졌다. 뛰어오를 때 튕겨 나간 교과서와 공책이 산산이 허공으로 날아올랐다.

"아, 안 돼!" 하고 외친 내 목소리와 에비수가 지른 "야, 이 바보야!" 소리가 겹쳤다.

착지와 동시에 양손과 두 무릎을 방파제에 대고, 바다를 쏘아보았다. 물속으로 가라앉았던 필통이 마침 떠오르던 참이었다. 가만히 들여다보니 교과서와 공책 몇 권이 수면 가까이 떠다니고 있었다. 하지만 손을 뻗어 닿을 만한 거리가 아니었고, 그나마도 파도가 모두 집어삼켜 다시 바닷속으로 가라앉더니, 그 길로 그만이었다.

시간이 얼마나 지났을까? 방파제에 무릎을 꿇고 앉아 춤추는 바다를 바라보고 있는 동안 등줄기에 소름이 돋고 무릎이 떨리기 시작했다. 지금까지 느껴보지 못했던 공포가 후회와 절망을 제치고 가슴속에서 두방망이질 쳤다.

점프는커녕 이젠 두 발로 일어서지도 못하겠다. 뒷걸음질쳐 계단을 내려가려 해도 무릎이 콘크리트에 박힌 것처럼 꼼짝도 않는다.

"야, 왜 그래?" 에비수가 묻는다. 아무것도 아니라는 말도 못 하겠다. 소리를 내면 그 즉시 몸의 무게도 입을 통해 다 빠져나가 바다로 떨어져 버릴 것만 같았다.

"못 내려오겠어?"

균형이 깨어질 게 두려워 고개를 쳐들지도 못하고 어, 하고 신음소리만 냈다. 에비수가 뒤에서 반바지의 혁대를 움켜잡는다. 무릎과 손바닥이 방파제에서 떨어진 다음엔 온몸을 에비수에게 맡겼다. 두툼한 팔과 툭 불거진 가슴팍이 나를 받는다.

에비수는 길 위에 주저앉은 내 앞에 쭈그리고 앉아 "너 바보냐?" 하고 웃으며 뺨을 한 대 올려붙였다. 짝, 하는 소리가 안쪽에서부터 귀를 찌르고 왼쪽 볼이 뜨겁게 저려 온다. 하지만 조금도 아프지 않다. 마취를 하고 충치를 뽑을 때처럼, 머릿속으로는 지금 무지 아플 거라는 걸 아는데도 그 통증을 받아들일 장소가 내 몸 어디에도 없었다.

"잊지 마라. 아까 그거, 너 아주 미친 짓이야. 내가 정말 성질대로 했으면 너 같은 건 아주 죽여 버렸을 거야. 괜히 폼 잡으면서 까불지 말라고."

알고 있어. 볼을 부비면서 고개를 끄덕였다. 에비수한테 내가 이길 수야 없지, 에비수는 나 같은 거한테 지면 안 돼.

조선소의 사이렌 소리가 들렸다. 오전 10시. 학교에서는 2교시가 시작됐을 시간이다. 수학 시간이다. 나는 천천히 일어나 구름이 길게 뻗친 하늘을 올려다보았다. 볼에서 손을 뗀다. 볼에 남은 얼얼함과 저릿한 통증을, 바다에서 불어오는 바람이 벗겨 가는 게 기분 좋았다. 시선을 하늘에서 조금 끌어내리자 황토색 암벽 위로 소나무들이 서 있는 곳이 보인다. 소나무 숲 사이로 보였다 안 보였다 하는 흰 건물이 대학병원이다.

"어디 보고 있어?" 에비수가 묻기에 나는 눈도 떼지 않고 말했다.

"내 여동생, 저기 있어. 아기 때부터 몇 번이나 입원했었는데 지금도 저기 있어. 절반은 저 병원이 우리 집이야. 엄마랑 아빠도 쭉 저기 계시거든."

"뭐야, 그게, 네 동생 어디 아파?"

"저기, 에비수. 너희 조상님, 에비수신 아니야?" 말이 어렵잖게, 스르르 입술을 타고 나와 공중에 뜬다. "너, 에비수신의 자손 아니야? 조상님이 에비수신 아니냐고. 가족들한테 그런 얘기 들은 적 없어?"

"있을 턱이 없잖아, 이 바보야. 근데, 그보다 네 동생 어디가 아픈데?"

"에비수, 너랑 나랑 베스트 프렌드지?"

"그런 게 무슨 상관이야, 내가 지금 묻잖아, 대답이나 해."

"베스트 프렌드지? 우리."

"태어날 때부터 아픈 거야, 다친 거야? 아니면 그냥 병이야?"

"우리 베스트 프렌드야, 맞아, 분명히 베스트 프렌드야! 그렇지?"

에비수는 잠시 눈을 깜빡이다가 마지못해 끄덕였다.

나는 목구멍에 끈적하게 달라붙은 침을 꿀꺽 삼키고서 상상도 할 수 없는, 바늘 천 개 삼키기의 아픔을 최대한 흉내 내 보았다. 발갛게 달아오른 유코의 얼굴, 핏기가 가신 창백한 유코의 얼굴. 숨을 들이마셨다가 뱉고, 다시 한 번 들이마시고, 그대로 멈춘다. 그리고 다시 서서히 토하면서 말했다.

"부탁이 있어, 너한테. 내 일생의 소원이니까 들어주었으면 좋겠어. 만약 이 부탁만 들어주면 내일부터 어떤 식으로 괴롭혀도 난 좋아. 때려도 되고, 걷어차도 되고, 죽여도 상관없으니까, 딱 한 번만, 응? 딱 한 번만 내 부탁 좀 들어줘."

"뭔데, 그게."

"신이 되어 줄래? 에비수신의 자손이 돼서 내 동생 좀 만나 줘."

바보, 머릿속에서 소리가 들린다. 같은 장소에서 또 다른 목소리가 들려온다. 그래도 결국 말했잖냐, 고. 두 개의 목소리를 뒤섞듯 나는 서둘러 말했다.

"내 동생, 에비수 너를 무지무지 만나 보고 싶어 해. 네가 에비수신의 자손이라고 생각하고 있어. 에비수님은 신이니까 병도 낫게 해 주실 거라고 매일매일 기다리고 있어. 오늘만, 딱 한 번만이라도 좋으니까, 신이 되어 줘."

"잠깐만 있어 봐, 지금 네가 도대체 무슨 소리 하는 건지 모르겠다고."

"약속했어, 거짓말을 해 버렸어. 에비수 네가 신이라고 그랬단 말이야. 오늘 병원으로 데리고 갈 테니까 조금만 참으라고 그랬다고. 바보지, 나 바보라서, 유코한테, 뭣이든 좋으니까 즐거운 일만 생각하게 해 주고 싶어. 그러지 않으면, 유코, 죽을 거야……. 정말로, 죽어, 내 동생 유코, 죽어……."

책에서 그 글자를 읽을 때하고도, 누가 말하는 것을 들을 때하고도 다르다. 내 입으로 말한 '죽는다'는, 입술 밖으로 흘러나오는 게 아니라 목구멍 속에서 질기게 실을 늘이다가 내 안으로 똑, 떨어진다.

잠시 틈을 두고 에비수가 말했다.

"한심하네. 너란 놈 진짜, 무진장 안 됐다."

짓궂게 말한 게 아니었다. 웃지도 않았다. 세상 돌아가는 얘기를 주고받다가 딱 한 대목 거기서 훌쩍 떨어져 나온 것 같은, 담담하고 차분한 말투였다.

나는 잠자코 고개를 끄덕였다. 실망은 신기하게도 없었다. 처음부터 기대 같은 건 하지도 않았다. 나는 지금 텅 빈 책가방이랑 똑같다. 무게를 모두 잃어 그저 짊어지고 있는 감촉만 남은 책가방처럼, 지금 여기 서 있는 건 내 껍데기뿐이다. 마음은 어디론가 사라졌다. 하늘로 날아 올라갔는지도 모르고, 바닷속으로 빠져든 건지도 모른다.

바보 같아. 텅 빈 몸에서 누구의 목소린지도 알 수 없는 소리가 울려온다. 남자인지 여자인지, 어른인지 아이인지, 굳이 상대를 고르자면 그건 유코의 목소리라 정했다.

"아니, 뭐, 지금 내가 한 말, 그냥 농담이니까 너무 신경 쓰지 마. 에비수라는 이름이 에비수신이랑 똑같잖아. 그래서 그렇게 말하면 재밌지 않을까 해서 그냥 말해 본 거니까."

어젯밤과 똑같다. 그런 생각이 들자 저절로 웃음소리가 새어 나온다. 바보 같아. 유코는 늘 이런 식으로 자기 가슴에 떠오른 것들을 하나씩, 하나씩 지웠던 거겠지.

"미안해, 에비수. 아까 얘기 잊어버려, 응? 나 정말로 바보지? 한심하지? 안 됐다고 생각해. 나도 못 말리는……"

에비수의 오른손이 움직이는 게 보였다. 그리고 순간, 왼쪽 눈앞이 꺼메지면서 빛이 튀었다. 따귀를 맞았다. 아까와는 달리, 이번엔 아팠다. 정말이지 뺨이 떨어져 나가는 것처럼 아팠다. 볼만 그런 게 아니라 귓속까지 저릿저릿 욱신거리고 코가 다 막혔다. 얼굴의 반을 두 손으로 덮고 그 자리에 웅크리고 앉았다. 서 있다가는 어지러워서 쓰러져 버릴 것만 같았다.

에비수는 나를 남겨 두고 성큼성큼 앞으로 걸어 나가기 시작했다.

우회로를 지나, 언덕 쪽으로.

걸음을 멈추지 않고 나를 뒤돌아보면서 "거기까지 어떻게 가는 거야, 가르쳐 줘야지." 했다.

## 5

에비수가 유코의 손을 가만히 쥔다. 괜찮아, 괜찮아, 속으로 말하는지, 고개를 연신 끄덕거린다. 실눈을 뜬 유코에게 에비수신의 자손이보였는지 어쨌는지는 모르겠다. 어젯밤의 고열 기운으로 까칠하게마른 볼을 하고 어렴풋이 웃은 것 같기도 하지만, 그것도 나 혼자 그리 생각하고 있는 것뿐이다.

호흡은 하룻밤 새 많이 안정됐고 열도 내렸다. 엄마에게 물어보니, 먹을 만하면 좀 먹어 보라며 내민 아침 죽도 두세 입 받아 먹었다고한다. 눈을 절반은 감고 절반만 뜬 유코는 커튼 너머로 아련하게 들이치는 햇빛에 싸여 있었다. 간호사 누나들도 드나들지 않아 병실은조용하다. 파도 소리가 희미하게 들린다. 아니, 그것도 사실은 환풍기소리였는지도 모른다.

자고 있구나, 에비수가 나를 돌아보며 웃는다.

"미안해, 모처럼 와 주었는데."

고개를 숙여 사과했더니 에비수는 미소 지은 얼굴 그대로 입술에둘째 손가락을 갖다 댔다. 웃고 있어도 눈이 볼에 묻히지 않는다. 가늘게 빛을 발하고 있었기 때문이다.

엄마는 우리에게 줄 과자를 찾느라 선반을 뒤지고 있다. 가방을 짊어지고 서 있는 우리들을 보고도, 처음에 잠깐 의아한 표정을 지었을뿐, 아무 말도 하지 않았다. 어쩌면 후지타 선생님한테서 전화 연락을 받았는지도 모른다. 거짓말이나 변명을 할 생각은 없었다. 오래간만에 아빠랑 엄마한테 야단을 맞아보고 싶다는 기분도 들었다. 에비수는 유코한테서 손을 떼고 나를 다시 돌아다보며 말했다.

"나을 거야."

고마워. 나는 눈을 내리깔고 웃어 보인다.

"네가 있으니까, 나을 거야. 꼭."

정말 그럴까? 잘 모르겠어, 신께서 하시는 말씀은 잘 모르겠어. 이젠 웃을 수도 없다. 이보다 더 볼에서 힘을 빼면 다른 표정이 되어 버릴 것만 같았다.

에비수의 입술이 소리는 내지 않고 움직였다. 사, 이, 조, 히, 데, 키. 베갯머리 벽, 입퇴원을 반복해도 붙여 놓는 장소는 늘 같았다. 턱으로 사이조 히데키(西條秀樹)의 사인 종이를 가리키더니, 다시 입술이 움직인다. 바아보. 눈이 볼살에 파묻혔다. 가는 눈매의 끝이 젖어 있었다.

"저기 있잖니, 유코가 바라는 거 엄마가 들어 두었단다."

엄마가 선반에서 과자 상자를 꺼내면서 말했다.

"정말이야, 엄마?"

"어젯밤, 열이 한창 올랐을 때 말하더라."

엄마는 봉투에 든 과자를 몇 개씩 꺼내 에비수에게 먼저, 그다음 내게 건네주고 다시 한 번 에비수를 보았다. 흐뭇한 표정으로, 태양에 눈이 부신 듯, 보고 있었다.

"에비수님, 잘 들어요. 아줌마, 유코가 말한 그대로 전할 테니까."

에비수는 잠자코 고개를 끄덕였다.

"유코가 말이야…… 어젯밤, 몇 번이나 말했어. 의사 선생님이 그만하라고 하셔도 목구멍을 크륵 크륵 울리면서. 오빠에 관한 거, 히로시에 대해서 말이야. 앞으로도 쭉 사이좋게 지내 달라고. 우리 오빠하고 쭉 친구로 있어 주세요, 하고 말했단다. 오빠는 학교가 끝나도 친구들하고 놀지 못하니까 에비수님이 친구로 있어 주면 좋겠다고…….

바보! 유코, 너 정말 바보다. 나는 어찌할 바를 몰라 슬리퍼로 바닥을 짓찧었다. 왜 그런 걸 부탁하는 거야, 딱 한 번밖에 못 만나는데. 에비수님은 한 번밖에 와 주지 않을 거란 말이야. 오빠에 대한 건 부탁해서 뭐하겠다고, 바보같이…….

에비수는 엄마에게 말했다.

"우리들, 베스트 프렌드예요."

하지만 앞으로도 쭉 베스트 프렌드일 거예요, 라고는 덧붙이지 않았다. 그 이유를 나는 병원을 나선 뒤 시내 방향으로 언덕길을 내려오면서 알았다.


"오줌이나 싸자."

바다 쪽 커브 길을 돈 지점에서 그때까지 입을 꾹 다물고 있던 에비수가 갑자기 길섶 소나무 숲으로 들어갔다.

"나, 여기서 기다릴게."

"괜찮으니까 들어와."

화난 목소리. 유코의 병실을 나온 뒤부터 에비수는 계속 기분이 언짢은 표정을 짓고 있었다. 말을 걸어도 "시끄러." 한마디뿐, 중간부터는 그나마 대꾸도 않고 내가 앞길을 막아서려 하면 암말 않고 머리를 쥐어박는다. 연극이 끝나고 예전의 에비수로 돌아왔구나 생각했지만 그래도 어딘가 다르다. 오늘은 아침부터 이상했다. 그래, 맞아. 이상해. 뭔가 이상해. 만날 보던 에비수랑 달라. 한두 가지가 아니야, 오늘.

에비수는 소변볼 장소를 찾아 소나무 숲으로 터벅터벅 깊숙이 들어간다. "뱀 나올지도 모른다."고 말을 걸었지만, 역시나 묵묵부답이었다.

"넌 여기서 싸. 난 이쪽에서 눌 테니까."

멈춰 서서 손가락으로 가리킨 건 바짝 붙어 선 두 그루의 소나무였다. 에비수가 오른쪽, 내가 왼쪽. 학교 화장실과 비슷한 간격이다.

"남자는 말이야⋯⋯." 에비수는 반바지의 지퍼를 내리면서 말했다. "나란히 서서 같이 오줌을 눌 수 있어서 좋지."

"그래."

나도 팬티 속을 더듬으며 끄덕였다. 그냥 서서 오줌을 눌 수 있어 좋다고 한 게 아니라, 나란히 서서 오줌을 눌 수 있어 좋다고 한 말이 은근히 좋았다.

에비수의 오줌발이 힘차게 소나무 밑둥치에 날아든다. 굵다. 한줄기로 곧게 뻗는다. 고추는 손가락 안에 감추어져 있었지만 거뭇거뭇한 게 언뜻 보였다.

나는 에비수한테서 눈을 돌리고 내 고추를 팬티 속에서 끄집어냈다. 매끈한 아랫배 맨살에 쌀쌀한 바닷바람을 느끼면서 고추에서 힘을 뺀다. 가는 오줌줄기가 자세히 보면 두 줄, 밧줄처럼 서로 엉겨붙는다. 찔찔찔, 뻗는 것도 시원찮다. 소나무까지는 가 닿지도 못하고 마른 소나무 잎들이 깔린 흙바닥에 노리끼리한 물웅덩이를 만들어 놓는다.

"유코라고 했지? 네 동생."

"응. 선하고 상냥한 아이가 되라고, 유코라고 지었대."

"건강해질 거야, 꼭, 이거 정말이야."

"그러면 좋겠지."

"낫는다니까, 이 바보. 내가 말하잖아."

에비수는 몸을 한 번 부르르 떨더니, 오줌을 다 싸고 등에서 가방을 내리면서 내 뒤로 돌아왔다.

"잠깐만 기다려, 금방 끝나니까."

"됐어. 마저 싸."

"금방, 금방 끝나."

고추를 보이지 않으려고 등을 웅크리자 에비수는 내 가방 뚜껑을 열고 안을 들여다보았다.

"뭐야, 이거. 전부 다 바다에 빠뜨렸잖아."

기막히다는 듯이 혼잣말을 하고 자기 가방에서 교과서를 꺼내 내 가방 안에 넣었다.

등이 무거워진다. 텅 빈 가방에, 늘 느껴왔던, 하지만 묘하게 반가운 무게가 차곡차곡 채워진다.

"나머지 교과서들은 전부 내 책상 안에 있어."

에비수는 그렇게 말하고 딱지를 붙이는 것 모양 가방 뚜껑의 끝을 단추에 탁, 찍었다. 한 방에 닫혔다. 달라붙듯이 꽉 닫힌 뚜껑은 두 번 다시 제멋대로 열렸다 닫혔다 달각대지 않는다는 걸, 새삼 알았다.

"내일부터 네가 써."

"그러면 안 되지." 돌아보고 싶었지만 오줌이 그때까지도 떨어지고 있었다. "너도 교과서 없으면 안 되잖아."

"필요없어, 나는."

"어째서?"

"전학 가."

"거짓말……."

당황해서 몸을 돌리는 바람에 마지막 한 방울이 손가락에 떨어졌다. 에비수는 "에이, 더러워. 이 자식아, 이쪽으로 돌지 마." 하며 뒷걸음질치고 킬킬대면서 발밑에 떨어진 솔방울을 주워 하나, 둘 나를 맞췄다. 표적은 내 고추였다. 쭈글쭈글 오므라든 고추를 팬티 속으로 집어넣으면서 몸을 비틀고 허리를 구부려서 솔방울을 피하는 동안 나도 웃음이 났다.

"야! 너, 내가 없어지는 게 그렇게 좋냐?"

"아니, 아니야. 에비수, 역시 신이었구나 싶어서. 그렇지 않아? 신이니까 볼일이 끝나면 하늘나라로 돌아가지. 아니야? 펑, 하고 말이야."

"바보."

"그래, 바보야, 난. 정말로."

"넌 정말 알다가도 모를 녀석이야. 뭘 그렇게 실실대냐? 이 바보야."

뻔하잖아. 너무너무 슬프니까 웃는 거잖아.

대답 대신 발밑의 솔방울을 하나 주워 에비수에게 던졌다. 에비수는 피하지 않았다. 반바지의 한가운데, 고추 근처에 맞았다. 에비수는 야구 심판 흉내를 내면서 소리쳤다.

"스트라이크!"

우리들은 약속했다. 길을 걸으면서 교실에 돌아가면 이사 가는 곳의 주소를 가르쳐 주기로, 몇 번이고 다짐을 받았다. 손가락을 걸자고 내가 새끼손가락을 내밀었더니 에비수는 뚱한 얼굴로 "유치한 짓 하고 있네." 하며 새끼손가락 끝을 겨냥해서 침을 뱉었다. 그걸로 됐어. 나는 우리가 손가락 약속을 한 걸로 쳤다.

"정말로 꼭 가르쳐 줘야 돼, 잊어버리지 말고. 나 꼭 편지 쓸 테니까."

"알았다고 했잖아, 거참 되게 끈질기네."

"거짓말하면 바늘 천 개다, 알지?"

"빨리 걷기나 해. 급식 시간 놓치겠다."

"그리고 나중에 역까지 배웅하러 나갈게, 괜찮지?"

"어유, 시끄러!"

"나 잊지 마. 우린 베스트 프렌드잖아. 약속해, 이것도 꼭이다."

에비수는 성가시단 표정으로 고갯짓을 하는 둥 마는 둥 끄덕이고는 얼굴을 들어 시선을 멀리 두고서 말했다.

"어차피 두 번 다시 만나지도 못할걸, 뭐."

나는 잠깐 생각한 다음 대답했다.

"평생 잊지 않을 거야, 나는."


대형 트레일러 몇 대가 줄지어 우리들을 추월해 지나갔다. 내 말이 안 들렸는지 에비수는 대답이 없었다. 한 번 더 말할까 하는 생각도 했지만 그만뒀다. 내 입으로 내뱉은 그 말에 나도 멋쩍은 기분이 들어서.

점심시간, 교실에는 여자아이들밖에 없었다. 책상을 구석으로 치워놓은 빈자리에 모조지를 접어 만든 응원기를 펼쳐 두고, 서로 나누어 밑그림을 그리고 색칠을 하고 있었다. 칠판에는 하마모토가 삐뚤빼뚤하게 갈겨쓴 '남자들은 운동장!'이란 글자가 적혀 있었다. 그 옆에 조그맣게 키야의 글씨로 '히로시도', 또 그 옆에는, 이건 기쿠의 글씨다, '에비수도'.

문 옆에 있던 도리야마가 처음 우릴 알아보고 "도미코, 도미코! 히로시가 왔어!" 하며 요시다 도미코를 불렀다.

에비수는 내 어깨를 뒤에서 밀며 "나 오줌 누고 올게." 하고 다시 복도로 나갔다.

"아까 눴잖아." 했더니 "시끄러워, 내 맘이야." 하고 다시 어깨를 쥐어박듯이 밀고는 그대로 화장실로 뛰어간다. 뒤쫓아 가려는데 그 전에 요시다 도미코가 다가왔다. 현관에서 나를 에워쌌던 여자아이들까지 전부. 요시다 도미코도, 도리야마도, 와타나베도, 긴토도 모두 눈에 힘이 빠진 그런 표정으로 나를 보고 있었다. 아침에 그랬던 것처럼, 요시다 도미코가 제일 먼저 입을 열었다.

"미안해, 히로시. 우리들이 아침에 너무 생각 없이 말했어. 네가 용서해라."

"하마모토한테 혼났어, 우리들 전부."라는 와타나베의 말에 이어 긴토가 말했다.

"쓸데없는 짓 하지 말라고. 하마모토가 무진장 화를 내더라."

"하마모토가?"

요시다 도미코가 고개를 끄덕이며 "너 에비수하고 병원에 갔었지? 후지타 선생님이 급식 시간에 그러셨어." 하고 말했다.

"선생님이 어떻게……."

"선생님은 반에서 생기는 일은 전부 알고 있다며 큰소리치긴 하셨지만 대충 너의 어머니께 들은 거 아니겠어?"

아까부터 요시다 도미코 옆에서 키득대며 "네가 말해." "아니야, 네가 말해." 하고 서로 팔꿈치로 툭툭 치고받던 와타나베와 긴토가 도미코의 말을 이어받아 차례로 말했다.

"그런데 좀 웃겨, 하마모토 말이야. 선생님께 괜한 소리 해 가지고 야단만 맞았잖아."

"우리한테 자기가 제대로 말하겠다며 잘난 척하면서 조회 시간에 선생님께 말씀드렸거든. 히로시가 감기 때문에 열이 나서 늦을 거라고 자기한테 전화를 했다고 말이야."

"선생님도 처음엔 그 말을 곧이 믿었는데 급식 시간에 들어오셔서 선생님한테 왜 그런 거짓말을 하냐며 꿀밤 세 대."

"무지 아팠을 거야, 우리들까지 움찔움찔했는걸."

"히로시, 지금 이 얘기도 하마모토한테 하면 안 돼. 또 화낼 테니까."

두 사람이 하는 말에 연신 고개를 끄덕이던 도리야마가 갑자기 떠올랐는지 "알아들을까?" 하며 베란다를 건너다보았다. 우리들이 돌아오면 곧바로 알려달라고 하마모토가 부탁했단다. 우리들. 나와 에비수. "그 뚱땡이, 정말로 히로시의 베스트 프렌드가 된 거 아니야?" 하마모토가 한 말을 목소리까지 흉내 내며 재현한 건 긴토였다.

도리야마는 베란다에서 운동장을 향해 두 손을 크게 흔들었다. 응원기에 그림을 그리고 있던 나카야가 "이걸 흔드는 게 눈에 더 잘 뜨일 거야." 하며 빨간색 도화지를 가져간다.

"그리고 말이야, 히로시."

요시다 도미코가 상냥한 목소리로 내 시선을 베란다에서 되돌린다. 나는 이제 요시다 도미코의 가슴을 보지 않는다. 키 차이가 나서 어쩔 수 없이 약간은 얼굴을 위로 쳐들어야 하지만, 내 시선은 정확히 요시다 도미코의 얼굴을 마주보고 있다.

"히로시, 너는 기분이 별로 안 좋을지도 모르겠지만, 우리가 생각해 봤는데 우리 모두 종이학을 접어서 네 동생한테 선물하고 싶거든. 병원에 가져가든 말든 그건 너한테 맡길게. 아무튼 받아나 줄래?"

"고맙다."고 했다. 유코가 정말로 기뻐할 거야. 정말이지 고맙다, 고 덧붙이고 싶었지만, 가슴이 메어 말이 나오지 않았다. 신은 역시 존재한다. 다시금 믿었다. 분명코 있어. 정말로. 게다가 말이지, 듣고 놀라지 마. 어쩌면 신은 나의 베스트 프렌드가 되어 주셨는지도 몰라.

"근데 히로시, 너 뺨이 왜 그래?" 와타나베가 내 왼쪽 볼을 가리켰다. "멍이 들었잖아. 아프지 않아?" 에비수한테 맞았겠지. 모두들 그런 얼굴로 나를 보고 있었다.

나는 고개를 가로젓고 천천히 숨을 들이쉰 다음 말했다.

"신께 따귀 한 대 얻어맞은 거야."

멍한 표정을 짓고 있는 요시다 도미코는, 예쁘다. 학급회 시간에 사회를 볼 때보다, 음악 시간에 피아노를 칠 때보다도, 지금이 훨씬 예쁘다.

"야아! 히로시!" 운동장에서 하마모토의 목소리가 들려왔다. 메가폰에 대고 소릴 지르고 있다. 요시다 도미코가 킥, 웃는다. 와타나베도, 긴토도, 베란다에 있던 도리야마도, 모두들 웃었다.

"빨리 내려와! 기마전 하는데 말이 부족해!"

그리고 그다음에.

"에비수도 어서 와! 지금부터 홍팀하고 연습 시합할 거야! 넌 우리의 비밀 무기야!"

요시다 도미코가 "뭐해, 기다리잖아." 하며 달뜬 목소리로 말하니 긴토가 "에비수도 데리고 가. 하마모토 또 화내겠다." 하며 장난스럽게 와타나베와 얼굴을 마주하고, 둘이 동시에 듀엣 가수처럼 "빨리이~" 하고 채근했다.

나는 복도로 달려 나갔다. 화장실까지 곧장 내달렸다.

에비수, 에비수, 에비수, 머릿속에서 계속 이름을 부르며. 우리 같은 조가 됐으면 좋겠다. 4인조가 안 되면, 나 혼자 에비수랑 둘이서만 한 조가 되면 된다. 내가 말이 돼서 에비수를 업는다.

그대로 찌부러질까? 달리면서 푸후후, 웃었다. 우리한테는 하마모토와 에비수가 있어, 어디 다들 덤벼 보라고, 홍팀 따위에 질까 보냐?

"에비수! 기마전 하자!" 화장실로 뛰어 들어가면서 크게 소리쳤다.

아무도 없었다.

내 목소리는 타일 벽을 맞고 튕겨 나와 귀에서 쇳소리가 날 때까지 끊임없이 울려 댔다.

## 6

운동회를 치른 다음 주, 나가시마 시게오 선수는 현역에서 은퇴했다. 주니치 드래건스와 겨룬 마지막 시합이 있던 날, 후지타 선생님은 전에 없이 유급휴가를 내셨다. 시합을 보기 위해 도쿄까지 간 거라는 소문이 있었지만 사실인지는 모른다.

에비수에 관한 소문도 몇 가지 떠돌았다. 에비수의 어머니가 이 동네에서 진 빚을 갚지 않고 그대로 야반도주했다는 말도 있었다. 그리고 사실 에비수의 아버지는 야쿠자도 뭣도 아니라, 그저 부부 싸움으로 관계가 안 좋아져 별거 중이었던 것뿐이라고 말하는 사람도 있었다. 전학 갈 학교의 수속도 밟지 않고 떠났기 때문에 후지타 선생님이 한동안 교무실에서 그 문제로 투덜댔던 모양이다.

에비수는 약속을 지키지 않았다. 나는 베스트 프렌드를 배웅할 수도, 내 베스트 프렌드에게 편지를 쓸 수도 없었다. 가끔씩 하늘을 올려다보며, 너 바늘 이천 개 삼키기다, 혼잣말하며 쓴웃음을 흘릴 뿐이다.

만약에 주소를 가르쳐 주었다면 맨 처음 편지에 하마모토의 이야기를 쓸 참이었다.

에비수가 말없이 전학 가 버린 것을 가장 속상해 했던 건 바로 하마모토였다.

"그 녀석한테 난 빚진 주먹이 있단 말이야!" 운동회가 끝난 뒤에도 여전히 들고 다니던 메가폰으로 책상을 내리치면서 분통을 터뜨렸다. 지각하던 날, 내가 어퍼컷으로 에비수를 자빠뜨렸다는 얘기를 해주어도, 하마모토는 그저 "너, 제정신이냐?"할 뿐 결코 믿으려 들지 않았다. 두 번째 편지에는 유코의 이야기를 썼을 거다.

아빠가 말하던 오사카 대학병원의 훌륭한 선생님이 유코의 수술을 맡아 주시게 됐다. 검사 결과, 수술의 성공률은 5대 5에서 7대 3으로 떨어졌지만, 수술을 하지 않으면 스무 살을 넘기지 못할 확률이 거의 100%라고 했다. 지역신문에 유코의 기사가 난 일도 있고 해서 많은 격려 편지와 성금이 집으로 전달됐다. 신사의 부적도 몇 개나 배달됐고, 기원을 담은 종이학은 병실의 벽을 메울 정도로 모였다. 베갯머리 가장 좋은 자리를 장식한 것은 요시다 도미코를 비롯한 여자아이들이 선물해 준 종이학이었고, 엄마가 "유코의 잠옷에 꽂을 부적은 어느 걸로 할까?" 하고 물었을 때 나는 주저 없이 에비수 신사의 부적을 골랐다.

수술 결과에 대한 이야기는 세 번째 편지가 되겠지.

고맙다, 라고만 썼을 거다.

그리고 지금.


"이거 몇 년 만이야?"

정수리 부근이 성성해진 하마모토의 물음에 나는 말없이 악수를 청했다. 5년 만이다. 하마모토의 결혼식 이후로.

도쿄에서 생활한 지 15년이 넘어 아이들이 생긴 이후로는 오봉(우리 나라의 추석 같은 명절)과 설날에도 그냥 도쿄에서 보내는 경우가 많아졌다. 고향에 내려와도 고작 1박 2일. 어릴 적 친구들과 만날 시간 도 빼기 어렵다.

"가끔은 전화 좀 하고 와라. 너는 나이를 먹어도 요령을 모르냐, 어째."

"인도양으로 전화를 해서 뭘 어쩌게."

하마모토는 형님이 선장을 맡고 있는 다랑어잡이 어선을 타고 일 년에 절반은 바다에 나가 있다. 6년 전 내 결혼식 때는 출어로 참석하지 못하는 대신 식장으로 냉동시킨 다랑어를 한 마리 통째로 보내왔다. 덕분에 프랑스 요리 피로연에 난데없이 다랑어회가 딸려 나왔지만 정말이지 잊을 수 없는 맛이었다.

"그렇긴 한데, 이번엔 타이밍이 아주 좋았어. 이렇게 내려온 김에 만나니 망정이지, 동창회가 있다고 해도 도쿄에서는 뭐……."

"대학병원이 작년에 새로 바뀌었는데, 알고 있어?"

"버스에서도 봤고, 비행기에서도 슬쩍 보이더라. 집사람이랑 딸한테 가르쳐 줄까 했는데, 아주 싹 바뀌어 버려서 유코가 있던 방이 어딘지 도무지 알 수가 없더라구."

"어이구, 이거 히로시 입에서 '집사람'이란 말도 다 듣네. 이제 제법인데."

하마모토는 웃으면서 맥주 컵을 내 잔에 부딪고 그제야 생각났는지, "그래, 잘 지냈냐?" 했다.

"응, 뭐 그럭저럭."

"살 좀 쪘나? 조금?"

"그렇지?"

"고기 먹지 말고 다랑어 먹어. 콜레스테롤 쌓이잖아."

나는 피식거리며 고개를 끄덕이고는 하마모토의 어깨너머로 기쿠의 등을 쳐다보았다. 이 사람 저 사람 가리지 않고 말을 걸면서 명함을 돌리고 있다. 화장품 통신판매 대리점을 하고 있다고, 돌아가면서 근황을 밝힐 때 이야기했다. 그 옆 무리의 중심이 된 건, 6학년 3반의 임원이었던 오자와. 개혁파 정당에 속해 있으면서 다음 시의원 선거에 입후보할 모양이다. 경기 불황으로 폐쇄된 조선소 자리의 재활용 문제를 두고 시장과 건설업자가 유착되었다는 이야기를 아까부터 몇 차례나 반복하고 있다.

넓찍한 자리의 상석에는 빨간색 카디건을 걸친 후지타 선생님이 이젠 어느 모로 보나 완연한 아주머니가 된 6학년 3반 여자아이들에게 둘러싸여 있다.

초등학교 졸업 이래 처음 갖는 동창회다.

안내장의 서두는 "지루했던 여름도 지나고, 이제 좀 선선해졌습니다. 전 6학년 3반 여러분들도 모두 무고하시리라 생각합니다. 잠깐, 깜짝 놀랄 소식을 전하겠습니다. 우리 반의 귀신, 후지타 선생님께서 벌써 환갑을 맞이하셨습니다. 두 볼이 발그스름한 소년 소녀였던 우리들도 이제 서른 중반을 넘기려 하고 있습니다."였다.

모두 그리웠던 얼굴들이다. 키얀은 고등학교 영어 교사가 됐다. 마루는 오사카 라디오 방송국 프로듀서다. 데루, 나카사이, 와타나베, 긴토, 도리야마……

얼핏 봐서는 누군지 알아보지 못할 정도로 변해 버린 사람도 있다. 회식 장소에 도착하자마자 "히로시, 오랜만이다. 잘 지냈어?" 하고 말을 건 요시다 도미코에게, 초등학교 6학년 시절의 그 모습은 남아 있지 않다. 키는 그때와 별반 다를 바 없는데 옆으로는 당시의 두 배 가까이 퍼진 듯싶다.

요시다 도미코는 학교 선생님이나 변호사가 된 것도 아니요, 가수나 영화배우가 되지도 않았다. 우리 반 최고 똑똑이의 자취는 이제, 데릴사위를 들였다는 것과 뉴타운 단지 내에서 무농약 야채 공동구입을 맡아서 하고 있다는 정도에서 찾아볼 수밖에 없다. 그래도 이야기 중간중간에 "어머나, 세상에, 그거 정말이야?" 하면서 눈을 동그랗게 뜨고 고개를 갸웃거리는 걸 보면 역시 요시다는 요시다였다.

술자리가 무르익을 즈음, 후지타 선생님이 가방 안에서 노트 한 권을 꺼내셨다. 당시의 학급일지를 집에 보관했다가 갖고 나오신 거다. 당시의 여자아이들이 환호성을 지르고 옛날 일을 이야기하며 한 장씩 넘긴다. 일지가 이쪽으로 넘어오려면 시간이 꽤 걸릴 듯싶다.

기쿠를 비롯한 다른 아이들과 함께 둘러앉아 열심히 떠들고 있던 하마모토가 위스키 병을 손에 들고 내 옆으로 돌아왔다. 책상다리를 하고 등을 벽에 기댄 채 "이거 안 되겠네, 벌써 취했나 봐. 바다 위에 떠 있는 거랑 달라서 발밑이 흔들리지 않으니까 오히려 페이스 잡기 힘드네." 하면서도 위스키를 스트레이트로 들이켠다.

"기쿠한테 물어봤는데 결국 에비수의 주소는 알아내지 못했대."

나는 잠자코 주억거리다 하마모토가 따라준 위스키를 한 모금 마셨다.

"너 내심 기대하고 있었던 거 아니냐? 히로시."

"조금은." 이번엔 위스키에 물을 타서 한 모금 더. "그런데, 뭐 어차피 어려울 거라는 생각은 했어."

"만약에 왔으면 요번에 아주 결판을 내려고 했는데. 정말이지 간사 저놈은 일을 어떻게 한 거야. 에비수 자식 안 부르고 누굴 불렀냐고."

"이젠 나이도 먹었으니까 그렇게 심하게 말하지 마."

"무슨 소리! 바다 사나이는 아무리 나이를 먹어도 언제까지나 젊은 이야. '포에버 영(forever young)'이라고."

하마모토는 우스꽝스럽게 말하더니 잠깐 뜸을 들이다가 천장을 올려다보면서 나직하게 혼잣말했다. "에비수라……."

"보고 싶네." 나는 말했다.

"그야 그렇겠지, 베스트 프렌드였잖아, 너희들."

"베스트 프렌드는 무슨, 그냥 왕따 대장이었지, 그 녀석은."

"어이구, 이제야 바른 소리하네. 너 그러다 에비수한테 또 얻어터져도 모른다." 하며 어깨를 툭 쥐어박는다.

나는 강편치라도 얻어맞은 것 모양 몸을 모로 틀고 하마모토에게 들리지 않게 작은 소리로 에비수에게 사과했다. 미안해. 지금 한 말은 그냥 해본 소리야.

"최근 들어 말이야, 신문이나 TV에서 왕따에 관한 뉴스가 나오잖아, 난 그거 볼 때마다 에비수하고 네가 생각나. 뭐라고 해야 되나, 원조 왕따라고나 할까? 우리 때 왕따는 그렇게 걱정할 만한 건 아니었던 거 같은데……. 그래, 그때가 그립다."

사실, 나도 그렇다. 매스컴에서 자기가 왕따 당할 거라는 걸 알면서도 피해 학생은 왜 그랬는지 왕따 부대 옆에 붙어 있었다는 이야기를 들으면, 딱히 아픔이라고도 말할 수 없는, 바로 보지도 외면하지도 못할 그런 묘한 감정이 가슴속에 인다.

약한 사내아이는 강한 사내를 동경하는 법이잖아, 그 정도도 모르고 떠들고들 있나? 평론가와 시사 토크쇼 진행자를 향해 내뱉은 적도 있다. 에비수는 왕따에 관한 뉴스를 보고 어떤 식으로 생각할까. 나를 한 번쯤 떠올려 보기는 할까? 아무 말 없이 사라진 데 대한 벌, 바늘 2천 개를 아직도 삼킨 채로 있을까?

"그 녀석, 사실은 히로시 너를 좋아했던 거겠지. 어렸을 땐 그런 생각 해본 적 없는데 요즘 들어 그렇게 생각하게 됐어."

"에비수는 아마 하마모토 너도 좋아했을 거야."

"웬 바보 같은 소리를 하고 있어."

그러면서도 하마모토는 내 말이 아주 없는 소리는 아니라는 듯 히죽 웃더니, 한 잔 더 마시자며 턱으로 위스키 병을 가리켰다. 나는 고개를 젓고 하마모토의 잔에 술을 따른다.

"내일 아침 일찍 일어나야 되는데 아침부터 술 냄새 풍기기도 좀 그렇잖아."

그리고 하마모토가 "음, 그래……." 하고 고개를 끄덕이는 것을 확인한 다음, 당시에는 입에 담을 수 있는 날이 올 거라 생각지도 못했던 말을 천천히 담담하게 덧붙였다.

"새 신부의 오빠 되는 사람이 숙취 때문에 정신 못 차리면 꼴이 말이 아니잖아."

하마모토는 손가락으로 오케이 사인을 지어 보이고 다시 한 번 고개를 시원스레 끄덕였다.

그제야 겨우, 학급일지가 당시 여자아이들에게서 남자들한테 전달

됐다. 어린 시절 정해진 차례란 건, 세월이 지난다 해서 쉬이 변하는 게 아니다.

페이지를 넘기는 건 당시 우리 반 임원이었던 오자와였고, 그 옆에 진을 치고 앉아 "어이, 거기 그 부분 좀 소리 내서 읽어 봐." "빨리 다음 페이지로 넘겨!" 하며 지시하는 건 하마모토, 나는 학급일지를 둘러싼 옛 친구들의 맨 뒤에서 깨금발을 하고 넘겨다보았다.

9월 1일. 에비수와 처음 만난 날.

"그래, 맞아. 히로시, 한자를 잘못 써서 에비수한테 된통 얻어맞았잖아." 키얀이 그날의 장면이 떠올랐는지 그 이야기를 하자, 화제가 에비수한테 맞고 뻗어 버린 장면으로 이어지는 걸 피하려는 듯, 하마모토는 "됐어, 다음으로 넘겨, 다음!" 하고 괜히 굳은 표정으로 오자와를 재촉했다.

페이지를 넘기려던 오자와의 손이 문득 멈추었다. "잠깐만, 히로시 어딨어?" 하며 뒤를 돌아다보고 나와 눈이 마주치자 "여기 좀 봐봐." 하고 일지를 내민다. "왜 그러는 거야? 시의원 나리." 하마모토가 묻는다.

"아니, 히로시가 에비수의 한자를 그때 잘못 썼다고 했잖아, '戎'자를 '戒'로 썼다고. 근데 여기 봐, 히로시 여기."

"응……."

"바로 이 부분 네 글씨체하고 다르지 않아?"

"에비수(戒)가 도쿄에서 전학을 왔습니다. 모두 사이좋게 지냅시다."

'戒'라고, 분명히 한자가 잘못 쓰여 있었다. 그런데 쓸데없이 더 그은 한 획을 자세히 보니, 선의 굵기와 색이 다르다. 나는 연필심 끝이 둥근, 굵은 연필로 썼는데 '戒'의 그 한 획은 샤프펜슬로 가느다랗게 그어져 있었다.

"어떻게 된 거야?" 하고 묻는 하마모토의 말에 오자와가 추리소설에 나오는 탐정 같은 표정을 지으며 답했다.

"에비수가 그려 넣었겠지. 달리 그런 짓을 할 사람이 없잖아."

"왜 그런 짓을 했을까?" 키얀이 고개를 옆으로 돌리며 말하자 "근데 그렇게 화를 낸 거야? 뚱땡이 자식." 하고 하마모토가 뒤를 이었다.

"그러니까…… 말하자면, 히로시를 자기 옆에 묶어 두기 위한 작전이 아니었을까? 자기가 그렇게 적어 넣고는 히로시 잘못으로 몰아붙인 다음 주먹질을 해대고서, 그때부터 억지로 히로시를 자기 옆에 붙들어 두려고 했던 거 같은데, 아닌가? 응? 히로시, 그렇게 생각하지 않아?"

나는 아무 말도 하지 않았다. 그냥 가만히 '戒'자를 내려다보았다. 베스트 프렌드. 에비수의 목소리가, 가늘게 째진 눈이 볼 살에 폭 파묻힌 그의 얼굴이, 굵은 팔뚝이, 따귀를 올려붙였을 때의 저릿함이, 고추 주변에 난 거뭇거뭇한 털이, 성난 파도처럼 기억의 저 밑바닥을 덮치며 한꺼번에 밀려든다. 잠시 침묵이 흐르던 그 자리에서 갑자기 하마모토가 웃음을 터뜨렸다. "바보야, 그 자식 정말 바보라니까." 하면서 배를 움켜잡고 바닥을 두드리며 웃는다. 웃음은 옆 사람에게 또 그 옆 사람에게로 번져나가 마침내 남자들 모두가 큰 소리로 웃었다. 나도 웃었다. 울고 싶을 만큼 우스웠다.

당시의 여자아이들이 멍한 표정으로 우리들을 본다. 요시다 도미코가 있다. 옛날과는 많이 달라진, 하지만 역시 옛날 그대로의 내 첫사랑이 있었다.

화장실 변기 앞에 서서 풀벌레 울음소리와 파도 소리를 들으며 오줌을 눴다. 달빛 때문인가? 정면에 난 작은 창문으로 보이는 밤하늘이 훤하게 밝다. 일기예보에 따르면 내일은 아침부터 맑게 갤 거라고 한다. 회식장에서는 노래가 시작된 모양이다. 마이크를 통해 후지타 선생님의 목소리가 들린다. 후나키 가즈오(일본 가수-옮긴이)의 '고고 3학년'을 열창하고 있다.

오줌발의 세기가 좀 잦아들기 시작하고서 고추를 누르고 있던 손가락을 떼고 음모를 살짝 잡아당겨 보았다. 고추 주변에 털이 나기 시작한 건 초등학교 졸업할 때쯤이었다.

아버지를 따라 오사카 대학병원으로 유코 문병을 갔던 날이니까, 아마 일요일이었을 터이다.

수술 뒤 경과가 좋아서 이제 곧 일반 병실로 옮길 거란 말을 어머니에게 전해 듣고, 미리 축하하자며 오사카 역 식당에서 아버지가 따라 준 맥주를 한 모금 들이켜고 돌아오는 길에, 열차 화장실에서 알았다. 처음엔 실 보푸라기가 붙어 있는 줄 알았다. 그런데 손톱으로 긁어 봐도 떨어지지 않았다. 손에 잡힐 만한 길이는 아니었어도, 그건 분명히 털이었다.

오줌을 다 누었다. 진저리를 치면서 고추를 팬티 속으로 집어넣는다. 도쿄보다 밤기운이 차다. 내뿜는 숨이 보일 듯 말듯 허옇게 퍼져 간다.

지금쯤 유코는 뭘 하고 있을까? 결혼 전날 신부들이 하는 것처럼 부모님께 공손히 절을 올렸을까? 틀림없이 어머니는 울었을 것이다. 아버지는 그런 자리가 쑥스러워 일찌감치 잠자리에 들었을지도 모른다.

　그날, 어머니가 에비수에게 전한 유코의 부탁은 사실 어머니의 생각인지도 모른다. 그런 생각이 든 건 언제쯤이었나. 어머니께 여쭤 보지는 않았다. 앞으로도 그런 일은 없을 거다. 몇 년이 더 지나면 나는 당시의 우리 부모님과 같은 나이가 된다.

　회식장의 노래가 바뀐다. 하마모토가 야자와 나가요시(일본 엔카 가수-옮긴이)의 노래를 부른다. 나는 변기 앞에 우두커니 서서 밤하늘을 바라본다.

　에비수.

　듣고 있니? 응? 에비수.

　'사이조 히데키'의 사인 종이, 결국 들키고 말았다. 유코가 남들보다 2년 늦게 올라간 초등학교 4학년 때. 그래도 또 에비수님이 문병 와 주셨지 않았느냐고 말했더니, 웃더라.

　나도 이제 많이 변했어. 이젠 더 이상 간디 같은 사람이 아니야. 남들한테 화도 내고, 미워하기도 하고, 밟고 올라서기도 하고, 때로는 불가피하게 뒤통수를 칠 때도 있다.

　하지만 그 시절과 변함없이 믿고 있는 것도 있지.

　기적은 일어난다. 신은, 존재한다. 그렇지? 그걸 가르쳐 준 건, 너잖아.

　에비수.

보고 싶다, 정말로, 꼭 만나고 싶다.
어디 있니, 너는 지금.

나이프

# 1

따져 보면 25년 만이었다. 중학교 졸업식이 끝나고 교문 앞에서 반 아이들이 모두 모여 기념사진을 찍고 헤어진 이후, 처음이다.

그 옛날의 동급생은 저녁을 먹으며 보던 TV 뉴스 속에 있었다. 카키색 바탕에 얼룩덜룩한 무늬가 있는 옷으로 몸을 감싸고 있었다. 겉에 그물을 씌운 헬멧을 깊숙이 눌러쓰고 턱 앞으로 삐죽이 나와 있는 마이크에 대고 낮게 깔린 음성으로 말했다. "우리들은 주어진 임무를 원만히 수행하기 위해 노력할 뿐입니다." 그런 다음 그는 허공을 응시했다.

햇볕에 가무잡잡하게 그을린 얼굴은 예전에 비하면 볼과 턱 선이 또렷해졌다. 야윈 게 아니라, 전체적인 골격이 훨씬 굵어진 듯 보였다.

정부의 발표와 외국 여러 나라들의 반응을 전하는 여자 아나운서의 목소리와 함께 영상이 흐른다. 카메라는 망원 렌즈를 사용하고 있는 모양이다. 정렬해 있는 대원들을 펜스 너머로 바라보는 보도진이나 시민 단체 사람들의 윤곽은 흐릿하고, '파병 반대'라고 크게 쓴 현수막도 의식하고 집중해서 보지 않으면 제대로 눈에 들어오지 않는다.

"친했었어?"

냉장고에서 반주로 마실 맥주를 꺼내며 아내가 물었다.

나는 욕조에서 막 빠져나와 벌겋게 익은 몸에서 나는 땀을 타월로 닦고, 맥주로 입술과 목을 적신 다음 대답했다.

"지금 그저 얼굴이랑 이름을 보고 생각이 난 거야. 애들은 전부 '욧짱'이라고 불렀는데……. 친구라고 할 수도 없겠지, 둘이서만 얘기를 나눈 적은 한 번도 없으니까."

"당신하고는 전혀 다른 타입이네."

나는 눈을 내리깔고 희죽 웃었다. 타입이 다르다……. 그렇지, 해석하기 나름이야. 아내도 날 배려해서 한 말일 거다. 욧짱은 중학교 때 유도부 주장이었다. 현(縣) 대회에서 우승한 적도 있다. 고등학교도 유도 특기생으로 추천받아 들어갔을 거다. 한편 나는 신장 152센티미터, 체중 44킬로그램. 요즘 젊은 애들은 말할 것도 없고 같은 연배나 윗세대들과 비교해 봐도 극단적으로 왜소한 체구다. 운동은 뭐 하나 할 줄 아는 게 없는데다 성격도 얌전해서, 힘쓰는 것과는 애당초 거리가 먼 40년을 지내왔다. 우리는 타입이 아니라, 살고 있는 세계가 다른 것이다.

욧짱이 속해 있는 부대는 며칠 뒤 해외로 파견 간다. 목적지는 멀리 떨어진 대륙의 구석에 있는 작은 나라다. 2년 전에 발발한 민족 분쟁이 장기화되고 난민 문제가 국제적으로 이슈가 되기 전에는, 이름조차 들어본 적이 없는 나라. 파견부대는 난민 캠프에 모인 사람들을 인접 국가로 이주시키기 위한 방위 업무를 맡게 됐는데, 그것은 상당히 위험한 임무라고 뉴스 진행자가 연신 강조하고 있었다.

TV 카메라는 기지 주변 풀숲을 떼지어 날아다니는 고추잠자리를 화면에 담은 뒤, 다시 대원들에게로 초점을 맞추고 그들이 어깨에 짊어지고 있는 자동소총을 비추었다.

"저기……." 저음의 쉰 목소리가 내 옆얼굴에 와 닿았다. 나는 반사적으로 "네?" 하고 회사에서 하던 대로 대답했다. 물론 이 자리에 회사 사람은 없다. 목소리 주인공은 외아들 신지다. 이번 여름에 변성기가 지났다는 것은 알고 있었어도, 불시에 그런 목소리가 날아들자 순간 어디서 튀어나온 소린지 얼떨떨했던 것이다. 아들이 내 목소리와 비슷한 낮은 톤으로 말을 하게 된다는 건, 몇 년 전까지는 상상도 하지 못했다.

"저 총 말이야, 진짜겠지?" 신지는 턱으로 화면을 가리키며 말했다.

"그럼, 진짜지." 아내가 대답한다.

"좋겠다."

"뭐가?" 대답 대신 내가 던진 한마디.

"생각해 봐, 쏠 수 있잖아. 그 나라에 가면. 나 같으면 인정사정없이 마구 쏴 버릴 거야. 어차피 분간도 안 될 텐데 뭐. 거리도 멀고 전쟁 중이니까. 두세 명 죽인다고 티도 안 날 거야. 아빠 친구도 속으로는 사실 그때를 기다리고 있을 걸?"

피식, 웃는다. "신지야." 아내가 그런 식으로 말하면 못쓴다며 눈을 흘기자, "농담이야, 농담." 하고 다시 킥킥대면서 자기 방으로 들어간다. 식사 뒤에 으레 하는 인사말도 없이. 중학교 2학년이 되면서 내 키를 넘기더니, 자기를 지칭할 때 '보꾸'가 아니라 '오레'라고 부르기 시작한 반 년 전부터 이런 태도를 보이는 경우가 늘었다.('보꾸' '오레' 모두 일본 남성들이 자신을 지칭하는 1인칭 호칭이다. '보꾸'는 주로 성인이 되기 전 남성이, '오레'는 성인 남성이 사용한다.-옮긴이)

아내는 못 말리겠다며 고개를 흔들고는 신지가 먹다 남긴 반찬을 한데 모아 랩을 씌웠다. 뉴스는 다른 화제로 넘어가고 나는 리모컨으로 TV를 끈다. 모두가 잠들기를 기다렸다는 듯이 창밖에서 오토바이 소리가 들려왔다.

"당신이 앞에 있을 땐 그러지 않지만 나랑 둘이 있을 때는 말을 정말 거칠게 해. 날 거의 할망구 취급한다니까."

"엄마랑 둘이 이야기를 하는 것만으로도 아직 귀여울 때야. 저녁도 부모랑 같이 앉아서 먹고, 그만하면 훌륭하지. 역 앞에 진치고 있는 애들 좀 봐. 전철이 끊길 때까지 노는 데 정신이 빠져 있잖아."

"걔네들은 고등학생이잖아."

"아니야, 중학생도 있어. 신지하고 똑같은 교복을 입고 있는 애들도 본 적 있다고. 여자아이들도 끼여 있는 거 봤는데, 나 참, 부모들이 어떤 사람인지 한 번 보고 싶다니까."

내 말에 대한 아내의 동조는 그릇 치우는 소리에 묻혔는지 들리지 않고, 나의 씁쓸한 웃음만이 허공을 맴돌면서 대화 도중에 어색한 틈이 생겼다.

"그리 생각하지 않아?"

아내는 그래……, 하며 시큰둥하게 대답하고 싱크대의 수도꼭지를 비틀었다. 접시와 컵들이 설거지통 안에서 부딪히며 내는 소리가 평소보다 귀에 거슬렸다. 물이 너무 세게 쏟아져 접시에 맞고 튄 물방울이 테이블로도 날아들었다.

"남들이야 어찌하든 상관없잖아. 엄하게 단속할 때는 해야지. 사내아이고, 지금 한창 다루기 어려울 때니까."

물방울이 다시 테이블 위로 튄다. 그렇잖아도 좁은 부엌이 가족 모두가 모이면 더 답답하게 느껴지게 된 건 언제부터였을까. 아마도 그때부터, 나는 신지를 꾸짖는 일이 거의 없어진 것 같다.


그 주가 끝나갈 무렵, 파견부대는 경례와 악수와 눈물과 파견 반대자들의 구호에 휩싸여 기지를 출발했다. 욧짱은 중학교 동급생들 가운데 유일하게 전장으로 날아간 것이다.

나는 한밤중에 부엌에서 위스키를 홀짝이면서 뉴스와 신문을 번갈아 보고 있었다. 물도 얼음도 섞지 않은 위스키를 입에 넣자 혀로 불똥이 떨어지면서 목구멍으로 미끄러져 길게 타들어갔다. 난민 캠프는 보름 전에 막 반정부군의 공격을 받은 상태였다. 프랑스 국적의 자원봉사자 한 명이 사망했다. 정부군 중에도 사망자가 몇 명 생겼다고 한다. 욧짱도 죽임을 당할지 모르고, 반대로 누군가를 죽일 수도 있다. 그것을 생각하니 명치끝 저 안쪽이 뻐근해진다.

TV를 끄고 신문을 선반에 올려둔 다음에도 위스키를 계속 들이켰다. 주말 밤에는 대개 독한 술을 마신다. 마시지 않고는 그냥 잠들 수

가 없다. 이번 일주일은 결산을 앞둔 시점이라 바쁘기도 했지만 부하
직원이 저지른 실수를 처리하느라고 점심시간조차 제대로 빼지 못
했다. 눈을 감아도 눈꺼풀 안쪽에서는 컴퓨터에 표시된 숫자 배열이
흐릿하게 명멸한다. 어디 또 잘못된 곳은 없을까, 이대로 사내 메일
을 통해 중역실로 보내도 괜찮을까, 다시 한 번 확인하지 않아도 될
까……. 입사 이래 16년 동안 경리과에서만 근무해 왔지만 일이 손에
익었다는 느낌은 들지 않는다. 오히려 관리직이 된 만큼 걱정과 불안
의 씨앗이 하나둘 늘어간다.

하루 종일 사무실에 처박혀 계산기를 두드리고, 전표를 처리하고,
모니터를 마주한다. 조용하고, 단조롭고, 그러면서도 꼼꼼하게 신경
을 써야 하는 일이다. 그래서인지 주말 저녁에 느끼는 피로감은 그
실체를 알 수 없는, 뭉근한 통증과도 비슷하다. 전혀 피곤하지 않은
것 같은 느낌도 들고, 반대로 물에 담갔다가 꺼낸 스펀지처럼 전신이
피곤에 절어 있는 것 같기도 하다.

거실 복도에 불이 켜지고 계단을 내려오는 발소리가 나더니 잠옷
차림의 아내가 부엌으로 들어왔다.

"아직도 그러고 있어?"

"이제 잘 거야."

"저기…… 잠깐, 얘기 좀 해."

맞은편 의자에 앉은 아내는 맘이 편치 않은 듯 한동안 주위를 둘러
보았다.

나는 의자에서 자세를 고쳐 잡고 TV를 켰다. 대화에 방해가 되지
않을 정도의 약간은 어수선한 프로그램을 택하고 볼륨을 낮추었다.

아내는 화면에 뭐가 비치든 전혀 개의치 않고 선뜻 말 꺼내기를 망설이는 표정으로 있다가, 마침내 마음을 다잡았는지 몸을 앞으로 빼고 말했다.

"신지에 관한 건데⋯⋯."

2학기에 들고부터 신지의 행동이 조금 이상하단다.

'죽어라', '죽여 버려'라는 말이 입버릇이 되었단다. TV를 보거나 컴퓨터를 하고 있을 때도 무의식적으로 입만 떼면 흘러나오는 것처럼, 신지는 그렇게 혼잣말을 한다.

"자기가 싫어하는 탤런트가 나오기만 해도 금세 '너 같은 건 죽여 버려야 돼.'라는 말을 해. 입이 아주 거칠어졌다고 할까, 잔인해졌다고 할까⋯⋯. 그런 말을 하는 애가 아니었는데."

"뭐 별일 아니야."

나는 심각한 얼굴을 한 아내에게 흘려버리듯 가벼운 말투로 말했다. 솔직히 말해 좀 김이 새는 기분이었다.

"그냥 그렇게 한 번 말해 보는 거야. 그럴 때잖아. 나도 저맘때는⋯⋯."

"당신이?"

"어. 누구라도 다 그런 거야. 한 번쯤 치루고 지나가는 홍역 같은 거라고."

아내가 살짝 고개를 끄덕였을 때, 멀리서 폭죽 터뜨리는 소리가 들렸다. 역 방향이다. 나는 블라인드를 내린 창으로 시선을 돌리고, 이야기를 이쯤에서 마무리 지을 요량으로 일부러 더 얼굴을 찌푸리고 혀를 찼다.

"저렇게 역 앞에 몰려 있는 놈들하고는 달라, 우리 신지는. 곧 원래대로 돌아올 거야."

하지만 아내는 좀 전과 다름없는 표정으로 말을 이었다.

"그것만이 아니야. 2학기에 들자마자 학원에서 모의시험을 봤는데 성적이 갑자기 뚝 떨어졌어. 이건 뭐, 장난도 아니고, 아주 말도 안 되는 점수를 받아왔더라고."

"컨디션이 안 좋았던 게지."

"또 있어. 당신도 저녁 먹을 때 봤지? 신지 요새 매일 저녁 그래. 매일 저녁, 밥하고 반찬을 남긴단 말이야. 지금까지 그런 일 없었잖아."

"그래?"

"학교에서 무슨 일이 있었나? 왕따라든가……."

에이, 설마, 하고 난 웃었다. 1학기에는 반에서 총무위원을 맡았던 신지다. 축구부에서도 여름방학 전 3학년들이 은퇴를 하고 새로 구성된 팀의 부주장이 됐다고 들었다. 아버지 입장에서 이런 말 하기는 좀 그렇지만, 신지는 꽤 리더십이 있는 아이다. 초등학교 때부터 대학교 졸업할 때까지 임원이라는 자리에 단 한 번도 뽑힌 적이 없는 나와는 다르다.

"왕따시키는 애들 속에 끼었다면 또 모르지만, 그 반대 꼴은 당하지 않겠지."

아내는 내 말에 동의했는지 어쨌는지 끄덕이는 시늉만 하고, 곧바로 그것을 부정하는 시선을 옆으로 흘렸다. 왜 그러냐고 묻자, 눈도 제대로 쳐다보지 못하고 주저하며 말을 잇는다.

"우리 애, 같은 반 남학생들 중에서 키가 제일 작잖아. 그 점도 어쨌든 마음에 걸려."

"제일 작은 건 아니지. 백오십오, 육은 되니까."

"3이야, 백오십삼."

"그래도 나보다 크잖아. 앞으로 좀 더 클 거고."

"거의 변함없어."

"에이, 됐어. 그래서 뭐?"

"1학기 때까지는 반에서 세 번째였는데, 그나마도 밀렸나 봐. 여름방학 동안에. 그렇잖아. 중학교 사내아이들은 여름 한철 보내고 나면 쑥쑥 자라니까."

"상관없어."

나는 TV 리모컨을 집어 들었다. 광고 방송 소리가 너무 크다. 역에서 다시 소리가 들려왔다. 이번엔 오토바이의 공회전 소리였다. 시각은 이미 새벽 12시를 넘었다. 한겨울에도 비라도 오지 않으면 주말 밤엔 날이 밝을 때까지 그런 소음이 계속된다. 이번엔 정말로 짜증이 나서 TV 볼륨을 다시 올렸다.

"신지는 키가 작아도 그렇게 약한 녀석이 아니야. 그런 일은 어떤 일에도 저항을 못하는 얌전한 애가 표적이 되는 거라고. 우리 신지는 괜찮아."

나는 빈 잔을 들고 부엌으로 들어갔다.

신지는, 나와는 다르다. 나 같은 남자가 아니다. 스포츠에 소질이 있는데다 리더십이 있어 친구가 많은 소년이다. 나는 내가 싫다. 옛날부터 쭉, 지금도 변함없이. 왜소한 체격 탓에 성격까지 움츠러들게 되고, 움츠리면 움츠릴수록 빈약한 몸뚱이는 한층 더 쪼그라든다. 하지만 신지는, 다르다. 체구는 작아도, 아니 작기 때문에 온몸으로 빛과 활기를 발산한다. 말을 거칠게 해도 좋다. 부모에게 무뚝뚝하게 대해도 좋다. 아내한테는 말하지 않았지만, 나는 신지가 거친 말들을 입에 담는 게 내심 흐뭇하기까지 하다.

정수기에서 뽑은 물을 싱크대 앞에서 들이켜는 사이에 아내는 침실로 들어가 버렸다.

역 쪽에서 다시 오토바이 소리가 들려왔다.

며칠 뒤 회사로, 나와 같은 시기에 경리과에 입사한 남자한테서 편지가 날아들었다. 1년 전에 공인회계사 자격증을 따고 회사를 그만둔 사람이다. 사무실을 열고 사업을 시작했다는 내용의 편지였는데, 인쇄된 글자 옆에 자필로 "빚더미 위에서 시작합니다."라는 메시지를 덧붙였다. 우리들은 '이런 불경기에 독립을 하다니 참 큰일'이라며 키득댔지만, 한 사람이 "드디어 일국의 성주가 됐구먼." 하고 한마디 하자, 냉소가 맥없이 허물어지다가 한숨으로 바뀌더니 흐지부지 모두들 입을 닫아 버렸다.

퇴근길 전철 안에서 욧짱이 가 있는 나라에 대한 기사와 사진이 실린 주간지를 읽었다. 거의 폐허로 변한 수도(首都)의 풍경이 흑백사진으로 소개되고, 그 옆에는 무수한 총탄 자국이 남아 있는 난민 캠프의 간판을 클로즈업해서 찍은 사진이 있었다. 파견부대가 도착하기 전에 찍은 사진인지, 일본인은 없었다. 사진에 덧붙인 짧은 문장은 "정부는 이 나라가 '혼란'을 겪는 게 아니라 '전투 상태'에 있다는 것을 어느 만큼 인식하고 있는가."라며 끝맺고 있다.

명치끝이 뻐근하고, 등가죽이 실밥 일어난 주단처럼 꿈틀거렸다.

주간지를 선반 위에 얹어 두고 내렸다. 역 앞에는 언제나 그렇듯 젊은이들이 삼삼오오 모여 있었다. 나는 인도 한가운데 웅크리고 앉아 있는 그들을 피해 자전거들이 아무렇게나 방치된 도로 끝을 따라 걷는다. 누군가 씹다가 막 뱉은 껌을 밟을 뻔했다. 현란한 무늬의 셔츠를 입은 남자가 일부러 들으라는 듯 귀에 거슬리는 소리를 내면서 길 위에 침을 뱉었다. 오토바이에 탄 사내는 앞에 거칠 것이 없는데도 경적 소리를 요란하게 울려 댔다. 교복 상의를 걸친 여중생이 버린 편의점 봉투가 바람에 날려 교차로 중앙에 있는 분수대까지 날아갔다.

나는 멈춰 서서 그들을 돌아다보았다.

만약 지금 내게 자동소총이 있다면…….

머리카락을 갈색으로 물들인 남자와 눈이 마주쳤다. 나는 당황해서 고개를 숙이고 성큼성큼 서둘러 걷기 시작한다.

"전부 쏴 죽여야지. 애송이 자식들."

내가 중얼거린 소리는 교차로를 도는 오토바이의 굉음에 묻혀 내 귀에조차 들리지 않았다.


2


일요일 아침, 아내는 토스터에 식빵을 넣으면서 말했다.

"오늘 저녁 식사 말이야, 오랜만에 밖에 나가서 외식할까?"

문득 떠오른 것처럼 말투와 표정을 가장했지만 어젯밤 침실에서 몇 번이나 연습해 둔 말이다. 아내는 감을 잡고 있었다. 학원에 오고 갈 때나 물건을 사러 갈 때, 신지는 역 앞을 피해 다니고 있다. 집에 있을 때도 오토바이 소리가 들려오면 표정이 굳어진다. "당신이 그렇게 생각하고 봐서 그래." 나는 어젯밤 몇 번이나 같은 소릴 했다. 하지만 아내는 "내 눈으로 확인해야 안심할 수 있을 것 같아." 하며 물러서지 않았다. 얼굴 표정을 거울로 확인하면서 내게 "어때? 너무 티나지 않아?"라고 묻고는 자기 전에 위장약을 먹었다.

"어디로 갈 건데?"

아침 신문 스포츠난에 시선을 박은 채 신지가 묻는다. 숙이고 있는 옆얼굴로 순간, 두려운 빛이 스쳤다. 아내도 그것을 놓치지 않았던 걸까, "으응, 저기……." 이어지는 목소리는 슬그머니 기어들어 간다.

"전철역 빌딩 안에 있는 중화요릿집에서 며칠 전부터 뷔페를 시작했대. 거기 가서 먹어 보지 않을래? 신지, 어떠니?"

"그런 거 일반 요리보다 싼 재료로 만드는 거잖아. 다른 데로 가자. 좀 멀어도 괜찮잖아. 맛있는 식당으로 가."

신지는 고개를 숙인 채 재빨리 말했다. 열네 살짜리 아이다. 아무렇지 않은 듯 연극을 하기엔 목소리에 감정이 너무 묻어난다. 아내는 당혹스런 눈빛으로 나를 본다. 틀리길 바랐던 예감이 확신하는 쪽으로 굳어진다.

이번엔 내가 물었다. "그러면……, 불고기로 할까? 요전에 역 뒤에 개점한 곳 있지? 그 식당 꽤 괜찮을 것 같은데. 아빠도 한 번 가 보고 싶었거든."

신지는 잠자코 신문을 넘겼다. 귓바퀴부터 관자놀이에 걸쳐 살갗 위로 붉은 선이 타고 흐른다. 고개를 계속 숙이고 있어서 그런 거야. 이해도 잘 안 되는 경제면 기사를 읽고 있어서 그럴 거야. 분명해.

"어때? 같이 가자."

재차 대답을 강요하며 물었을 때, 아내는 갑자기 목소리 톤을 높여서 말했다.

"아, 미안, 미안. 깜박했네. 오늘 저녁에 다키고미고항(쌀과 고기, 생선, 야채를 섞어 지은 밥-옮긴이) 하려고 어제 시장 봐다 놨는데. 금방 상하는 재료도 있으니까, 미안한데 외식은 다음에 하자."

서둘러 말을 하고 다시 나를 쳐다본다. '이제 됐어.' 아내는 눈짓을 하며 고개를 끄덕이고서 억지로 웃어 보였다.

아침 식사 뒤 아내는 머리가 아프다며 침실로 들어가 꼼짝도 않고, 신지도 오후부터 축구부 연습이 있다며 나갔다.

나는 아내가 '아빠 전용'이라고 써 붙인 비디오테이프를 VTR에 밀어 넣었다. 목요일 밤 뉴스를 녹화해 둔 것으로, 욧짱의 모습이 소개되고 있었다. '밀착 속보'라는 타이틀을 단 현지 르포였다.

파견부대가 현지에 들어가 일주일이 경과한 시점이다. 그 전 뉴스에서는 단풍의 절정이 예년보다 이를 거라고 캐스터가 전했지만, 욧짱이 있는 나라에는 사계가 없다. 연일 비가 내리든, 불볕이 내리쬐든 둘 중 하나인데 지금은 한창 건기가 지속되는 시기다.

허옇게 바랜 듯한 화면 속에서 대원들은 쏟아지는 태양열에 땀범벅이 돼서는 거주용 텐트와 화장실을 세우고 있었다. 거센 바람이 불어딕칠 때마다 모래 먼지가 일어 "밤이 되면 남십자성이 아름답다."
라고 말하는 특파원 목소리에 잡음이 섞인다.

정글을 응시하는 경비병은 어깨에 자동소총을 메고 있었다. 반정부
군이 언제 캠프를 공격해 올지 모른다. 대원들이 작업에 열중하고 있
는 사이를 노릴지, 어스름한 새벽녘을 노릴지, 한밤중 암흑을 틈타 덮
쳐 올지……. 농밀한 녹음 속에는 정찰병들이 몸을 숨기고 있을지도
모른다. 이미 주둔지 근처에 지뢰를 매설해 놓았을지도 모른다.

욧짱이 있었다. 카키색 천막 안에서 무전기 앞에 웅크리고 앉아 리
시버를 귀에 갖다 대고 있다. 소매를 걷어 올린 팔뚝은 근육이 화면
밖에서도 분간할 수 있을 정도로 단련되어 있지만, 물론 총탄 앞에서
그런 것은 아무 소용도 없을 것이다.

명치 안쪽이 뻐근하다. 단 한 번도 누군가와 들러붙어 주먹질을 해
본 적이 없는 내 몸속 깊숙한 곳에서, 공포 혹은 혐오감 비슷한 무엇
이 아니, 뭐라 표현할 수 없는 감정이 꿈틀대고 있다. 화면을 정지시
키고 신지 방으로 들어갔다.

이래도 되나 싶은 망설임을 뿌리치고 책상 서랍을 차례차례 열었
다. 밑이 깊은 맨 아래 칸 구석에 두꺼운 컴퓨터 매뉴얼로 덮어 감추
려고 한 것 같은 작은 비닐 봉투가 두 개 있었다. 하나에는 수십 개의
고무지우개, 다른 하나에는 칼로 잘게 썬 지우개 조각들이 들어 있었
다.

새것으로 보이는 지우개에는 전부 이름들이 적혀 있다. 거의 남자
이름이었지만 여자 이름도 몇몇 섞여 있다. 얼굴을 떠올릴 수 있는
이름은 축구부 부원이다. 들어본 적 있는 이름은 신지가 같은 학원에

다니자고 했던 친구다. 나머지 조각들도 마찬가지였다. 글자가 제대로 보이지는 않았지만 파란색과 검정색 볼펜 잉크가 표면에 스며 있었다. 가방을 열고 교과서와 공책을 침대 위에 꺼냈다. 망설임은 없었다. 당혹감도, 그리고 놀라움도 없다. 앞에 펼쳐진 것들을 나는 신기할 정도로 침착하게 받아들였다.

국어책은 겉장이 찢겨 나가고, 수학책은 물에 담갔었는지 종이가 다 불어 있고, 영어 사전 표지에는 형광펜으로 여자의 성기가 그려져 있으며, 공책의 각 장마다 크게 "땅꼬마! 죽어라!"라고 갈겨쓰여 있다. 볼펜, 샤프펜슬, 매직펜 등 글자의 굵기와 색깔도 다양했다. 필적도 대충 봐도 열 개는 족히 넘고 그중 몇 개는 여자애 글씨였다.

나는 침대 앞에 우두커니 서서 교과서와 공책을 멍하니 내려다보았다.

기운 해가 블라인드 틈을 뚫고 침대 위에 줄무늬를 그린다.

어디선가 본 적이 있다. 아니, 실제로 본 게 아니다. 상상한 적도 아마 없었을 것이다. 하지만 반 아이들과 특활부 친구들의 이름을 적고 조각낸 지우개도, 살벌한 악의로 엉망이 된 교과서도, 묘하게 눈에 익다.

아주 오래전, 이십 년도 더 지난 그때 나는 지금의 신지와 비슷한 나이에, 지금의 신지와 똑같은 시선으로 세상과 대치하고 있었다.

중학교에 다니던 무렵, 나는 온통 두려운 것들에 둘러싸여 살았다. 시험, 부모님, 선생님, 복도에서 스쳐 지나가는 선배들, 질 나쁜 동급생들, 체육 시간, 수학 시간, 통학 버스, 여학생들의 시선, 나의 장래…… 모든 것들이 무서웠다.

잠 못 이루는 밤도 있었다. 눈을 뜨자마자 구토가 올라오는 아침도 있었다. 저녁 식사로 카레라이스를 세 그릇이나 먹은 이튿날에는 밥 반 공기도 비우지 못할 때도 있었다. 아마도 신경성이었겠지. 입술 가장자리에는 늘 빨간 뾰루지가 돋아 있었고, 긴장하거나 불안하면 겨드랑이 밑에서 고름같이 누렇고 찐득한 땀이 배어 나와 셔츠가 더럽혀지곤 했다.

누군가 실제로 나를 겁준 것은 아니다. 내 교과서는 3학기가 끝날 때까지 접힌 자국조차 거의 없었고, 내 지우개는 양끝이 엇비슷하게 닳았다.

하지만 그 무렵 나는 거의, 스스로 생각해도 한심스러울 정도로 겁 많고 소심한 아이였다.

나는 나를 둘러싼 세상을 정면으로 바라볼 수 없었다.

'꼬맹이'라든가 '난쟁이'라는 놀림은, 사실 듣는 입장에서 보면 그다지 상처가 되는 건 아니다. 속상하고 반발심이 생기기는 해도, 공포로까지 이어지지는 않는다. 공포는 오히려, 복도에서 누군가의 어깨에 스친다거나 만원 전철 안에서 몸이 밀리거나 하는 일상다반사 속에 있었다. 눈앞에 있는 상대가 혹시라도 나를 공격해 오면……. 어리석은 집착이고 무의미한 예감이다. 머릿속으로는 알고 있어도, 깎다 남은 수염이 삐죽삐죽한 동급생의 턱이 빛에 번뜩이는 도끼날처럼 보이는 그런 나날을, 그 무렵의 나는 하루하루 보냈던 것이다.

나는 욧짱을 늘 먼 곳에서 바라보았다. 검은 띠로 둘둘 감은 유도복을 자랑스럽게 어깨에 걸치고 걷는 욧짱은 늘 누군가와 웃고 있었다. 욧짱 주위에는 몸집이 큰 녀석들만 있었는데 그중에서도 욧짱은 머리 하나가 더 컸다. 욧짱은 반에서 제일 키가 작았던 녀석을 여태 기억하고 있지는 않겠지. 나 같은 아이는 눈에 들어온 적도 없었을지 모른다. 나는 욧짱이 무서웠다. 무서워하면서도 동경하고, 미워하면서도 좋아했다. 단 한 방이라도 좋으니 펀치를 날려 보고 싶었다. 그런 다음 그 앞에 무릎 꿇고 흐느끼며 사죄하고, 친구가 되고 싶었다. 그는 비웃을까? 머리가 어떻게 된 거 아니냐고 할까? 하지만 동급생 중 누구를 대하더라도 눈을 위로 치켜뜨지 않고서는 마주할 수 없었던 내 심정을, 욧짱은 결코 이해하지 못할 것이다. 그때나 지금이나.

방에 들어온 아내는 침대 위를 보자마자 숨을 삼키고 얼굴색마저 잃었다.

나는 책과 노트를 가방에 도로 집어넣으면서 말했다.

"신지에게 쓸데없는 소리 하지 마. 잠자코, 그냥 내버려 둬. 알았지?"

아내는 침대 끄트머리에 그대로 주저앉아 힘없이 고개를 가로 저었다. 도대체 왜……. 종잇장을 맞대고 비벼대는 듯한 흐느낌이, 움직임도 거의 없는 입술 틈으로 새어 나왔다.

"아무것도 모르는 척하는 거야. 알았지? 그렇게 할 수 있지? 신지가 먼저 말을 꺼내기 전에 이쪽에서 먼저 괜한 소리 하지 말라고."

"그래도 될까?"

아내의 눈에는 여전히 눈물이 그렁그렁했고, 떨리는 목소리는 나를 힐책하듯 울렸다.

"신문에도 났었지, 요즘 왕따는 게임 같은 거라잖아. 일시적으로 누

군가를 왕따시키다가도 얼마 안 가서 곧 다른 상대로 바꾼다고. 지금
은 어쩌다가 우리 신지가…… 운이 나빠서인지, 잠시 표적이 된 것뿐
이라고."

나는 가방을 원래 있던 자리에 두고, 나가자며 턱으로 방문을 가리
켰다. 창문으로 새어 들어오는 빛은 좀 전보다 훨씬 붉은빛을 띠고
있다. 이제 곧 신지가 집으로 돌아올 시간이다.

"나, 어떤 표정으로 있어야 해? 난 못하겠어, 모르는 척하는 건 말
이야. 우리 신지, 너무 불쌍하잖아. 그냥 아무렇지도 않은 척, 난 그럴
수 없어."

"우리가 아무리 소란을 떨어도 어쩔 수 없는 거야. 오히려 상황이
더 안 좋아질 뿐이라고."

"그래도……."

"아무튼, 잠자코 있어. 당신."

아내가 대답을 하기도 전에 먼저 방을 나왔다. 계단을 내려가 부엌
으로 향했다가 발길을 돌려 욕실로 들어갔다. 등에 밴 땀을 씻어 내
고 싶었다.

샤워기의 수도꼭지를 끝까지 틀고 뜨겁게 쏟아지는 물을 맞았다.
마치 돌팔매질처럼 따갑게 내리꽂히는 물줄기에 피부가 금방 울긋불
긋해진다. 욧짱이라면 어떻게 할까. 욧짱은 지금 무슨 생각을 하며 전
장에 우뚝 서 있는 걸까. 총탄에 맞아 벌집이 된 내 모습을 떠올리니
겨드랑이 밑에 다시 누렇고 끈적한 땀이 배 나오는 느낌이 들었다.

아내는 약속을 지키지 않았다. 그 대가는, "신지야, 어떤 식으로 왕

따를 당하고 있는지 엄마한테 말해 봐." 하고 말을 꺼낸 직후 날아들었다. 하루저녁 내내 아무것도 모르는 척 연기를 한 바로 그 이튿날, 월요일 저녁의 일이다.

회사에서 돌아온 나를 맞이한 아내는 왼쪽 볼에 젖은 타월을 갖다 대고 울며 말했다.

"신지 혼내지 마. …… 내가 잘못한 거니까……."

타월을 떼자 볼이 검붉게 부어올라 있는 것이 보였다. 터진 입술에서 솟아나온 피가 그때까지도 완전히 굳지 않았다.

불시에 주먹을 날리며 달려들었다고 한다. 신지는 얼굴이 벌게져서 서지도 앉지도 못한 상태에서 비명 비슷한 소릴 지르며 오른쪽 주먹을 휘둘렀단다. 반사적으로 감은 눈꺼풀 안쪽에서 빛이 튀기 직전, 아내는 신지의 눈을 보았다. 무신경하게 참견하는 엄마에 대한 분노는 거기 없었다. 그 애의 눈에 담겨 있던 것은 막다른 구석에 몰려 잔뜩 집어먹은 겁, 그것뿐이었다.

"내가 쓰러지니까 곧바로 사과했어……. 타월도 신지가 적셔다 준 거야. ……내가 피했으면 됐을걸, 처음부터 아무 말도 하지 말았어야 했는데……. 그러니까 신지 야단치지 마."

"방에 있나?"

"여보, 부탁이야."

"방에 있냐고!"

아내는 말없이, 턱을 받칠 힘도 없었는지 그대로 고개를 떨구며 끄덕였다. 타월은 피로 얼룩져 있었다. 손가락 끝으로 누르면 스윽 스며들 것 같은, 선명하게 살아 있는 피 얼룩이었다.

나는 부엌으로 가 물을 마셨다. 정수기의 가는 수도관을 통해 나오는 물로 컵을 채우는 것조차 답답해서 수도꼭지에서 직접 수돗물을 받아 단숨에 들이켰다. 물은 미적지근했고, 콧속에서 녹 냄새가 느껴졌다. 싱크대 옆에는 깨진 유리컵이 놓여 있다. 뾰족한 유리조각 끝에 형광등 불빛이 눈물방울처럼 맺혀 있다.

신지의 방문은 잠겨 있었고 안에서는 아무 소리도 들리지 않는다. 노크를 하려고 주먹을 가볍게 쥐었지만 주먹은 옹크린 채 움직여지지 않았다.

얄팍한 싸구려 문짝 하나로 가로막힌 방 안에서 내 아들은 숨소리도 내지 않고 있다. 지우개를 칼로 조각내고, 이불을 머리끝까지 덮어쓰고, 겁먹어 홉뜬 두 눈으로 세상을 바라보고 있다.

나는 문손잡이를 내려다보고 구부린 손가락을 서서히 폈다. 조그맣고 얄팍한 주먹이다. 중학교 체육 시간에 측정한 악력은 여학생의 평균치에도 미치지 못했다. 이런 주먹으로 문을 노크하고, 손잡이를 비튼다 해도 그다음에는 아무것도 할 수 없다.

무엇보다 나는 이미 신지와 마주할 때도 눈을 치켜뜨지 않으면 안 되는 사람이다.

3년 전에 암으로 돌아가신 아버지는 그 세대 사람치고는 꽤 덩치가 컸다. 어린 시절 나는 언제나 허리를 뒤로 젖혀 가며 고개를 쳐들고 아버지를 올려다봤다. 아버지가 큰 것이 참 좋았다. 아들의 눈으로 본 아버지는 다른 어른들 누구보다도 크고, 늠름하고, 무섭고, 믿음직했다.

나는 그런 추억마저도 신지에게 남겨 주지 못했다.


3


일주일이 지났다.

신지는 매일 학교에 다니고 있다. 집에서 폭력을 휘두르는 일은 없다. 식사도 평소처럼 하고 "죽여라." "죽어." 따위의 말도 입에 담지 않게 됐고, 말할 때의 시선은 똑바로 우릴 향해 있고, 시답잖은 농담을 해 가며 웃을 때도 있다. 마치 그 하룻밤의 사건이 기억에서 쏙 빠져나간 것 같다.

하지만 나와 아내는 알고 있다. 신지는 일주일째 계속 설사를 하고 있다. 식사한 뒤에 구토를 하는 날도 있다. 새벽녘에 비명소리가 나고 침대 옆 벽을 걷어차는 소리가 울리기도 한다. 아침에 아내가 깨우러 가면 두 무릎을 가슴 앞에 꼭 끌어안고, 등을 구부린 채 잠들어 있다. 학원이나 축구부 연습을 마치고 돌아와도 곧장 부엌으로 들어오지 않는다. 잠시 현관 앞에 웅크리고 앉아 머리를 감싸 쥐고 무언가 곰곰이 생각하고 나서야 씩, 웃으며 다녀왔다는 인사를 한다.

어째서 왕따 당한다는 말을 하지 않는 걸까. 아내는 그 점이 답답해서 견딜 수 없는 모양이다. 선생님을 찾아가 상담하겠다는 것을 말리는 나한테 짜증을 내는 일이 잦아졌다.

"이러다가 손쓸 수도 없이 늦어지면 어떡해."

신지가 목욕을 하는 동안 부엌에서 서둘러 몇 마디를 주고받았다.

아내는 내가 허락만 하면 오늘 밤에라도 당장 담임 선생님 댁에 전화를 할 태세였다.

"괜히 나섰다간 오히려 역효과가 나."

"그래도…….'

"당신은 몰라. 부모가 끼어드는 것은 수치야. 수치스러워서 견딜 수가 없으니까, 봐, 요전에도 당신을 때린 거잖아. 부모 앞에서 우는소리 하고 싶지도 않고, 자기가 당하는 모습을 가족한테 보이고 싶지 않은 거라고."

"아무리 그래도, 현실적으로 심한 일을 당하고 있잖아."

"신지가 입 다물고 있으니 우리도 가만있으면 돼. 신지의 기분도 생각해 줘야지."

아내의 얼굴은 아직도 납득할 수 없다는 표정이었지만 나는 "알았지?" 하며 다시 한 번 못을 박고 이야기를 끝냈다.

나는 이해할 수 있다. 신지는 우리들이 바라는 아이가 되고 싶은 것이다. 몸집은 작아도 온몸으로 빛을 발하던 여름방학까지의 자기 모습 그대로 우릴 대하려고 한다. 무의미하고 허망한 허세일지도 모른다. 하지만 그나마도 잃어버리는 순간, 신지는 자신을 둘러싼 세상 앞에서 고개를 떨굴 수밖에 없고, 두 번 다시 그 얼굴을 쳐들지도 못할 것이다.

"신지의 기분이라는 게 도대체 뭐야?"

아내가 불쑥 말했다.

"사내아이잖아. 자존심이 있단 말이야."

"그게 다야?"

"아무튼 신지가 아무 말도 하지 않는 이상 모르는 척해 둬."

"그럼……." 아내는 한숨을 내쉬고 곧바로 나를 쳐다보았다.

"만약 신지가 도와 달라고 하면, 당신, 구해 주는 거지?"

나는 고개를 끄덕였다. 아니, 끄덕이는 척을 하면서 눈길을 피한 것이다.

아내는 다시 한 번 한숨을 쉬고 의자에서 몸을 일으켰다.

"저 애, 사실은 포기하고 있는 거 아닌가? 나나 당신한테 얘기해 봤자 아무 소용없다고 말이야."

순간, 심장이 가슴팍을 밀쳐 낼 듯이 튀어 올랐다.

부엌에 서 있던 아내는 내게 등을 돌리고 싱크대 수도꼭지로 손을 뻗으면서 말했다.

"나는 빨리 학교 선생님과 상담을 하는 게 좋다고 생각해. 그러지 않으면……."

수도꼭지에서 쏟아지는 물소리가 다음 말을 삼켰다.


먼 나라에서 욧짱도 힘든 나날을 보내고 있었다.

파견부대가 도착하면서 곧바로 시작되었을 난민 이송은 받아들일 인접국들이 준비가 되지 않아 예정보다 대폭 늦어지고, 아직 이송자들의 명부조차 완성되지 않았다. 난민 캠프에 만연하고 있는 전염성 피부병은 파견부대로도 번져 전신에 습진이 생긴 대원들 몇 명이 격리 수용됐다. 부대가 도착한 지 2주일 뒤, 캠프에서 100킬로미터밖에 떨어지지 않은 마을이 반정부군에 의해 전소되고 진압에 나선 정부군 부대는 오히려 교전 중에 전멸했다.

처음 얼마 동안은 뉴스에 자주 소개되던 현지 르포도 그 사건 이후 뜸해졌다. 취재진에게 대피 명령이 내려졌다는 소문도 있고, 정부의 압력으로 방영되지 않은 거라는 억측도 떠돌았지만, 뉴스캐스터는 그런 이야기들이 사람들 사이에 떠돈다는 것조차 언급하지 않았다.

중학교 3학년 동급생 중에 심부름꾼 역할에 만족하면서 늘 욧짱 옆에 그림자처럼 붙어다니던 녀석이 있었다. 운동은 제대로 하지도 못하면서 키만 멀쑥하게 큰 놈이었다. 수다스럽고 분위기를 잘 맞추는 구석이 있었다. 이미 이름조차 기억나지 않는 그 녀석을 나는 우리 반에서 제일 싫어했다. 증오하고 있었다고 해도 틀린 말은 아니다.

언제였나, 그 녀석이 욧짱을 꽤 화나게 한 일이 있었다. 이유는 모른다. 욧짱은 점심시간에 교실 뒤편에서 심부름꾼을 몇 번이나 "비겁한 놈!"이라 욕하면서 때렸다. 그렇다, 욧짱은 비겁한 것을 제일 싫어했던 것이다.

욧짱의 무리들을 제외한 나머지 아이들은 모두 보고도 못 본 척하고 있었다. 욧짱이 외치는 그 "비겁한 놈!"이란 소리를 들을 때마다 나는 목덜미가 움츠러들고 어깨가 딱딱하게 굳어졌다.

마침내 수업 시작종이 울리자 욧짱의 흥분도 수그러들었고, 호되게 얻어터진 심부름꾼은 교실 구석에 처박히고 나뒹구는 책상들을 혼자서 정리했다. 그 뒤 며칠이 지나자 욧짱의 책상 주변에서 다시 그 심부름꾼이 깔깔대는 소리가 들렸다. 나는 변함없이 교실 맨 앞줄에 앉아 귀로만 욧짱과 내가 동급생이라는 것을 확인할 뿐이었다.

왜 지금에 와서 그런 일들이 떠오르는 건지, 잘 모르겠다.

잠 못 이루고 뒤척이던 침대 속에서 잠깐 쓴웃음이 흐르더니, 갑자기 가슴속이 불덩이로 꽉 차올랐다. 욧짱은 먼 나라에서 얼굴도 모르는 누군가에게 죽임을 당할지도 모른다. 마찬가지로 누군가를 죽일 수도 있다. 가능성보다 훨씬 강한, 선명한 현실감이 느껴진다. 공포라고도, 슬픔이라고도 잘라 말할 수 없는 그 울렁임이, 가슴에서 목구멍으로 치받는 게 아니라 오히려 명치끝을 짓누르는 느낌으로 다가와, 그렇잖아도 등을 말고 자는 게 버릇인 나를 더 웅크리게 만든다.

욧짱은 그날의 사건을 까맣게 잊어버렸을까? 심부름꾼 노릇을 하던 애는 의사가 됐다고, 언젠가 누구한테 전해 들었다.

교사가 된 지 이제 3년째라는 신지의 담임 선생은 '왕따'라는 단어를 '장난'이라고 바꿔 말했다.

"확실히 좀 심한 경향은 있는 것 같습니다만, 솔직히 말해서 교사가 개입한 뒤로 진짜 왕따로 발전한 경우도 많거든요. 아이들한테는 아이들만의 룰이 있다고나 할까, 다소 불합리한 행동을 보일지 몰라도, 어른들의 논리나 이치만으로는 통하지 않는 그런 벽이 있습니다. 하지만 뭐, 너무 걱정하지 마세요. 신지는 근본이 밝은 학생이라 스스로 시련을 극복할 힘을 갖고 있습니다."

더 이상 매달릴 기력을 잃은 아내는 고개만 끄덕일 뿐이었다.

"저, 그보다……."

담임 선생은 말투를 바꾸고 교무실을 나가려는 아내를 불러 세웠다.

"사실은 좀 더 상황을 지켜볼 생각이었는데, 이렇게 일부러 학교까지 나오셨으니 일단 말씀드리겠습니다."

표정도 좀 전과는 달리 이번엔 자기 차례라는 것처럼 싹 달라져 있었다.

"축구부 1학년생의 부모가 학교로 전화를 해서 불만을 토로한 적이 있는데요. 선배한테 괴롭힘을 당한다고요. 연습이 고될 뿐만 아니라, 때때로 폭력을 휘두르곤 하는 모양이에요."

신지가 말이에요? 이 물음이 소리로 나오지는 않았지만 담임 선생은 고개를 끄덕이며 입술 끝을 비틀듯이 웃었다.

"뭐, 후배는 선배한테 절대복종해야 하겠죠. 어머님의 말씀을 들으니, 대충은 사정을 알겠습니다."

무슨 뜻입니까? 말은 다시 목구멍에 걸려 뒷걸음질칠 뿐이었다.

"하지만 그런 건 현실도피라고나 할까, 어떠한 해결책도 되지 않습니다. 댁에서도 그 점 잘 지도해 주시기 바랍니다."

인사도 하지 않고 방을 나왔다, 그것이 당시 맺힌 심정을 표현할 유일한 방법이었다고 아내는 내게 힘없이 웃으며 말했다.

아내는 팽팽하게 당겨졌던 긴장의 끈이 끊어진 것처럼 눈물을 뚝뚝 흘렸다. 2층에 있는 신지에게 들리지 않도록 안에서 울컥울컥 북받쳐 오르는 오열을 어깨로 누르며 목을 쥐어짜고 운다.

"어쩜 좋아?"

몇 번이고 같은 말을 되묻는다.

나는 아무 대답도 해 줄 수 없다. 그저 말없이 위스키를 들이킬 뿐. 주말에 마시는 술의 양이 늘었다. 회사 일을 잊으려 하면 신지의 문제가 가슴에 차오르고, 그것을 뿌리치려 하면 다시 눈꺼풀 안쪽에 숫자 배열이 오락가락한다.

"응? 여보, 어쩌면 좋아. 어떡하면 우리 신지, 옛날처럼 될 수 있어?"

"그러니까 기다리는 수밖에 없어."

"그냥 기다리면 되는 거야? 정말로 기다리면 우리 애가 반 친구들한테 왕따 당하지 않게 되는 거야? 후배를 괴롭히지 않게 되냐고. 정말 그렇게 되는 거야?"

"그만 좀 해!"

테이블 위에 얹어 둔 신문을 창문 쪽으로 집어던졌다. 아내는 순간 눈을 휘둥그레 떴다. 블라인드가 신문에 부딪혀 흔들린다. 아내는 굳은 표정으로 나를 응시하다가 숨을 몰아쉬면서 무너져 내려, 뒤틀린 입술 사이로 다시 한 번 오열을 터뜨렸다.

오토바이 소리가 들린다. 분명 그 소리는 신지의 방에도 들리겠지. 테이블 위에 흐트러진 아내의 머리에는 흰머리가 희끗희끗 보인다.

나는 술잔에 위스키를 가득 채우면서 이 집을 살 때 받은 융자의 남은 액수와 정기예금 잔고를 머릿속에서 비교해 보았다.

나는 너무나도 약한 아빠다.


10월 중순, 결혼하면서 회사를 그만두는 부하 여직원의 송별회가 열렸다. 회비만 내고 참석하지 않을 생각이었지만, "과장님이 안 계시면 모임의 폼이 안 나죠." 하는 젊은 사원들에게 등을 떠밀렸다.

알고 있다. 저들이 노리는 건 내가 아니라 내 지갑이다. 내 재량으로 회사에서 타 낼 수 있는 회식비다. 아니면 나를 조롱하는 게 목적일까? 여직원까지 통틀어 우리 과에서 가장 키가 작은 나를 상석에 앉혀 두고, 수군수군 자기들끼리 영업부로의 이동 가능성을 타진한다. "저렇게는 되고 싶지 않거든." 턱을 내 쪽으로 한 번 쳐들었다가 어깨를 움츠린다. 그러려고 나를 굳이 끌어들인 걸까?

2차, 3차로 술자리가 이어진다. 술잔이 돌고 도는 속도가 빨라진다. 같은 말이 반복되면서 푸념과 설교가 는다. 부하 직원들이 하찮게 보고 있다는 걸 나 자신도 알고 있다. 예전엔 취해도 이런 식으로는 되지 않았다. 마흔이다. 이제, 인생의 중반을 넘어섰다. 꿈은 없다. 야심도 없다. 낙이라고는 하나뿐인 아들의 성장을 지켜보는 것뿐이었다. 내 아들이 나와는 다른 남자로 성장해 가는 모습을 계속해서 지켜보고 싶었다.

"다른 데로 또 가지."

3차로 들렀던 술집을 나섰을 때, 처음으로 내 쪽에서 부하들을 붙들었다. 처음에는 스무 명 남짓 됐던 인원도 이제 젊은 직원들 몇 명으로 줄어들었다. 모두들 나보다 키가 크다. 나는, 내가 중학교 다닐 때 태어난 그들과 고개 들어 올려다보지 않고서는 눈을 맞출 수가 없다.

"오늘 참 별일 다 보네요. 과장님이 4차까지 술을 다 드시고."

여직원 한 명이 말했다.

"그런가?" 나는 웃으면서 여직원 어깨에 팔을 감았다. 여직원은 어머나, 하고 소릴 지르며 내 팔을 뿌리치려 했다. "빼지 마. 아이!"

내 목소리도, 이 즈음까지는 웃음기가 묻어 있었을 터이다.

"성희롱으로 걸릴 수 있습니다, 과장님."

남자 부하 직원이 농담 비슷하게 말한다.

나는 잠자코 한 번 더 여직원의 어깨를 감싸 안으려 했다. 여직원이 이번에는 정색을 하고 비명을 지르며 달아났다.

"뭘 도망가고 그래?"

내가 붙잡으려 팔을 뻗자, 여직원은 도움을 청할 셈이었는지 남자 직원 등 뒤로 돌아가 숨었다. 직원 두 명이 그녀를 가리고 내 앞에 버티고 섰다.

"과장님, 오늘 너무 많이 드셨어요. 이제 그만 여기서 파하죠."

말본새는 정중했지만, 그 목소리는 위에서 아래로 꽂혔다.

"비켜 봐, 거기."

나는 한 발, 두 발 앞으로 내딛었다. 몸이 비틀거린다. 발에 무게가 느껴지지 않는다.

"왜 이러세요, 이만 갑시다."

한 명이 약간 자신 없는 표정과 목소리로 말했다.

"보기 안 좋습니다. 오늘 밤 과장님 그렇게 주정하시는 거."

다른 한 명은 노골적으로 불쾌감을 드러내며 말했다.

"비켜!"

오른편에 선 남자직원의 가슴을 밀쳤다.

"위험해요, 그만두세요."

부하 직원의 멱살을 잡고 비틀었다. 다른 직원 하나가 끼어든다. 또 다른 한 명이 뒤에서 내 어깨를 잡는다. 몸의 중량감이 발로 전달되지 않는다. 부하 직원의 팔에 힘이 들어갔다. 뒤로 나자빠질 듯한 몸을, 술에 전 내 허리는 받쳐 주지 못했다. 엉덩방아를 찧게 생긴 꼬락서니로 나가떨어졌다. 그렇게 한 번 무너지자, 다시 일어설 기력이 솟지 않았다. 부하 직원들이 나를 내려다보고 있다. 웃고 있다. 경멸하는 눈초리들이 내 몸을 꼼짝달싹 못하게 찍어누른다.

"죄송합니다, 과장님. 괜찮으세요?"

눈앞에 뻗어 내린 손에다 대고 고개를 내저었다.

"괜찮아, 혼자 갈 테니까……, 그냥 내버려 둬……."

몇몇은 망설이고, 몇 명은 자기들끼리 팔꿈치를 툭툭 치면서 눈짓을 주고받았다. 마침내 그중 한 사람이 입을 뗐다.

"자, 그럼 죄송하지만 먼저 실례하겠습니다."

나머지도 꾸벅, 고개를 숙였다가, 그것으로 끝이었다.

나는 길 위에 주저앉아 그들의 뒷모습을 멍하니 바라보았다. "정말, 끔찍해."라고 여직원이 말하고, 그 말을 누군가 "안 되겠네, 정말." 하고 어깨를 움츠리면서 받으며 마침내 인파 속으로 사라진다.

비틀거리며 일어나 그들과는 반대 방향인 번화가로 걸어 갔다.

철문이 내려진 은행 앞에서 금발에 파란 눈을 한 사내가 물건을 내놓고 팔고 있었다. 검은 종이를 몇 장이나 이어서 길 위에 펼쳐 두고, 그 위에 금속 세공품과 작은 유화, 인디언 인형들을 늘어놓았다. 사내는 가슴팍이 훤히 보이도록 맨살에 가죽 점퍼를 걸치고 있었고, 점퍼 안으로 나비 문신이 엿보였다.

"싸요, 싸. 전부." 사내는 고음으로 말했다. 한마디 한마디, 토막 내면서 발음했다. 붙임성 있게 웃고는 있지만, 눈은 언제 주먹을 휘두른다 해도 이상할 게 없을 정도로 음험한 빛을 띠고 있었다.

종이 가장자리에 열쇠고리가 나란히 진열되어 있었다. 은도금한 십자가, 모래시계, 동전, 고무로 만든 해골, 콘돔이 들어 있는 플라스틱

케이스……. 그리고 휴대용 다목적 칼.

쭈그려 앉아 칼이 달린 열쇠고리를 집었다. 길이는 엄지손가락 정
도밖에 안 된다. 칼집에는 칼뿐만 아니라 손톱갈이, 캔 뚫는 송곳까지
달려 있었지만 아마도 두세 번 사용하면 그만일 성싶었다. 그저 장
난감에 지나지 않는다. 그렇게 생각하니 부담도 없어져 엄지와 검지
끝으로 칼날을 잡아 빼 보았다. 칼날은 과도처럼 얄팍했지만 가로등
불빛을 반사하는 칼끝은 확실히, 나름대로 예리했다.

"진짜예요." 사내가 턱을 쳐들며 말했다.

"얼만가?" 나는 칼을 칼집에 넣으면서 물었다.

"팔백, 아니 오백 엔만 주세요."

오백 엔짜리 동전 하나를 주머니 속 동전 지갑에서 더듬어 꺼내 사
내에게 건넸다.

"이걸로, 사람 죽일 수 있나?"

사내는 잠시 생각하더니 "아마도요." 하고 누런 이를 드러내며 웃었
다.


4


나는 칼을 갖고 있다.

양복 안주머니에 늘 들어 있다.

나는 칼을 가슴에 꼭 붙이고 아침 만원 전철에 흔들리다, 사무실에
서 컴퓨터를 마주하고, 사원 식당에서 B타입 런치를 먹고, 일회용 컵

에 따른 커피를 홀짝인다.

아무도 모른다. 경리과를 현금 인출 코너로밖에 생각하지 않는 영업부 자식들도, 눈만 떼면 수다를 떠는 여직원들도, 그런 여직원들의 환심 살 궁리밖에 머릿속에 없는 젊은 부하 직원들도, 끈질기게 소프트웨어를 팔러 오는 소프트웨어 회사의 영업 사원들도, 무뚝뚝한 부장도, 만날 피곤에 절어 사는 동기들도, 역 앞에 진을 치고 있는 중학생과 고등학생들도, 아내도, 신지도……, 아무도 모른다. 그게 나를 우쭐하게 만든다.

회사 화장실이나 아내와 신지가 잠든 시간 욕실에서, 나는 매일 칼날 뽑는 연습을 한다. 칼집을 손에 쥐고 온몸에 힘을 실어 찌른다. 단번에 상대를 쓰러뜨리지 않으면 안 된다. 칼날이 휘지 않도록 곧장 찔러야 한다. 겨눌 부위는 배다. 늑골 바로 밑. 명치끝도 괜찮다. 얄팍한 칼날이 반동으로 튕겨 나오지 않도록 부드러운 부위를 노려라.

세면대 거울에 칼을 든 내가 비친다. 웃고 있다. 나는 사람을 죽일 수 있다. 칼을 갖고 있는 나는, 원한다면 언제라도 누군가를 죽일 수 있다.

싸구려 칼이다. 다목적이라는 말에 피시식, 웃음이 새어 나온다. 하지만 버릴 생각은 없다. 좀 더 그럴 듯한 것으로 다시 구입할 생각도 없다. 내게 어울리는 칼이다. 나는 이 칼을 품고 하루 또 하루 연명해 간다.

매일 아침, 신지에게 "잘 잤니?" 하고 말을 걸기로 했다. 대답은 대개, 일부러 지어 보이는 하품과 얼버무려져 돌아온다. 내 눈을 보지 않는다. 여드름이 몇 개나 돋아나 있다. 아내는 아침만 차려 놓고는 다시 침실로 들어가 문을 닫고 꼼짝 안 하게 됐다. 두통이 심해서 그런단다. 집을 나서는 것은 내가 먼저다. 께지럭대며 토스트를 입으로 가져가는 신지에게 웃으면서 "아침밥 제대로 안 먹으면 기운 못 차린다." 한마디 하고 식탁을 뜬다. 양복 상의를 걸치면서, 있는지 없는지 제대로 분간이 안 되는 무게와 두께가 제자리에 잘 있는지 확인한다. 때로는 양복 위로 슬쩍 손을 대보기도 한다.

그런 식으로 일주일이 지났다.


퇴근길 전철 안에서 문이 닫히기 직전 뛰어 들어온 여자에게 발을 밟혔다.

"아, 미안해요."

형식적으로 대충 고개만 까딱이는 그 여자를 나는 눈을 치켜뜨고 노려보았다.

"제대로 사과하시오." 목소리는 떨렸지만, 시선은 움직이지 않았다.

"네? 지금 사과했잖아요."

"제대로 하라고."

"뭐예요?."

"사과하란 말이야!"

여자의 얼굴에 두려움이 스쳤다. 주위에 있던 승객들이 일제히 나를 처다본다. 물러서지 않는다. 두려움 따위 없다. 나는 칼을 갖고 있다. 나는 언제라도 죽일 수 있다. 눈앞에 있는 너를, 그 옆에 서 있는 너를, 등 뒤에서 날 보는 너를…….

여자는 기어들어 가는 목소리로 "죄송했습니다." 하고 다시 한 번 사과를 하고 나서 역에서 내렸다. 나는 주위 사람들을 한 사람씩 차례차례 노려본다. 눈이 마주칠 때 고개를 돌리는 건 상대방이다. 내게는 칼이 있다. 주위를 한 번 쭉 훑고 손잡이를 고쳐 잡았다. 다른 사람들과는 팔의 각도가 다르다. 손잡이의 위치가 내게는 너무 높다. 양복 소매가 쭉 잡아당겨져 한쪽은 팽팽히 뻗고 한쪽은 축 늘어져 있는건, 나뿐이다.

그래도 난, 칼을 갖고 있다.

역에 내리자 오토바이의 공회전 소리가 울려왔다. 교차로에 몰려 있는 무리의 수는 10월 말 들어 꽤 늘었다. 교복 차림의 중학생들도 많다. 빵집 철문은 빨간 스프레이 낙서로 어지럽혀 있고, 자전거를 세워 두는 주차대가 부서져 있다. 스케이트보드는 역 구내까지 들어오고, 근처에 있는 유치원에서 관리하는 화단도 언제부턴가 빈 캔을 버리는 장소가 되어 있었다.

나는 개찰구를 빠져나와 그들이 모여 있는 부근으로 시선을 보냈다. 칼이 있다. 아무것도 두려워할 건 없다. 인도의 가장자리가 아니라 정중앙을 따라 걸어간다. 이대로 계속 가면 저들의 곁을 스쳐 지나가게 된다. 이렇게 가까이 다가서기는 처음이다.

길바닥에 주저앉은 남자가 껌을 씹으면서 휴대전화로 떠들고 있었다. 머리카락과 눈썹까지 모두 은색으로 물들이고, 코에는 피어싱을 했다.

"뻥까고 있네. 정말이야? 그거?"

전화기를 고쳐 쥐고 얼빠진 사람처럼 웃는다. 눈매는 날카로워도 목소리에는 젖내가 묻어난다. 당연하지. 고등학교 3학년이라고 해봤자 열여덟 살. 내가 대학을 졸업했을 즈음 세상 빛을 본, 애송이다.

나는 냉소를 섞어 가며 어둠 속으로 지나치려 했다.

"떨어졌어? 진짜로? 진짜로 그 강에 들어갔다고? 울어? 야, 그거 신나는데. 갈게. 당장 간다고."

남자아이는 전화기를 얼굴에서 떼고 친구들에게 말했다.

"야, 제2중학교 그 땅꼬마, 학교 뒤 강에 들어갔대. 보러 가자."

하릴없이 시간이 차고도 넘치던 아이들은 괴성을 질러댔다.

"왜, 왜 그랬대?"

"잘 모르겠는데, 가방을 강에다 집어던졌더니 그거 주우러 찔찔 짜면서 들어갔대."

"우와, 끝내준다."

"요즘 중학생 자식들, 하는 짓이 다르단 말이야."

"게다가 말이야, 가방을 강에다 처넣은 건 1학년짜리였대. 그 땅꼬마한테 심하게 당하더니 복수한 거 아니겠어?"

"꼴 우습게 됐네, 그 땅꼬마."

"근데 아직도 있을까?"

"그 땅꼬마의 자전거가 너덜너덜 완전 고물이 됐나 봐, 돌에 부딪혀서. 땅꼬마, 지금 울고 있대."

"와, 웃긴다."

"가보자구."

몇 대의 오토바이 소리가 뒤엉키면서 울려 퍼지고, 교차로를 반 돌아 빠져나가는 동안, 파티의 시작을 알리는 경적과 폭죽이 일제히 주변 일대를 에워쌌다.

나는 그 자리에 우두커니 선 채 한동안 움직일 수 없었다.

오토바이들이 다 빠져나가고, 역 앞에 정적이 내려앉고서야 비로소 '나'로 돌아왔다.

"신지!"

외마디를 내뱉고 달리기 시작했다.


14년 전, 신지가 태어났을 때 나는 신생아실 유리창에 얼굴을 대고 아직 눈도 뜨지 않은 내 아기를 말없이 바라보았다. 아빠가 됐다는 얼떨떨함과 기쁨으로 무릎과 턱이 달달 떨렸다. 훌륭한 사람이 되지 않아도 좋다. 머리 좋은 사람이 되지 않아도 돼. 부자가 되지 않아도, 특별한 재주가 없어도 된다. 어디서나 볼 수 있는, 평범한 남자여도 상관없다. 행복하게……, 거기까지 생각하다가, 바로 이런 게 '행복'이라고 확실히 말할 수 있는 무언가가 더 이상 떠오르지 않았다. 그래서 나는 아직 '신지'라는 이름조차 없는 내 아기를 바라보면서 단 한 가지만 빌었다.

삶을 포기하고 싶을 만큼의 슬픔과 고통의 순간은, 결코 맞지 않기를……

시시한 아빠라고 비웃음을 산다 해도, 내 아이에게 바랄 건 그것밖에 떠오르지 않았다.

중학교에 이르는 길을 숨이 끊어질 정도로 뛰어가면서 전장에 있는 동급생을 생각했다. 곁을 스쳐 지나가는 자동차 불빛을 배경으로 어깨에 자동소총을 메고 허공을 응시하는 욧짱의 모습이 떠올랐다.

다리가 저리다. 눈썹 위에 땀이 맺힌다. 떫고 신 것이 목구멍까지

치밀어 오른다. 달리면서 양복 가슴께를 손바닥으로 누른다. 칼이 있다. 여기, 분명히 있다. 나는 칼을 갖고 있다.

운동장이 보였다. 오토바이 소리가 들린다. 멀어져 가는 소리다.

신지를 부르는 내 목소리는 이제 모래바람처럼 갈라져 있다.


학교 건물 뒤편에 흐르는 강은, 강 양쪽에 세운 콘크리트 둔덕으로 막혀 있고 수풀이 우거져 있어, 그 아래 흐르는 물은 어디로 흘러가는지 그 방향조차 분간할 수 없이 고여 있다.

주변에 사람 그림자는 없다.

"신지! 어디 있니?"

다리를 건너 폭이 좁은 둑을 달려가며 찾는다. 강물 깊이는 빠져 죽을 정도는 아니다. 그나마 그게 다행이라면 다행이었지만, 그런 생각까지 할 지경이 된 내가 비참하고 한심했다.

다리에서 수십 미터를 더 달려, 마침내 찾았다. 신지는 건너편 콘크리트 둔덕의 경사면을 기어오르고 있었다. 짙은 청색 교복 상의는 어둠에 묻혔는데, 같은 색 바지를 입고 있어야 할 하반신은 하얀 팬티 바람이었다.

신지가 돌아다본다. 놀란 건지, 울고 있는 건지, 도움을 청하는 건지, 노려보고 있는 건지, 표정은 알 수 없다. 하지만 나를 본 건 확실하다. 팬티에서 뻗어 나온 두 다리는, 이파리를 떨군 나뭇가지처럼 가늘고 애처로워 보였다. 상처는 없니? 물에 젖지는 않았니? 가방은 어디 간 거야? 자전거는 또 어디 있어? …….

신지는 다시 거미처럼 경사면을 기어 올라간다.

"기다려라, 신지! 거기 있어! 곧 갈 테니까, 기다려!"

강둑을 바라보았다. 꽤 가파르다. 콘크리트 겉면은 마름모꼴로 얕게 패여 있었지만, 가죽 구두로 밑에까지 내려가기는 쉽지 않을 것이다.

잡초에 몇 번씩 발목을 잡히면서 온 길을 되돌아갔다. 다리를 건너고 다시 한 번 이름을 불렀다. 목소리가 뒤틀리고, 찬바람을 잘못 들이마셔서 격한 기침이 터져 나왔다.

대답은 없었다.

신지는 자전거에 올라타고서 둑길을 따라 멀어져 간다. 아랫도리에는 팬티만 입은 채. 페달을 돌릴 때마다 삐걱거리는 소리가 들린다. 앞바퀴가 부자연스럽게 후들거리는 것을 한참 떨어진 뒤에서도 알 수 있었다.

나는 길바닥에 주저앉았다. 무릎을 바닥에 대고, 한 손으로 몸을 지탱하고서 다른 쪽 손을 가슴에 댄다. 명치끝에 경련이 일고, 신음소리가 새어 나온다. 양손으로 양복 깃을 움켜쥐었다. 둘째 손가락이 작고 딱딱한 것에 닿았다. 양복 위로 더듬어 찾는다.

내가 두려워하고, 동경하고, 미워하고, 친구가 되고자 꿈에 그렸던 동급생의 얼굴이 다시 떠오른다. 욧짱. 나는 그에게, 이런 친근한 호칭으로 말을 건 적이 단 한 번도 없었지만.

스산한 바람이 쓸고 지나가는 길을 따라 역을 향해 걷는다. 밤 10시가 넘으면 집으로 돌아가는 사람들의 발길도 뜸해져 상점가의 철문도 거의 내려져 있다. 자동판매기 앞에서 단숨에 들이켠 한 잔 술의 취기는, 분명 모든 게 끝난 후 한꺼번에 몰려오겠지.

길모퉁이에 있는 공중전화로 집에 전화를 걸었다. 신호음이 세 번도 채 울리기 전에 신지가 받았다.

"여보세요?"

그 목소리를 듣고 나는 말없이 수화기를 놓았다. 집에 잘 도착했구나, 감사하고픈 기분이었다.

전화를 끊은 다음 머리 위에 달려 있는 거울을 올려다보았다. 몸뚱이 전체가 다 비춰지도록 교차로의 중앙까지 나가서 섰다. 가뜩이나 작은 몸이 더 찌부러져, 마치 다리가 절반은 땅 밑에 파묻힌 것처럼 보였다. 거울 속의 내가, 내 주위의 모든 인간들이 늘 그러는 것처럼, 나를 내려다본다. 나도 얼굴을 들어 거울 속의 나를 바라본다. 시선을 고정시킨다.

내게는, 칼이 있다.

심호흡을 한 번 하고 그것을 꽉 움켜쥐고 양복 주머니에 손을 찔러 넣어 감춘다.

개찰구 맞은편 택시 정류장에서는, 이 시간이라면 족히 20분 정도는 기다렸을 마지막 승객을 태운 택시가 막 빠져나간 참이었다. 승객을 기다리는 택시도 그것을 끝으로 전부 빠져나가고 없었다. 다음 전철이 도착할 때까지는 앞으로도 10여 분 더 있어야 한다.

전선줄을 울리는 강풍에 등을 떠밀리면서 교차로를 걸어 나간다. 그들이 있다. 철문이 내려진 빵집 앞에 모여 있다. 가게 앞에 쌓아 놓은 빵 진열대를 우그러뜨려 그것을 의자 대신 깔고 앉아 있는 여자아이도 있고, 또 다른 진열대를 교차로 쪽으로 걷어차고 있는 남자아이도 있다. 오토바이의 공회전 소리에 어울리지 않는 경적 소리가 겹치고, 가게 앞에는 편의점 비닐 봉투와 빈 주스 깡통, 도시락 용기들이 어지럽게 널려 있다.

나는 그들이 모여 있는 곳으로 서서히 다가간다. 웅크리고 앉아 있던 남자아이 한 명이 나를 보고, 곧바로 다른 데로 눈길을 돌리며 불붙은 담배꽁초를 손가락으로 튕겼다.

수는 일곱 명. 고등학생은 상관없다. 중학생은 없나? 제2중학교 학생은? 2학년 C반이다. 축구부 1학년생은 여기 없나? 두 명인가? 등에 용무늬를 새긴 새틴 재킷을 입은 녀석과 니트 모자를 쓰고 지포라이터의 불을 켰다 껐다 하는 너냐?

"뭐야, 아저씨." 새틴 재킷을 입은 녀석이 길 위로 침을 뱉는다.

"뭘 보냐구우~." 니트 모자를 쓴 녀석이 각진 어깨를 으쓱댄다.

나는 주머니 속에서 살의(殺意)를 고쳐 쥔다. 땀으로 미끄럽다. 손가락 마디가 딱딱하게 굳어 있다. 새틴 재킷도 니트 모자도 중학생 치고는 꽤 큰 덩치들이다. 신지의 눈에는 저 녀석들이 얼마나 무섭게 비쳤을까?

"쓸데없이 다른 학생 괴롭히는 짓은 그만둬." 나는 그 둘에게 말했다. "해도 되는 행동과 하면 안 되는 행동이 어떤 건지 생각 좀 해봐."

빈 깡통이 등 뒤에서 허공을 가르고 날아와 내 어깨를 스치고 지나갔다. 가벼운 소리와 함께 깡통은 바닥에 떨어져 구르다 가드레일 기둥에 맞고 멈춘다.

새틴 재킷과 니트 모자는 서로 눈빛을 주고받더니, 그제야 내 정체를 알았는지 소리 죽여 웃는다.

"그 자식이 자기 맘대로 구른 거야, 맞아, 지 맘대로 굴러서 시궁창에 빠진 거라고. 애들 일에 부모가 나서는 거, 그거 한심하다고 생각하지 않아? 그 녀석, 입으로는 시건방진 말들을 내뱉으면서 실제로는 맞설 의지고 뭐고 없으니까 애들한테 미움 받는 거지. 게다가 땅꼬마고 말이야. 보아하니 아저씨도 마찬가지네. 유전이란 건가? 뭐, 좀 더 기다려 봐요, 싫증나면 그만둘 테니까. 그리고 그 녀석 우리가 다른 애를 대상으로 찍으면, 얼씨구나 하고 합세할걸? 그렇게 말하고 다닌다니까, 비겁해, 그 땅꼬마 자식……."

"죽여 버리겠어."

"아저씨, 지금 뭐라고 했어? 그 말하는 거, 좀 조심하는 게 좋을거야. 냄새나는 월급쟁이가 잘난 체 떠들면 재미없지. 그리고 말이야, 우리들은 머리가 맛이 가서 진짜로 죽여 버릴 수도 있거든. 알겠수?"

오토바이의 공회전 소리가 긴 꼬리를 끌며 울려온다. 여자아이가 웃는다. 내 등 뒤로 고등학생 하나가 돌아와 선다. 오토바이에 탄 남자아이가 트렁크에서 스패너 같은 것을 꺼내 등 뒤에 선 남자애에게 던진다.

"죽여 버리겠어."

"아저씨, 떨고 있는 거 아니유? 이제 뭐, 이만하면 됐으니까 돌아가슈, 더 이상 귀찮게 굴면 우리들도 진짜로 심각해진다고. 돌아가. 안 그러면 역 뒤에서 한판 붙어 보던지."

칼을 꺼내라. 지금이야. 주머니에서 칼을 꺼내. 먼저 새틴 재킷. 녀석은 배다. 배를 겨누고 온몸을 날려 찌른다. 손에 느낌이 오면 곧바로 칼을 빼서 그 다음엔 니트 모자. 일어서면서 목을 찔러라. 주머니에 있는 손을 꺼내. 빨리! 손에 쥐어라, 얼른. 나는 칼을 갖고 있다. 나는 살의를 쥐고 있다. 나는 언제라도 죽일 수 있다. 나는 내 하나뿐인 아들을 이 지경까지 몰고 온 너희들을 죽일 수 있다.

빨리…….

## 5

부엌에서 내가 돌아오기를 기다리고 있던 것은 아내가 아니라 신지였다. 볼륨을 최대한으로 낮춘 TV에서는 낯익은 영상이 흐르고 있다. 먼 전장에서 텐트 작업을 하고 있는 파견부대의 모습이다.

"이거 아빠 비디오테이프인데, 내가 그냥 꺼내 보고 있어."

신지는 화면에서 시선을 떼지 않고 혼잣말하듯 했다.

"어어, 괜찮아."

나도 신지를 똑바로 쳐다볼 수가 없다. 갈라진 목소리가 신지에게 가 닿았는지 어쨌는지 모르겠다. 집 안에 들어서자 곧바로 파스 냄새가 코를 찔렀다. 시궁창 냄새인지는 확실치 않지만, 짐승의 체취 같은 비릿한 냄새가 집 안에 감돌고 있다. 내 겨드랑이 밑에서 배어난 끈적한 땀 냄새일지도 모른다. 아니면 신지도, 나와 피를 나눈 하나밖에 없는 내 아들도, 학생 시절 내가 흘렸던 것과 똑같은 땀으로 셔츠를 적시고 있는 것일까?

"엄마는?"

"머리가 아프대."

나는 의자에 앉았다. 신지 정면에서 좀 비켜난 자리였다. 밤바람에 휘둘린 볼이, 온풍기의 온기에 닿아 마비되는 듯 달아오른다. 콧속에서 딱딱하게 굳어 있던 것이 서서히 풀린다. 양복 주머니 속에서 손을 서서히 벌렸다. 손가락 마디마디에 피가 돌기 시작하는 게 느껴진다.

신지는 고개도 돌리지 않고 말했다.

"저기, 아빠 친구, 죽었을지도 몰라."

"뭐?"

"아까, 뉴스에 나왔었어. 난민 캠프가 폭파됐대. 총격전이 벌어져서 죽었는지 부상을 입었는지는 모르지만 아무튼 일본인이 헬리콥터에 실려 병원으로 후송됐대."

"이름은 안 나오던?"

"응. 외무성에서 조사 중이래. 비디오 끌까? 지금 뉴스에서 그 얘기 나올지도 몰라."

"아니, 됐다."

고개를 젓고 주머니에서 손을 뺐다. 힘쓰는 일과도, 출세와도, 재테크와도 연이 없는, 부드럽고 가냘픈 손이다. 바로 좀 전까지, 이 손에는 살의가 담겨 있었다.

아니, 나는, 내 손으로 잡을 수 있는 정도의 것을 그렇게 부르고 있었던 것뿐이다.

정신을 차리고 보니, 신지는 비디오에서 내 쪽으로 시선을 옮기고 있었다. 무슨 말인가 하고 싶은데, 그게 입 밖으로는 나오지 않는다는, 그런 표정을 띠고 있었다.

"엄마한테는 아무 말 하지 마라. 아빠도 가만있을 테니. 요전에도 봐라, 금세 호들갑 떨면서 걱정을 하지 않던."

나는 턱으로 안방 쪽을 가리키며 웃었다. 대충 넘겨짚고 한 말이었는데, 신지가 굳은 표정을 약간은 풀었다. 하지만 두 눈은 벌겋고 촉촉해졌다.

비디오테이프의 녹화 부분이 끝나 TV 화면이 파란색으로 뒤덮였다. 욧짱의 가족들도 이렇게 뉴스를 녹화하고 있을까? 욧짱에게 가족은 있는 걸까? 중학교 졸업 후 욧짱에 관한 얘기는 아무것도 아는 게 없다. 전국 고교체전이나 체육대회에 관한 신문기사에서 그의 이름을 본 적도 없으니 유도로는 생각처럼 잘 나가지 못했는지도 모른다.

"신지야."

"왜?"

"아빠는 역시, 겁쟁이였다. 아무것도 할 수 없었다. 무서워서 그냥 도망쳤어."

"무슨 일 있었어?"

"미안하다, 못 했어. 아무것도 바꾸지 못했다."

"무슨 말이야, 아빠. 무슨 말 하는 거야?"

"그래……, 모르는구나……."

주머니에서 칼을 꺼내 테이블 위에 얹었다. 칼집을 쥐고 있었을 때보다 오히려 거기서 손가락을 뗐을 때, 내가 칼을 갖고 있었다는 실감이 났다.

"이거 너한테 줄게. 학교에 가져가도 되고, 네 방 책상에 넣어 두어도 되니까, 아무튼 갖고 있어라."

"난, 사용 안 해. 칼 같은 거."

"사용하지 않아도 돼."

리모컨으로 비디오테이프를 앞으로 돌린다. 적당한 지점에서 재생 버튼을 누르자 마침, 욧짱이 무전기 앞에 앉아 있는 장면이 나왔다. 욧짱은 정말로 살해 당한 것일까? 게릴라들을 죽였을까? 떨리는 손 가락으로 방아쇠를 당겼을까? 울면서 쏘았을까? 아니면 쏘지 못했을 까? 신지는 테이블 위의 칼을 말없이 내려다보고 있었다. 미안해, 입 술이 움직였다. 역시 이런 건 필요 없어. 속삭이는 듯한 목소리는, 콧 소리에 묻혀 잦아드는가 싶더니, 어금니를 꽉 문 오열로 바뀌었다.

나는 부엌으로 가서 물을 마셨다. 신지에게 해두고 싶은 말과 다짐 해 두고 싶은 말들이, 녹내가 나는 물과 함께 목구멍에서 명치 안쪽 으로 미끄러져 들어갔다.


신지는 아무 말 하지 않고 하염없이 눈물만 흘렸다.

비디오테이프는 이제 세 번째 돌고 있었고, 재생할 때마다 무전기 앞에 앉은 욧짱의 등은 사그라지는 듯 보였다.

이제 곧 날짜가 바뀐다. 문 앞에 아내가 말없이 서 있는 것을 아까 부터 알고는 있었지만, 나는 돌아보지 않았다.

12시. 벽시계의 바늘 두 개가, 있는 힘껏 몸을 늘이고 꽉 붙어 있다.

나는 천천히 숨을 들이쉬고 말했다.

"아빠랑 학교에 같이 가자."

신지는 잠자코 고개를 들었다. 콧등이 벌겋다. 어릴 적 장난을 쳐서 내게 야단맞고 장롱 안에 갇혔을 때처럼.

"너랑 함께 있을 거다. 오늘부터, 쭉, 네 옆에서 떨어지지 않을 거야."

내 목소리를 듣고서야, 비로소 내가 무슨 말을 하려고 하는지 깨달았다.

"괜찮지? 아빠는 겁쟁이라 아무것도 할 수 없지만, 그래도 함께 있어 줄게."

"됐어. 그런 거."

"널 위해서가 아니야. 날 위해서다. 널 지키고 싶다. 사람들에게 비웃음을 사도 좋고, 무시당해도 상관없어."

"싫어, 난. 그런 거, 하지 마."

"아빠가, 싫으냐? 한심해? 그래도 아빤 그것밖에 할 수가 없다."

목구멍을 쥐어짜야 가까스로 목소리가 나오는데, 어느새 얼굴의 힘이 다 빠져 버렸다. 나는 칼을 손에 쥐었다.

"괜찮아. 아무것도 두렵지 않다. 자, 봐라. 아빠 이것 갖고 학교에 갈 테니까."

말하면서 칼날을 빼내려고 했다. 몇 번이나 연습해 온 것이다. 칼등에 오른손 엄지손가락과 검지 손톱을 끼워 넣고, 칼집을 쥔 왼손의 힘을 약간 푼 다음, 단번에…….

이상하다. 나오질 않는다. 싸구려 칼집 속에 접혀 들어가 있는 얇은 칼이 그새 휘어져 박힌 걸까?

바지에다 양손의 땀을 닦고, 다시 한 번 손톱을 끼워 넣었다. 오른손에 힘을 주었더니, 갑자기 칼의 무게가 슥, 사라졌다. 왼손으로 쥔 칼집이 반동으로 튀어오르더니 그다음 순간, 오른손 손가락 끝에 뜨끔, 열기가 스쳤다.

칼끝이 검지 두 번째 마디 약간 윗부분 피부에 닿았다. 당황해서 손가락을 보니 검붉은 핏물이 가로로 달리고, 그것이 곧 둥글게 뭉쳐 올랐다. 피부 속에서 뿜어 나오는 게 아니라, 한 방울이 톡 떨어진 것 같은, 그런 핏물이었다.

"당신, 괜찮아?" 아내가 달려왔다.

"벤 거야?" 신지도 테이블 위로 몸을 내밀고 손가락을 쳐다본다.

손가락을 입에 물고 괜찮다는 몸짓을 두 사람에게 해보였다. 아프다기보다, 열이 난다. 상처 부위를 빠니 좀 전에 마신 물과 똑같은 녹내가 콧속으로 훅 스친다.

대단한 상처가 아닌 걸 확인하더니, 신지는 어깨를 뒤로 젖히고 웃었다.

"그게 뭐야, 아빠. 우습잖아. 도대체 뭐 하는 거야, 진짜 웃겨."

하지만 웃음소리는 오래 가지 않았다.

신지는 다시, 울기 시작했다. 이번엔 소리까지 내면서. 얼굴을 일그러뜨리고서 몇 번이고 고개를 가로저었다. 아내도 울고 있었다. 나도 울었다. 한심스럽고, 가슴이 멘다.

하지만 아주 조금은 어깨를 짓누르던 짐 하나를 내려놓은 듯한 후련함을 느끼면서, 나는 검지를 계속 빨았다.

아내와 신지가 잠자리에 든 뒤에도 나는 거실에 남아 TV 심야방송을 멍하니 바라봤다. 수영복 차림의 젊은 여자 탤런트가 실내 수영장에서 게임을 하고 있었다. 출연자들도, 수영장 가장자리에 앉은 관객들도 실실 웃고 있었다. 분위기상 흥을 돋우려고 하는 것만큼은 알겠지만 썩 즐거워 보이지는 않았다.

위스키 병과 잔을 테이블에 꺼내 놓았다. 하지만 손은 뻗지 않는다.

오늘 밤은 술을 입에 대고 싶지 않다. 몸이, 아마 마음까지 다 녹초가 됐을 것이다. 이 무게를 취기로 얼버무리지 않고 그대로 짊어지고 싶었다.

화면에 뉴스 속보 자막이 지나갔다.

파견부대의 부상자는 세 명. 그들의 이름과 계급, 나이가 화면에 나열됐다.

욧짱은 없다.

부상자들의 상태는 세 명 모두 경상이었다. 게릴라 측 사상자는 밝혀지지 않았지만 위협을 가하려는 게 목적이었는지, 처음 보도됐던 것처럼 큰 총격전은 아니었다고 한다.

두 번 반복되는 뉴스 속보를 끝까지 보고 TV를 껐다. 눈을 감고 귀를 기울였다. 오토바이와 폭죽 소리는 들리지 않았다.

눈을 뜨고 테이블 위에 있는 칼을 집었다. 반창고를 붙여서 오른손 검지를 제대로 오므렸다 폈다 할 수 없다. 하지만 칼은 싱거울 정도로 손쉽게 칼집에서 빠져나왔다.

욧짱은 무사하다. 그러니 오늘도, 내일도, 다시 자동소총을 어깨에 메고 허공을 응시할 것이다.

나도, 꼭.

칼을, 머들러(muddler, 칵테일 등을 젓는 막대)처럼 잔 가운데 세워 두었다. 위스키를 따른다. 칼날이 닿지 않도록 조심하면서 입술을 적시고, 이제 됐다. 위스키 속에 접혀 있는 칼을 바라보다가 다시 눈을 감는다. 이 취기가 욧짱에게도 전해지면 좋겠다. 이 괴로움과 안타까움을 언젠가 하나밖에 없는 아들에게도 전할 수 있다면 좋겠다. 그리고 남보다 강하지 않아도 상관없다. 너는, 아빠를 넘어서라.


　나는 칼을 갖고 있다.

　칼은 테이블 위에서 아침 해를 받고 있다. 블라인드가 엷은 줄무늬를 테이블 위에 남기고, 그 그림자와 그림자 사이에는 칼이 놓여 있다.

　잘 구워진 베이컨 냄새가 부엌에서 피어오르고, 동트기 전 냉기를 버텨 낸 유리창이 이슬을 전면에 매달고 있다. 욕실에서 신지가 세수하는 소리가 들리고, 아내가 토스터에 식빵을 넣고, 나는 막 아침 신문을 한번 훑어봤다.

　서로 그러기로 한 것도 아닌데 아내도, 신지도, 나도 평소보다 훨씬 일찍 일어났다.

　"잘 잤니?" 한마디 주고받은 것 외에는 아무 소리도 나지 않는, 조용한 아침이다.

　세면대의 물소리가 멈추고 다음엔 전기면도기 소리가 들려온다.

　면도?

　아내는 그릇을 식탁으로 나르면서 "가끔 사용하는 거 같아." 하고는 부은 눈으로 살짝 웃는다.

　"……아이고, 이런."

　"왜?"

　"아니, 아무것도 아니야."

　블라인드를 활짝 연다. 가로막았던 것이 없어지자 아침 해가 창문 안으로 쏟아진다. 나는 눈을 가늘게 떴다. 아무것도 보이지 않는다.

눈부신 암흑에서 나는, 적들의 동태를 살핀다. 내 아들을 향한 악의와 책략과 폭력과 조롱과 허세와 장난과 권태를, 보초병처럼 응시한다. 어디에 있는가? 어디까지 다가왔는가? 그리고 언제, 덮칠 것인가?

나는 욧짱이 응시하고 있는 것과 똑같은 허공을 바라본다.

입학할 때 산 교복은 길이와 품이 부쩍 작아졌다. 방충제 냄새가 신경 쓰이는지 신지는 걸으면서 자꾸만 소매를 코끝에 갖다 댄다.

"세탁소에 맡기면 얼마나 걸린대?"

내가 묻자 신지는 "3일 정도래."라고 대답하고 짧아진 소매를 잡아 늘였다.

불만스러운 듯 보이는 신지의 옆모습과는 반대로 나는 집을 나설 때부터 줄곧 여유 있는 얼굴이었다. 아이가 입던 옷이 작아져 입을 수 없게 된다는 것, 그것이 부모한테는 얼마나 흐뭇한 일인지, 신지도 분명 부모가 되면 알게 되겠지.

교차점에 다다랐다. 이제부터 나는 오른쪽으로 돌아 역으로 향하고, 신지는 곧장 걸어 나가 학교까지 난 일직선 도로를 따라간다. 둘 다 평소에 다니던 길보다 멀리 돌아가는 길을 택해 걸은 셈이다.

우리들은 누가 먼저랄 것 없이, 가던 길을 멈추고 눈길을 주고받는다.

"정말 괜찮겠니? 아빠는 회사, 그거 뭐 오늘 쉬어도 상관없는데."

재차 묻는 나를 정면으로 바라보는 신지는, 티가 날 정도는 아니지만 아주 약간 나를 내려다보고 있다.

"응? 신지, 만약 그 녀석들이 어젯밤 일로 뭐라고 하거든……."

"괜찮아!"

144

신지는 단호하게 말했다.

나는 다음 할 말을 꾹 누르고 고개만 살짝 끄덕였다. 내 아들은 나와는 다르다. 아니, 똑같다고 아내는 말해 주려나.

신지는 입술을 살짝 움직여 말한다. "다녀오겠습니다." 그러고는 파란불이 깜빡이기 시작한 횡단보도를 잰걸음으로 건넌다.

나는 교차점에 남아 신지의 뒷모습을 지켜보았다. 신호는 빨강으로 바뀌고 파랑으로 되돌아오다가 다시 빨강으로 바뀌었다. 나는 꼼짝 않고 서서 열네 살짜리 병사를 바라보았다.

이상 없음. 전진하라.

나는 칼을 갖고 있다. 걱정할 건 없다. 왼쪽 가슴에는 내가 지켜야 할 것을 지키기 위한 칼이, 늘 있다.

교차점을 오른편으로 돌아, 약간 걸음을 재촉하여 역 쪽으로 향한다. 걷다가 오른손 검지에 감겨 있던 반창고를 풀어 버렸다. 상처는 아물어 있었지만, 손가락 끝을 빠니 녹내가 아직 다 가시지 않고 남아 있다.

손가락을 입에 문 채 심호흡을 하여 녹내를 가슴속으로 내려 보내고, 마흔의 부상병은 입을 다물고서 등을 조금 펴고 걸어갔다.

악어와 왕따

1

  우리 동네에 악어가 터를 잡았다.

  신문 기사에서 그 이야기를 본 것은 여름방학이 시작된 지 얼마 지나지 않은 무렵이었다. 기사에 따르면, '오이즈미 공원에 있는 효탄 연못에 악어가 산다.'는 소문은 여름방학 이전부터 사람들 사이에 알게 모르게 떠돌았던 모양이다. 중년의 아마추어 카메라맨이 풀숲을 어슬렁대는 몸길이 90센티미터 정도의 악어를 목격한 것이 5월이고, 좀 더 거슬러 올라가 4월에도, 그리고 작년 9월에도 조경 관계자가 악어로 보이는 생물체를 보았다고 한다.

  우리 집은 공원과 2차선 도로를 사이에 두고 있는 4층짜리 아파트 맨 꼭대기 층. 베란다에서 효탄 연못 일대를 거의 한눈에 내려다볼 수 있는 위치다. 동네 사람들이 모두 잠든 한밤중에는 발정 난 도둑고양이들이 여기저기서 울어대는 소리가 바로 옆에서 나는 것처럼 또렷이 들릴 때도 있다.

그러니 악어를 발견한 사람이 비명을 질렀다면 분명 알아차릴 수 있었을 텐데 신기하게도 모두들 쉬쉬하다가 신문에 기사가 나자마자 "나도 봤어." "저도 봤어요." 하며 나선다. 늦잠에서 깬 내가 신문을 들고 베란다로 나갔을 땐 이미 연못 주변을 보도진과 웅성대는 구경꾼들이 겹겹이 둘러싸고 있어, 악어에게 몰래 먹이를 던져 줄 수 있는 그런 상황이 도저히 아니었다.

나는 악어가 좋다. 그림책이나 만화영화에 나오는 의인화된 악어가 아니라 좀 더 사실적인, 미끈거리는 수초와 진흙 냄새를 온몸에 휘감고 있는 악어. 입을 쩍 벌리고 언제나 땅 위로 배를 질질 끌면서 하루 24시간을 우리들의 5분의 1 정도 되는 템포로 사는 것 같은 악어. 거북이 등딱지에는 별 관심 없었지만, 악어의 등에는 한번 올라타 보고 싶다고 어릴 적부터 쭉 꿈꾸어 왔다. 가끔 기분이 안 좋고 우울해서 '에이씨, 그냥 될 대로 돼라.'는 소리가 입가에 흘러나올 때는 악어에게 잡아먹히는 것도 나쁘진 않을 거라 생각한다. 악어의 이빨은 톱날처럼 뾰족하지만 입이 큰 만큼 단숨에 집어삼켜 뱃속으로 내려보낼 테니 호랑이에게 먹히는 것보단 아프지도 않을 것 같다. 적어도 수백 마리나 되는 피라냐 떼에게 갈가리 뜯어 먹히는 것보단 훨씬 낫다.

효탄 연못에 악어가 살고 있다는 걸 처음 알았을 때 나는 '에이씨, 그냥 될 대로 돼라', 딱 그 상태였다. 악어한테나 잡아먹혀야지, 하고 정말로 심각하게 생각하고 있었다.

그러니까…… 내가 악어에게 던져 주려 했던 먹이는 바로 열네 살 된 나 자신의 몸뚱이였던 것이다.

어느 날 아침 눈을 떠 보니 독충으로 변신해 있었다는 외국의 유명한 소설이 있나 보다. 나는 아직 읽지 않았지만, 자기 몸이 독충으로 변해 버렸다는 걸 알았을 때의 주인공 심정은 어렴풋이 이해할 수 있을 것 같다.

1학기 기말시험을 며칠 앞둔 7월 초, 나는 자고 일어나니 왕따가 되어 있었다. 물론 내 몸이 뱀이나 독충으로 둔갑해 있었던 건 아니다. 무리 속에 끼지 못하는 아이, 따돌림 당하다, 할 때의 그 왕따. 원래 명사지만 동사 비슷하게도 쓰인다. 나는 우리 반 친구들에게 완전히 따돌림을 당했다. 좀 더 실감나게 말하자면 매장 당한 것이다. 아무런 예고도, 이유도 없이.

"안녕."

그날 아침, 나는 늘 해 오던 대로 기분 좋게 교실 안으로 들어섰다. 그런데 이 구석 저 구석에서 들려와야 할 아침 인사 소리가 들리지 않았다.

어? 왜 이러지? 뭔가 아침부터 김이 팍 새는 느낌이었지만, 그 당시에는 크게 마음에 두지 않고 그냥 내 자리로 가 앉았다. "어제저녁 말이야, 좀 황당했어. 자동응답기 스위치를 꺼 놓았지 뭐야, 글쎄."

근처에 있던 나나코에게 말을 걸었더니 나나코는 자리에서 일어나 다른 곳으로 피해 달아난다. 딴 데로 자리를 옮겨, 수다를 떠는 다른 아이들 무리에 합류했다. 순간, 가슴이 철렁 내려앉고 머리카락이 쭈뼛거렸다. 나는 얼른 다른 구실을 좀 찾아보려고 옆자리의 미도리에게 말을 걸었다.

"저기, 어제 내준 수학 숙제 좀 보여 줄래? 한 문제 못 푼 게 있거든."

미도리도 암말 않고 자리에서 일어선다.

"어어……, 뭐야. 왜 그래?"

시치미를 떼고 웃어넘길 요량이었지만, 내가 듣기에도 목소리가 가늘게 떨리고 있었다. 민망한 기분을 좀 만회해 보려고 뒷자리를 돌아보자 아미는 아무것도 모르는 척 얼굴을 돌렸다. 여드름 때문에 늘 고민하던 아이의 볼에 닿은 내 시선은, 마치 휴지통에 내던져진 휴지 조각처럼 기댈 곳 없이 마룻바닥으로 굴러 떨어졌다.

설마……. 받아들이고 싶지 않은 끔찍한 예감은 확신으로 바뀌었고, 그것을 머릿속에서 추스를 겨를도 없이, 바닥에 떨어진 내 시선은 몇몇 아이들의 실내화 발로 짓이겨졌다.

고개를 쳐들자 4월에 같은 반이 된 이후 왠지 관계가 썩 편치 않았던 사에코가 만날 자기 옆에 붙어다니는 다른 애 한 명을 데리고 앞에 서 있었다.

사에코는 엷은 웃음을 지으며 말했다.

"야, 너, 오늘부터 왕따야."

"미키가 너무 불쌍해." 주리의 목소리가 내 어깨에 와 닿자마자, 가오리가 잘해 보라며 잇몸을 드러내고 웃는다.

잠깐만 내가 왜 왕따를 당해야 되는데? 이유를 가르쳐 줘. 내가 잘못한 게 있으면 고칠 테니까……. 입 밖으로 낼 수는 없었다. 나도 자존심이라는 게 있는 사람이다. 책상 위에 얹힌 내 손등을 무표정하게 바라본다. 그 순간 내가 할 수 있는 건 그것뿐이었다.

사에코와 그 애의 친구인지 몸종인지 노상 붙어다니는 애가 가 버린 뒤 나는 천천히 그리고 신중하게 교실 안을 둘러보았다. 내가 다니는 학교는 사립여중으로 한 반에 여자애들만 서른일곱 명. 나를 빼면 서른여섯.

사에코는 생각했던 것보다 훨씬 더 강력하게 반 애들을 휘어잡아 놓고 있었다. 사에코가 앞장서서 준비하고, 적당한 때를 기다리고 있다가 마침내 '개시'한 것일지도 모른다. 나와 눈이 마주친 애들은 총알이 명중하면 쓰러지는 인형 맞추기 게임의 인형들처럼 차례차례 고개를 숙였는데, 그중에는 제일 친한 친구라 믿었던 호나미도 끼여 있었다. 호나미는 나와 같은 초등학교에 다녔다. 교실 전체, 어느 한 구석 도망칠 구멍이 없다. 내 시선을 받아주는 건 오로지 칠판 구석에 쓰여 있는 '오늘의 당번'이라는 글자뿐이었다.


그날 이후 나는 2학년 B반의 왕따가 됐다.

아무도 내게 말을 걸지 않는다. 눈이 마주치면 실실 웃음을 흘리면서 얼굴을 돌리고, 복도를 지나갈 때 스치기라도 하면 호들갑을 떨면서 몸을 비튼다.

나에 대한 소문은 다른 반으로도 퍼져 나갔다. 처음 한동안은 괜찮냐며 걱정스레 말을 걸어 주는 애나, 금방 원래대로 돌아올 거라고 말해 주는 애들도 몇 명쯤 있었지만, 결국 어느 반의 누구나 나를 이 땅 위에 없는 사람으로 취급하게 됐다.

이유 같은 건, 없다. 모두 따분해 하고 있다. 그리고 숨막히게 옥죄는 교칙이나 2학년 들어 갑자기 어려워진 공부 때문에 아마 기분이 착잡하기도 할 것이다. 쉬는 시간도 적당히 때우고 욕구불만도 해소할 겸 누구 한 명을 왕따시키자, 그뿐이다.

나는 아무것도 잘못한 게 없다. 누구를 배신했다거나 누구를 괴롭혔다거나 누군가에게 상처 준 일 따위, 전혀 없다.

그게 속상하다. 슬픈 게 아니라 속이 상하는 거라고 여기고 싶다.

애들한테 미움을 받고 있는 거라면 그래도 낫다. "너 같은 애는 정말 딱 질색이야!" 하면서 모두들 덤벼들면 나도 '해볼 테면 해봐, 어디. 내가 질까 봐서?' 하며 깨끗이 등을 돌려 버리면 그만이다. 하지만 그게 아니다. 모두들 웃고 있다. 외톨이가 된 나를 보고 즐기고 있다. 이건 게임이다. 그저 지독한 장난일 뿐이다. 화를 내거나 울면 저 애들이 바라는 대로 되는 거다. 그걸 잘 알고 있기 때문에 위가 쓰릴 정도로 속이 상하고, 잠도 못 이룰 정도로…… 그래, 슬프다.

1학기가 끝날 때까지 게임은 계속됐다.

종업식 날, 약간은 기대했다. "학기 마지막 날이니 이 정도로 해둘까?" 누군가 이런 말을 꺼낼 것 같은 느낌이 들었다. 사에코는 금세 싫증을 내는 타입이고, 주리는 자기가 예상했던 것보다 기말고사 성적이 잘 나와서 기분이 아주 좋은 상태. 호나미, 그래, 네가 먼저 "이제 이쯤에서 그만두자."고 애들한테 말을 해 주면 정말 좋겠는데.

하지만 아무것도 변하지 않았다. 종례가 끝나고 선생님이 교실에서 나가자 사에코가 반 애들 모두에게 들리도록 말했다. "배신하지 마. 배신했다가는 완전히 따 당할 줄 알란 말이야."

모두 말없이 고개를 끄덕였다. 다른 곳을 보고 있긴 했지만 그 정도는 알 수 있다.

알기에 속상하다. 부질없는 기대를 했던 나 자신이 한심스럽고, 스스로 생각해도 한심한 내가 몸서리나게 싫었다. 그렇지만 난 나를 왕따시키지 않는다.

내가 날 왕따시키는 날엔, 그땐 끝이다. 그럴 수 있다면 차라리 편하겠지, 하는 생각이 들지 않은 것도 아니다. 여름방학이 시작된 다음에도 놀러 가자는 전화 같은 건 걸려 올 리 없다. 온종일 집안에 틀어박혀 지내는 하루하루였다. 엄마 아빠에겐 7월 한 달 내에 숙제를 다 끝내 놓으려고 그런다고 거짓말을 했지만 그게 언제까지 통할지는 모르겠다. 어쨌거나 난 그런 게임이 시작된 그날 아침이 되기 전까지는 "잠시라도 집에 앉아서 공부 좀 해라." 하는 게 엄마의 입버릇이었을 정도로 밖에서만 놀던 애였으니까.

게다가 게임은 여름방학 중에도 착착 진행되고 있었다. 매일같이 발신인 표시가 없는 편지가 집으로 날아들었다. 봉투 안에는 신문 기사를 복사한 종이가 한 장씩 들어 있다. 집단 따돌림으로 자살한 학생들에 관한 기사다.

얼씨구, 눈먼 돈도 참 썼네. 발품까지 팔면서 참 한가하셔~, 하면서 코웃음칠 여유는 없다. 지금은 봉투에 들어 있는 편지라 엄마한테 '친구들이랑 편지 주고받는 거'라고 둘러대면서 넘어갈 수 있다. 하지만 만약 엽서로 보내 오거나 장난 전화라도 걸려 오는 날엔……

효탄 연못에 악어가 살고 있다는 기사를 본 건, 밤에도 좀체 잠을 이루지 못하고 밥맛이 통 없던 바로 그 무렵이었다.

우리 동네는 도심 터미널에서 준급행열차로 약 20분 떨어진, '최고'라는 수식어가 붙을 정도는 아니지만 얼추 '부촌'에 속하는 주택가다. 버블 경기 때는 "뭐? 말도 안 돼!"라는 말이 나올 만큼 낡은 집이라도 1억 엔 미만으로는 감히 쳐다보지도 못했다는 이야기를 들은 적도 있다. 인기의 비결은 뭐니뭐니해도 녹음이 울창한 주변 환경이다. 아침에는 새들이 지저귀는 소리에 눈을 뜰 수 있고, 조깅이나 산책 코스도 있다. 도심에서 가깝고도 전원을 만끽할 수 있는 곳. 역 앞의 비좁은 골목만 제외하면 흠잡을 데 없는 동네다. 그 환경을 뒷받침해 주는 것이 바로 마을 한가운데에 있는, 무료입장에 24시간 개방하는 오이즈미 공원이다.

아주 오랜 옛날 호족(豪族)의 성이 있었다는 이 공원에는 분수가 있는 효탄 연못을 비롯해 당일 코스로 즐길 수 있을 정도의 자연이, 마치 연극 막간에 까먹는 도시락처럼 잘 구성되어 있다.

효탄 연못 안에는 천연기념물로 지정된 부도(浮島, 늪이나 호수 위에 풀이 우거져 섬처럼 보이는 것)가 있고, 그 섬 주위에는 자연 관찰원도 있으며, 옆으로는 야생 조류의 쉼터가 되는 왕벚나무가 300그루 가까이 있는 광장이 펼쳐진다. 효탄 연못 옆에는 보트장도 있는데, 어린이 전용 낚시터로도 이용된다.

이 마을에서 태어나고 자란 사람들의 휴일 추억은 오이즈미 공원을 빼놓고는 말할 수 없다고 해도 과언이 아니다. 어릴 때는 가깝고도 친숙한 놀이터였다가, 커서는 자기만의 데이트 코스가 되고, 결혼한 다음에는 적은 비용으로 가족 모두가 즐겁게 지내는 마지막 카드가 되어 준다.

그런 오이즈미 공원에 하고많은 동물 중에 하필이면 악어가 둥지를 튼 것이다. 효탄 연못 주위는 연일 보도진과 구경꾼으로 북적였다. 공원 주위 도로는 불법 주차 차량으로 1차선이 완전히 뒤덮였고, 매점의 주인 아주머니는 TV 인터뷰에서 "네네, 그럼요. 덕분에 매상도 많이 올랐죠." 하면서 금니를 드러내며 웃었다. 이런 추세라면 '오이즈미 공원의 명물, 악어 만두'나 '원조 악어 팥과자'까지 팔지 않고는 못 배길 분위기였다.

물론 근처의 주민들은 여유 있게 그 소동을 즐기고 있을 수만은 없다. 우리 집처럼 아파트 고층이라면 그래도 좀 낫지만, 단독주택에 사는 사람들은 지레 불안에 떨고 있다. 엄마가 슈퍼마켓이나 미용실, 테니스 교실에서 주워듣고 온 사람들의 상태는 어느 집이나 음식물 쓰레기를 밤에 내다놓지 않게 됐다든가, 남편들의 귀가 시간이 빨라졌다든가, 이중 창문을 모두 꼭꼭 닫아걸고서야 잠이 든다든가, 밤에는 개를 현관 안에 들여놓는다든가……, 대충 이런 분위기다. 평소에는 그저 덩그러니 건물만 서 있을 뿐 인기척이라곤 없던 관리사무소도 세상의 주목을 받자 작심을 했는지 8월 초부터 악어 포획 작전에 돌입했다. 말이 포획 작전이지 효탄 연못과 보트장에 뗏목을 띄워 놓은 게 다니까 포획이라기보다 확인 작업이라고 하는 게 옳다.

그래도 악어가 연못에서 모습을 드러내는 순간을 포착하려고 구경꾼들은 쌍안경을 준비하고, 카메라의 삼발이까지 챙겨 나와 자릴 잡았다. 괜히 목소리를 낮춰가며 "악어는 아직 나오지 않았습니다." 하고 보도하는 와이드 쇼의 리포터 옆에서는, 초등학생 하나가 아이스크림을 핥으면서 TV 카메라를 향해 브이(V) 사인을 해 보인다.

나는 베란다 난간에 턱을 괴고 그런 연못의 풍경을 멍하니 바라본다. 만약 악어가 발견되면 어떻게 될까. 설마 사살하거나 독살하지는 않겠지만, 동물원 사육사들이 달려와서 마취총을 쏘든 그물을 씌우든 어떻게든 해서 붙잡을 것이다.

"좋잖아, 악어가 좀 있으면 어때서……."

누가 듣든 말든 일부러 입 밖으로 소리 내어 중얼거렸더니, 1학기 때보다 약간 수척해진 볼을 타고 쓴웃음이 흐른다.

효탄 연못 주변에서 나는 소음은 창문을 닫아도 방에까지 들려온다. 가끔은 구경꾼들의 웃음소리가 나를 향해 쏟아지는 것은 아닌가 싶을 때도 있다.


8월에 들자 발신인 불명의 편지는 더 이상 오지 않았다. 하지만 그것으로 게임이 끝난 건 아니다. 일주일에 사흘 나가는 학원에까지 나를 둘러싼 '왕따 게임'은 퍼져 있었다. 호나미다. 그 애가 아무 상관도 없는 다른 중학교 애들까지 꼬드긴 거다.

큰맘 먹고 딱 한 번, 학원 강의실에서 호나미에게 말을 붙여 보았다.

"여기는 학교가 아니야. 사에코도 주리도 에츠코도, 아무도 없다고."

호나미는 굳은 표정으로 고개를 숙이고 가방에서 영어 참고서를 꺼내 책상 위에 펼쳤다.

페이지를 잘못 펴서 오늘은 거기가 아니라고 했더니, 호나미는 고개를 숙인 채 자리에서 일어나 다른 애들이 있는 곳으로 쪼르르 달아

났다. 쫓아갈까도 했지만 그만두었다. 질질 매달리다니, 그것처럼 추한 것도 없어. 그렇게 나 자신에게 말했을 때 갑자기 가슴이 쿵쾅쿵쾅 울렸다. 질질 매달려? 내가, 호나미한테? 왜? 됐어, 그런 짓…….

침대에 누워도 새벽녘이 다 되도록 잠을 이룰 수가 없다. 음식은 냉국수나 소면밖에 넘어가지 않는다. 위가 아프다. 어깨가 딱딱하게 굳고 어금니가 잇몸에서 붕 떠 있는 것 같다. 여드름이 가시지 않는다. 그 때문은 아닐 거라고 생각하지만, 생리도 8월엔 일주일이나 늦게 시작했고 게다가 생리통이 심했다. '더위를 먹어서 그런다'는 거짓말에 속아 주는, 사람 좋은 우리 엄마 아빠가 그저 고맙다. 하지만 그렇게 순하고 착한 우리 엄마 아빠이기 때문에 혹시라도 내가 학교에서 왕따 당하고 있다는 사실을 알면……. 갑자기 숨이 막히고 가슴을 쥐어짜는 것처럼 아프다.

8월 중순, 밤에 연못 주위가 시끌시끌한 적이 있었다. 베란다로 나가 봤더니 TV 촬영 조명이 수면을 비추고 있었다. 멀리서 경찰차의 사이렌도 들려온다.

아빠도 한 손에 캔 맥주를 쥐고 거실에서 베란다로 나왔다.

"악어가 잡힌 건가?"

"몰라." 고개를 가로젓자 부엌에서 설거지를 하던 엄마가 웃으면서 "미키야, 좀 나가서 보고 오지 그러니?" 했다. 아빠는 또 "이쪽에서는 안 보여." 하며 나를 돌아보더니 "그쪽에서는 좀 보이지 않니?" 하고 묻는다.

"……몰라."

"산책할 겸해서 셋이 나가 볼까?"

"아니, 난 됐어."

"어? 저기, 문 옆에 서 있는 애, 호나미 아니니?" 아빠 옆에서 엄마가 놀란 듯 말했다.

난간 밖으로 몸을 쭉 빼고 공원 입구를 보니, 정말이다. 호나미다. 애들 몇 명과 무리지어 버스 정류장 벤치에 앉아 소프트아이스크림을 먹고 있다. 같이 있는 애들 모두 우리 반 아이들이다. 이 동네에 사는 건 우리 반에서 호나미와 나밖에 없으니 모두들 단체로 악어를 구경하러 온 건가? 아니면 왕따시킬 애의 집을 확인하고 2학기부터 시작될 게임의 작전을 짜고 있는 걸까?

"소리를 크게 지르면 들리지 않을까? 호나미한테 그 아래 무슨 일이 났는지 물어보면 되잖아."

"그래, 맞다. 미키, 그렇게 해봐."

아빠와 엄마가 나를 쳐다본다. 웃어야 한다. "됐어, 뭐. 그런 거, 창피하단 말이야." 하고 밝게 말해야 한다. 필사적으로 내게 그렇게 명했지만, 볼도 입술도 딱딱하게 굳어 움직여 주지 않았다.

나는 잠자코 방으로 들어갔다. 멍한 표정으로 서로 고개를 갸웃거리며 사춘기라서 그러는 모양이라고 쓸쓸하게 고개를 끄덕이는 엄마와 아빠의 모습이 눈앞에 떠오른다.

그날 밤, 나는 이불을 머리끝까지 뒤집어쓰고 게임이 시작된 이래 처음으로 울었다. 집에까지는 찾아오지 마라, 집에만은 제발……. 베개에 얼굴을 묻고 젖은 신음소리를 흘렸다. 엄마와 아빠 앞에서는 언제까지나 씩씩하고 명랑한 미키이고 싶다. 부모님에 대한 배려라든가, 그런 게 아니다. 뭐라 잘 표현할 수는 없지만, 내가 이렇게 괴로워하고 처져 있는 모습을 엄마와 아빠에게 보이고 싶지 않다. 좋아하는 남자애의 이름을 비밀로 한다든가, 엄마와 딸 사이여도 엄마랑은 같이 목욕탕에 들어가고 싶지 않은 것과 아마도 같은 이유로.

연못 일대가 시끄러웠던 이유는 이튿날 아침 밝혀졌다.

악어가 발견된 건 아니었다. 구경꾼 중에 술 취한 아저씨 한 명이 술김에 객기를 부려 연못에 뛰어들었다가 경찰차로 연행된 것이다. 바보 같으니······.


2


9월 들어 악어 확인 작업과 포획 작전은 한층 강화됐다. 연못에 띄울 뗏목 수를 늘리고 철제 케이지를 준비한 다음 그 안에 먹이를 놓아 유인한다. 먹이는 말고기. 동물원에서 사자용 먹이로 쓰는 것을 특별히 좀 얻어 온 모양이다. 새 학기가 시작됐기 때문인지, 효탄 연못의 구경꾼들은 한창 들썩일 때보다는 줄었다. 하지만 또 그런 만큼 악어가 나타나는 순간을 두 눈으로 꼭 지켜보겠다는 집념 비슷한 것이 연못 주위에 맴돌고 있다. '고수' 구경꾼들만 끝까지 버티고 있는 그런 느낌이었다.

그렇지만 나는 아직 한 번도 연못 근처에 나가보지 않았다. 나는 악어가 좋다. 그래서 흥미 위주로 모여든 구경꾼들과 한데 뭉쳐 있고 싶지 않다.

게다가 솔직히 말해서 이젠 밖에 나갈 기력도 없다. 2학기가 되어서도 게임은 그치지 않아 누구 하나 내게 말을 걸어 오지도 않고, 눈도 마주쳐 주지 않는다. '마주쳐 주지 않는다'라는 표현을 내 스스로 쓰는 게 속이 상해 견딜 수 없지만 더 이상 깐깐하게 버티고 맞서기에도 지쳐 버렸다.

2학기 첫날, 여름방학 내내 학교에 버려두었던 내 3단 우산이 부서져 있는 걸 발견했다. 여름방학 미술 숙제인 풍경화를 둘둘 말아 책상 속에 넣어 두었는데, 어느 틈엔가 마구 구겨져 있었다. 도화지 위에는 실내화 자국이 여기저기 찍혀 있었지만, 범인을 잡아내는 일 따위 이 마당엔 아무런 의미도 없다.

종례 시간이나 수업 중에 선생님이 나눠주는 프린트도 나를 쏙 빼고 뒤로 넘겼다. 선생님이 모두 받았냐고 물을 때 "죄송해요. 제가 깜빡하고 받지 못했어요." 하며 교탁 앞으로 걸어 나가면 서른여섯 명이 흘리는 냉소가 뒤통수에 와 들러붙는다. 창피하고 속상해서 눈을 내리깔고 자리로 돌아와 보면 의자에 압정들이 놓여 있다. 어떨 때는 구긴 종이조각이 놓여 있을 때도 있다. 종이를 펼쳐 보면 "여태 죽지 않았네요?"라고 써 있다.

정말로 죽어 줄까? 유서에 반 애들 이름을 하나하나 전부 적어서 신문사와 방송국에 보낸 다음 모두들 운동장에서 지켜보고 있을 때 옥상에서 뛰어내려 줄까?

농담이지, 그렇지만 약간은 진심이다.

밤중에 아무리 애를 써도 잠이 들지 않아 침대에서 일어나 영어 공책에 반 애들 이름을 적어 보았다. 출석 번호 1번인 '아다치 가에스' 부터, 14번 '소노다 미키' 그러니까 내 이름은 빼고 37번인 '와타나베 유카'까지, 전원. 한 명도 남김없이 성과 이름을 온전히 외고 있는 게 너무나도 속상하고 왠지 나 자신이 처량해져서 결국엔 지우개로 한 사람씩 이름을 지워 나갔다.

악어는 발견되지 않는다. 먹이로 놓아둔 말고기의 살점이 조금 뜯겨 나간 적은 몇 번인가 있었지만, 그건 모두 거북이의 입 자국이라는 감정 결과가 나왔다.

거북이 따위한테 지지 마라, 악어야.

나는 집에서는 무진장 명랑한 수다쟁이가 됐다. 코미디언의 시답잖은 개그에 옆구리가 결릴 정도로 웃다 넘어가고, 저녁 식사 이후에도 계속 거실에 남아 아빠 엄마에게 연애하던 시절 이야기를 해 달라고 졸라대기도 하고, 이제껏 아빠 엄마한테는 시치미 떼고 있던 어릴 적 장난들을 "저기 있잖아, 나 말이야. 사실 그때…… " 하면서 털어놓기도 했다. 한번 떠들기 시작하면 입은 제 마음대로 돌고 돌아 목구멍이 칼칼해져 쉰 소리가 날 때까지 멈추지 않았다.

"아빠, 기타 가르쳐 줘." 했더니 학창 시절에 비틀즈의 팬이었던 아빠는 그 이튿날 바로 새 기타 줄을 사 갖고 와서 창고 구석에 넣어 두었던 어쿠스틱 기타를 꺼내 와 치기 시작했다. 내가 코드를 잡을 수 있게 되면 새 기타를 사 주겠다는 약속도 덧붙였다.

엄마에게도 졸랐다.

"다음번엔 케이크 굽자. 여러 가지 있잖아. 전부 가르쳐 줘."

하지만 엄마의 반응은 아빠와는 달랐다. 아무 대답도 하지 않고 나를 빤히 쳐다봤다. 내가 왜 그러냐고 물으니 아무 말 없이 시선을 돌렸다. 아마도 나보다 한 발 앞서 고개를 돌려준 거겠지.

'오이즈미 공원의 악어 포획 작전 재강화'라는 기사가 아침 신문에 실린 건 추분 전날이었다. 원래 열대나 아열대에 서식하는 악어는 기온이 떨어지면 움직임이 둔해져 하루라도 빨리 발견해 잡지 않으면 안 된다. 그래서 마침내 덫을 설치하기로 결정했다고 한다.

철제 케이지 안에 말고기를 넣어 두고 악어가 거기 들어가면 문이 닫히도록 만든 것이다. 뗏목 위에 올려둔 먹이에도 청새치를 낚을 때 쓰는 큰 낚싯바늘을 박아 두었다.

이튿날 효탄 연못은 오랜만에 보도진과 구경꾼들로 북적였다. 모두가 기대하고 있다. 악어가 나타나는 광경과 잡히는 모습을.

베란다에서 그 광경을 멍하니 바라다보고 있으니 악어가 점점 가여워졌다.

악어가 뭘 어쨌다고 저러는 거지? 누군가를 물었거나 앞발톱으로 공원 어딘가를 부숴 놓기라도 했나? 아무 짓도 하지 않았잖아. 악어는 그저 거기 살고 있는 것뿐이잖아.

자연보호라든가 동물 애호, 뭐 그런 거창한 말을 하고 있는 게 아니다. 동정과도 약간은 다르다. 속이 상한다. 그것도 아주 많이. 베란다에서 물가에 모여든 사람들을 향해 돌을 집어던지고 싶을 정도로 속상하다.

모두들 실실 웃으며 연못을 바라보고 있다. 중학생이나 고등학생으로 보이는 남자애들이 자기들끼리 밀치면서 서로 연못으로 밀어넣는 시늉을 하고 있다.

사람들은 악어가 그냥 잡히기만 하는 걸로는 성이 안 찬다. 악어가 날뛰면서 그 곳에 있는 누군가에게 덤벼들어 그 사람이 비명을 지르고 피가 사방으로 튀고, 그러다가 마침내 악어가 죽임을 당하지 않으면, "오늘은 영 시시했어." 이 따위 말들을 내뱉으며 돌아간다.

게임이야. 이런 거 전부. 그러니까 원망이나 미움 없이도 이런 식으로 상대를 몰아붙이고, 킬킬대면서 죽일 수 있는 거야.

상대가 악어니까. 그리고 왕따 당하는 애도, 똑같아.


진저리가 나서 방으로 들어가려는데 엄마가 문 앞에 서 있었다. 뭔가 하고 싶은 말이 있는 표정이다. 아니, 말하고 싶은 게 아니라 묻고 싶은 표정이다.

나는 웃으며 말했다. "오늘 잡힐지도 모르겠네."

엄마는 웃지 않았다. "미키야." 목소리가 떨리고 있었다. "요즘 통 밖에 놀러 안 나가는구나."

"그냥." 내 목소리는 평소와 다름없었을 터이다. 오랫동안 연습을 해 왔으니까.

"학교, 재밌니?"

"응."

"학원은?"

"똑같아. 내가 그런 데 빠지는 거 봤어? 꼬박꼬박 다니고 있잖아. 학원은 놀러 다니는 데가 아니니까 재밌든 재미없든 그건 상관없지 뭐."

나는 하품을 섞어서 기지개를 켜고 고개를 빙글빙글 돌렸다. 그다음…… 어떻게 하는 거였더라? 몇 번이나 연습해 두었는데 엄마의 시선이 온몸에 와 꽂히자 그만 다음 순서를 잊어버렸다.

엄마의 등 뒤에 아빠도 있었다. 엄마와 똑같은 눈초리를 내게 쏘아대고 있다. 무서운 표정. 하지만 화가 난 게 아니다. 어찌할 바를 몰라 약간은 초조해 하면서 나를 쏘아보고 있다.

"당신은 됐으니까, 저리로……"

엄마가 뒤를 돌아보며 재빨리 말했는데 그게 어쩔 줄 몰라 하던 아빠에게 답이 됐는지, 아빠는 엄마를 옆으로 밀치며 아예 내 방으로 들어왔다. 손에는 흰 봉투가 들려 있다.

"오늘 아침 우편함에 들어 있더라."

감정을 최대한 억누르고 있다는 걸 알 수 있는, 흥분해 있으면서도 가라앉은 목소리로 입을 뗌과 동시에, 손에 든 봉투가 부들부들 떨리기 시작했다.

"그게 뭐야?"

나는 멍한 표정으로 물었다. '아무것도 모르는 멍한 표정을 지어라!'라고 마음속으로 지시했다. 말한 다음 숨을 참고, 자 좀 더 힘내! 하며 나를 부추겼다.

아빠는 말없이 봉투를 내게 내밀었다. 편지 봉투가 아니었다. 그것은 흰색과 검은색 줄이 쳐진, 문상용 봉투였다.

"영전 앞에, 2학년 B반 일동"

안에는 아무것도 들어 있지 않았다. 그것을 확인할 때도 그저 호기심에 들여다보는 것 모양 했다고 생각했는데, 엄마 아빠한테는 통하지 않았겠지.

"미키야, 내일 엄마랑 같이 가서 선생님한테 말씀드리자, 응? 엄마가 선생님께 잘 부탁드려 볼 테니까. 응? 선생님께 말씀드리지 않으면 이런 건, 이런 심한 장난, …… 세상에, 응? 내일, …… 지금 전화드려 볼까? 선생님, 오늘 댁에 계시지?"

엄마는 내 방 문짝을 거의 끌어안다시피 한 자세로 흐느끼며 말했다.

나는 봉투를 책상에 올려놓고 침대 위에 걸터앉아 말했다.

"아니, 그럴 거 없어. 이건 놀이야. 그냥 게임이라고."

"하지만, 미키야."

"요즘 유행하는 거야. 말도 안 되는 황당한 놀이. 호나미가 한 짓이야. 분명해. 그 애가 어젯밤 넣어 둔 거야. 정말 못 말린다니까. 나도 다른 애 가방 속에 똑같은 거 넣어 두긴 했지만. 들어 본 적 없어? 이런 놀이, 부의(賻儀) 돌리기라고. 요새 한창 유행하는 거야. 어쩔 수 없네, 엄마도. 이런 놀이를 갖고 그렇게 놀라다니."

나는 침대 위에 벌렁 누워 아하하하, 하고 '아''하''하'라는 문자를 떠올리면서 웃었다.

대본의 지문에는 분명 이렇게 쓰여 있다. (밝고 명랑하게, 막힘없이.)

엄마는 코를 훌쩍이면서 내 얼굴을 이마부터 찬찬히 뜯어보려고 했다. 그것을 이번엔 아빠가 말렸다.

"미키야."

아빠는 엄마의 어깨를 끌어안고 말했다.

"왜?"

"무슨 일이 있으면 언제든 좋으니까 아빠든 엄마한테…… "

뒤따라 올 말을 도로 삼켰다. 마치 이제부터 할 말은 안 하게끔 해달라고 호소하는 것처럼.

나는 숨을 크게 한 번 들이쉬고 천장에 시선을 고정한 채로 대답했다.

"네에~이."

침대 매트의 스프링이 출렁이면서 쥐가 찍찍거리는 것 같은 소리가 났다.

동요하면 안 돼. 나는 내게 타일렀다. 당황하거나, 찔찔 짜거나, 화를 내거나 하면 그 애들 생각대로 되는 거야. 아무렇지도 않은 표정, 침착하게 무시한다. 지하 상점가를 지날 때처럼 아무런 감정도 없는 얼굴로 지내는 거야.

사이좋게 지내야지, 하고 생각하니까 괴로워지는 거야. 같은 반 애들과 사이좋게 지내는 게 당연한 일이라고? 거짓말. 어쩌다 같은 반에 배정받았을 뿐 그 애들은 완전히 남인걸. 완전한 타인이 말을 걸어오지 않는 건 당연한 일이지. 스쳐 지나갈 때 고개를 돌리고 제 갈길 가는 건 당연한 일이라고. 심통 사나운 일? 그런 일도 생기게 마련이야, 생판 남이니까.

감싸 줄 까닭이 없지, 완전한 타인을.

수업 중에도, 쉬는 시간에도, 방과 후에도 나는 왼쪽 가슴에 손바닥을 대고 지냈다.

괜찮아, 심장은 아주 무사히, 제대로 뛰고 있어. 난 죽거나 하지 않

아. 자살 같은 거, 절대로 안 해. 살아간다는 건 누구에게나 괴로운 일이야. 그래, 맞아. 즐거울 리가 없어. 지금까지의 생활이 이상했던 거지. 낯선 타인들한테 둘러싸여 있는데 괴롭지 않을 리가 없잖아.

이렇게 간단한 이치를, 왜 모두들 깨닫지 못하는 걸까.


10월 1일.

점심시간에 담임 선생님이 교실에 들어오더니 사에코와 그 무리 몇 명을 당장 교무실로 오라고 지시했다.

사에코를 비롯한 몇몇 아이들은 불만스럽게 "뭐야, 왜 그래?" 하는 식으로 한마디씩 내뱉으며 한데 뭉쳐서 교실을 나갔다. 갑작스런 호출이었지만 그렇게 놀란 기색은 아니었다. 걸어가면서 귓속말로 수군거리기도 하고 팔꿈치로 서로 툭툭 치고받다가 나를 힐끔 돌아보면서, 으음, 그렇겠지이~ 하고는 키득댔다.

"아~아, 무슨 투서라도 들어갔나 보지?"

선생님이 지명한 아이들 속에 들지 않은 나나코가 교실 전체에 울려 퍼질 만큼 큰 소리로 말했다.

"웬~ 일이니, 정말 짜증나, 저 왕따."

마리에가 자기 책상 다리를 걷어찼다.

"선생님! 저요오, 애들한테 골탕 먹고 있어요오~"

분위기에 따라 여기 붙었다 저기 붙었다 하는 살살이 아츠미가 허리를 비틀면서 말하자 모두들 깔깔댔다. 이젠 소리 죽여 히죽대는 정도가 아니다. 나를 똑바로 쳐다보며 소리 높여 웃는다.

"아니야! 난, 아무한테도 말하지 않았어!"

나도 모르게 말이 튀어나왔다. 의자에 꼭 붙어 앉은 채 두 손바닥으로 책상을 힘껏 내리쳤다. 교실 전체가 잠잠해졌다. 하지만 그건 아주 순간적인 침묵이었다.

　아츠미가 맹한 목소리로 말했다. "으응? 뭐얼?"

　"잘 모르겠네. 무슨 소리 하는지." 미유키가 기막히다는 표정으로 말하면서 고개를 갸우뚱하니, 옆에 있던 도모코가 "피해망상 아니야?" 하면서 말꼬리를 바짝 올려 내뱉고는 자기 관자놀이께에 둘째 손가락을 갖다 대고 빙빙 돌렸다.

　곧바로 교실 전체에 웃음소리가 번져 나갔다.


　교실로 돌아온 사에코 무리는 무슨 영웅들이 입성하는 것처럼 영접을 받았다.

　"응? 뭐래? 무슨 일이야?"

　"골치 아파. 꼬치꼬치 끈덕지게 물고 늘어지잖아."

　"역시, 저 왕따 얘기?"

　"당~연하지."

　"자기가 찌른 거야? 아니면 엄마가?"

　"선생이 그런 것까지 말할 리가 있니? 그건 따로 조사해 봐야지. 그리고 말이야, 편지가 들어간 모양이더라. 선생 집에. 2학년 B반에서 집단 따돌림이 일어나고 있다고."

　"웬~일이니, 정말?"

　"그게 아주 교활하단 말이야. 따돌림 당하는 애 이름은 없고 우리들 이름만 아주 정확히 적혀 있었으니까 말이지."

"뭐어? 도대체 그게 뭐야?"

"끝까지 폼 잡는 거 아니겠어? 왕따 주제에 말이야. 애당초 그런 성격 때문에 저런 꼴 당하는 줄, 어째서 모르는지 모올라~, 왕따 아씨는."

아니, 난, 절대로 그런 짓 하지 않았어.

사에코 무리는 교복 주머니에 손을 찔러 넣고 내 쪽으로 걸어왔다. 사에코가 내 오른쪽, 왼쪽에는 에츠코, 뒤에는 유미와 주리. 넷이서 나를 둘러싼다. 난 움직이지 않는다. 움직일 수가 없다. 책상 위에 얹은, 꼭 쥔 주먹을 가만히 바라본다. 귓바퀴가 뜨거워지는 게 느껴진다.

등이 아프다. 명치끝이 죄어 온다.

"왕따 아씨, 너 정말 구린내 나는 거 알아?" 사에코가 말했다.

"속에서 먹은 게 다 올라올 정도로 구려." 에츠코가 뒤를 이었다.

"오이, 집어 넣어 둔 거 아니야? 네 거기에."

유미가 한 말에 "아우~, 야아!" 하며 웃던 주리는 허리를 굽히고 내 귀에다 허스키한 목소리를 불어넣었다. "구려어라아~"

수업 시작종이 울리자 사에코가 최후의 한마디로 못을 박았다.

"이봐, 왕따 아씨. 안 됐지만, 너 오늘 밤, 좀 죽어 줄래?"


그날 밤, 학원에서 돌아오는 길에 나는 처음으로 오이즈미 공원에 들어갔다. 곧장 집으로 가고 싶지 않았다. 아빠와 엄마 얼굴을 보고 목소리를 들으면, 그냥 그대로 무너져 내릴 것만 같았다.

편지는 엄마 아빠가 쓴 게 아니다. 그도 그럴 것이 우리 엄마와 아빠 사에코와 그 무리에 대한 건 전혀 모른다. 그게 아니면, 혹시 어른들은 말하지 않아도 그런 걸 다 알 수 있는 건가?

아무리 속이려 애써도 속이 빤히 들여다보이는 걸까? 그렇다면 난 정말 견딜 수 없다. 나는 지금, 끔찍이도 불쌍한 딸이 되어 있다는 말인가? 싫어, 절대로 안 돼.

난 밝고 씩씩하고, 아빠한테는 언제나 어리광부리고, 엄마한테는 늘 잔소리를 듣는, 그런 딸이어야만 해.

오후 8시 반을 조금 넘긴 시각이었다. 9월 말경부터 아침저녁으로 기온이 뚝 떨어져서, 이렇게 정문에서 효탄 연못으로 곧장 이어지는 산책로를 걸어가는데도 하얀 입김이 묻어난다.

공원은 한산했다. 바로 일주일 전의 그 소동이 정말이지 거짓말 같다.

악어는 아직도 잡히지 않았다. 기대가 컸던 만큼 실망도 큰 걸까, 사흘 연속된 유인 작전이 실패로 끝난 뒤로는 구경꾼들의 수가 부쩍 줄었다. 신문이나 TV 뉴스에서도 어쩌면 악어 같은 건 처음부터 없었던 것 아니냐는 말이 나오기 시작했다.

"물가에는 가까이 다가가지 마시오. 관리사무소" "이 연못에는 악어가 있을 우려가 있습니다. 주의하기 바랍니다. 오이즈미 공원"이라고 쓴 간판, 아마도 여름에 세워 둔 것이겠지. 먼지에 덮여 어둠 속에 희멀거니 솟아 있다.

개를 데리고 조깅을 하는 아저씨가 앞질러 뛰어간다. 다리 앞 벤치에서 속삭이고 있는 연인을 곁눈질하며 나는 악어가 처음 목격됐다는 효탄 연못의 그 부근으로 향했다.

걸으면서 경사진 길을 바라보니 여름보다 부쩍 그 틈이 많이 벌어진 가로수 너머로 아파트가 보였다. 4층 건물의 4층. 불이 켜진 창, 저기가 거실. 아빠는 아직 퇴근 전일 테니까 분명 엄마 혼자서 TV를 보고 있을 거다. 불 꺼진 창문이 내 방. 늘 저 자리에서 이곳을 내려다봤다. 아파트에서 공원까지는 손을 뻗으면 닿을 만큼 가깝다고 생각했는데 반대편에서 올려다보니 꽤 멀다.

나는 가로수로 아파트가 딱 가려지는 지점에 멈춰 서서 연못을 바라보았다. 가로등 불빛 몇 개가 수면 위에 하얗게 떠 있다. 하지만 오히려 그 동그라미 몇 개가 연못 전체의 어둠과 깊이를 한층 더한다.

이 연못 어딘가에 악어가 있다. 분명히…… 꼭, 있다. 가만히 숨죽이고 주위 상황을 살피고 있다. 물속으로 들어가 콧구멍과 눈만 내놓고 먹이를 찾고 있다. 물가의 진흙에 몸 절반을 파묻고 썩은 고기 냄새를 맡고 있다. 무성한 갈대 줄기를 꼬리로 쳐서 쓰러뜨리고 어기적어기적 암흑 속을 바짝 엎드려 기어간다.

인간 따위에 잡힐까 보냐, 악어가? 우습게 보지 마.


발밑에서 냉기가 올라오고 이쯤 해서 집으로 향하지 않으면 엄마한테 걱정 듣겠다 싶어 발길을 돌렸다. 그러던 순간 난 짧은 비명을 지르고 말았다.

약간 떨어진 물가에 여자가 서 있었던 것이다.

근처에 장 보러 나왔다가 들른 듯한 차림새의 아주머니였다.

셔츠 위에 스웨터만 덧입고 손에는 슈퍼마켓 봉투를 들고 있다.

아주머니는 내 비명에 놀라지도 않고 연못에 시선을 고정한 채로 혼잣말하듯 말했다.

"악어, 여기 있어."

"네?"

"악어는, 이 연못에 정말 살고 있다고."

"……아, 네에."

"너도 악어 만나러 온 거지?"

아주머니는 거기까지 말하고 그제야 내게 시선을 돌렸다. 30대 중반 정도? 이목구비는 곱상한데 가늘게 째진 외꺼풀 눈매 탓인가? 어딘지 모르게 쓸쓸해 보였다. 잠자코 대충 끄덕이는 둥 마는 둥 고갯짓을 하자 아주머니의 표정이 약간 부드러워졌다. 가로등 불빛 때문인지, 워낙 그렇게 웃는 타입인지는 모르겠지만 살짝 미소를 지으니 오히려 쓸쓸한 인상이 더 뚜렷해진다.

아주머니는 다시 연못을 향해 고개를 돌리고, 발치에 와 닿는 작은 돌을 별 생각 없이 걷어차는 듯한 말투로 말했다.

"나, 악어 참 좋아해."

네에, 나는 작은 소리로 대답했다. 어쩌면 이 아주머니, 마음의 병을 앓고 있는 사람일지도 모른다. 만약 그게 사실이라면 어설프게 말을 섞었다간 나중에 귀찮은 일이 생길지도 모르고, 그보다 일단 나는 이미 석 달 가까이 엄마 아빠와 선생님 이외의 사람들과는 말을 한 적이 없다. 대화를 즐기기에는 공백이 너무 길다.

"얼마 전 설치한 덫에 붙잡힐 거라고 생각했니, 넌?"

"음, 뭐 어쩌면 그럴 수도 있다고……."

"괜찮아. 잡히지 않을 테니까."

"그래요?"

"그럼. 말고기 같은 거 먹을 리가 없어, 그 악어는."

확신에 찬 말투다. 그것도, 실제로 악어를 본 적이 있고, 그 악어가 어떤 음식을 먹고 사는지도 다 알고 있다는 듯한.

옆모습을 빤히 쳐다보는 내 가슴 속을 꿰뚫어 본 것처럼 아주머니는 말을 이었다.

"가끔씩 와, 그 악어." 물가를 손가락으로 가리켰다.

"저 근처에서 내가 주는 먹이를 먹지."

"먹이요?"

"그래. 이렇게 해서 말이야."

아주머니는 손에 든 비닐 봉투에서 경단같이 생긴 것을 꺼내 연못에 휙 던져 넣었다. 2, 3미터 앞의 컴컴한 수면이 퐁, 소리와 함께 가볍게 일렁이다 원상태로 돌아왔다.

"지금 그거, 뭐예요?"

"뭐 같니?"

나는 살짝 고개를 갸웃거리다가 수면을 응시했다. 아무것도 떠오르지 않는다. 아주머니는 텅 빈 비닐 봉투를 구겨서 손에 쥐었다.

"식인 호랑이 이야기, 알고 있니?"

"호랑이라면……, 그 호랑이 말이에요?"

"그래. 한 번 인육을 맛본 호랑이는 그 맛을 잊지 못해서 다른 먹이로는 성이 안 차, 계속해서 다른 사람을 공격하게 된다는 이야기. 악어도 마찬가지야. 그러니까 이제 내가 주는 먹이 이외에는 먹지 않아."

뭔가 수상하고 찜찜했던 기분은 이내 머리카락이 쭈뼛 서는 섬뜩한 느낌으로 바뀌었다. 당황해서, 연못에 두고 있던 시선을 아주머니에게로 옮긴다. 거짓말이죠? 소리로는 나오지 않았지만 입술은 겨우 움직였다. 아주머니는 천천히 입가에 엷은 미소를 띠며 말했다.

"먹이로 길들이고 있는 중이야, 계속. 악어가 인육을 좋아하도록 말이지. 한 점도 남김없이 깨끗이 먹어치우도록."

역시나 이 사람, 마음의 병이 깊은…….

나는 손목시계를 보고 "아, 벌써 시간이 이렇게 됐네." 하며 일부러 호들갑을 떨며 그 자리를 피해 달아나려고 했다.

그런데 등을 돌려 뛰어가려는 순간, 아주머니가 "아, 저기 있다!" 하고 연못을 가리켰다.

나는 발길을 멈추고 연못을 돌아보았다.

"너, 봤니? 저기 있지? 악어."

"어, 어디요?"

"저기, 저 앞쪽에." 아주머니의 손가락 끝은 우리가 있는 자리에서 약간 떨어진 풀숲으로 향해 있었다.

"벌써 숨어 버렸지만 방금 있었어."

"저기, 전 이만 돌아가야 되거든요."

나는 고개를 꾸벅 숙이고 그대로 내달렸다. 내가 속을 줄 알고? 사람을 놀리고 있는 것뿐이야. 나는 내게 말했다. 저 아주머니는 마음이 병든 사람이야. 그렇잖아. 그런 말을 믿으라고 하는 것부터가 상식적으로 말이 안 되지.

공원 정문 앞에 멈춰 서서 연못 쪽을 다시 한 번 돌아다보았다. 아주머니의 모습은 어둠 속에 녹아들어 분간할 수 없었다.

악어, 악어는 정말 있었던 걸까?

풀 더미 속에, 빨갛고 자그마한 빛이 두 개 있었던 것 같기도 하다. 음, 정말로 확실하진 않지만 보였어. 그래, 아까는 달아날 생각만 하느라고 그냥 지나쳐 버렸지만, 확실히 빨갛게 빛나는 건 있었어. 어쩌면 그게 악어의 눈은 아니었을까?

숨을 길게 한 번 들이쉬고 걷기 시작한다. 그래, 그렇단 말이지, 음, 음. 웃는 낯으로 끄덕인다.

악어는 있다. 효탄 연못에 살고 있다. 건재하다. 씩씩하게, 모든 이들에게 미움을 받으면서 살고 있다. 맞아.

아주 약간, 기운이 났다.


3


10월 하순이 되자 악어 포획 작전은 대폭 축소됐다. 신문이나 TV에서도 악어는 없는 게 아니냐는 결론에 도달했고, 설령 있다고 해도 추운 날씨에는 거의 움직이지 못한다고 전문가들은 말했다. 간단히 말해서 이대로 그냥 놔두어도 사람에게 해를 입힐 우려는 없으며, 겨울 추위에 못 이겨 저 혼자 얼어 죽을 거라는 말이다.

나는 계속 왕따를 당하고 있는 상태였다. 그것도 존재를 무시당하는 정도가 아니다. 게임은 새로운 국면으로 접어들었다.

쉬는 시간이 되면 사에코 무리들이 나를 에워싼다. 누군가 "죽~어라." 하고 운을 떼면, '죽어라 죽어라 노래'가 시작된다.

"죽어라, 죽어라, 주욱어라아…"

아침에 등교하면 흰 꽃 한 송이가 꽂힌 우유병이 책상 위에 놓여 있는 날도 있고, 내 책상만 아예 베란다에 나가 있는 경우도 있다.

점심시간에 반 애들 모두 한마디씩 쓴 색종이를 건네받았다. 가운데에 큼직하게 쓰여 있는 "편히 잠드소서."라는 문장 주위에 있는 서른여섯 줄의 서명 없는 문장들. "지옥에나 떨어져라." "처녀 귀신이 되지 말기를." "유품으로 CD는 나 줄래? 아니, 필요 없다. 네가 손댔던 건." "잘하면 와이드 쇼에 나오겠수."

웃기네. 시간 쓰고 돈 쓰고, 유치하게 잘들 놀고 있네, 정말. 잠자코 색종이를 받아들고 말없이 자리에서 일어나 조용히 휴지통에 버렸다. 찢어발기는 짓 따위는 하지 않는다. 그 정도 서비스를 해 줄 정도로 내가 물렁한 사람은 아닐 뿐더러, 약하지도 않다. 괜찮아, 아주 말짱해. 다들 생판 남인걸 뭐. 다정하게 대해 줄 리 없지. 아무 일도 없었던 것처럼 지낼 수 있어.

학교는 유쾌하지 않은 장소, 그뿐이다. 수업이 끝나면 학원에 갔다가 돌아오는 길에 효탄 연못에 들리면 된다. 연못에는 악어가 있다. 아직 한 번도 모습을 본 적은 없지만 그래도, 분명히 있다.

가끔 그 아주머니와 마주치는 날도 있다. 아주머니는 늘 슈퍼마켓 봉투에 먹이를 넣어 갖고 온다. 냉동실에 듬뿍 넣어 두었다고 한다.

뭐, 나쁘지 않아. 마음이 약간은 맛이 가 있는 편이.

몇 번째인가 연못 근처에서 만났을 때, 아주머니가 이름을 물어 '왕따.'라고 답했다. 아주머니는 화를 내지도 놀라지도 않고 그저 "으응." 하고 끄덕이기만 했다.

왕따 이야기를 한 것은 11월 들어 처음 만났을 때였다. 그날 점심 시간에 담임 선생님과 진로 상담실에서 이야기를 했다. 선생님 댁에 발신인 불명의 편지가 또 배달된 모양이다. 이번엔 따돌림을 당하고 있는 애가 바로 나라는 사실도 쓰여 있었다고 한다.

선생님은 내가 그런 상황에 놓여 있다는 게 믿기지 않는 듯했다.

"장난 편지라고는 생각하지만, 만약 그게 사실이고, 네가 뭔가 피해를 보고 있다면 무슨 말이든 좋으니 선생님한테 말해 줘."

나는 웃으며 대답했다. "그런 일이 있을 리가 없잖아요."

선생님한테 고자질 같은 거, 난 하지 않는다. 그런 수치스러운 짓을 난 할 수 없다. 자존심. 나 같은 왕따도 자존심은 있다. 그것을 선생님들은, 부모들도 마찬가지지만, 모두 잊고 있다. 그렇기 때문에 '따돌림 당하면 곧바로 얘기하라'는 말을 아무렇지도 않게 하는 거다.

그러면 어째서 아주머니에게는 그 이야기를 할 수 있었을까? 나도 잘 모르겠다. 하지만 아주머니는 어차피 아무 상관도 없는 사람이고, "저요, 학교에서 왕따 당하고 있거든요. 이젠 어떻게 손쓸 길도 없고 요." 어쩌구 하며 부담 없이 술술 이야기를 하다 보면 지금 내 처지가 그렇게 불행한 건 아닐지도 모른다는 생각이 슬그머니 드니, 참 희한 한 일이다.

"친구들이랑 싸우기라도 했니?" 아주머니가 물었다.

"요즘 왕따는 그런 게 아니에요." 평론가처럼 말이 나온다.

"일종의 게임 같은 거예요. 누군가 곤란한 상황에 처했거나 우울해

하는 모습을 보고 좋아하면서, 더 힘들게 하거나 더 우울하게 만드는 그런 놀이라고요. 그리고 전 말이죠, 사실 꽤 인기 있는 애였어요. 우리 반에서. 반 임원도 했었고, 회의 시간에도 아마 제가 제일 많이 했을 걸요? 새로운 제안이나 의견을 내는 거 말이에요. 그래서 더 게임이 재밌어지는 거라고요. 처음부터 친구가 없던 애거나 교실에 있든 없든 눈에 띄지 않는 애라면, 그렇게 게임이 계속 재밌지는 않잖아요. 당연하다고 봐요. 그런데 저 같은 애가 왕따를 당하게 되면 그 낙차가 엄청나거든요. 바로 그 점이 재밌는 거겠죠. 하루아침에 밑바닥으로 전락한 인생? 뭐 대충 그런 느낌이에요."

이야기를 하면서 속으로 생각했다. 만약 다른 친구가 나한테 "누구 한 명 왕따시키는 게 어떨까?" 하고 제안한다면 분명 그 대상으로 나 같은 애를 선택하겠지. 어차피 할 거라면, 반에서 인기 있고 밝고 명랑한 애를 대상으로 게임을 하는 게 재밌잖아? 그렇게 하는 게 상대가 받는 충격도 클 것이고, 게임 진행자들도 우와, 이런 짓 해도 되나 싶은 게 가슴이 두근두근, 스릴도 있을 테니까. 그쪽이 확실히 재밌어. 이유라면, 글쎄……, 보복이라고나 할까, 응징이라고나 할까, 처리해야 할 업무 비슷하게 돼 버리거든. 이런 일은 이유 같은 거 없는 게 나아. 뭣 때문에 그 애를 왕따시키고 있는지 자기도 모를 정도가 되는 게 100% 재밌으니까…….

"화도 별로 안 내는구나. 넌." 아주머니는 말했다.

"화를 낸다고 무슨 소용 있나요? 그렇게 해봤자 걔네들은 더 좋아한다고요, 뭐."

"세상에 요즘 중학생들은 왕따시키는 애들도 너무 무시무시하고,

왕따 당하는 애도 어쩜 그렇게 아무렇지도 않을 수가 있니?"

"하지만, 아마 저뿐일 거예요. 이런 식으로 여유 있게 말할 수 있는 건요. 보통 애들은 정말 너무나 절망하죠. 그러니까 보세요, 자살이나 등교 거부를 하잖아요. 전 그러기 싫고요, 또 엄마 아빠한테 걱정 끼치고 싶지도 않아요. 어차피 평생 같이 어울릴 상대들도 아니니까…… 성적이 나쁜 애들은 수업 시간이 고통스럽지 않겠어요? 그거랑 똑같은 거지요. 뭐, 참는 수밖에 없다고 생각해요."

나는 시커먼 연못을 바라보며 웃었다. 엄청 논리적이잖아, 이러다가 왕따 상담가나 뭐 그런 사람이 되는 건 아닌지 몰라.

아주머니는 내 말에 대해 좋다 나쁘다 말하지 않고 조용히 먹이를 꺼내 연못으로 던졌다.


그다음에 아주머니와 만난 건 11월 중순, 추운 밤이었다. 해가 진 다음부터 기온이 뚝 떨어져 산간 지방에는 눈이 내릴 것 같다고 저녁 뉴스에서 전했던, 그 밤.

매번 그랬던 것처럼 아주머니는 연못에 먹이를 던지고 오늘 밤은 꽤 쌀쌀하다며 혼잣말하듯 하면서 자리에 웅크리고 앉았다. 손바닥으로 내쉰 입김이 허옇게 부서진다.

악어가 모습을 드러낼 기미는 없다. 신문이나 뉴스에서도 악어에 대한 소식은 완전히 사라졌다.

"아주머니, 악어 말이에요. 겨울이 되면 죽어 버릴까요?"

"죽겠지. 원래 열대 동물이니까. 어쩔 수 없겠지. 그건."

아주머니는 다시 손바닥에 입김을 불었다. 쭈그리고 앉아 두 손을 얼굴 앞에 모은 모습은 꼭 무덤 앞에 향을 피우고 공물을 바치는 것처럼 보였다.

나는 앞으로 수그린 아주머니의 등을 멍하니 바라보았다. 교복 위로 코트를 덧입고 있어도 몸이 얼어붙는 것 같이 추운데 아주머니는 처음 보았을 때처럼 블라우스 위로 스웨터만 하나 겹쳐 입었고 스커트 밑으로 나온 다리는 그나마도 맨살이었다.

"손톱하고 머리카락을 말이야," 아주머니는 툭 내뱉듯이 말을 꺼냈다. "오랫동안 고기에 섞어 두는 거야. 악어는 냄새에 민감하니까, 그렇게 하면 냄새를 기억해 주지 않을까 해서. 그러면 연못에 빠졌을 때 곧바로 먹으러 오겠지. 깨끗이 싹 먹어치워 주면 좋겠어."

"아주머니…… 자살하실 거예요?"

아주머니는 난처했는지 살짝 웃었다. 여전히 미소를 지으면 지을수록 표정은 쓸쓸해진다.

"내 게 아니야, 그 머리카락하고 손톱은."

"네?"

"남편 거야. 목욕탕 배수구에 망을 씌워 두고, 남편이 손톱을 자른 다음 쓰레기통을 뒤져서 매일 조금씩 모아 두었다가 갈은 고기랑 한데 섞었지. 그것을 완자로 만들어서 냉동시켜 두었거든. 여름이 다 가기 전까지 악어에게 입맛을 들이게 한 다음 추워지기 전에 먹이고 싶었는데 이제 좀 늦은 것 같네."

담담하게 가라앉은, 마치 남 얘기 하는 듯한 그 목소리가 귓가에 맴맴 돈다. 그것은 감정을 실어 말하는 것보다 훨씬 더 강하게 아주머니의 병든 마음의 상태를 전해 준다. 바람이 가로수를 흔들고 아주머니와 내 머리카락을 흐트러뜨렸다.

"너는 죽이고 싶다는 생각 안 드니?"

"······ 누구를요?"

"널 왕따시키는 애들. 반 애들이 전부 관여하고 있을지는 몰라도 주동자는 있을 거 아니니. 그 애를 죽이고 싶지 않아?"

나는 말없이 고개를 저었다. 얼굴에 쓴웃음이라도 지어 보여야겠다고 생각했지만, 아주머니의 목소리가 그때까지도 가시지 않고 귓가를 맴돌아 두 볼이 마음처럼 움직여 주지 않았다.

혹시라도 누군가 딱 한 사람을 죽여야만 한다면 그건 사에코가 아니다. 원망스럽기는 하다, 밉기도 하다, 당연히. 하지만 그 애가 1순위는 아니다. 죽이고 싶을 정도로 증오하는 상대가 있다면 그건 분명, 익명의 편지를 담임 선생님께 보낸 그 애다.

용서할 수 없어. 나는 그 애를 절대로, 용서하지 않을 거야.

선생님과 엄마는 오늘 학교에서 오랜 시간 이야기를 나눴다. 사흘 전에 또 익명의 편지가 날아들었는데 이번엔 내가 어떤 식으로 왕따를 당하고 있는지 상세히 적혀 있었다고 한다. 어젯밤 선생님한테서 전화를 받은 후 엄마는 아빠와 함께 내 방으로 들어와 공립학교로 전학 가는 게 어떻겠냐고 울면서 말했다. 아빠는 사에코의 부모님이 찾아와 사과하지 않으면 변호사를 불러 소송하겠다고, 참고 참았던 소리가 새어 나오는 듯 말했다. 그런 엄마와 아빠에게 난 이렇게 말했다.

"어쩔 수 없어. 재수가 없었을 뿐이야."

그런 식으로 말하지 말라고 아빠가 성난 목소리로 말했다. 미키를 왕따시키는 녀석들을 아빠 용서하지 않을 거다, 그러니까 너도 그런 식으로 말하지 마라, 알겠니?

후후, 난 웃었다. 저절로 그런 표정이 되더니, 어쩔 수 없잖아, 란 소리가 제멋대로 입술을 타고 흘러나왔다. 아빠는 이제 아무 말도 하지 않았다. 엄마는 분에 못 이긴 아빠가 화풀이하듯 그만 좀 울라고 버럭 소리를 지를 때까지 계속 울고 있었다.

어째서 몰라주는 걸까. 아빠, 엄마, 선생님까지 모두. 난 그런 게 제일 싫은데. 아빠 엄마가 나서서 해결해 주는 게, 죽고 싶을 만큼 수치스러운데. 불쌍하다는 둥 그런 말 하지 마. 도와주겠다는 둥 제발 그런 얘기 하지 마. 나는 피해자가 아니야. 따돌림 당하고 있는 불쌍한 중학생, 그런 게 아니란 말이야. 나는 어디까지나 똑똑하고, 명랑하고, 씩씩한 '왕따'란 말이야.

한참을 말없이 앉아 있다가 아주머니는 일어나며 말했다.

"남편은 바람을 피우고 있어. 난 알고 있었지. 오래전부터. 남편은 감쪽같이 속이고 있다고 생각하겠지만, 난 다 알고 있어."

"어떻게 알았는데요?"

"여자가 보통이 아니야. 전화를 걸더라고. 지금 댁의 남편 출발하셨다고. 웃더라. 전화할 때마다. 너희 반 아이들이랑 똑같아. 게임을 즐기고 있는 거야."

"…… 너무해."

"남편도 참 바보지. 아무것도 모르는 사람이라니까. 자기는, 집사람 몰래 젊은 여자랑 스릴 넘치는 재미를 보고 있는 줄 알고 있으니까, 정말 우습지."

아주머니는 이야기를 '그러니까'란 말로 이었다.

"나, 남편을 죽일 거야. 더 이상 얼빠진 광대짓 하고 있는 거 보고 있기도 힘들고, 완전히 바보 천치 취급받는 것 같아서 견딜 수가 없어. 나 혼자 그렇게 생각하고 있는 거겠지만, 정말이지, 바람을 피우는 것보다 탄로가 났는데도 계속 사람을 속이고 있다는 게 더 화가 나. 넌 아직 중학생이라 잘 모르겠지만."

아니, 나도 알 수 있어. 나도, 똑같아. 당신이랑.

내 마음도 병이 든 걸까.


이튿날 아침, 교실에 들어서니 애들이 호나미 자리를 겹겹이 둘러싸고 있었다.

"미키, 잠깐 이쪽으로 와 봐."

내가 들어선 것을 보고 나나코가 손짓을 했다.

뭐야? 왜 갑자기 나한테 말을 걸고 그러지? 이제 게임이 끝난 건가?

도깨비에 홀린 기분으로 애들 사이에 들어가 끼었다.

호나미가 있었다. 자리에 앉아, 고개를 떨구고 울고 있었다.

"운다고 봐줄 줄 알아? 이 팔푼아!"

요시에가 손바닥으로 책상을 내리쳤다.

"너무 더럽고 치사하지 않아? 네가 한 짓?"

주리가 책상 옆 갈고리에 걸린 가방을 발로 걷어찼다. 나나코의 눈짓을 받은 사에코가 나를 돌아보고 웃었다.

"저기 말이야, 너 이제 왕따 끝이야. 다행이지?"

"…… 어떻게, 된 거야?"

"뭐 이제 슬슬 싫증도 났고, 그리고 아~주 강력한 왕따 대상이 새로 나타났거든."

사에코는 그렇게 말하고 호나미의 얼굴을 내려다보며 "그렇지 않아? 왕따 아씨?" 하고 다시 웃었다.

아미가 가르쳐 주었다. 익명의 편지를 보낸 것은 호나미란다. 이런, 바보.

편지에 내가 학원에서도 왕따를 당하고 있다는 말도 쓴 것이다. 선생님도 바보다. 어제 사에코를 교무실로 불러 학원에서의 일을 추궁했으니 말이다. 사에코, 너 눈치 하나는 정말 빠르구나. 바보 같은 게 유치하긴 하지만.

"믿을 수가 없어. 어떻게 이렇게까지 치사할 수가 있니? 웬일이야, 정말."

"그럴 거면 처음부터 미키를 왕따시키는 데 끼지 말던가."

"분위기가 그쪽으로 몰릴 때는 신 났다고 설쳐 대더니만, 뒤에서 그런 짓을 하다니 밥맛이야."

"미키, 너 그거 아니? 9월에 부의 봉투 돌린 거 있잖아. 그거 호나미가 한 짓이야. 생각해 낸 것도 호나미였다고. 왕재수 아니니?"

"그리고 말이야, 한 가지 더 말해 두겠는데, 학원에서 너 왕따시킨 거, 그건 완전히 호나미의 단독 범행이야. 우리는 아무것도 몰랐다고."

호나미가 눈물 콧물로 범벅이 된 얼굴을 쳐들었다. 나를 보고 있다. 매달리듯, 뭔가 호소라도 하는 것처럼.

"…… 그래도, …… 미키가, 너무 불쌍하잖아……, 이런 일을 당하다니, 아무리 생각해도, 너무 심해……."

훌쩍이면서 한마디 한마디 했다. 불쌍하다고 했다. 나를 동정했다. 그리고 혼자서 착한 애가 되려고 했다.

"그렇다면 너 혼자 왕따 게임에서 빠지면 될 거 아니야?" 사에코가 쏘아붙이고, "선생이나 다른 어른들은 왜 끼어들게 만들어? 그 사람들은 아무 상관도 없는데. 혼자서 빠져나갈 배짱도 없는 주제에 천사인 척하지 마!" 에츠코가 이어 말했다.

호나미는 여전히 나를 바라보고 있다.

"미키, 대꾸해 주지 마. 사실 말이야, 너를 왕따시킨 다음부터 애가 먼저 나서서 이렇게 하자, 저렇게 하자고 제안했어. 같은 초등학교를 나왔으면서 어쩜 그런 일까지 생각해 낼 수 있는지, 우리도 완전히 질렸다니까."

아미가 내 어깨를 툭툭 건드리며 내가 알아들었는지 확인하려 했다. 사에코 무리들은 샐샐 웃으면서 나와 호나미를 번갈아 쳐다보았다.

나는 말없이 뒤돌아 내 자리로 돌아왔다. 약간 김빠진 소리들이 등 뒤에서 들려오다가 마침내 그것은 호나미에게 보내는 '죽어라 죽어라 노래'로 바뀌었다.


게임에 끝은 없다. 왕따의 대상을 바꾸어 단물이 빠질 때까지 이용해 먹으면서 게임은 돌고 돈다.

내가 왕따 당한 기간은 여름방학을 포함해 약 4개월. 호나미가 언제까지 왕따를 당할 것인지는 아무도 모른다. 호나미 자신은 물론, 사에코와 그 무리들도.

　점심시간에 도서실에 가 악어에 관한 책을 찾아보았다.
　악어가 인간을 공격한 예는 사나운 나일악어를 비롯해 그 수를 헤아릴 수 없을 정도로 많다고 한다.
　악어의 눈은 암흑 속에서 붉게 빛난다. 눈 속에 로돕신 색소 성분이 있어 그것이 망막에 반사해 붉은빛을 발하는 것이다. 그래, 맞아. 그건 분명 악어의 눈이었어.
　또 한 가지 의외의 사실을 알게 되었다. 악어는 단순히 포획물을 뜯어 먹는 게 아니다. 날카로운 이빨과 단단한 턱으로 포획물을 붙잡아 일단 물속으로 끌고 들어가서 질식시킨다. 그런 다음 천천히 먹는다.
　전해 오는 말에 따르면 악어는 우는 척하면서 포획물을 유인하고, 눈물을 흘리면서 살점을 갈기갈기 찢어 먹는다고 한다. 크로커다일 티어스(crocodile tears), '악어의 눈물'은 거짓된 눈물, 말하자면 위선이라는 의미라고 한다.
　교실로 돌아와 보니 호나미는 덩그러니 자기 자리에 혼자 앉아 있었다. 아무도 호나미에게 말을 걸지 않고 눈도 돌리지 않는다. 사에코 무리는 베란다에서 볕을 쬐면서 스타 사진이 실린 잡지를 돌려보고 있었다.
　나는 베란다로 나가 사에코에게 말을 걸었다.
　"저기, 오늘 밤 시간 있어?"
　"음, 별일은 없는데……."

사에코는 의아한 표정으로 말했다. "왜?"

"오이즈미 공원에 오지 않을래? 모두들, 8시 반 정도에."

"뭐하러?"

"나, 호나미를 용서할 수가 없어. 아무리 생각해 봐도 그래. 오늘 학원 가는 날이니까 돌아오는 길에 본때를 보여 줄까 해서. 어차피 이렇게 된 거 다 같이 하는 게 재밌잖아."

맹하니 쳐다보던 사에코의 얼굴에 천천히 엷은 미소가 번졌다.


"집에 같이 갈래?" 하고 말을 걸었더니, 호나미는 얼굴이 빨개지면서 "괜찮아?" 했다.

"괜찮건 어쨌건, 나, 네 덕분에 살아났잖아. 아주 감사하게 생각하고 있어. 고마워."

호나미의 눈이 곧바로 생기를 되찾았다. 나는 슬며시 시선을 돌리고 말을 이었다.

"쭉 친구였잖아. 우리들."

"그래, 맞아. 친구지……."

호나미는 내 손을 꼭 쥐고 자기 가슴에 갖다 댔다. 초등학교 5학년 때부터 착용한 브래지어의 봉긋한 부분 밑으로 와이어의 단단한 감촉이 손에 느껴졌다.

둘이서 나란히 걷는데, 호나미는 어제까지의 일을 연신 사과하며 이제부터 일어날 일에 대해 걱정을 늘어놓았다.

"애들한테 무슨 짓을 당할까?"

간단해. 네가 나한테 한 짓을 고대로 당하는 거야. 그뿐이지.

"그래도 선생님한테 말할 수밖에 없었어, 그렇지 않니? 그러지 않으면 미키 너 계속 사에코랑 애들한테 왕따 당했을 걸. 나 잘못한 거 아니지? 나 나쁜 애 아니지?"

나쁘지는 않지. 도덕책을 읽어 보면 그렇게 쓰여 있어. 하지만 너는 게임의 룰을 위반한 거야. 반칙을 했단 말이지. 룰을 깬 사람은 페널티를 받아야 해.

"왜 왕따 같은 게 있는 거지? 어째서 같은 반 친구들끼리 왕따시키고, 또 당하고 그래야 되는 걸까?"

아직 애들이니까 그런 거야. 우리들은, '애'들은 늘 재밌는 놀이를 찾게 마련이거든. 그래서 누군가 슬퍼하거나 괴로워하는 게 실은, 무지 재밌는 거야.

호나미의 말소리에 고개만 몇 번인가 끄덕이며 걷던 나는 오이즈미 공원에 거의 다 와서 불쑥 말했다.

"저기 효탄 연못에 잠깐 가 보지 않을래?"

"왜? 시간이 늦었는데."

"아, 그럼 됐어. 나 혼자 가지 뭐."

발길을 재촉해서 걷기 시작하자 예상했던 대로 호나미는 "잠깐만, 기다려. 나도 같이 가." 하며 허둥지둥 쫓아왔다. 외톨이로 남는 건 견디지 못하는 애다. 이런 애는 게임에 참가하면 안 된다. 자기는 절대 술래가 되고 싶지 않다고 말하는 애는 술래잡기에 낄 수 없다. 그런 것쯤 당연한 거 아닌가?

공원 안으로 들어가 연못으로 이어지는 길을 따라 걸었다. 어젯밤에 만났으니까 아주머니는 오늘 밤 오지 않을 것이다. 지금쯤 목욕탕에서 주워 모은 남편의 머리카락으로 열심히 고기 완자를 만들고 있을지도 모른다.

"저기, 미키. 어디까지 갈 건데?"

"조금만 더, 저 앞까지."

"그러고 보니 악어 말이야. 결국 없었다지? 그야 그렇지 뭐, 이런 데에 무슨 악어⋯⋯."

"있어. 악어."

"뭐어?" 하고 되물은 호나미의 목소리는 발걸음이 멈춰지면서 동시에 목구멍에 걸렸다.

연못 근처 어둠 속에 사람 그림자가 떠오른다.

"안녕? 왕따 아씨?"

사에코가 걸어 나왔다.

"미키가 제대로 사과를 받고 싶다고 해서 말이야."

주리가 말을 잇고, 에츠코가 퇴로를 차단하는 의미에서 호나미 뒤쪽으로 돌아가 섰다.

나는 공포로 얼굴에 경련을 일으키는 호나미에게 천천히 말했다.

"살 가치가 없어, 넌."

사에코 무리가 원숭이 소리를 내며 분위기를 띄웠다.

호나미는 연못을 등지고 뒷걸음질쳤다. 나는 한 걸음 앞으로 나가 거리를 좁혔다.

"⋯⋯미, 미안해, 정말 잘못했어. 사과할게, 응? 미키, 정말 미안해. 용서해⋯⋯."

호나미는 숨을 몰아쉬며 쥐어짜듯 말하고는 그 자리에 무릎을 꿇고 앉아 이마를 땅에 댔다. 사에코 무리가 그 모습을 보고 일제히 깔깔댔다.

"머리 좀 밟아 주지 그래, 미키?" 가오리가 말했다.

"그래, 맞아. 피해자니까, 하고 싶은 대로 맘껏 해도 돼." 에츠코가 말을 이었다.

마지막으로 사에코가 희미한 미소를 보내며 턱을 쳐들었다.

"내 말해 두는데, 저 왕따하고 붙어다니지 마라, 미키."

나는 대꾸 없이 가볍게 고개를 끄덕였다.

그러고 나서 옆에 있던 주리의 볼을 힘껏 꼬집어 당겼다.

나는 아무하고도 붙어다니지 않아. 외톨이 왕따로 있어도 돼.

호나미를 감싸 줄 생각도 없고, 동정 받고 싶지도 않아. 하지만 사에코, 저치들과 게임 따위를 하고 싶은 마음은 더더욱 없어.

나는 물가로 몰렸다. 주리는 당장이라도 달려들 것처럼 씩씩댔지만, 사에코가 그것을 저지하며, 멍한 표정으로 멀거니 서 있던 호나미를 향해 좀 전의 그 표정 그대로 말했다.

"연못에 빠뜨려, 네가 직접. 그러면 왕따에서 풀어 줄 테니까. 어쩔래? 미키하고 둘이서 왕따 한번 당해 볼래?"

호나미는 얼굴을 일그러뜨리고 입술을 부들부들 떨었다.

날 밀겠지? 이 애는. 스스로 생각해도 신기할 정도로 난 침착했다. 후회도 없다. 바로 좀 전까지는 정말로 호나미에게 복수를 할 생각이었지만, 지금은 일이 이렇게 되어 버린 건 처음부터 정해져 있었던 거란 생각이 들면서, 오히려 망설임도 걱정도 없이 마음이 차분해졌다.

"뭐 하는 거야? 빨리 해!"

에츠코의 성화에 등을 떠밀린 호나미가 쭈뼛거리며 내게 다가온다. 역시 그렇구나, 너 그런 아이였구나. 한숨을 내쉬며 난 마음을 다잡았다.

그런데 몇 발자국만 내딛으면 손이 닿을 만한 거리까지 온 호나미는 거기서 발걸음을 멈췄다. 당장이라도 울음을 터뜨릴 듯한 표정으로 나를 본다. 부들부들 떨리는 입술이 싫어 싫어, 하고 움직였다.

"괜찮아, 해." 나는 호나미에게 말했다. 하지만 호나미의 발은 움직이지 않는다. 눈물이 볼을 타고 흐른다. 싫어 싫어, 입술은 같은 움직임을 반복한다.

백과사전에 쓰여 있던 말은 사실이 아니라고 생각했다. 악어는 거짓 눈물을 흘리면서 포획물을 먹는 게 아니다. 정말로 우는 거다. 배가 고파 어쩔 수 없으니까, 악어는 생고기를 먹지 않으면 살 수 없는 동물이니까 미안해서 눈물을 흘리며 포획물을 먹는 거다.

"뭐하고 있는 거야? 너, 이거 정말 왕따시켜야겠네."

주리가 호나미에게 짜증을 내고 내게 팔을 뻗었다. 나는 그 손을 뿌리치고 있는 힘껏 외쳤다.

"악어한테나 잡아 먹혀라! 이것들!"

내 외침 소리가 밤하늘에 울려 퍼지고 그 여운이 사라진 직후.

사에코가 비명을 지르며 발등에 불똥이라도 튄 것 모양 뒷걸음질쳤다. 엉덩방아를 찧고 호나미가 그랬던 것보다 훨씬 더 격하게 입술을 달달 떨면서 경련하듯 떨리는 손가락으로 연못을 가리킨다. 사에코만이 아니다. 에츠코도, 가오리도, "왜 그래?" 하며 연못을 들여다보던 주리도.

네 명은 서로 밀치면서 뛰어 달아났다. 도중에 에츠코가 발에 걸려 넘어졌다. 사에코가 코흘리개 계집애처럼 "살려 줘요!" 하고 허공을 향해 외쳤다.

무슨 일이 어찌된 건지, 잘 모르겠다.

물가에 남은 나와 호나미는 누가 먼저랄 것도 없이 연못을 돌아다보았다. 시커먼 수면 위로 전자제품의 전원 램프 같은 빨간 점 두 개가 떠 있었다.

"세상에……."

입에서 절로 소리가 흘러나왔다. 물 튀기는 소리가 나면서 물거품이 뽀얗게 일더니 그것이 다시 어둠에 묻혔을 때 두 개의 빨간 점도 사라졌다.

아무도 안 믿을지 모르지만, 악어는 있었다. 분명 그 자리에.


그날 밤으로부터 벌써 2년 반이 지났다.

나는 가만히 있어도 저절로 진학하는, 같은 재단의 고등학교가 아니라 도립 고등학교에 입학해서 지금 2학년이다. 이제부터 슬슬 대학 문제도 생각해 봐야겠다 싶어 진학 학원의 여름 학기 강좌 팸플릿을 모으고 있는 중이다.

결국 난 중학교를 졸업할 때까지 왕따였다. '죽어라 죽어라 노래'를 듣는 왕따가 아니라, 무시하는 건 마찬가지지만 내 눈길을 피하는 쪽이 순간 겁을 집어먹게 되는, 좀 폼 나게 말하자면 고고한 왕따였다. 하지만 내 명예를 위해서 한마디 덧붙여 두겠는데, 딱히 왕따 당하는 게 겁나서 도립 고등학교에 진학한 것은 아니다. 그런 유치한 애들과 고등학교에서까지, 그리고 까딱 잘못하다가 대학에 가서도 한데 섞여 지내는 건 그야말로 내 청춘의 낭비라고 생각했기 때문이다.

호나미는 중학교 3학년으로 올라가면서 왕따에서 해방됐다. 새로운 왕따 자리에 오른 것은, 이건 참 웃지 않을 수 없는 일인데, 사에코였다. 에츠코와 남자 친구 쟁탈전이라나 뭐라나 하는 게 벌어져서는, 에츠코가 주리를 자기 편으로 끌어들여 단숨에 쿠데타를 성공시킨 것이다. 사에코란 애는, 의외로 근성이 없는 애라 왕따에 견디다 못해 등교 거부를 계속하다 2학기에 들자마자 공립 중학교로 전학을 갔다. 학교에 나오지 않는 동안 거식증에 걸려 몸무게가 20킬로그램 가까이 빠졌다는 소문도 들렸지만 사실인지는 알 수 없다.

고등학교로 올라간 뒤 호나미와는 간간이 전철역에서 어쩌다가 마주치는 경우가 있었다. 하지만 말은 별로 길게 하지 않는다. "잘 지내니?" 정도 묻고 지나가는 게 다다.

집에서의 나는 그날 밤을 기점으로 원래의 밝고 씩씩한 딸로 복귀했다. 선생님께 이렇게 말씀드린 건 잘한 일이겠지. "이제 괜찮아요, 친구들과 화해했거든요."

아빠는 "다음번에 또 그런 일을 당하면 곧바로 말해야 돼. 아빠 우리 미키를 왕따시키는 애들은 무슨 일이 있어도 가만두지 않을 테니까." 하고 침을 튀겨 가며 말했고, 엄마는 웃으며 "어쨌든 참 다행이다." 라고 했으니 이것으로 한 건 해결한 셈이다. 도립 고등학교에 응시하겠다는 이야기를 꺼냈을 땐 약간의 설전이 벌어졌지만, 외동딸의 고집으로 끝까지 밀어붙였다. 아빠와 엄마도 자세한 이유를 캐물으려고 하지는 않았다. 하지만 사실, 전부 알고 있었을지도 모른다.

지금도 아빠와 엄마는 내 중학교 시절을 이야기할 때 그 넉 달 동안 있었던 일에 대해서만큼은 절대 입에 올리지 않는다.

그래도 뭐, 부모님인걸. 자식 일만큼은 다 알고 있겠지. 그것으로 된 거다. 요즘은 일부러 엄마랑 남자 친구 이야기로 수다를 떨다가 아빠가 뚱하니 토라지는 모습을 보면서 즐긴다.

좀 있다가 집으로 데려와 인사시킬 생각이다. 아마도 나는 조금은 어른이 된 것 같다.


푹푹 찌는 여름 밤, 공부에 지치면 나는 베란다에 나가 효탄 연못을 가만히 바라보며 이젠 '옛날'이라고 부르는 그 시절의 일들을 하나둘 떠올린다. 새까만 연못 근처에 우두커니 홀로 서 있는 소녀의 모습을 그리며, '지지 말자, 왕따!' 하고 입술을 오물거려 보기도 한다.

악어는 끝내 잡히지 않았다. 사체도 발견되지 않았다. 추위에 얼어 죽어 도둑고양이나 거북이에게 뜯어 먹혔을 거라는 설과 처음부터 그런 건 아예 없었다는 설이 돌았지만, 어찌됐든 지금까지 그 이야기를 화제로 삼는 사람은 없다. 처음 만난 친구가 집은 어디쯤이냐고 물었을 때 "악어가 있다고 화제가 됐던 오이즈미 공원 바로 옆이야." 하고 대답하면, "아아, 알아. 거기구나." 하고 곧바로 확인되는, 뭐 그 정도다.

하지만 재작년 바로 이맘 때, 에필로그 정도가 될 만한 작은 해프닝이 있었다. 효탄 연못에서 2, 3킬로미터 떨어진 강에서 악어의 사체가 발견된 것이다. 몸길이 1.6미터, 몸무게 13킬로그램 나가는 안경 카이만(남아메리카 북부에 분포하는 소형 악어-옮긴이)이라는 악어다. 효탄 연못의 악어와는 상관없는, 누군가 키우다 내다 버린 애완동물일 거라고 전문가는 결론지었는데 이런 식의 이야기 마무리를 난 좋아한다.

그날 밤 이후로 학원에서 돌아오는 길에 효탄 연못에 들르지 않았기 때문에 마음의 병을 앓고 있던 아주머니와는 만나지 못했다. "불륜을 저지른 남편, 아내에게 살해되다."라는 뉴스를 들은 적은 없다. 따지고 보면, 그저 아주머니의 농담거리였는지도 모른다. 그런 게 아니라면 남편을 죽이겠다는 생각을 저버린 건지, 남편이 마음을 잡은 건지……. 하지만 어쩌면 계획대로 남편을 악어의 먹이로 써 버렸을지도 모른다. 하긴 내가 "샐러리맨, 행방불명되다."란 기사를 일일이 찾아본 것도 아니고, 효탄 연못에는 확실히 악어가 있었으니까.

아, 맞다. 고등학교 입학시험을 앞둔 어느 날, 역 앞에서 아주머니와 비슷한 사람을 본 적이 있다. 일요일 오후였다. 아주머니와 닮은 사람은 도톰한 코트를 입고 있었는데, 초등학생으로 보이는 사내아이를 가운데 세우고 남편과 셋이서 손을 맞잡고 걷고 있었다. 백화점에 갔다가 돌아오는 길인지 꼬마가 등에 짊어진 가방에 리본이 달린 선물 꾸러미가 살짝 얼굴을 내밀고 있었다. 아이가 뭐라고 이야기하자 아주머니와 닮은 사람은 깔깔깔 웃었다. 곁을 스쳐 지나갔는데도 나를 알아보지 못한 걸 보면, 분명 다른 사람이었겠지.

캐치볼하기 좋은 날

1

옛날 옛적, 이런 말을 쓰니 왠지 아줌마가 되어 버린 것 같기는 하지만, 그래도 옛날이야기는 옛날이야기다.

1980년. 내가 태어나기 1년 전의 조금은 장난스런 이야기부터 시작하고자 한다.

옛날 옛적에 젊은 회사원 두 명이 있었습니다. 이들은 예전에 같은 고등학교의 야구부 선수로, 전국 고교 야구 대회를 목표로 둔 동료들이었죠. 한 사람은 유격수였고, 다른 한 사람은 3루수. 자칭 황금 콤비였답니다. 유격수의 이름은 오가와. 3루수의 이름은 나이토.

그 지역에서는 최강팀이었고 3학년 여름 지방 예선에서는 4강에 진출했으니, 그해 기적적으로 팀 전력이 강했거나 유독 제비뽑기의 운이 좋았던 듯합니다. 어쨌든 두 사람은 한 단계 한 단계 올라서서,

약간의 무리가 따르긴 했지만 전국 대회장 입장을 눈앞에 둔 단계까지 진출했답니다.

그런 추억을 가슴에 담고 두 사람은 각각 다른 대학에 진학했습니다. 졸업 후 취직한 곳도 문구 도매 회사와 전자제품 회사로 갈려, 한동안은 연하장과 일년에 한 번 있는 야구부 OB모임만으로 서로의 안부를 확인했죠.

그러다가 1980년 봄, 두 사람은 다시 콤비를 이루었습니다. 누가 유격수와 3루수 명콤비 아니랄까 봐, 둘 다 같은 아파트의 A동과 B동으로 입주했던 겁니다.

"가만있어 봐, 당신 혹시 오가와 아니야?" "그러는 당신은 나이토 아닌가?" 뭐 이런 말들을 주고받았는지 어쨌는지는 잘 모르겠지만, 아무튼 두 사람은 다시 고교 시절처럼 하루가 멀다고 어울리게 된 겁니다. 희한하게도 두 사람 모두 결혼 2년차. 두 사람 마음속에는 이제 슬슬 아이도 가져야지, 하는 생각도 있어 마침내 안주인들끼리도 서로 오가게 되고 이른바 가족 단위의 교류가 시작됐답니다.

그해 여름, 과거에 두 사람이 흠모해 마지않던, 전국 고교 야구 대회 시절의 천재 소년이 늠름한 모습으로 나타났습니다. 와세다 실업의 아라키 다이스케님.

두 사람이 고교 야구 선수였던 시절, 아라키 다이스케님은 1학년이었습니다. 등 번호도 후보 선수에게 주어지는 11번. 바로 4, 5개월 전까지만 해도 중학생이어서 선배들에 비하면 영 젖비린내가 났는데, 그도 그럴 것이 몸매를 보면 목에서 어깨에 이르는 선이 가냘프기 그지없어 뭣도 될성싶지 않아 보였기 때문입니다. 헌데 그런 꼬마가 전국 고교 야구 대회에서는 팀의 에이스로 마운드에 서서, 역대 순위 몇 손가락 안에 꼽을 만한, 44이닝의 3분의 1 연속 무실점을 기록해 팀을 준우승으로까지 이끌었던 거지요. 서른을 눈앞에 둔 전 고교 야구 선수 두 사람에게는 그야말로 가슴 설레게 하는 영웅의 등장이었습니다.

나이토는 전자제품 회사에 근무한다는 이점을 이용해 당시 서민들에게는 그림의 떡이었던 비디오를 사원 할인가로 사서 아라키님의 시합을 TV에서 중계하는 족족 녹화해 두었답니다. 오가와는 매일 저녁 나이토의 집에 와서 아라키님의 날카롭고도 시원스런 피칭을 극찬했고요. 이 정도가 되면 집주인 나이토로서도 술상 하나쯤 안 내올 수는 없는 노릇이었죠. 한 잔 들어가면 옛이야기가 무르익고, 옛 추억이 하나하나 되살아나면 술맛 또한 맛을 더하고……. 둘은 여름 한 철을 오로지 술잔을 주거니 받거니 하면서 보냈다고 합니다. 행복한 바보 같지 않나요?

그러다가는 술김에, 분명 술기운 때문이었을 거라 생각합니다.

"우리, 아들 나면 이름을 다이스케라고 짓자구!"

이런 약속을 한 겁니다. 세상에 딱 둘뿐인 바보.

1981년 6월. 오가와 다이스케 탄생.

같은 해 11월, 나이토의 부인이 낳은 아기는 유감스럽게도 계집아이. 하지만 무척이나 사랑스럽고 천사 같은 아기였답니다.

이름하여 요시미. 나이토가 말하길, "아라키 다이스케와 오가와 다이스케. 그래, 그것도 아주 좋아. 어때 오가와, 요시미도 좋잖나? 나이토 요시미!(요시미는 친분, 인연이라는 의미-옮긴이)"

우리 아빠는 정말이지 못 말리는 바보입니다. 그러니까 토끼 같은 딸과 아내를 남겨 두고 죽어 버렸죠. 그것도 하룻밤 새. 교통사고였답니다. 내가 만 두 돌을 맞기 얼마 전, 아라키 다이스케님이 프로야구에 데뷔한 바로 그해였죠. 아파트 단지 내 집회소에서 아빠의 장례식을 치르는 동안 아무것도 모르는 나는 오가와 다이스케랑 꺅꺅, 소리를 지르며 놀고 있었다고 합니다.

기억에도 없는, 당시의 까불며 놀던 모습을 재현해 보려고 이렇게 했었나? 아니면 이런 식으로 놀았을까? 애써 떠올려 보지만, 까불이 수다쟁이는 이제 이쯤에서 말문이 막히고 만다.
복잡한 이야기나 슬픈 이야기를 모른 채 지낼 수 있었던 그 시절의 내가 부러워지는 지금은, 중학교 3학년 가을, 1996년 9월.

아라키 다이스케님은 13년 동안 몸담았던 야쿠르트 스왈로스 팀에서 올해 요코하마 베이스타스로 이적했다. 작년 가을 스왈로스 구단 측으로부터 전력 외 통고를 받고 피칭 코치를 맡으라는 제안을 받았지만, 그것을 거절하고 베이스타스의 현역 선수로 옮긴 것이다.
'남자의 의지'라고 스포츠 뉴스의 캐스터는 말했다. 다시 한 번 전성기를 맞이하고 싶다는 남자의 의지가, 서른한 살 아라키님을 마운드에 붙들어 놓은 거라고.
사실, 아라키님의 프로야구 생활은 고난의 연속이었다. 오른쪽 무릎을 세 번이나 수술하고, 추간연골이 뒤로 불거져 나오는 증상으로 침상에 누워 지내야 했던 기간도 있었다.

데뷔 당시는 '아이돌 스타'라는 둥, '실력보다 인기만 앞선다'는 둥 모두 한입으로 악평을 해대던 매스컴들이, 아이러니하게도 부상을 당할 때마다 아라키님의 응원 부대로 돌아섰다. 아빠에게서 엄마를 거쳐 내게 전해진 아라키님의 스크랩북에는, '비운' '재기 불능' '부활' '눈물'……, 이런 말들이 여기저기 덧붙여져 있다. 과거 전국 고교 야구 대회의 스타는 역경을 견뎌 내고 있는 감동 다큐멘터리의 주인공이 되어 있었던 것이다.

이른 봄, 같은 팀 선수들끼리 하는 모의 시합이나 시즌 개막 전에 열리는 비공식 시합 전반까지는 확실히 그 '남자의 의지'가 통했다. 하지만 상대팀이 주전 선수들로 전열을 갖춘 종반전에 들자, 역시 역부족이었다. 등판할 때마다 신 나게 두들겨 맞고는, 끝내 시즌 개막은 2군에서 맞게 됐다. 그 무렵부터 스포츠 신문에서 아라키님의 이름은 찾아볼 수 없게 되었고, 6월 12일에 1군으로 복귀했지만, 세 시합 연속 선발에 실패하여 7월 4일에는 다시 2군으로 밀려났다. 현재까지 그것이 스크랩북의 마지막 기사다. 아마도 다음에 이어질 스크랩 기사는 은퇴 발표 기사가 되지 않을까.

전 고교 야구의 영웅이 은퇴 위기에 직면한 1996년 가을, 또 한 명의 다이스케도 중학교 생활의 낭떠러지에 서 있었다.

아버지가 영웅을 동경한 나머지 그와 똑같은 이름을 부여받게 된 나의 소꿉친구는 현재 등교 거부로 연속 결석 기록을 갱신하고 있는 중이다.

2

2학기가 시작된 다음부터 다이스케는 한 번도 학교에 나오지 않았다. 매일 아침 7시가 되면 배가 아프기 시작한단다. 토할 때도 있다고 한다. 하지만 아주머니가 결석해야겠다고 학교로 전화를 하고 나면 그때부터는 복통도 구토도 거짓말처럼 사라진다. 약도 종류별로 다 먹어 봤다. 병원에도 다녔다. 원인은 확실하다. 약이나 주사로는 치료할 수 없다. 학교를 쉬는 것만이 유일한 치료법이었다.

열나흘째 연달아 결석을 한 9월 19일 밤, 저녁 무렵에 엄마가 내게 말했다. "다이스케 어머니가 그러는데 다이스케를 전학시켜야 할지도 모르겠다는구나."

그렇구나, 나는 입안 가득 밥을 물고 고개만 끄덕인다.

"그런데 아저씨가 반대한대. 도망치면 안 된다고."

"못 말리겠네, 아저씨도 참. 그런 말 할 때가 아닌데 말이야."

"얘는, 무슨 남 말하듯이 그렇게 웃니?"

"뭐, 남 얘기 맞잖아."

농담 반으로 한 말이었는데, 엄마는 조금도 그렇게 받아들이지 않고 내 표정을 살피면서 다시 물었다.

"너도 설마 왕따에 가세하는 건 아니겠지? 응? 믿어도 되지?"

다이스케가 등교 거부를 하고 나서부터 도대체 같은 말을 몇 번이나 들어 왔던가.

"부탁한다, 요시미. 너까지 다이스케를 따돌리는 일에 합세한다면, 엄마가 아주머니를 무슨 낯으로 보니?" 끄트머리에 덧붙이는 말도 늘 똑같다. 아빠가 돌아가신 뒤에도 재혼하지 않고 여자 혼자 몸으로 나를 키워 온 엄마는, 마흔이 넘더니 부쩍 잔소리가 심해지고 걱정도 늘었다.

"당연하지. 난 그런 유치한 짓 안 해."

나도 만날 하던 대답을 반복했다. 똑 떨어지는 상큼한 말투로, 웬만하면 이 딸을 좀 믿어 보라고. 어이가 없다는 웃음을 곁들이면서.

거짓말할 생각은 없었다. 시원찮긴 해도 소꿉친구다. 다른 친구들이랑 어울려서 다이스케를 왕따시키고 싶지는 않다. 굳이 내 입장을 말하자면, 난 구경꾼이다. 왕따 실행부대가 차례차례 새로운 수법으로 다이스케를 괴롭히는 것을, "너무해" "세상에, 너무 불쌍하다아~" 하면서 먼발치에서 보고 있는 것뿐이다. 괴롭히는 거라고는 하지 않겠지, 이런 건.


다이스케는 어릴 때부터 허약 체질이었다. 문자 그대로 '허약하다'는 게 아니다. 다른 모든 이들의 말을 빌면 그렇다는 얘기다. 중병에 걸린 것도 아니요, 몸이나 정신에 장애가 있는 것도 아니고, 운동신경도 그만하면 남들만큼은 되며, 공부도 늘 중상위를 유지하고 있건만, 아무튼 약하다고밖에 달리 할 말이 없다.

고개를 가누는 것도, 네발로 기는 것도, 붙잡고 서는 것도, 걷는 것도, 이가 나는 것도, 모든 게 나보다 늦었다. 밤에 우는 것도 심했다. 다이스케의 어머니와 아버지는 매일 밤 교대로 다이스케를 업고 잠이 들 때까지 공원을 산책했다고 한다. 덕분에 동생을 만들 새도 없었다고 아저씨는 여태껏 진지한 얼굴로 말한다.

밤새 울며 보채는 시기가 좀 지났나 싶었더니, 이번엔 이불에 오줌 지리기. 감기도 노상 달고 살았다. 소풍 가는 날엔 매번 오가는 버스 안에서 멀미를 해대고, 수영 강습을 마치고 나면 꼭 배탈이 난다. 독감이 유행하면 반에서 제일 먼저 걸리는 아이도, 바로 다이스케였다. 성격도 어둡다. 너무 말이 없고 늘 고개를 떨구는 버릇이 있으며, 항상 누구한테 야단맞은 것 같은 표정을 짓고 있다. 소꿉친구인 나는 제외하고라도, 중학교 때부터 한 반이 된 친구들 중에는 다이스케가 웃는 모습을 한 번도 본 적이 없다는 애들도 많다.

패기라든가 생기라는 게 다이스케에게는, 없다. 다이스케와 15년 지기로서 단언하건대, 전혀 없다.

식물 같은 녀석이다. 그것도 꽃도 피지 않고 잎사귀도 없는, 밝은 곳을 싫어하는 양치식물이나 이끼 같은 녀석.

"도대체 왜 다이스케를 따돌리는 거니? 얌전하고 싸움질 같은 것도 하지 않는 애잖아."

의아한 표정으로 묻는 엄마에게 나는 딱 한 번 말한 적 있다.

"다이스케가 있으면, 따분한 분위기가 전염될 것 같아서 그럴 거야. 학교란 데는 말이야. 공부라든가 뭐 여러 가지 일로 골치가 아프지만 사실은 모두 즐거운 장소라고 생각하고 있어. 근데 다이스케는 전혀 그렇지가 않잖아. 그런 애가 있으면 괜히 짜증이 나는 모양이야."

모양이야, 라고 했다. 주어를 나 이외의 다른 아이로 했다.

엄마는 그때 한숨을 섞어 가며 이렇게 말했다.

"참, 몹쓸 세상이 되어 버렸어."

'세상'이란 말은 편리하고도 참 교활한 말이라고 난 생각했다.


나는 다이스케가 이대로 등교 거부를 계속해도 상관없다고 생각한다. 그러는 게 다이스케를 위해서 낫다고도.

다이스케가 도망치고 싶은 심정은 아주 잘 안다. 학교에서 당하는 게 확실히 심하기는 하니까.

무시하고, 때리고, 구석으로 몰아넣고 협박하면서 돈을 뜯어 내고, 운동화를 감추고, 교과서에 낙서를 하는 왕따는 2학년까지였다. 3학년이 되자 그 방법이 훨씬 집요하고 끔찍해졌다.

왕따 실행부대는 우리 반이 아닌 아이들까지 약 스무 명. 남자아이들이 대부분이지만, 그중에는 여자아이도 있다. 단, 예를 들어 엄마가 상상하는 것처럼 그 애들이 모두 불량 학생인 건 아니다. 밤거리를 배회하기도 하고, 무선호출기를 갖고 다니고, 담배도 피우고 가스를 흡입하기도 하지만, 시험 전에는 나름대로 열심히 책을 들추는 아주 평범한, 그런 애들이다.

바로 그런 아이들이, 다이스케의 얼굴 한가득 매직으로 남자와 여자의 성기를 그려 넣기도 하고, 팬티를 벗으라고 협박하기도 한다. 오전 수업 내내 손목에 수갑을 채워 책상 다리에 연결시켜 두고 수업을 받게 하거나, 개의 목줄을 씌우고 네발로 기어 복도를 걸어가게도 한다. 라이터로 음모를 태우거나 화장실 변기를 핥게 한 적도 있다.

호신용 장비인 고추 스프레이를 뿌려 가며 다이스케를 쫓는 건 이름하여 바퀴벌레 게임. 양쪽 귀에 휴대용 테이프 리코더의 이어폰을

꽂고 스카치테이프로 고정시킨 뒤 무슨 소린지 알아듣지도 못할 종교 설법 테이프를 최고 음량으로 흘려보내는 것이 마인드 컨트롤 게임. 또 담배 다트 게임이란 것도 있다. 벽 앞에 다이스케를 과녁 대신 세워 두고 다트 게임하듯 불붙인 담배를 던지는 거다. 눈을 맞히면 최고점인데 입술에 명중시킨 야마자키가 준우승을 하게 되어 부상으로 다이스케의 지갑에서 3천 엔을 꺼내 갔다.

구경꾼은 다른 반에서도 몰려들었다. 같은 학년의 아이들은 누구든 한 번쯤 구경한 적이 있을 거다. 구경꾼 중에는 2학년들도 있었다. 1학년들 사이에서는 '다이스케로 만들어 버린다'는 게 멍청한 녀석에게 하는 협박용 말이 된 모양이다. 학원과 친구들 사이의 정보망을 통해 다이스케의 이름은 다른 학교 아이들한테도 알려졌다. 모두들 "야, 좋겠다. 그런 애가 있어서." 하며 부러워하기도 하고, "우리 학교로 한번 납치해 올까?" 하며 정색하고 말하는 애도 있었다.

최후의 왕따, 말하자면 다이스케가 마지막으로 등교했던 1학기 종업식 날에 있었던 왕따는, 공개 수음(手淫)이었다. 무대는 방과 후 체육관 뒤. 왕따 실행부대 몇 명이서 다이스케를 바닥에 눕히고, 억지로 야한 잡지책을 보이며 고추를 문지르듯이 신발로 밟아 발기시키고 그것을 또 신발 신은 발로 바짝 잡아당겼다. 다이스케는 울고 있었다. 하지만 고추는 깜짝 놀랄 정도로 커져 있었고, 새빨개진 피부가 마구 쓸려서 피가 배 나올 때쯤, 다이스케는 신음소리를 흘리며 사정을 했다.

도망치는 게 뭐 어때서. 그러지 않으면 다이스케, 자살할지도 몰라. 머리가 어떻게 될지도 모른다고. 그렇게 되면 정작 골치 아파지는 건 우리들이야. 우리들 모두라고.

9월 23일. 저녁에 갑자기 다이스케가 부모님 손에 이끌려 우리 집에 왔다.

"어이구, 방학인데도 공부하고 있구나."

아저씨는 내가 집에 있는 것을 보고 놀리듯이 말했다. 평소 같으면 엄마가 옆에서 "아니에요, 어쩌다 이러는 거죠. 어제도 태풍 때문에 나와 노는 애들이 없을 거라고, 이때가 기회라면서 친구들하고 쭉 게임방에 가 있었는데요, 뭘." 하고 바른대로 댄다. 그러면 또 내가 "바람이 너무 세서 자전거 타고 가는 데 엄청 힘들었지." 하고 응수를 하고, 그것을 도화선으로 해서 "어제 불고 간 태풍은 정말 심했어요." "이 애는 나가 놀 궁리만 해서……." 어쩌구 하며 모두의 수다가 시작될 참이었다.

하지만 엄마는 아무 말도 하지 않았다. 나도 입을 다물고. 서로 재미난 얘기를 주고받을 분위기가 아닌 것 같았다. 하물며 이 자리에서 친구들이랑 논 이야기를? 웃고 있는 건 아저씨 한 사람뿐이었고 아주머니도 다이스케도 피곤에 찌든 얼굴을 하고 거실 소파에 앉아 있었다.

오랜만에 보는 다이스케는 많이 야위어 있었다. 얼굴빛도 창백하다. 전과목 교과서가 든 가방을 어깨에 메고 왔다. 내일부터 학교에 나갈 것이기 때문에 그동안 진도가 어디까지 나갔는지 물으러 온 것이라고 본인을 대신해서 아저씨가 설명했다.

"이제 괜찮니?" 엄마는 아저씨가 아니라 아주머니와 다이스케에게 시선을 주며 물었다.

"에에…… 뭐, 이제, 곧 입학시험도 있고, 졸업도 못 하게 되면 곤란하니까."

아주머니가 당혹스런 목소리로 대답했고, 다이스케는 귓바퀴를 벌겋게 물들이며 그저 고개만 숙이고 있었다. 대화가 거기서 끊기려 하자 떨어지는 공을 지면에 닿을락 말락하는 지점에서 잡아채듯 아저씨가 서둘러 말했다.

"아니, 고작 더위 먹어서 그런 걸 갖고 9월 말까지 쉬면 어떡해? 다이스케는 간을 안 먹어서 그렇게 처지는 거야, 그렇지 않니?"

엄마와 나는 그저 분위기를 맞추느라 가벼운 웃음으로 답할 뿐이었다.

얼마나 괴로운데요, 아저씨. 더위 먹어서 그러는 거라니, 그런 말, 회사에서라면 몰라도 우리 집에 와서까지 그렇게 말하지 않아도 되잖아요.

하지만 그게 아저씨다. 남들 앞에서 큰소리치기 좋아하고, 고집 세고, 지는 꼴 못 보는.

외아들이 학교 애들한테 왕따를 당해서 수치스런 모습까지 보이고 학교에 갈 수 없게 됐다는 사실을 절대로 인정하지 못할 사람이다.

아저씨가 아빠 사진을 올려둔 단에 향을 지피는 사이, 엄마와 눈짓을 주고받고서 나는 다이스케에게 "방으로 들어갈래?" 했다.

"미안하구나, 요시미." 아주머니가 정말로 많이 미안하다는 표정으로 말했다.

아주머니도 많이 수척해졌다. 흰머리도 늘었다. 원래 고혈압기가 있었지만 최근 들어 몸 상태가 부쩍 안 좋아졌다고 한다.

나와 다이스케가 거실을 나설 때까지도 아저씨는 단을 향해 합장하고 있었다. 무슨 말을 전하고, 무엇을 빌고 있었는지는 모르겠다.

방에 들어가자마자 바로 시디플레이어를 켰다. 동갑인 여자아이와 둘이서만 방에 있어도 여자가 묘한 부담감을 느끼지 않게 하는 게 다이스케의 유일한 장점일지도 모른다. 바꿔 말하면 남자로서는 전혀 안중에도 없다는 말이 되겠지만.

하지만 확실히 이런 상황에서 맘 편하게 있을 수만은 없다. 다른 의미에서의 부담감이 내 가슴을 메운다. 다이스케도 침대 가장자리에 앉아 고개를 숙이고 잠자코 있다.

"다이스케, 내일 정말 학교에 올 수 있어?"

대답이 없다. 그게 답이었다. 나도 속으로 그렇지, 하고 고개를 끄덕인다.

"아저씨, 화내시지?"

"……됐어. 이제." 아직도 변성기가 오지 않은 듯 가늘고 높은 목소리로 말한다. "나, 이제, 됐어."

나, 이 아이의 고추를 봐 버렸다. 발기하고, 사정하는 걸, 봐 버렸다. 끈적끈적하고 뜨뜻한 뭔가가 등을 타고 올라온다. 어째서 난 말리지 않았던 걸까, "그만둬, 그런 짓!" 왕따 실행부대 아이들에게 왜 이런 말을 하지 않았던 걸까, 왜 교무실로 달려가지 않았던 걸까. 어째서 그 순간만이라도 고개를 돌리지 않았던 걸까…….

"저기, 이런 말 하는 것도 뭣하지만, 난 말이야, 아무리 생각해도 다이스케 너 전학 가는 게 좋을 것 같아. 그렇잖아, 상황은 바뀌지 않아. 아이들 전부 네가 학교에 나오지 않는 동안에도 하나도 변한 게 없다고."

다이스케는 목구멍을 살짝 울리면서 내 다음 말을 재촉했다.

"너희 엄마는 전학시키겠다고 하시지? 아저씨가 반대하셔도 다이스케 네가 꼭 전학 가고 싶다고 우기면 되잖아. 네가 가만있으니까, 아저씨가 뭐든 당신 마음대로 결정해 버린다고 생각지 않니?"

"말했어. 계속 그렇게 말하고 있어."

"그런데도 안 돼?"

"사내라면 졸업할 때까지 열심히 다니래."

다이스케는 그제야 처음 고개를 들고, 알잖느냐고 되묻는 눈빛으로 힘없이 웃었다. 어휴, 정말 못 말리겠다, 나도 비슷한 웃음으로 답했다.

"나, 여자였으면 좋았을 걸 그랬어."

"무슨 말 하는 거야, 여자들도 얼마나 살기 힘든데. 왕따라든가 그런 것도 여자들이 더 무섭다고. 나도 얼마나 가슴 졸이며 살고 있는데."

"아니, 학교가 아니라……."

꺼내기 시작한 말은 도중에 한숨으로 바뀌었다. 언제나 그 모양이다. 끄트머리에 가선 입안에서 우물우물 말미를 얼버무리다가, 그것으로 상대방이 대충 알아듣겠거니 맡겨 버린다. 알아, 네가 무슨 말이 하고 싶은지 정도는. 그래서 더 화가 나려고 해.

"너 말이야, 아무래도 전학 가야겠다." 일부러 협박조로 말했다. "분명히 말해 두겠는데, 네가 없어지는 걸 애들 모두가 기뻐할 테니까."

다이스케는 처음 내 방에 들어왔을 때의 자세로 다시 돌아가 고개를 떨구었다. 주사위 놀이를 하다가 원점으로 돌아와 다시 주사위를 흔들어 굴릴 때처럼.

거실에서 아저씨의 웃음소리가 들려온다. 엄마가 맥주라도 내온 모양이지.

다이스케의 이야기를 하고 있다. 물론 현재의 다이스케 이야기가 아니다. 초등학교 2학년 운동회 때 달리기 경주에서 3등상을 받았던 일, 초등학교 3학년 어버이날에 다이스케가 그린, 야구 유니폼을 입고 있는 아저씨의 그림을, 아저씨가 좋아하면서 백화점에서 주최하는 어린이 그림 전시회에 냈다가 가작에 뽑혔던 일…… 주위 사람들은 이미 신물이 나도록 들어온 그 이야기를 몇 번이고 되풀이한다. 다이스케 15년간의 인생에는 아저씨가 좋아할 만한 에피소드 따위 거의 없으니까, 개중 입맛에 맞는 그 똑같은 이야기만 반복할 수밖에 없을는지도 모른다.

나는 시디플레이어의 볼륨을 높이고 말했다.

"아저씨는 너한테 정말 기대를 많이 하고 계셨구나."

의식하고 한 말은 아니었는데 과거형이 되어 버렸다. 다이스케는 잠자코 귀에 들려오는 모든 소리들 가운데 머라이어 캐리의 노래만을 선별해 내려는 듯, 가만히 눈을 감고 있었다.


3


9월 25일, 특별활동 시간에 '우리들과 왕따'라는 제목으로 작문을 했다. 우리 반뿐만 아니라 3학년 전부.

이를 제안한 사람은 학년주임 사사키 선생님이고, 담임인 이시바시 선생님은 원고지를 나누어 주면서 우정과 다정함이란 무엇인지, 그 점을 잘 생각하면서 쓰라고 하셨다.

하지만 이시바시 선생님은 다이스케의 어머니에게 "왕따가 있었는지는 몰랐다."라고 한 모양이다. 하지만 그건 사실이 아니다. 선생님도 다 알고 있지만 귀찮아서 그냥 내버려두고 있다는 것쯤 우린 모두 알고 있는 걸. 사사키 선생님도 그래. 체육 시간에 분명히 애들 앞에서 다이스케를 골탕 먹였잖아. 다이스케가 서툴러 하는 철봉이랑 높이뛰기를 애들 앞에서 일부러 시범 보이게 해 웃음거리로 만들었잖아. 모두들 알고 있다고. 이시바시 선생님과 사사키 선생님이 몇 번이나 다이스케의 집을 방문했을 때도 다이스케가 자기 방에 틀어박혀 나오지 않았다는 것이 그 증거야.

작문을 할 시간은 50분이 주어졌지만 대부분의 아이들은 30분 안에 다 썼다. 내 작문은 "우정이란 말은 언제부터 웃음거리의 소재가 되어 버렸는가."로 시작하여 "인간은 서로 돕고 격려하며 살아가야 한다. 우리들은 다시 한 번, 우정의 중요성과 소중함에 대해 생각해 봐야 하지 않을까."라고 끝맺었다. 쓰는 동안 내내 등이 근질근질 간지러웠다.

"요시미가 쓴 건 꼭 신문 사설 같다."고 웃던 리츠코도 지망하는 사립 고등학교의 작문 시험에 대비한 연습 삼아 내용을 지구 환경 문제로까지 넓혀서 썼다. 왕따 실행부대의 리더 격인 다케이는 "왕따를 당하는 측에도 문제가 있다고 본다."고 결론 맺어 사사키 선생님에게 다시 쓰라는 명령을 받았다. 선생님은 3학년 전원이 쓴 작문을 다이스케에게 가져가겠다고 약속한 모양이다.

"이런 걸 갖다 주고 읽으라는 거야말로 최고로 강력한 고문 아냐?"
리츠코가 말했다. 나도 그렇게 생각한다.

그날 밤, 자전거를 타고 학원에서 돌아오는 길에 아파트 단지 앞 버스 정류장에서 오자와 아저씨를 만났다. 정확하게 말하자면, 만난 게 아니라 뒤에서 "안녕하세요." 하고 인사만 하고 그대로 지나치려다가 아저씨에게 붙들린 것이다.

자전거에서 내려 아저씨와 나란히 걷기 시작했을 때 아저씨가 먼저 말을 꺼냈다.

"그저께는 미안했다. 기껏 네가 수업 진도까지 가르쳐 주었는데, 다이스케 그놈, 다시 상태가 안 좋아져서."

"……아니에요."

"가리는 게 너무 많아. 간은 안 먹겠다, 작은 생선은 싫다, 야채는 토마토만 먹고, 그러니 원, 어찌해야 할지 답이 안 나온다, 정말이지."

아저씨는 쿡쿡, 어깨를 들썩이며 웃었다. 정말로 우스워서 그런 게 아니라 몸이라도 움직이지 않으면 웃을 수 없다는, 그런 느낌.

하지만 그 자리가 거북하고 어색한 건 아저씨 쪽이 아니라 나다. 좀 더 정확히 말하면 뒤가 켕겼다.

"학교는 어떠니?"

순간 움찔하면서 엉겁결에 "에?" 하고 붕 뜬 소리를 냈다.

"모두들 고등학교 입시 준비로 바쁘겠지."

"……뭐 그냥, 적당히 그래요."

"우리 다이스케의 책상, 설마 딴 데로 치워 버린 건 아니겠지?"

당연하지요, 무슨 말씀이세요, 세상에 무슨 그런 일이 있어요. 대본은 줄줄 읽고 있는데 소리가 나오지 않는다. 물론 다이스케의 책상은 아직 교실에 있다. 누군가 집에서 가져온 향로가 올려져 있다. 모두들, 다이스케가 자살하지 않을까, 기대하고 있다. 장례식이라는 걸 한 번 체험해 보고 싶을 뿐이라고들 한다.

이야기는 거기서 끊기고 우리는 잠시 말없이 걸었다. 아저씨의 발걸음이 차차 무거워지고 나는 아저씨와 보조를 맞추기 위해 자전거를 미는 팔에서 힘을 약간 빼야 했다. 그저께는 못 느꼈는데 이제 보니 아저씨도 조금은 수척해진 것 같다. 흰머리도 많아졌다. 마흔다섯 살. 서른두 살에 죽은 우리 아빠도 살아 있었으면 지금쯤 이렇게 흰머리가 밖으로 삐져나왔을까?

아파트 부지로 들어서서 A동과 B동으로 갈라지는 지점에 거의 다다랐을 때, 아저씨는 마침내 다시 입을 뗐다.

"요시미, 다이스케한테 전학 가는 게 좋겠다고 그랬다며?"

나는 잠자코 고개를 끄덕였다. 칫, 소리가 튀어나오려는 걸 겨우 참았다. 그런 말까지 미주알고주알 부모에게 고해바치니까 왕따를 당하는 거야, 바보 같은 놈.

아저씨는 걸음을 멈추고 나를 보았다. 아저씨가 날 노려본 것도 아닌데 내 시선은 저절로 아래로 떨어졌다.

"전학 가 봤자 마찬가지야. 한 번 도망친 놈은 어딜 가더라도 도망치게 된다고."

의외로 차분한 목소리였다. 하지만 성난 목소리보다 훨씬 강한 울림으로 내 귀를 때렸다.

"왕따 같은 거에 지면 안 되는 거야. 앞길이 구만리인데, 살다 보면 더 힘든 일들이 생기게 마련이니까. 요시미, 너도 그렇게 생각하지?"

"그야 뭐, 그, 렇지, 요."

"응석을 받아 주다 보면 끝이 없어, 다이스케 같은 녀석은. 이런 건 요시미가 이해하지 못할지도 모르지만, 사내잖냐, 그 녀석. 이만한 어려움쯤은 필요하다고."

다이스케, 여자가 되고 싶다고 했어요. 아저씨한테 이런 말을 하면 아저씨는 어떤 표정이 될까? 웃을까? 치, 설마.

"그야, 나도 왕따시키는 녀석들을 그냥 봐주고 있는 건 아니다. 반 죽도록 패 주고 싶을 정도로 화가 난다고. 하지만 왕따가 무서워 학교에 못 가겠다고 해서 아버지가 대신 복수해 주길 바라는 건, 그건 세상에서 제일 한심한 짓이야. 사내도 아니지, 그런 놈. 제 발로 학교에 가서 왕따시킨 놈들하고 당당히 맞서 한판 붙으면 되는 거야. 이기라는 말은 안 한다. 다이스케 녀석, 주먹 약한 건 나도 잘 아니까. 하지만 일단 맞서면 되는 거야. 그런 기질만이라도 보여 주면 그걸로 되는 거야. 그러면 나도⋯⋯."

말하는 동안 점점 더 열을 더해 가던 아저씨의 말투는 거기서 갑자기 수그러들었다. 아저씨는 잠깐 혀를 차더니, "됐다."고 한마디 내뱉고 민망한 웃음인지 씁쓸한 웃음인지 좌우간 어느 쪽이라도 분명 제대로 된 웃음은 아닌 그런 웃음을 띠고 다시 걷기 시작했다.

아저씨가 무슨 말이 하고 싶은 건지, 나도 잘 안다. 원칙적으로는 확실히 맞는 말이라고도 생각한다. 하지만 원칙적으로는 틀림없이 맞는 말인 만큼, 처음부터 완전히 잘못된 방향으로 혼자 나아가고 있는 건 아닌가, 하는 느낌도 든다.

세 갈래 길로 접어들었다. 아저씨는 오른쪽으로 꺾어져 A동으로, 나는 왼쪽으로 돌아 B동으로. 숨 막히는 분위기에서 겨우 해방된다.

"운동이 부족하면 공부도 제대로 안 되지. 가끔은 나하고 캐치볼 좀 하고 놀아 주라."

아저씨는 야구공을 던지듯이 가볍게 오른팔을 휘두르고, 나도 오른손으로 자전거 핸들을 잡고 왼손으로 날아오는 공을 잡는 시늉을 했다.

"아, 맞아, 요시미." 기분을 좀 바꿔 보려는 듯한 밝은 목소리. "아라키 다이스케, 오늘 아침 신문에 났더라."

"정말이요?" 나도 의식적으로 튀는 목소리를 냈다.

"2군 시합에서 4이닝 동안 안타 두 개 맞았대."

"무실점으로요?"

"물론이지. 어차피 요코하마는 최하위 싸움이고, 조만간에 1군으로 돌아올지도 모르겠다."

"팔꿈치 상태는 괜찮은가요?"

"그런 거 걱정할 거 없다니까. 봐라, 작년이나 금년이나 거의 공을 던지지 않았잖아."

"그런가? 그럼 됐네요. 응, 괜찮겠어요."

웃자니 괴롭다. 아저씨도 다 알고 있을 터인데. 아라키님, 아마 올해로 은퇴할 거예요. 이젠 무리라고요. 그러니까 고별 등판을 하러 1군으로 올라가는 거예요.

"다이스케는 지지 않아."

아저씨는 자기 자신에게 일깨우려는 듯 중얼거렸다. "네." 나는 대답한다. 어느 쪽 다이스케에 대한 말인지는 굳이 확인하지 않기로 했다.

아저씨가 한 번 더 보이지 않는 공을 던진다. 뒤로 돌아 공을 받은 나는, 자전거 핸들을 바꿔 쥐고 교복 치맛단을 펄럭이면서 다시 던진다. 아저씨는 점프를 해서 그것을 잡고, 착지하면서 말했다. "아무튼 그래, 요시미. 2, 3일 있으면 기운 차리고 학교에 갈 수 있을 거 같으니까 걱정하지 않아도 된다."

아니요, 아저씨.

"지면 안 되잖니, 그렇지?"

그게 아니라니까요.

나는 "안녕히 주무세요." 후닥닥 말하고서 자전거에 올라타 있는 힘껏 페달을 밟았다. 아저씨는 아무것도 모른다. 하나밖에 없는 아들인데, 다이스케에 대해서, 눈곱만큼도 모르고 있어…….


4


오자와 아저씨는 내게 있어 우리 아빠 대신이었다. 초등학교 1, 2학년 무렵 엄마가 늦게까지 일이 끝나지 않는 날에는 다이스케네 집에서 저녁을 먹었다. 아저씨와 함께 목욕도 하고, TV 야간 중계를 보면서 야구 경기의 규칙도 배우고, 고등학교 시절 우리 아빠와 함께했던 이야기도 실컷 들었다.

나이를 먹었어도 확실히, 전 고교 야구 선수라고 불러 드려야 할지……. 아저씨는 단순하고 성질이 급한 것이 흠이지만, 몸 움직이는 걸 좋아하고, 감기 기운이 조금 있는 정도로는 절대 회사를 쉬는 법이 없는 늠름함도 있다. 그런 반면에 전국 고교 야구 대회의 폐회식이나 일본 시리즈의 헹가래 장면이 나오면 손수건 없이는 보지 못하는 울보다.

나는 그런 아저씨를 참 좋아했다. "도대체가 아주 덜렁이야." "하는 짓도 거칠어." 하면서 우리 엄마한테 잔소리 듣기 일쑤인 나를 아저씨는 늘 감싸 주며 "여자애라도 이 정도는 활발해야죠. 요시미는 아주 착한 아이에요." 하고 거들어 준다. 엄마 앞에서는 물론 아주머니나 다이스케가 있는 자리에서도 내가 다 민망할 정도로 칭찬을 늘어놓는다.

"모름지기 사람은 말이야, 근성과 기개가 있어야 한다."

그것이 아저씨의 입버릇이었다. '근성'과 '기개'라는 글자를 몰랐던 어릴 적부터 몇 번이고 그 말을 들어왔다. 나한테는 돌아가신 아빠의 피를 물려받아 근성과 기개가 꽉 찬 아이라고 했다.

나를 칭찬한 뒤 아저씨는 꼭 다이스케를 돌아보고 뭔가 한마디 하고픈 표정을 짓다가, 그냥 입을 다물고 끝에 가선 한숨을 쉰다. 그럴 때면 다이스케는 평소보다 더 기운 빠진 얼굴을 하고, 앉아 있기 영 거북한 것 모양 엉덩이를 들썩댄다. 그리고 그런 두 사람을 보는 아주머니는 늘 씁쓸한 표정으로 눈길을 돌린다.

성격이 안 맞는다는 게 꼭 부부 사이만의 문제가 아니라는 걸 아저씨와 다이스케를 보고 있으면 잘 알 수 있다. 타입이 달라도 너무 다르다. 아저씨가 기대하는 다이스케와 현실의 다이스케는 전혀 이가 맞는 구석이 없다.

예를 들면, 이런 거다.

초등학교 입학 축하 선물로 아저씨는 다이스케와 내게 야구 장갑과 방망이를 사 주셨다.

"이제부터 일요일 아침은 공원에서 야구하기다." 아저씨는 신이 나서 말했다. 우리 둘이 초등학생이 돼서 다 같이 야구를 할 수 있게 되는 날을 손꼽아 기다렸다고 한다.

나는 알고 있었다. 아저씨는 우리들과 야구를 하고 싶은 게 아니다. 다이스케와 캐치볼을 하고 싶었던 거다. 나는 그저 '덤'으로 낀 거고. 아빠와 아저씨의 우정의 일부를 나누어 주는 셈으로, 요시미만 야구 놀이에서 빼면 안 됐으니까, 같이하자고 하는 것뿐.

여섯 살에 그런 감을 잡은 나는 좋게 말하면 조숙한 아이고 나쁘게 말하면 애늙은이였다. 이 자리를 빌려 이런 나를 조금, 아주 조금만 대변한다면 분명 그때 난 쓸쓸했었던 것 같다. 쓸쓸하니까, 어리광 부릴 기회를 잡는 게 특기가 되어 버린 거라고 생각한다.

나는 매주 일요일 아침 한 번도 빠짐없이 숨을 학학거리며 단지 내 공원으로 나갔다. 아저씨와 다이스케가 늦으면 다이스케네 집까지 마중을 갔다. 공은 딱딱해서 아팠고, 장갑은 가죽과 땀 냄새로 퀴퀴했고, 방망이는 너무 무거워서 헛스윙을 할 때마다 다리가 휘감겼지만, 나 스스로도 감탄할 정도로 열심이었다. 그게 바로 근성과 기개라는 거다.

하지만 그 자리의 주역이어야 할 다이스케는 달랐다. 센스가 없다고 할까, 야구가 적성에 안 맞는다고 할까, 아무리 애를 써도 전혀 실력이 나아지지 않았다. 공을 조금만 세게 던지면 허리를 뒤로 쭉 빼다가 얼굴에 맞고, 손가락을 삐거나 넘어져 무릎이 까지고…….

아저씨가 무엇보다 애가 타고 안타깝게 생각했던 것은, 다이스케가 캐치볼을 조금도 즐거워하지 않았다는 점이다. 그냥 친구 사이였다면, 저런 게 다이스케야, 하고 납득할 것을……. 그렇게나 서툰 짓을 매주 주말이면 열 일 제쳐 두고 연습하는 것만으로도 다이스케의 입장에서 보면 기적적으로 노력한 것이다. 하지만 아저씨는 그렇게 생각하지 않았다. 처음 한동안은 "어떠니, 다이스케? 야구란 거 재밌지?" 하고 기분을 살피듯 말을 걸곤 했지만 점차 그 목소리에는 가시가 돋기 시작하면서 "도대체 왜 모를까? 야구의 재미를." 하며 고개를 좌우로 흔드는 날이 많아지더니, 연습 도중에 "야, 됐다, 됐어! 그렇게 지루하면 그만하고 집으로 돌아가!"라며 성을 내는 경우도 늘었다.

마침내 다이스케는 야구 장갑 없이 공원에 나오게 됐다. 나와 아저씨가 캐치볼하는 것을 곁눈질하면서 모래밭 옆에서 팔굽혀펴기와 토끼뜀을 한다.

야구 연습에 임하기 전에 우선 다이스케는 근성과 기개를 몸에 배게 해야 한다고 한다.

아저씨는 괴로워서 숨을 헐떡이는 다이스케에게 "힘내라!"라는 말한마디 해 주는 법이 없다.

캐치볼에 정신이 팔려서 다이스케의 존재마저 잊어버린 건지 일부러 모르는 척하는 건지, 아저씨가 하라고 한 팔굽혀펴기 횟수를 다채워도 "이제 됐다."고도 하지 않는다. 어쩔 줄 몰라 황망한 표정으로 아저씨를 바라보는 다이스케도 "다 했다."고 말하면 될 것을, 축 처진 얼굴로 처음부터 다시 팔굽혀펴기와 토끼뜀을 시작한다.

불쌍했다. 지금 돌이켜 생각해도 마찬가지다. 나라도 "아저씨, 다이스케 다 끝냈어요." 하고 말을 해 주었으면 좋았을 걸. 왜 그게 안 됐을까.

당시의 내 기분은 왕따 현장의 구경꾼이 되어 다이스케를 볼 때와 비슷한 것이었을지도 모른다.

딱 한 번 중간에 끼어든 적이 있다.

초등학교 2학년 봄이었다. 다이스케네와 우리 집 식구가 함께 꽃구경을 갔다가 근처에서 술판을 벌이던 아저씨들과 싸움이 붙었다. 아주머니와 우리 엄마에게 끈덕지게 치근거리던 술 취한 아저씨들을 아저씨가 힘껏 때려눕혔다. 상대는 5, 6명. 어쩌면 그보다 많았을지도 모른다. 우리 쪽은 남자 어른이라곤 아저씨 한 명뿐이었다. 하지만 아저씨는 지지 않았다. 천하장사도 울고 갈 정도로 강했다. 도중에 경찰이 뛰어오지 않았다면 상대편 남자들은 모두 곤죽이 되도록 얻어맞아 일어나지도 못했을 거다.

나도 한몫했다. "위험하니까, 어서 이리 와!" 하고 외치는 엄마를 뒤로하고 줄이 달린 물통을 무슨 철퇴처럼 마구 휘둘러 대며 주정뱅이들이 엄마와 아주머니와 다이스케를 인질로 잡지 못하도록 지켰다. 돌아오는 길에 아저씨와 나란히 걸으며 그 이야기를 하자 아저씨는 아주 훌륭하다고 칭찬하면서 "요시미의 아빠도 여자를 괴롭히는 놈들을 아주 싫어했지. 역시 그 아버지에 그 딸이다. 훌륭해." 하고 머리를 쓰다듬어 주었다.

좀 더 어렸다면 아무 생각 없이 기뻐했을 거다. 좀 더 나이가 들었다면, 처음부터 그런 얘기를 아예 자랑스럽게 떠들지도 않았을 거다. 하지만 그 무렵 나는 이도저도 아닌 나이였다. 아저씨가 다이스케에 대해 안타까워하는 것을 은연중에 눈치채고는 있었지만, 아저씨와 다이스케가 안고 있는 슬픔에 대해서는 전혀 헤아리지 못하고 있었다.

엄마와 아주머니와 다이스케는 우리들보다 훨씬 뒤처져 있었다. 충치가 아프다며 울기 시작한 다이스케를 아주머니와 엄마가 교대로 업고 따라오던 중이었으니까. 아저씨는 다이스케를 업어 주지 않았다. "충치하고 다리는 아무 상관없잖아. 네 힘으로 걸어."라는 한마디만 던지고는 뒤도 돌아다보지 않았다.

나는 아저씨에게 말했다.

"다이스케도 싸웠어요. 저랑 같이." 아저씨는 약간 놀라는 표정을 짓더니 그 얼굴 그대로 나를 내려다보았다. 무서운 표정 같은 건 전혀 아니었는데 나는 갑자기 눈물이 나올 것 같아 허둥지둥 말을 이었다. "정말이에요. 내가 봤는걸요. 내가 봤어요. 다이스케도 막 달려들어 싸웠기 때문에 이가 아픈 거예요."

아저씨는 아주 잠깐 뒤를 돌아다보고 다시 나를 보더니 머리를 쓰다듬으며 말했다.

"다이스케가 그렇게 말해 달라고 부탁하든?"

아니, 아니요, 절대 아니야, 그런 거. 고개를 마구 휘저었다. 아저씨의 손바닥과 내 머리카락이 마찰하면서 내던 쓰슥쓰슥 하는 소리를 지금까지도 또렷이 기억하고 있다.

"괜찮아. 요시미는 그런 거 신경 쓰지 않아도 돼."

그렇게 말하며 웃는 아저씨의 쓸쓸해 보이던 눈도, 잊지 않고 있다.


벌써 몇 년이 지났건만 그 뒤로 다시는 꽃구경을 가지 않았다. 다이스케네 식구와 우리 가족이 모두 같이 어디로 외출하는 일도 없어졌다. 아저씨는 매년 여름이 되면 "금년엔 모두 바다로 놀러갈까?" 하고, 겨울에는 "이번엔 모두 다 스키 타러 갔으면 좋겠네." 한다. 하지만 이야기는 거기서 더 이상 앞으로 진척되지 않고 결국 계절이 바뀐다.

일요일 아침에 늘 하던 캐치볼은 초등학교 3학년 겨울에 다이스케가 독감이 악화되어 한 달가량 꼼짝 못하고 누워 있는 바람에, 그 일을 계기로 흐지부지 없어졌다.

지금은 1년에 한두 번, 아저씨가 연락을 해서 가족들이 모두 식사나 하는 정도가 됐다. 늘 같은 자리에 있는 그 공원에서 아저씨와 나 둘이서만 느릿느릿 공을 주고받는다. 다이스케는 없다. 분명히 아저씨도 가자는 소리를 안 했을 거다.

꽃구경 갔던 날 처음이자 마지막으로 내가 다이스케를 대변해 주었던 일을 떠올릴 때마다, 나는 어딘가로 사라져 버리고 싶은 자기혐오에 사로잡힌다. 일요일 아침에 캐치볼하던 일을 생각하면, 그 자리에 그만 몸을 웅크리고 주저앉고 싶을 만큼 후회와 안타까움이 가슴에 차오른다. 나는 아저씨와 다이스케 사이 어디에, 어떤 식으로 서 있으면 좋을까. 어릴 때부터 쭉 그게 궁금했다.

5

9월 27일. 수업 시작종이 울려도 교실에 다이스케의 모습은 보이지 않았다. 오늘은 금요일, 내일은 수업이 없는 네 번째 토요일. 다음 주 월요일에도 안 나오면 9월엔 결국 단 하루도 등교를 안 한 게 된다. 처음 한동안은 아이들 중 누군가가 내게 오늘은 다이스케 올까 안 올까, 하고 묻기도 했다. 하지만 이제는 다이스케가 교실에 없는 것이 당연하게 돼 버렸는지, 아이들의 수다 속에도 그 이름은 이제 거의 오르지 않는다.

1학기에는 모두가 등교한 다음 조례가 시작되기 전까지가 아침 왕 따 타임이었다. 왕따 실행부대는 자기들끼리 교실 구석이나 베란다 나 복도에 모여 간단히 상의를 한 다음, 한 걸음 한 걸음 다이스케의 자리로 향한다. 구경꾼들도 오늘은 또 어떤 왕따짓을 생각해 냈나 궁 금해, 만면에 웃음을 띠고 얼굴을 들이민다. 봄부터 여름에 걸쳐 교실 의 하루는 그렇게 시작됐다.

하지만 지금 왕따 실행부대는 하릴없이 지루하게 아침 시간을 보 낸다. 덩그러니 놓여 있는 다이스케의 책상에는 이제 향초도 없다. 싫 증났다고나 할까, 이제야 깨달은 거다. 본인이 없는 데서 이런 짓을 해봤자 아무런 재미가 없다는 것을.

이시바시 선생님이 좀처럼 모습을 드러내지 않아 한 번 조용해졌 던 교실이 다시 술렁이기 시작했을 무렵, 복도에 나갔던 남자애들이 교실로 뛰어들어오면서 흥분한 목소리로 "야, 야! 다이스케 자식, 왔어!" 했다.

"뭔 소리 하는 거야?" 하고 웃으면서 창문을 연 복도 쪽 자리의 남자아이는 곧장 교실 안으로 고개를 돌리고 떨리는 목소리로 말했다.

"이거, 불안한데. 저 자식…… 지 아버지를 데리고 왔어."

교단에 이시바시 선생님과 다이스케와 아저씨가 나란히 섰다. 이시바시 선생님은 멈칫거리며 출석부를 펼치고, 다이스케는 목덜미가 보일 정도로 깊숙이 고개를 숙이고 있었는데, 그 두 사람의 시선을 합쳐 놓은 것처럼 아저씨는 험악한 표정으로 교실을 훑어보고 있다.

오른쪽에서 왼쪽, 앞에서 뒤로. 아저씨와 눈이 마주치는 대로 모두들 고개를 숙인다. 중간에 나와도 시선이 마주쳤다. 나는 살짝 목례를 했지만 아저씨의 표정은 전혀 풀리지 않았다.

"이제 참는데도 한계가 있다."

찬물을 끼얹은 듯 침묵이 흐르던 교실에 아저씨의 저음이 울려 나갔다.

"너희들 사람을 우습게 보는 것도 분수가 있지!"

아무도 암말도 하지 않는다. 이시바시 선생님이 상황을 좀 추스르려 입을 떼려고 했지만 우리를 노려보던 아저씨의 시선에는 한층 더 불이 붙었다.

"너희들은 부끄럽지도 않냐? 이러고도 사람이야?"

어깨가 부들부들 떨리고 그 기운은 목소리에까지 미쳤다. 얼굴은 시뻘겋게 물들고 눈에도 핏발이 섰다. 이렇게 무서운 아저씨를 보는 건 처음이다.

아저씨는 애써 감정을 억누르려고 하는지 잠시 입을 다물었다. 그 틈에 겨우 이시바시 선생님이 사이를 비집고 들어올 수가 있었다.

"어제 저녁 다이스케네 집에 장난 전화를 건 사람, 이 교실에 있나? 정직하게 말해라. 새벽 두세 시에 아무 말도 하지 않고 수십 차례나 전화 걸어 댄 사람. 당장 일어나!"

그 시간에 수십 번이나 전화를 걸어 댄 놈이, 이런 상황에서 "네, 접니다." 하고 일어날 리가 있나? 그런데도 이시바시 선생님은 최대한 무시무시한 목소리로 계속 말했다.

"다이스케의 어머님은 혈압이 올라가서 오늘 아침 일찍 병원에 입원하셨다. 그만큼 꾸짖고 작문까지 쓰게 했는데도 너희들 아직도 못 알아듣겠나!"

거, 되게 시끄럽네. 누군지, 남자아이 하나가 한마디 흘렸다.

흘낏 보니 모두 고개를 숙인 채 입 주위를 움찔거리고 있었다. 눈동자를 이리저리 굴리고, 과장되게 헛기침도 해보고, 흘러내린 앞 머리카락을 입김으로 불어 올리기도 하면서 빨리 시간이 가길 기다리고 있다. 혼자서 착한 애가 될 생각은 없다. 나라도 교단에 괴물처럼 버티고 서 있는 사람이 아저씨가 아니었다면 그렇게 행동했을 거다.

좋지 못한 태도라는 것 정도는 알고 있다. 왕따가 나쁜 짓이라는 것도, 한밤중에 계속 전화를 해대는 것이 그야말로 못된 짓이라는 것도, 잘 알고 있다. 확신범(도덕적·종교적·정치적으로 확신을 갖고 저지르는 범죄-옮긴이)이라 한다지? 이런 걸 두고.

아저씨는 교탁에 붙어 있는 좌석표로 시선을 내리깔고, 손가락으로 장소를 확인한 다음 천천히 교탁에서 내려섰다. 창가를 향해 몇 발자국, 앞에서 뒤로 몇 발자국, 발걸음이 멈춘 건 왕따 실행부대 중 한 명, 야마자키의 자리 앞이었다.

"잠깐 일어나라."

"난 아, 아무 짓도 안 했어요. 왜 그래요?"

야마자키는 엉거주춤한 자세로 일어서는 둥 마는 둥, 지레 두 손으로 얼굴을 감싸면서 말했다.

"너, 웃었지? 어젯밤 전화기에다 대고. 테이프에 녹음해 두었다. 내 아들이 네 목소리라고 하더라!"

"그런 게 무슨 증거가 된다고 이래요." 야마자키가 갈라진 목소리로 불만스럽게 내뱉자 아저씨는 교단 뒤에 서 있는 다이스케를 돌아보고 이리 오라며 손짓했다.

"다이스케, 이 녀석 앞에서 말해라. 어젯밤 그 웃음소리는 확실히 이놈이었다, 이 비겁한 놈이었다고. 자, 어서 똑똑히 말해 봐."

그 소리를 듣자마자 나는 용수철에 앉았다가 일어서는 것처럼, 엉덩이가 위로 들리려는 걸 간신히 참았다. 온몸에 닭살이 돋는다. 얼굴엔 핏기가 가시고 가슴이 미친 듯이 쿵쾅댄다.

아저씨는 잘못하고 있어. 야마자키가 범인일지도 모르지만 그런 말을 하면 안 되는 거야.

다이스케는 고개를 숙인 채 떨고 있었다. 아저씨의 부들거림과는 전혀 다른, 도망치는 게 불가능하다면 차라리 이 자리에서 한 줌 재로 사라져 버리고 싶다는 그런 떨림이다.

"다이스케, 이리 와. 본인 앞에서 말해 줘라."

하지만 다이스케의 발은 움직이지 않는다. 떨림은 더욱 격해져 경련에 가까워졌다. 얼굴이 약간 들렸다. 왼쪽 볼이 부어올라 있고 눈밑에는 푸르딩딩한 멍 자국이 찍혀 있다.

"빨리! 이제 도망치지 않겠다고 하지 않았니? 용기를 내겠다고 약속했잖아! 겁내지 말고 자, 어서!"

온몸이 떨리고 있어서 다른 아이들은 눈치채지 못했을지도 모른다. 하지만 나는 알 수 있었다. 다이스케는 필사적으로 고개를 좌우로 흔들려고 하고 있다. 울음이 터질 듯한 얼굴로 입술을 달달 떨면서, 싫다고 말하려 하고 있다.

"다이스케! 이리 와! 사내 아니냐, 너. 이리 오란 말이야!"

다이스케의 몸이 움직인다. 걸으려고 내딛은 게 아니다. 허리를 구부리고 배를 눌러 숨을 죽이고 있다. 얼굴은 시퍼렇게 질려 있다.

아저씨는 혀를 차며 다이스케에게 다가간다. 팔을 뻗는다. 다이스케는 새우처럼 등을 구부리고 뒷걸음질친다.

"그만둬요, 아저씨!"

내가 소리지른 직후, 무언가가 목구멍을 역류해 올라오는, 토하는 소리가 들렸다. 다이스케는 배에 대고 있던 손을 입으로 가져갔다. 손가락 사이에서 누런색도 아니고, 분홍색이라고도 할 수 없는 액체가 흘러나왔다.

맨 앞줄에 앉아 있던 여자아이가 비명을 지르고 의자를 쓰러뜨리면서 뒤로 내뺀다.

다이스케는 자기가 흘린 액체 위로 쓰러져 뱃속에 있던 모든 것을 펌프질하듯 토했다. 울고 있었다. 얼굴 전체가 눈물과 콧물과 토사물 찌꺼기로 엉망이 돼서도 울면서 계속 토했다.

아저씨는 그 자리에 선 채 다이스케를 멍하니 내려다보고 있었다. 바닥에 튄 토사물이 바짓단에 날아가 묻었지만 꿈쩍도 하지 않고 분노로 뭉친 어깨를 툭 떨구고는, 요란한 소리에 놀란 옆반 선생님이 달려올 때까지 그저 말없이 다이스케의 등을 바라보고만 있었다.

근성이나 기개가 없는 아이도 있는 거예요.

노래를 잘 못 부르는 애나, 손재주가 없는 애나, 수학이 서툰 애가 있는 것처럼요.

아저씨, 왜 그걸 몰라주세요?


6


10월 3일 밤, 스포츠 뉴스에서 오랜만에 아라키 다이스케님의 소식을 전했다. 서글픈 뉴스였다. 이미 내년 시즌의 팀 구상에서 빠질 것이 확실해진 아라키님은 그날, 요코하마 베이스타스 구단 측에 현역으로 뛸 뜻을 밝혔다고 한다.

"이제 그만하면 됐잖아, 은퇴하세요."

TV 화면을 향해 나는 혼잣말을 했다. 현역으로 뛰겠다는 집념에 대한 감동을 넘어 이젠 넌더리가 났다. 누가 봐도 이건 아니다. 무리라고요, 이젠! 뉴스 진행자도 현시점에서 아라키님을 데려가겠다고 나서는 팀은 없다고 전했다. 마지막에는 평론가나 스포츠 캐스터로 전향한다면 러브콜을 보낼 곳이 많다고 덧붙였다.

리모컨으로 TV를 끄고 소파에 누워 팔베개를 하고 천장을 멍하니 올려다보았다.

　다이스케는 10월에 들어서도 연속 결석 일수를 갱신 중이다. 아저씨에게 뺨을 언어맞고 억지로 잡아끄는 손에 이끌려 등교했던 그 금요일에도 결국 양호실에 들렸다가 조퇴했다. 게다가 다이스케가 구토까지 하는 소동으로 정신이 빠진 이시바시 선생님은 출석부에 동그라미 치는 것도 잊어버렸다. 앞으로 다이스케는 어떻게 될까, 어쩌다가 다이스케는 이 지경이 됐을까. 아무리 생각해도 머릿속이 뒤엉키기만 해서 끝내 에이, 나도 몰라, 어린애처럼 거기서 그만 생각하기로 했다.

　거실 옆 침실에서는 무선 전화기를 든 엄마의 긴 통화가 이어지고 있었다. 통화 상대는 다이스케의 어머니. 요즘엔 매일 밤 이렇다. 아저씨는 다이스케와 거의 말을 섞지 않게 됐다고 한다. 귀가 시간도 매일 늦고, 게다가 차근차근 이야기조차 할 수 없을 정도로 술에 취해 들어오는 모양이다.

　비겁해요. 아저씨와 만나면 그렇게 말해 주고 싶다. 도망치고 있는건 아저씨잖아요.

　아저씨는 아리키님의 소식을 들었을까? 다이스케는 지지 않아. 아저씨는 지금도 그렇게 말할 수 있을까? 성격이 안 맞는 부부는 이혼해 버리면 그만이지만, 그게 부모 자식 간이라면 어찌해야 좋을까.

　솔직히 말하면 나는 다이스케보다도, 아주머니보다도, 아저씨가 제일 안 됐다.


　10월 5일 아침, 수업이 있는 토요일이면 늘 그렇듯 천근만근인 몸을 질질 끌고 교실에 들어섰더니 다이스케의 책상이 치워져 있었다. 충치를 뽑아낸 자리처럼, 나란히 정렬한 책상들 가운데 그 자리만 덩그러니 비어 있다.

"어디로 들어낸 거야?"

옆에 있는 왕따 실행부대 나가타에게 묻자, 평소에는 시답잖은 농담짓거리나 찍찍 해대던 나가타가 굳은 얼굴로 툭 던진다.

"우린 몰라."

"어제 우리가 집에 간 사이에 치워 버린 거 같아." 구경꾼 중 한 사람이었던 나미에가 알려 주었다. 릴레이의 바통을 이어받은 것처럼, 실행부대인 가오리가 말을 이어 "사물함 속도 깨끗해졌다."라고 하고, 또 한 명의 구경꾼 다카하시가 "무슨 얘기 안 했어? 그 자식 엄마라든가 아빠가." 하며 내게 묻는다. 나는 고개를 가로저었다. 아무것도 모른다. 아무 말도 들은 게 없다. 수업 시간이 다가오고 반 아이들이 모두 모였는데도 교실은 조용했다. 옆 교실에서 들려오는 남자아이들의 목소리가 귀에 거슬려 참기 힘들다. 깔깔대면서 복도를 걷는 여자아이들을 흠씬 두들겨 패 주고 싶다.

"진짜로 전학 간 건가?"

야마자키가 말했다. 누가 듣건 말건 혼잣말하듯 한 말이었는데도 우리들 중에 가장 멀리 앉아 있던 다케이가 "그런 걸 누가 알아." 하고 인상까지 찌푸리며 대답했다.

"그래도 집이 이사를 가지 않는다면 전학 같은 건 할 수 없잖아? 학군이란 게 있으니까 말이야."

미치코가 누구에게랄 것 없이 불쑥 말을 꺼냈다. 어디서도 대답은 없었다. 미치코 말에 대한 대답으로는 너무 늦다 싶은 때에 오타니가 "그런 건 모른다구우~." 하고 한마디 던졌을 뿐이다. 시작종이 울리고 스피커에서 나온 음이 채 가시기도 전에 이시바시 선생님이 들어 왔다. 아주 잠깐 기대를 했었다. 다이스케가 선생님을 따라 들어올지도 모른다고. 하지만 성큼성큼 걸어 들어와 교단에 선 이시바시 선생님은 다이스케의 책상이 있던 빈 공간을 보더니 평소와 별로 다르지 않은 말투로 "아아, 거기 그 뒷자리, 책상을 앞으로 끌어와 메워라." 했다.

오늘이 토요일이라 다행이다. 만약 평일이었다면 점심시간 50분을 어떻게 보냈을까? 모두들 고민됐을 거다. 수업 중간의 쉬는 시간 10분 동안에도 화젯거리를 찾다 못해 기껏 한두 마디 하다가 그만 입을 다물고 등을 돌릴 수밖에 없었으니까.

반성과 후회의 차이를 비로소 알게 됐다. 무언가를 반성할 때는 진심으로든 형식적으로든 그 일에 대해 많이 떠들 수 있다. 하지만 무언가를 후회할 때, 자기가 한 짓이 싫고 또 싫어서 참을 수 없을 지경이 됐을 때는 말이 안 나온다.

이시바시 선생님은 우리들에게 왕따에 대한 반성문이 아니라 후회의 글을 쓰도록 시켰어야 했다. 그랬다면 우리들은 아마 제한 시간 50분을 그대로 넘겨 버렸겠지. "내일까지 시간을 주세요." 선생님께 부탁을 하고 원고지를 집에 가져가 밤새 책상에 앉았다가도, 이튿날 아침 백지 원고지 그대로 이름만 써서 제출하게 되겠지.

방과 후 교문까지 함께 나온 미유키가 말했다.

"왠지 기분이 왕으로 찝찝하다."

그래, 알아.

왕따 실행부대는 2교시와 3교시 사이의 쉬는 시간에 서로 치고받기 직전까지 가는 싸움을 했다. 다케이와 야마자키가 갑자기 고성을 지르며 싸우기 시작했고, 중간에 말리려 끼어들었을 아이자와도 어느 틈에 그 둘의 말싸움에 휘말렸다. 하굣길에 "아까 뭣 때문에 싸웠어?" 하고 묻자 아이자와는 "몰라, 무엇 때문에 그랬는지. 에이, 뭐 됐어, 다 귀찮아." 하며 대충대충 말해 버리고 팔을 휘저었다.

뭐가 뭔지 잘 모르겠지만, 그래도 난 안다.


무거운 발걸음을 옮겨 아파트 단지로 돌아와 A동과 B동으로 갈리는 세 갈래 길에 멈춰섰다. 어쩔까 잠시 망설였지만 걸어오면서 생각했던 대로 A동으로 이어지는 길을 택해 걸어 나갔다. 다이스케네 집은 205호. 초인종을 눌러도 반응이 없었다.

문은 잠겨 있다. 혹시 몰라 문에 귀를 대보아도 아무 소리도 들리지 않는다. 손목시계를 들여다보고 "딱 오 분만." 하고 일부러 입 밖으로 내어 말하고서 복도에서 기다리기로 했다. 그다음에는 어떻게 할지 정하지 않았다. 그저 다이스케와 만나고 싶었다. 무슨 말을 할지, 어떤 얼굴로 대할지, 그런 건 그때 가서 정하면 된다. 만나러 왔어, 너랑 만나고 싶어서 지금 여기 있는 거야, 이 말만 전하고 싶었다.

공원에서 노는 아이들의 소리가 들려온다. 남자아이 세 명,…… 넷인가? 여자아이 두 명. 그중 하나는 혀 짧은 소리로 아주 억척스럽게 남자아이에게 뭔가 지시를 하고 있다. 그 소리를 듣고 있자니 문득 눈시울이 뜨거워지고, 어라? 할 사이도 없이 눈물이 맺혔다. 내가

캐치볼하기 좋은 날   237

울고 있다는 데 의식이 미치자, 눈물이 왈칵 쏟아지더니 나도 모르는 새 어깨까지 들썩이며 흐느끼게 됐다. 슬픈 것도 아니요, 죄책감이 목을 졸랐던 것도 아닌데, 마냥 눈물이 흐른다. 동정? 아니. 용서를 비는 것도 아니다. 그저 제 맘대로 흐르는 눈물이다. 나는, 나 때문에 울고 있다. 교복 주머니에서 손수건을 꺼내 눈물을 닦으려는데 계단 발치에 누군가 서 있는 게 느껴졌다.

아저씨가 눈 안에 걸린 눈물과 함께 몸을 떨고 있다. 회색빛 스웨터를 입어 뚱뚱해 보인다. 편의점 봉투를 손에 들고 놀란 것 같기도 하고, 화가 난 것 같기도 하고, 슬픈 것 같기도 하고, 기뻐하는 것 같기도 한, 그런 표정으로 말없이 나를 바라보고 있었다.


7


다이스케가 전학 갈 곳은 아주머니의 친정이 있는 나가노의 한 중학교였다. 그곳에 계신 외할아버지와 외할머니께 수험생 뒷바라지를 맡길 수도 없고 해서, 주민등록을 그쪽으로 옮기고 아주머니도 함께 따라나서기로 한 모양이다. 결국 아저씨 혼자 여기 남게 된 것이다.

두 사람은 이미 나가노에 가 있다. 다음 주 수요일, 10월 9일 저녁에 일단 돌아왔다가 그 이튿날인 10월 10일 체육의 날에 이사할 거라고 한다.

"사사키 선생님이 그러던데, 이 근방에 있는 다른 학교로 전학을 가봤자 어차피 마찬가지일 거라지? 학원이나 게임방에도 소문이 퍼져서 어디로 도망을 쳐도 소용없다더라."

아저씨는 그렇게 말하고 거실 테이블에 올려둔 우롱차를 마시라고 내게 손짓했다. 아저씨 앞에는 편의점 봉투에서 꺼낸 캔 맥주가 있다. 처음 한 모금으로 거의 반 정도를 비우고, 캔의 중간쯤을 엄지손가락으로 눌러 찌그러뜨린 다음 나머지는 홀짝홀짝 조금씩 마신다.

"요전에는 보기 흉한 꼴을 다 보였지. 뒤처리도 하지 않고 돌아와 버려서 모두들 황당했을 거다."

"……아니에요."

"위궤양이 있었어. 그리고 십이지장도 상태가 아주 안 좋고. 스트레스 때문에 그런 거니 저쪽으로 내려가면 곧 좋아지겠지."

"저기…… 오늘 다이스케의 책상이 교실에 들어갔더니 없기에 너무 놀라서……, 저도, 다른 애들도, 정말 너무……, 다이스케, 하루라도 학교에 나와 줬으면 좋겠는데……. 아, 그치만 오고 싶지 않겠죠, 이젠……."

아저씨가 날 노려보고 있었던 것도 아니요, 추궁한 것도 아닌데, 횡설수설 말이 갈피를 잡지 못한다. 우롱차를 한 모금 들이켰다. 차갑게 식은 우롱차가 입에서 목구멍을 지나 가슴 저 아래께로 타고 내려가는 게 그대로 느껴진다.

잔을 테이블에 내려놓기를 기다렸다가 아저씨가 말했다.

"요시미, 요전에 왜 날 말렸니?"

반사적으로 고개를 숙였다가 다시 생각하고 멈칫대며 고개를 들었다. 아저씨는 엷은 미소를 띠고 있었다. 다정한 얼굴이었다. 하지만 너무나 쓸쓸해 보이기도 했다.

"저기……, 뭐라고 설명은 잘 못하겠지만 다이스케는요, 아저씨랑은 다른 타입이라서, 그런 때 그런 상황에서는 무지 긴장하겠구나, 너무 힘들겠구나 싶어서……."

"다이스케, 기뻤다더라, 그때."

"예? 정말이요?"

아저씨는 고개를 끄덕이고 "내가 직접 들은 건 아니지만." 하며 맥주를 쓴 약 마시듯 홀짝였다. "잘 모르겠다. 정말로 그런 건가 싶기도 하고, 아직도 잘 모르겠어. 어딘가 잘못된 건 아닌가 싶기도 한 게……. 다이스케도, 학교 선생님들도, 반 아이들도 모두."

아저씨는 몇 번씩 고개를 갸웃하며 덧붙였다.

"요시미는 좀 예외지만 말이야."

나는 잠자코 고개를 젓는다. 모두들 이제 아무 말도 할 수 없어, 우리들. 우리들이 모두 다이스케를 코너로 몬 거야. 우리들 모두가 잘못했어, 어쩌면 아저씨까지도.

"아저씨."

"응?"

"다이스케, 아직도 한심한 놈이라고 생각하세요?"

"아니, 그렇지 않아. 그런 일 없다, 처음부터."

"한 번도요? 어릴 적부터 미워하거나 저놈은 틀렸다고 무시한 일, 한 번도 없어요?"

아저씨는 길게 들이쉰 숨을 전부 내뱉고는 "제 자식을 무시하거나 미워하는 부모는 없다."라고 했다.

두 번째 맥주 캔이 테이블 위로 나왔다. 편의점 봉투에는 아직도 몇 개나 더 남아 있다.

"다이스케가 여자아이였다면, 좀 다르게 키우셨을까요?"

"모르겠다, 그런 건."

"다이스케, 언젠가 제게 말한 적 있어요. 여자였다면 좋았을 거라고."

대답은 없었다. 그 대신 아저씨는 맥주 캔 따개에 댔던 손을 떼고 다시 봉투에 집어넣고는 말했다. "캐치볼할래?"

"지금요?"

"그래. 다이스케의 장갑을 사용하면 되지. 그럴래? 잠깐 기다려라. 서랍 안에 있을 거야. 그 녀석이 끼던 거."

아저씨는 내 대답을 기다리지도 않고 일어서더니 "벌써 오륙 년이나 사용하지 않았으니 곰팡이가 슬었을지도 모르겠다."라고 하면서 웃으며 방으로 들어갔다.

나는 자리에서 일어나려다 다시 앉았다. 목구멍 끝까지 올라왔던 말도 서서히 가슴속으로 흘러 내려간다. 우롱차를 한 모금 마시자 내가 무슨 말을 하려고 했었는지 더 이상 떠오르지 않았다.

아저씨를 기다리는 동안 나는 시선을 어디다 둘지 모르고 허둥대다 소파 옆 장식장에서 멈췄다. 술병과 술잔들이 들어 있는, 늘 그 자리에 있던 장인데 묘하게 분위기가 다르다. 장식장 안에 들어 있어야 할 사진틀이 장식장 위로 위치를 바꾼 탓이다.

아저씨의 자랑인 고등학교 야구부 졸업 기념사진. 어깨동무를 한 두 사람이 바로 황금 콤비 오가와와 나이토다. 사진틀을 손에 들고 열여덟 살의 아빠와 마주했다. 기념 촬영을 한 시점에서 아빠의 인생은 이미 전환점을 넘어선 게 된다. 적어도 본인은 그것을 알 턱이 없었을 테니 여드름투성이에 웃는 얼굴이 한층 더 애처롭게 보인다.

아빠, 불단에 올려 놓은 영정을 향해서는 이렇게 말을 걸어 본 적이 없지만 그래도 지금만큼은 아빠, 하고 불러 보고 싶다. 아빠, 내가 태어났을 때 어떤 아이가 되면 좋겠다고 생각했었어? 그 기대를 내가 저버리고 있는 건 아니야? 만약 아빠가 생각한 모습이 아니더라도 '기대에 못 미치는 아이'라고는 말하지 말아 줘. 아빠 딸은 시무룩해지기도 하고, 후회도 하고, 변명을 하기도 하고, 당차게 대들기도 하면서, 건강하게 살고 있으니까. 그것만큼은 칭찬해 줘.


아저씨가 방에서 말했다.

"아들 가진 아버지는 말이야, 캐치볼하는 게 꿈이라고들 할 거다. 나처럼 예전에 야구를 했던 사람이 아니더라도, 다들 캐치볼, 캐치볼 할 거라고. 그거, 왜 그럴 거라고 생각하니?"

"글쎄요……."

"캐치볼은 서로 마주보고 하는 거기 때문이지. 그럴 기회라도 없으면 아버지가 아들놈 얼굴을 정면에서 빤히 보지는 못하지 않겠니."

약간은 마음에 들지 않는 대답이라고 생각했지만 절반은 동의했다. 하지만 나머지 절반은 아저씨의 얼굴이 보이지 않는 점을 이용해서 망설임 없이 말했다.

"그런 거 부모의 자기만족 아닌가요?"

아저씨는 화내지 않았다. 장에서 상자를 꺼내는 중인지, "어이차!" 하는 소리가 나더니 곧 웃으면서 말했다. "그렇지, 자기만족이지."

순순히 인정해 버려 약간은 김이 새 버린 내게 아저씨는 다음번 상자를 내리면서 말을 이었다.

"하지만 말이다, 부모한테서 그런 자기만족을 싹 없애 버리면 자식을 키운다는 것에 아무런 보람도 못 느낄 거야."

나는 아저씨에게 대답 대신 사진틀 속의 오가와 선수에게 "보세요. 27년 후의 당신은 저렇게 말하고 있다고요." 하고 윙크를 해 주었다.


캐치볼을 처음 할 때는 꼬마 아이에게 오재미를 던져 주는 것처럼 천천히 시작하지 않으면 어깨가 아프다. 어릴 때 아저씨가 가르쳐 준 대로 한 번 점프해 가슴팍에 안길 정도의 거리를 두고 아저씨와 마주 섰다.

여름철에 비하면 해가 훨씬 짧아져서 아직 오후 3시도 안 됐을 텐데 해는 이미 불그스레한 석양빛으로 물들려 하고 있었다. 조금 전 공원에서 놀고 있던 아이들은 자전거와 외바퀴 수레와 축구공을 모래밭 주변에 남겨 두고 어디 멀리까지 원정을 나간 모양이다.

"너 들었니? 아라키 다이스케, 오늘 1군으로 등록됐대. 8일이니까, 보자, 다음 주 화요일인가? 진구(神宮) 경기장에서 야쿠르트전이 열리잖아. 거기서 등판한대."

"고별전이겠죠?"

"아니야, 무슨 말을 그렇게 해. 내년을 위한 시범 경기지."

"이미 은퇴하기로 결정했다고 신문 기사에 났던데요."

"신문 기사 같은 거 믿지 말라고 했잖아. 그놈들 옛날엔 아라키 보고 10년에 한 명 나올까 말까한 투수라고 썼던 놈들이야. 난 이제 그

놈들 말 믿지 않는다."

손목 힘만을 이용한 토스부터, 팔꿈치에서 손끝의 힘까지 이용해 큰 포물선을 그리며 떨어지는 토스, 허리를 가볍게 돌려 무릎을 구부리고 좀 더 큰 몸짓으로 천천히 던지는 토스……. 공이 돌아올 때마다 나는 한 발자국씩 뒤로 물러나 거리를 넓혀 간다.

"아라키는 사실 2군에서 비밀 무기를 개발한 거야. 그것을 야쿠르트 전에서 선보여 부활의 기치를 올리려는 거지. 시즌 개막은 굉장하잖니. 전 구단들이 우수한 선수들을 모셔 가려고 몰려들 텐데."

"네네. 그래요."

"장갑 어때? 너무 딱딱하지 않니?"

"괜찮아요."

"기름칠을 해두지 않아서 아마 딱딱할 거야. 문제란 말이야, 물건을 소중히 다룰 줄 몰라서."

"제가 오늘 빌려 쓴 답례로 기름칠 해둘까요?"

"내가 오늘 밤 해둘게. 어차피 할 일도 없으니까."

"아, 아니 됐어요. 제가 바를게요. 좀 빌려 주세요."

어깨 너머로 팔을 들어 휘휘 돌리면서 공을 던졌더니, 그 정도 거리에서 했는데도 한동안 어깨에 열이 난다. 아저씨의 공은 예전보다 스피드가 많이 떨어진 것 같다. 나도 컨트롤이 안 좋아지긴 했지만.

"화요일 시합, 보러 가실 거예요?"

"아니, 못 가. 아무래도 내가 빠지면 안 되는 접대가 있어서."

"비라도 와서 연기되면 좋을 텐데."

"그건 무리야, 무리. 그만큼 운이 안 맞았어. 끝까지 이 모양이네.

나하고 아라키 사이는 말이야."

"만약 시합이 연기되면 다이스케하고 함께 가시는 게 어때요?"

아저씨는 얼굴에 엷은 미소만 지을 뿐 아무 대답도 하지 않았다.

나는 큰 걸음으로 한 발자국 뒤로 뺀다. 아저씨가 던지는 공이 이제
는 분명히 석양이라고 불러도 될 만한 빛을 흠뻑 받고 오렌지색으로
물든다. 나는 치맛단에 신경을 쓰면서 받은 공을 다시 던지고 또 한
발자국 뒤로 물러난다. 캐치볼이라는 건, 그저 마주보는 것만은 아니
라는 걸 깨달았다. 마주선 채 한 발자국씩 사이를 벌려 간다. 언제까
지나 공이 내게 와 닿았으면 좋겠다고 바라면서. 땅바닥에 한 번 튀
기더라도 상관없으니까.

"아라키는……." 아저씨는 오른쪽 팔을 앞뒤로 흔들다가 도중에 멈
추고 말했다. "결국 39승 49패였다지? 신문에서 그러더라."

"정말 딱 39승밖에 안 되나?"

"하지만 생각해 봐. 마흔아홉 번이나 질 수 있었다는 건, 그 나름대
로 행복한 거야. 고등학교 야구의 토너먼트하고는 다르니까. 진 것도
그냥 버리는 건 아니지."

아저씨는 당치도 않은 이상한 말을 하고서, 어색했는지 "그렇게 생
각하기로 했다, 얼마 전부터 말이야." 하고 덧붙였다.


8


아라키 다이스케님은 마지막으로 아저씨가 펄쩍 뛸 만한 선물을

해 주었다. 10월 8일에 비가 내렸다. 시합은 이튿날, 9일로 연기됐다. 그건 아저씨가 진구 경기장에 갈 수 있다는 의미다. 다이스케도 9일 저녁에 나가노에서 돌아오기로 했으니까 타이밍이 딱 맞는다.

8일 밤, 학원에서 돌아오는 길에 공중전화 부스에 들어가 다이스케 네 집 자동 응답기에 메시지를 남겼다.

"아저씨, 내일 진구 야구장으로 와 주세요. 3루측 내야 스탠드로요. 꼭 오셔야 돼요."

숨을 한 번 들이쉬고, 한마디 더.

"저랑 다이스케도 갈 테니까요."

전화를 끊고 나서, 괜찮아? 내게 물었다. 암, 괜찮고말고. 공중전화 부스 겉면에 비친 나와 마주서서 고개를 끄덕였다. 내일밖에 없다. 모레 다이스케는 아주 떠난다.

부스에서 걸어 나와 비 내리는 밤하늘을 올려다보았다.

"맑게 개거라!"

우산을 내리고 밤하늘을 향해 크게 소리쳤다.

몇 년 만에 만들어 본 데루데루 보우즈(날씨가 맑기를 기원하며 처마 밑에 매달아 놓는 종이 인형-옮긴이)는 머리만 엄청 큰 가분수가 되어 버렸다. 사인펜 잉크가 종이에 번져 양쪽 눈도 찌그러졌다. 한쪽 눈은 눈물을 흘리고, 또 한쪽 눈은 눈을 흘기고 있는 것처럼도 보였지만, 윙크를 하고 있다고도 봐줄 수 있을 것 같다.

이제 곧 12시가 된다. 날짜가 바뀌면 아라키님의 마지막 날이다.

괜히 내가 끼어드는 건 아닐까?

데루데루 보우즈의 줄을 전등에 매달았다. 사실 아직도 조금은 망설이고 있다. 그때 그 꽃구경 갔던 날의 일이 마음 한 구석에서 사라지지 않고 있었다.

거실에서 베란다로 나와 빨래 건조대에 데루데루 보우즈의 줄을 연결했다. 빗줄기는 아까보다 훨씬 가늘어졌다. 내일은 어떻게든 개일 듯싶다.

창문을 닫고 커튼을 치고 있는데 엄마가 침실에서 나왔다.

"뭐하니?"

"응, 그냥."

웃음으로 무마하다 갑자기 떠올라서 엄마에게 물었다.

"저기 엄마, 꽤 오래 전 일인데, 다이스케네 가족하고 꽃구경 갔던 일 기억나? 왜 있잖아, 술주정뱅이들이랑 싸움이 붙었을 때."

엄마는 잠이 반쯤 덜 깬 얼굴로 "응?" 하고 고개를 갸웃거렸지만 나는 신경 쓰지 않고 계속 말을 이었다. "그때 아저씨 말이야, 무지무지 힘셌었지?"

"…… 아아, 그래. 맞아, 그랬지."

"상대가 몇 명이었는지 기억나? 아저씨 혼자서 상대했었는데 무진장 강했잖아."

엄마의 반응은 삐져나오는 하품을 막느라 한 박자 늦었다.

"아니지, 그때 정말 큰일날 뻔했잖니. 다른 사람들이 달려와서 도와줬잖아."

"에이, 무슨, 그게 아니라니까. 아저씨 혼자서 술 취한 사람들을 혼내줬잖아."

"얘는 무슨 소리 하는 거야, 무슨 TV 드라마도 아니고. 너 혹시 다른 이야기랑 헷갈리고 있는 거 아니니?"

엄마는 정색하고 그렇게 말하고는 화장실로 향했다.

거실에 남은 나는 아빠의 사진을 멍하니 바라봤다. 서른두 살의 아빠가 웃고 있다. 갓난아기인 나를 안고 찍은 스냅 사진을 재구성해서 확대시킨 것이다.

장례식 전날 밤, 장례 치르는 일을 떠맡은 아저씨가 앨범에서 고른 사진이라고, 언젠가 엄마에게 들었다. 생애 최고의 웃는 얼굴이라고 했단다.

"제 자식을 안고 있을 때의 얼굴이란 모름지기 최고지. 서운하긴 하지만 나랑 같이 찍은 사진보다 이게 훨씬 좋네."라고 엄마에게 말하고서, 아저씨는 자기 말소리로 그나마 버티고 있던 것이 한순간 무너져 내린 듯 갑자기 꺽꺽 소리 내 울기 시작했다고 한다.


화장실 물 내리는 소리가 들렸다. 나는 어깨 힘을 빼고 웃는다. 엄마가 말한 대로 아저씨는 그 싸움에서 졌을지도 모른다. 엄마가 잘못 기억하고 있는 건지도 모른다. 난 모르겠다. 하지만 어느 쪽이라도 상관없다. 나는 강한 아저씨가 너무나 좋고, 약한 다이스케도 너무 좋으니까, 내일 그 사이에 끼어들 작정이다.

괜찮지, 아빠? 조금은 유치한 드라마처럼 아빠의 영정에 대고 말을 했다. 강한 면도 약한 면도 뭐 하나 내 기억에 남겨 주지 않은 아빠는 미동도 없이 웃는 얼굴로, 괜찮다고 대답해 주었다.

# 9

다이스케는 울상으로 창밖을 바라본다. 전철은 이제 곧 환승역에 도착할 거라는데, 이 녀석은 여전히 눈치코치도 없고, 노상 주눅 들어 있는 이 태도를 깨끗이 버릴 줄도 모른다.

데루데루 보우즈의 덕인지 아빠가 응원해 준 덕분인지, 비는 아침나절에 그치고 점심때 즈음에는 쾌청하다고 할 정도였다. 됐어! 오늘 시합은 예정대로 30분 후에 시작될 거야.

다이스케를 뉴타운 역에서 납치했다. 학원도 빼먹고 다음번에 주스를 한턱 내겠다는 조건으로 방과 후 청소도 다른 아이들한테 맡기고서, 나가노에서 올라오는 다이스케를 역 개찰구에서 잠복해 기다렸다. 다이스케가 아주머니와 둘이 플랫폼에서 내려오는 걸 발견하자마자 개찰구로 뛰어들어가서 "아줌마! 다이스케 좀 빌릴게요!" 한마디 던지고 다이스케의 팔을 잡아끌었다. 눈이 동그래진 아주머니를 그 자리에 남겨 두고 다이스케의 팔을 질질 끌면서 플랫폼으로 다시 들어와 출발 직전의 쾌속 전철에 올라탔다. 이렇게 멋지게 일이 진행될 줄은 상상도 못했다. 기습 작전에 실패하고 이야기가 길어져 다이스케가 또 그 마땅찮은 태도로 꾸물대면 뺨을 한 대 올려붙이고 데려와야지, 그렇게까지도 마음먹고 있었다. 아빠가 도와준 건지도 모른다. 이번 일도.

"이젠 그런 태도 좀 버리라고 했잖아. 응? 괜찮지? 너희 아버지도

계실 거니까. 어머니께는 대신 사과 좀 드려 줘." 나란히 손잡이를 잡
고 서서 같은 말을 몇 번이나 반복했는지 모른다. 내 얘길 알아들었
는지 못 알아들었는지, "어엉." 하고 그저 목구멍만 그르렁 울리는 다
이스케의 반응도 여전했다. 진짜로 싫으면 중간 역에서 내려 버리면
될 것을 그러지도 않는다. 끝까지 화도 못내는 놈. 하지만 내일 이 애
는 나가노로 떠나 버린다고 생각하니, 그런 짜증도 신기하게 가슴속
으로 차분히 가라앉는다.

"다이스케, 내일 일찍 출발해?"

"7시 반 특급이니까, 6시 이전에 집에서 나가야 해. 그러니까 오늘
밤은 짐도 꾸리고 뒷정리도 해야 돼서 바쁠 거야. 진짜로."

"짐 꾸리는 건 밤새 하면 되잖아. 그치?"

기껏 서비스할 셈으로 애교 섞인 미소를 지어 보이려는 찰나에, 때
마침 정류장을 통과한 전철이 크게 덜컹거리다가 앞으로 쏠려 다이
스케의 어깨에 이마를 부딪혔다. 아프지는 않았지만 다이스케의 어
깨가 의외로 단단하다는 걸 알았다. 또 한 가지 내가 놀란 점은 다이
스케가 나보다 키가 크다는 사실이다. 그런 것쯤 오래전부터 알고는
있었지만 새삼 그걸 깨닫고 나니, 갑자기 쑥스러운 기분이 들어 "아
프잖아, 좀 조심해." 하고서 입술을 삐죽 내밀며 말을 이었다.

"미안하지만 6시 이전이라면 난 못 일어나니까, 배웅은 못 나간다."

"됐어. 그런 거 뭐."

"어차피 고등학교 가려면 도쿄로 돌아오는 거지?"

"…… 모르겠는데."

"그렇잖아, 나가노는 겨울에 엄청 추운 곳이잖아. 다이스케 너 추위

도 많이 타고, 또 금세 배앓이할 테니까 거기 오래 있는 건 무리야."

바보 같은 소릴 하고 있다. 다이스케도 약간은 얼굴이 풀렸다.

다이스케, 지금까지 정말 미안했어.

소리는 나오지 않았다. 고개를 돌려 버렸다. 창문 유리창에 어릿어릿 비치는 내 얼굴은 사과는커녕 화를 내고 있는 것처럼 보였다.

"저기, 다이스케. 뭐 딱히 잘하려고 애쓰지 않아도 되니까, 나가노에 가서도 건강하게 지내."

고개를 돌린 채 말하니까 다이스케는 "뭐야, 그거." 하고 피식 웃더니 다시 기운 빠진 얼굴로 고개를 숙였다.


터널처럼 어두침침한 관중석 입구를 빠져나와 3루측 내야 스탠드로 나가자 조명을 받은 인공 잔디의 생생한 초록빛이 시야 가득 펼쳐졌다. 아라키님은 물색과 흰색, 솔직히 말해서 아직 눈에 익지 않은 요코하마 베이스타스의 유니폼을 입고, 스파이크로 마운드의 흙을 고르고 있었다. 스코어 보드는 1회 말, 야쿠르트 스왈로스의 공격임을 알리고 있다. 장내 아나운서가 베이스타스의 수비진을 발표하고, 스왈로스의 선발 타자인 이타 선수는 타석 옆에서 스윙 연습을 하고 있다.

"시간에 맞춰 왔네." 쉰 목소리로 말을 했더니 목구멍이 얼얼해진다. 지하철역부터 전력 질주를 했다. 1회 초에 베이스타스가 선취 득점을 했다. 만약 베이스타스의 공격이 3자 범퇴로 금세 끝났더라면, 야구장으로 뛰어들어왔을 즈음 아라키님의 고별 등판은 이미 막을 내린 그야말로 싱거운 사태를 맞이할 수밖에 없었을 것이다.

"다이스케, 뭐해, 이리 와."

뒤를 돌아다보고 관중석 입구를 빠져나오기 직전에 주저하며 서 있는 다이스케에게 손짓했다.

"됐어, 난. 여기서 볼게."

"지금 여기까지 와서 뭘 빼고 그래?"

"아빠, 분명히 화낼 거야."

"왜 화를 내셔?"

"화낸다니까, 화나 있어. 얼마 전부터 쭉."

"뭐 어때? 너, 아저씨가 화를 내도 나가노로 도망치고 싶었지? 네가 결정한 거 아니야? 여기까지 와서 그런 한심한 소리 좀 하지 마."

폭발하려는 걸 간신히 참고 나는 최대한 웃는 낯으로 "응? 가자."라고 했다.

하지만 다이스케의 발은 움직이지 않는다. 또 울상을 짓고 싫어 싫어, 하듯이 고개를 모로 흔든다.

"다이스케, 너 열다섯 살이지? 부모님께 효도 좀 해라, 한 번 정도는 말이야."

알아줘, 제발 내 말 좀 이해해 줘라, 더 이상 고리타분한 말 좀 하게 만들지 말고.

기도했지만 소용없었다. 다이스케는 맹하니 입을 벌리고 "어?" 하고 되물었다. 어휴, 정말 못 말리는 놈이야, 저 자식, 더 이상 못 참아! 이제 됐어. 다이스케의 팔을 힘껏 잡아당기고서 버럭 화를 냈다. "아저씨가 너한테 사과하고 싶다잖아! 그 정도는 좀 알아들어야지, 이 바보야!"

그렇게 화를 내는 것만으로는 성이 안 차 손에 들고 있던 스포츠 가방을 다이스케의 허리께에 들이밀었다. 내 학교 가방에다 스포츠 가방까지. 지금까지 들고 있던 것도 무거웠으니까 이거나 들고 뛰어가라고.

나는 스포츠 가방을 다시 한 번 다이스케한테 내밀었다.

"이거 너한테 줄게. 받아."

"…… 뭔데?"

"네가 옛날에 쓰던 야구 장갑. 구석구석 기름칠 잘 해두었으니까, 나가노에 가져가."

다이스케는 스포츠 가방과 나를 번갈아 쳐다본다.

야, 가져가라니까, 하고 가방을 가볍게 흔들고는 이어 말했다.

"그곳에 가서 캐치볼할 친구쯤 사귀지 못하면 안 돼."

다이스케는 입을 다문 채 서 있다.

"너 야구 실력은 형편없지만 아저씨는 언제까지라도 코치해 주겠다고 생각하고 있다고. 네가 가르쳐 달라고 해! 일요일 같은 때 도쿄로 와서 말이야."

대답은 없었다. 하지만 슬금슬금 팔이 가방으로 뻗어 간다. 장내 아나운서가 이타 선수를 불렀다. 드디어 아라키님의 마지막 피칭이 시작된다. 다이스케가 스포츠 가방을 받아 쥐었다. 내 손, 뗄게. 그래도 되지? 괜찮지?

무거운 가방이 없어져 자유로워진 왼손으로 나는 다이스케의 어깨를 가볍게 두드리며 말했다.

"가자. 가서 아저씨 찾아보자."

다이스케의 몸이 관중석 입구에서 빠져나왔다.

　이타 선수가 유격수 앞 땅볼로 물러나자 박수 소리와 함성이 3루 쪽은 물론 그라운드를 가로질러 1루 쪽에서도 터져 나온다. "다이스케, 당신의 집념에 감사합니다." "불사조 11 아라키 다이스케"라고 쓴 현수막을 든 사람들이 3루 쪽뿐만 아니라 1루 쪽에도 놀랄 만큼 많았다. 외야 스탠드에도 "기적을 다시 한 번! '불사조' 11 아라키 다이스케"라고 쓴 현수막이 내걸렸다. 가슴 벅차게도, 그것이 걸려 있던 곳은 스왈로스 응원단이 진을 치고 있는 전광판 쪽이었다. 응원팀이건 상대팀이건 상관없다. 아라키님은 분명 오늘 밤의 영웅이었다.

　나와 다이스케는 따로 나뉘어 그라운드 방향으로, 경사가 심한 통로 쪽 계단을 따라 내려가면서 한 줄 한 줄 좌석을 둘러보았다. 좀체 보이지 않는다. 아저씨랑 비슷해 보이는 회사원들이 많이 있기 때문이다. 그래도 단체로 온 사람은 많지 않다. 대부분 짝 없이 혼자 앉아 무언가를 음미하듯이 아라키님의 피칭을 응시하고 있다. 아주머니들도 많다. 16년 전 전국 고교 야구 대회에서 공을 던지는 아라키님에게 응원을 보냈던 팬들이겠지.

　2번 타자 쓰지 선수가 볼넷을 골라냈다. 아라키님도 확실히 긴장을 했는지 볼이 나오는 횟수가 늘고 있다. 기분이 복잡하다. 아라키님의 공이 방망이에 얻어맞는 건 보고 싶지 않지만, 그렇다고 해서 연타석 3자 범퇴로 끝내고 고별 등판을 마치는 것도 아쉬운 일이다. 그 생각은 여기 모인 사람들 모두 똑같았는지 스탠드에서 "천천히 던져라! 서두를 것 없다!" "쉬엄쉬엄해!" 하는 아저씨들의 함성이 날아든다.

아주머니들 중에는 손수건을 눈가에 대고 있는 사람도 보인다.

모두들 무슨 생각을 하며 아라키님을 보고 있는 걸까? 기대, 여러 차례 저버렸지, 아라키님. 여러 번, 너무나도 자주 힘든 고비가 있었다. 하지만 그런 것들 모두를 포함해서, 아라키님을 잊을 수 없다. 좋잖아, 패전 횟수가 더 많은 영웅이란 거. 활약한 장면을 전혀 떠올릴 수 없는 영웅이란 것도 있을 수 있다고!

3번 타자인 이나바 선수, 삼진. 스탠드는 박수와 함성의 물결이 일고 좀 성급하다 싶은 흰 종이 조각들이 흩날린다.

4번 타자 오마리 선수가 타석에 들어선다. 아라키님이 던지는 마지막 회가 될지도 모른다.

아직 아저씨를 찾지 못했다. 혹시 안 온 건 아닌가 싶은 불안감이 밀려온다. 아니, 그럴 리 없어. 다시 한 번 어금니를 악물고 내게 일렀다.

방망이를 울리는 메마른 공 소리가 나면서 공이 외야로 높이 날아간다. 쭉쭉 뻗지 못한다. 센터인 하루 선수가 가벼운 발놀림으로 낙하 지점에 달려가 잡아낸다.

스리아웃, 체인지.

나는 윗계단에 한 쪽 발을 걸친 채로 움직일 수 없었다.

"끝났다……."

힘없는 목소리가 입술 밖으로 새어 나오고 온몸에 힘이 빠진다.

다이스케는 옆 통로 계단에 있었다. 나처럼 계단에서 한 쪽 발만 내려선 그 자세. 입을 헤, 벌리고 운동장을 바라보고 있다. 아니, 운동장이 아니다. 다이스케의 시선을 따라가다 보니 양복 차림의 오자와 아저씨가 스탠드 펜스에 웅크리고 앉아 있었다.

아저씨는 벤치로 들어가는 아라키님에게 소리쳤다.

"다이스케! 한 번 더 던져! 다음 회에도 던지라고!"

주위의 관객한테서도 환성과 박수가 터졌다. 아저씨는 그 열기를 몰아 '다이스케! 다이스케!'를 연신 외친다. 이윽고 그것은 관객들을 하나로 휘감은 '다이스케 콜'이 됐다. 그 소리에 힘을 얻었는지 아저씨는 양복 상의를 벗어던지고 응원 단장처럼 점프를 해서 온몸을 스탠드로 향했다.

아저씨.

와 주셨군요.

아저씨도, 다이스케를 먼저 그리고 나서 나를 돌아봤다. 입에서 입으로 퍼져 나가는 다이스케 콜을 지휘하면서 박자를 맞추는 손은 그대로 흔들며 대신 턱으로 자기 자리를 가리킨다. 플라스틱 파란 의자 세 개가 나란히 비어 있었다.


10


아저씨를 사이에 두고 오른쪽에 다이스케, 왼쪽에 나, 셋이서 나란히 앉았다. 아저씨는 다이스케 콜의 성공에 한껏 신이 난 듯 "최고다, 최고야!" 하며 힘차게 거푸 고개를 끄덕인다.

하지만 2회 초 베이스타스의 공격은 7번 타자인 사에키 선수부터다. 9번 타자인 아라키님 차례에는 대타자가 나올 터이다. 고별 등판은 끝이 났다. 전광판에는 아직 아라키님의 이름이 남아 있었지만 이제 그것도 곧 꺼지겠지.

"모처럼 만들어 왔는데……. 왠지 괜한 짓 한 거 같아."

한숨 끝에 여덟 번이나 접은 모조지를 가방에서 꺼냈다. 엊저녁 데루데루 보우즈 인형을 만든 다음에 만든 포스터다.

"괜찮아." 아저씨는 말했다. "다음 회에도 던질 거야. 이렇게 모두들 다이스케 콜을 외치고 있잖아. 오오야 감독도 무시할 수 없겠지. 믿으라니까 요시미. 기운 내."

"그런 거 기대하면 더 실망스럽지 않겠어요? 이제 됐어요, 뭐 0점으로 막아 놓고 작별 인사 하는 게 보기에도 더 좋고."

억지로 내 자신을 납득시키려 했다. 그러자 아저씨는 순간 성이 난 목소리로 "아니!"라며 나를 향하던 시선을 운동장으로 돌렸다. "방망이에 얻어맞아도 상관없어, 무실점으로 끝내는 게임은 다이스케답지 않아. 39승밖에 못 했어도 49패나 한 놈이잖니. 그런 사람이다, 다이스케는. 그 점이 좋은 거 아니니."

아저씨의 시선은 운동장을 돌아 다이스케에게로 향했다.

"그렇지? 아직 끝난 게 아니다. 이제부터야, 이제부터."

다이스케는 작은 입술을 오물거렸지만 스탠드의 함성이 머리 위로 덮쳐 무슨 말을 하는지 들리지 않았다. 사에키 선수가 3루수 파울 플라이로 아웃됐다.

다음은 8번 타자 다니시게 선수. 그리고 9번의…… 아라키님의 이름을 보는 것도 이번이 마지막이다.

"어?" 다이스케가 지른 외마디 소리. "정말이네, 아빠."

당황해서 허둥지둥 얼굴을 가슴께로 끌어내리자 타석으로 향하는

다니시게 선수 뒤에 등번호 47 숫자 위로 보이는 '아라키(ARAKI)', 타석 뒷자리에서 아라키님이 몸을 휘휘 돌리고 있다.

그건 다음 회에도 던질 수 있다는 뜻이다. 다이스케는 아직 끝나지 않았다.

아저씨를 보았지만 어떤 얼굴을 하고 있었는지는 모르겠다. 내게는 아저씨의 등만 보였다. 아저씨는 온몸을 오른쪽으로 기울이고 볼을 들이대고 비비듯이 다이스케의 어깨를 꽉 끌어안고 있었다.

"그렇지? 아빠가 말했지? 그치? 다이스케, 아빠가 말한 대로지?"

아저씨의 두툼한 팔에 싸여 다이스케는 고개를 끄덕였다. 시원스레 몇 번이고, 몇 번이고 끄덕였다.

아라키님이 1루수 파울 플라이로 아웃된 것을 지켜본 뒤 나는 천천히 자리에서 일어났다.

"그럼 두 분, 이것 잘 부탁해요." 접어서 의자 위에 올려둔 포스터를 가리키며 그 둘째 손가락에 가운뎃손가락을 더해 V사인을 만들어 다이스케에게 보냈다.

눈이 새빨개진 다이스케의 대답은 여전히 '응'인지 '으응'인지 구별이 안 갔지만, 뭐 이제 됐다. 야구 장갑이 든 스포츠 가방을 무릎 위에 꼭 안고 있는 모습 그것만으로 충분하다.

"요시미, 어디 가니?" 하고 묻는 아저씨의 눈도 발갛다.

"저, 나중에 봐요."

멍한 표정으로 바라보는 아저씨와 다이스케의 눈길을 뒤로 하고 나는 통로 계단을 올라갔다. 중간중간에 비어 있는 자리가 있었지만 그대로 지나쳐 출구로 향했다.

베이스타스의 공격이 끝나고 아라키님이 마운드로 향하겠지. 지면을 웅웅 울리는 환호성이 내 등을 흔들었다.

하지만 나는 뒤돌아보지 않는다. 아라키님의 마지막 용맹한 모습은 스포츠 뉴스에서 아빠 사진과 함께 보기로 했다.

아라키님은 2회말 마운드에서 선두 타자인 요시다 선수를 삼진으로 잡고 현역 생활의 최후를 고했다.

가슴을 펴고 벤치로 내려온 승전보다 패전 기록이 많은 영웅은  기운 없는 얼굴의 소년과 남자의 눈물을 흘리는 아저씨가 드리운 포스터를 봤을까? "다이스케, 건강히." 제대로 읽을 수 있었을까?

## 11

이튿날 아침, 다이스케는 아주머니와 함께 나가노로 이사를 가고, 나는 올가을 들어 처음 아침 식사로 뜨겁게 데운 우유를 마셨다.

"아저씨도 쓸쓸하시겠네, 이제부터 한동안은."

엄마가 토스트에 마가린을 바르면서 말했다. 나는 끄덕이며 아침 신문의 스포츠 면을 펼친다. 아라키님이 있었다. 사진이 실린 큼지막한 기사였다.

"가끔 저녁 식사에 초대하면 어때요?" 내가 말했다.

엄마는 끄덕이는 둥 마는 둥 대충 고갯짓을 하며 "글쎄, 나가노로 가는 게 잘하는 건지, 아닌지 모르겠구나." 하고 빵의 구석까지 꼼꼼히 마가린을 펴 바른다.

넌 어떻게 생각하니? 하고 물으면 어떤 식으로 대답하는 게 좋을지, 나도 모르겠다. 말은 분명 머릿속에서 정리도 되기 전에 제멋대로 입술을 타고 흘러나와 그 즉시 또 잊혀지겠지.

"아이고, 결국 이렇게 됐네." 엄마는 누구 다른 아주머니한테 말을 거는 것처럼 말했다. "전학 간다고 문제가 해결되는 건 아닐 텐데 말이야."

나는 잠자코 뜨거운 우유를 홀짝였다. 입술에 묻은 우유를 혀끝으로 닦아 내고 작은 트림을 한 번 하다가 엄마한테 "정말이지 이 애는 매너가 없단 말이야." 하고 잔소리를 들었다.

아침 식사 후, 무선 전화기를 내 방으로 들고 들어와 떠오르는 대로 반 친구에게 전화를 걸었다. 딱히 무슨 말을 하려고 그런 것도 아니고 궁금한 게 있는 것도 아니다. 그냥 한두 마디라도 누군가와 수다를 떨고 싶었기 때문이다.

집에 없는 아이도 있었고, 이제 막 잠에서 깬 목소리로 제대로 말 한마디 못하고는 그만, 미안한데 저녁에 다시 통화하자, 하는 아이도 있었다.

리츠코와는 통화가 길어졌다. 중간고사와 고교 입시 이야기, 장래 꿈에 대해서 이야기를 했다. 1학년 때부터 쭉 사이좋게 지냈지만, 농담이나 시답잖은 화젯거리 없이 긴 통화를 한 건 이번이 처음이었다. 리츠코는 여행 설계사가 되고 싶은 모양이다. "요시미는?" 하고 묻기에 엉겁결에 "신문기자."라고 대답했다. 같은 질문을 내일 받는다면 전혀 다른 대답이 나올는지도 모른다. 하지만 그건 아마 리츠코도 마찬가지가 아닐까.

다이스케에 관한 이야기는 아무하고도 나누지 않았다. 그런데 저기……, 하고 몇 번인가 말이 나올 뻔도 했지만 그때마다 이름이 튀어나오기 직전에 "요즘 뭐 재밌는 TV 프로 없니?" 하든가 "역 앞에 새로운 스티커 사진기 나왔던데, 그거 알아?" 하고 옆으로 새 버린다.

한바탕 전화를 한 다음 아라키님의 스크랩북에 마지막 신문 기사를 잘라 붙였다. '기록보다 기억에 남았다'는 문구가 사진에 덧붙여져 있었다. 우리들 모두 다이스케에 대해서는 평생 잊을 수 없을 거라 생각했다. "옛날 옛적, 어느 마을에, 왕으로 왕따 당하던 아이가 있었습니다."라고 말이다.

점심시간이 되기 전 편의점에 가는 길에 공원에서 낯익은 광경을 보았다. 젊은 아빠와 아이들, 오빠는 초등학교 1학년이나 2학년, 여동생은 유치원에 다닐 정도? 셋이서 캐치볼을 하고 있었다. 오빠와 여동생 모두 새로 산 야구 장갑을 끼고 아빠가 던진 공을 잡으러 쫓아간다. 하늘이 맑게 개어 흰 공이 더 또렷이 보이는 오늘은 그야말로 캐치볼하기 딱 좋은 날. 얼굴보다 야구 장갑이 더 큰 여동생에게, 오빠는 서툴다고 불평을 늘어놓지만, 그래도 여동생은 마냥 신이 난 듯 보였다. 오빠는 얼핏 보기에 이치로 선수(일본의 유명한 야구 선수. 현재 미국 메이저리그에서 활동 중이다.-옮긴이)의 팬인 것 같았는데 공보다 앞서 달려가며 잡는 모습을 흉내 내다 그만, 머리로 공을 받고 만다.

하지만 여동생이나 오빠보다도 더 즐겁게 웃고 있던 건, 역시 아빠였다. 오빠도 여동생도, 언젠가는 아빠와 함께 캐치볼했던 추억을 소중히 떠올리겠지. 혹시라도 아이들이 잊어버린다 해도, 아빠는 맑게 갠 날 자식들과 함께 한 캐치볼을 절대, 저얼대로, 잊지 못할 것이다.

다이스케한테서 편지가 오면 꼭 그 이야기를 답장에 써 보낼 참이다.

그리고 우리 반 아이들에 대한 이야기도 쓸 거다.

다이스케의 책상이 없어진 그날의 뭐라 표현할 수 없는 그 무거운 기분은 안 됐지만 모두들 잊어버렸다. 토요일, 일요일이 지나고 그 이틀간 다 잊어버린 거다. 평소와 같은 하루하루가 아마도 졸업할 때까지 계속되겠지. 지독한 놈들일까, 우리들은? 상종 못할 놈들일까?

완전한 코흘리개 아이들은 아니니까, 하면 안 되는 짓이나 나쁜 짓은, 이것저것 많이 알고 있다. 하지만 역시 마찬가지로 아이들이기 때문에 알고 있는 그대로 행동할 수는 없는 거다. "미안합니다."라고 말하기도 쑥스럽고, "우리들이 잘못했습니다. 반성합니다."라는 말도 진심으로 들리지 않는다. 우리는 나쁜 아이들인지는 모르겠지만 낯간지러운 말이나 가식적인 말을 아무렇지도 않게 모르는 척 지껄일 수 있는 위선자가 되고 싶지는 않다.

나쁜 나 자신보다 뻔뻔스럽게 거짓말이나 하는 나 자신이, 지금은 더 싫다. 앞으로는 어떻게 될지 모르겠지만. 그러니까, 다이스케. 어른이 된 다음에 우리 모두 다시 한 번 만났으면 좋겠다. '미안하다'고 다이스케 너에게 말할 수 있는 날이 오면 좋겠어. 네가 용서해 주지 않아도 상관없으니까 우리 마음을 전할 수 있는 날이 왔으면 좋겠다.


흰 공이 완만한 원을 그리며 오고간다. 아빠에게서 오빠에게, 오빠가 아빠에게, 아빠가 여동생에게, 여동생이 다시 아빠에게.

하늘이 푸르다. 그리고 높다.

나는 다이스케에게 보낼 편지 말미에 이렇게 덧붙일 거다.

저기, 다이스케. 산다는 건 즐거운 거니? 괴로운 거니? 가끔씩 나는 그게 궁금해져. 다이스케를 보면 특히 더 그래. 하지만 계속해서 그 생각에 골몰하다가 그럼 사는 거 포기할래, 어쩔래? 라는 질문을 받으면, 주저 없이 사는 쪽을 택할 거야.

오늘처럼 캐치볼하기 딱 좋은 날에는 이 세상 사람들이 모두 다정해졌으면 좋겠다. 전쟁을 하고 있는 사람들도, 악착같이 살기 바쁜 사람들도, 절망하고 있는 사람도, 비겁한 생각을 하고 있는 사람도, 몸이 아픈 사람들도, 가난한 사람들도, 돈 많은 사람들도, 강한 사람이나 약한 사람들도, 왕따 부대도 왕따 당하는 사람도, 모두 손에 손에 야구 장갑을 끼고, 공 하나씩 들고서 제일 소중한 사람과 캐치볼을 했으면 좋겠다. 소중하지 않은 사람하고도 캐치볼을 했으면 좋겠다.

나는 물건 사러 가길 관두고 공원 벤치에 앉아 혼자서 그런 생각을 한참동안 했다.

달콤 쌉싸름한 우리 집

# 1

'감수성'이라는 말이 어느 순간 갑자기 외국어처럼 들렸다. 고개를 약간 갸웃하다 쳐다보니 아내는 다시 한 번 같은 말을 처음 할 때보다 한층 더 감정을 실어 반복했다.

"감수성을 키울 수 있도록 가정에서도 잘 지도해 주라고? 세상에 너무한다고 생각하지 않아? 책도 좋은 거 골라서 읽히고 있고, 저녁식사 때도 부모랑 한 상에 앉아서 조잘조잘 이야기도 잘하는데. 아까도 봐, 우리 애 디즈니 비디오 보면서 눈물을 흘렸잖아. 감수성이란 건 그런 거 아니야?"

감수성. 이제야 의미가 잡혔다. 아내는 말꼬리를 바짝 치켜 올렸다. 거기서 당혹감과 분노가 전해져 온다.

나는 나호의 담임 선생 얼굴을 떠올렸다. 첫째인 나호는 초등학교 4학년이다. 담임인 미즈하라 선생님은 대학을 나온 지 몇 년 안 된 여자 선생님이다. 6월, '아버지 참관수업 날'에 딱 한 번 얼굴을 보았다. 몸은 가녀리고 왜소했지만 목소리와 어감은 상당히 정열적이었다. 평상복 차림으로 수업을 하는 교사들이 많은데 미즈하라 선생님만은 매일 정장을 입고 교단에 선다고, 나호에게 들은 적이 있다. 반 여자 아이들 가운데 가장 키가 작은 게 고민인 나호는 자기처럼 자그마한 선생님이 너무 좋다고 언제나 우리한테 말하곤 했다.

"그 선생 말이야, 우리가 자식에 대해서 아무 생각도 없는 사람이라는 듯이 말을 하잖아. 정말이지, 무례하고 비상식적이야. 아니 그리고 무엇보다 작문이나 일기만 보고 뭘 얼마나 안다고 그런 식으로 말을 하냔 말이야."

"그렇게 심했나? 나호의 일기가?"

"뭐, 좀 싱겁긴 하지……, 하지만 나 같으면……." 아내는 말을 멈추고 숨을 한 번 들이쉬고는 "당신도 한번 읽어 봐." 하며 자리에서 일어나더니 내가 대답할 틈도 안 주고 애들 방으로 향했다. 하다 만 말은 듣지 않아도 안다. 나 같으면 그런 식으로는 하지 않아, 나 같으면 이렇게 해, 나 같으면 아이들한테 이렇게 접근해, 나 같으면 그런 말 입에 올리지 않아…….

아내는 5년 전까지 밖에서 일을 했다. 공립 고등학교 국어 교사로. 아들 고헤이를 낳은 후로 그만두었다. 내가 반강제로 그만두게 한 것이다.


일기장을 들고 거실로 돌아온 아내는 한층 더 불쾌한 표정이 되어 있었다. 고헤이가 또 엄지손가락을 빨며 자고 있었던 모양이다. 유치원에 들어가기 전부터 귀가 따갑게 타일렀건만 여태 고쳐지지 않는다.

"정말이지 가지가지로 부모한테 걱정거리만 안겨 줘, 우리 집 애들은."

아내는 한숨 섞인 목소리로 뇌까리고 소파에 앉아 나호의 일기장을 테이블에 던지듯 올려두었다. 일기장이라고는 하지만 일반적인 공책은 아니다. 한 면을 반으로 나눠 윗부분에는 그날의 시간표와 수업 내용을 적는 공간이 있고 아랫부분에 일기를 쓰게 되어 있는, 미즈하라 선생이 디자인해서 애들한테 나누어 준 것이다. 표지에 있는 '4학년 2반에서 지낸 날들-2학기'라는 글자도, 볕을 쬐는 엄마 고양이와 아기 고양이 그림도 미즈하라 선생이 그린 것이다. 1학기 때는 하늘을 나는 비둘기 그림이었다.

'열심인 건 변함없네.'

솔직히 감탄했다. 미즈하라 선생은 일기장을 만드는 일뿐만 아니라 매일 아이들이 제출한 일기를 점심시간에 다 읽고 짧은 감상문을 적어 준다. 3학년까지의 담임 교사들은 이런 일을 한 적이 한 번도 없었고, 같은 4학년에서도 일기를 쓰게 하는 건 나호네 반뿐이라고 한다.

"딱히 이쪽에서 부탁한 것도 아니고."

아내는 가라앉은 목소리로 말하고 다시 한숨을 내쉬었다.

가장 최근 일기는 어제, 10월 13일의 일기다.

"맑음. 월요일. 오타하고 와다 호리가 감기로 결석했습니다. 급식은 핫포사이(고기, 어패류, 야채 등 많은 재료를 넣고 볶은 요리)와 사과와 셀러리 샐러드와 야채말이와 빵과 마가린과 우유였습니다. 점심시간에 미니 배구 놀이를 했습니다. 우리 팀은 도이와 다나카(미치코)와 안토였고, 상대팀은 다카다와 나가이케와 다카하시와 미야모토였는데, 24 대 18로 우리 팀이 졌습니다. 집에 와서 TV를 본 뒤 숙제를 했습니다. 플레이스테이션을 조금 하고, 저녁을 먹고, 목욕을 하고 잤습니다."

며칠 앞으로 페이지를 넘겨 봐도 모두 비슷비슷했다. 일기 쓰는 난이 글자로 거의 메워져 있기는 했지만 적혀 있는 것은 급식 메뉴와 점심시간 놀이와 집에 와서 지낸 이야기가 전부다.

"알 만하네." 일기장에서 고개를 쳐들자 기다렸다는 듯이 아내가 말을 했다.

"사실 그러면 안 되지만 나호, 아침에 학교 가서 쓰는 거야. 그러니까 오늘 일기는 아직 안 적혀 있잖아."

"응, 그래." 나는 고개를 끄덕였다. "잤습니다, 라는 말까지 쓰는 걸 보면 아직도 애야."

"선생님의 감상, 그 부분도 읽었어?"

"응, 대충."

여백에 빨간 펜으로 적은 선생님의 감상이란 것도 나호의 일기와 마찬가지로 매일 뭔가 나아지는 것도 없는 비슷한 말들이었다.

"나카무라가 어떤 식으로 생각했는지를 써라." "급식은 맛있었니, 맛이 없었니?"

"미니 배구를 좋아하는구나. 이기면 기분이 좋고, 게임에서 지면 속이 상하지. 그 기분을 적어라." "자신의 기분을 적지 않으면 일기가 아니지."

기다리다 못해 먼저 아내에게 전화를 건 선생의 심정도 이해가 가고, 화를 내는 아내의 마음도 물론, 이해한다.

"1학기 때도 이런 식이었나?"

"아니, 2학기 때도 처음엔 괜찮았어. 이번 달에 들어서 갑자기 일기 쓰기가 싫다, 싫다 그러더니……. 생각해 봐, 그 선생, 일기는 매일 매일 써야만 한다고 말하는 사람이잖아? 그러니 나도 무슨 말이라도 좋으니까 아무튼 쓰라고 그랬더니 이런 일기가 되어 버린 거야."

"무슨 일이 있었나?"

"선생은 특별히 학교에서 달라진 모습은 없다고 하던데."

'반항기'라고 나는 말했다. 하지만 그 단어는 낱말 맞추기 퍼즐로 말하자면 음절의 수는 빈칸에 들어맞아도 교차할 다른 낱말과 조합이 되지 않았다.

"당신이나 나한테는 평소랑 다름없잖아. 아니야? 심부름도 잘 하고, 고헤이도 잘 돌봐 주고, 머리 땋는 것도 자기 혼자서 잘하고, 착한 애잖아. 일기에 감상을 적지 않으면 안 된다는 규칙 따윈 없다고. 난 나호가 일기 잘 썼다고 생각해. 더 엉망으로 일기를 쓰는 애들도 많대. 아직 4학년인 걸 뭐. 하루도 빠짐없이 매일 일기를 꼬박꼬박 쓰는 것도 장한 거지, 안 그래? 그 선생은 그런 건 전혀 몰라. 그러고서도 잘도 교사랍시고 있다니까." 아내는 숨 한 번 쉬지 않고 내처 말하더니 갑자기 "그래서" 하고 목소리를 낮추고 나를 보는 눈빛에 힘을 주었다. "내가 말했잖아. 그런 선생들은 얼핏 보기에 아주 열성적이고 좋아 보이지만, 사실은 소양이 가장 떨어지는 사람들이야. 오늘도 결국 나한테 불만을 이야기하고 싶어서 전화를 했을 거야."

나는 그저 쓸쓸한 웃음으로 때웠다. 알았다고 고개를 끄덕이며 또 그 얘기야, 라는 식으로 한마디 덧붙여도 안 될 건 없다.

미즈하라 선생에 대한 불만은 1학기 때부터 수차례 들어왔다. 아내의 이야기는 솔직히 말해서 너무 매몰찬 경향도 있고 나쁜 쪽으로만 몰고 가는 경우도 적지 않았는데, 내가 반론을 제기하거나 곧바로 동의하지 않고 고개를 모로 틀면 그것만으로도 더 마음 상해 한다.

평소 같으면 아내의 불만을 좀 더 들어주다가 감정이 좀 수그러들라치면 타이밍을 잘 살폈다가 "잘 알았으니까, 이제 그만 잡시다." 한다. 우리 부부는 대학 테니스 동아리의 동기생으로, 졸업하던 해에 결혼했다. 둘 다 서른네 살이 된 올해가 결혼생활 12년째이니 상대방의 그 정도 분위기쯤은 헤아릴 수 있다고 생각한다.

하지만 오늘 밤은 무척이나 피곤하다. 10월 들어 회사에서 계속 귀찮은 문제들이 겹쳐 아이들과 저녁식사 한 번 같이 못했다.

"저기 말이야……." 최대한 담담하게 위로하듯 말했다.

"그런 얘기 나호 앞에서 하지 않는 게 좋겠어. 엄마랑 선생님 사이가 안 좋으면 애가 많이 곤란할 거야."

아내는 작은 목소리로 알고 있다고 했다.

"선생도 나호의 일이 걱정돼서 전화해 준 거니까 너무 나쁜 쪽으로만 생각하지는 마."

아내는 이번에는 잠자코 고개를 끄덕였다. 내 말을 납득해서 그런 게 아니라 이 사람은 이런 말밖에 못한다고 아예 마음을 접은 듯한 고갯짓이었다.

아내는 일을 그만둔 뒤부터 갑자기 신경질적으로 변했다. 별것도 아닌 일에 화를 내고, 한 가지 일을 갖고도 끊임없이 속을 들들 볶았다. 본인도 그 점을 알고 있는지 가끔씩 "보통 사람들은 나이를 먹으

272

면 성격이 둥글둥글해진다는데, 나는 그 반대야." 하며 자조 섞인 말투로 말할 때도 있다.

교사 생활을 할 때의 아내는 바깥일은 어찌됐든지 집에서는 걱정스러울 만큼 낙천적이었다. 엄밀히 말하자면 모든 게 영 어설펐다. 우선 청소와 설거지하는 것부터 싫어했고, 저녁 메뉴를 생각해 내는 것도 서툴렀으며, 나호를 놀이방에 데려다 주고 데려오느라 자전거 운전은 꽤 했지만, 쓰레기 분리는 또 엉망이어서 아파트 관리인에게 잔소리 들은 적이 한두 번이 아니다.

"괜찮아."가 그 시절 아내의 입버릇이었다. 뒤에 이어지는 말은 "어떻게든 될 거야."였다. 그렇게 말하고는 피곤한 기색은 있지만 매번 뒤끝 없는 홀가분한 미소를 띠었다.

사실 수거일을 까먹고 내놓지 않은 음식물 쓰레기의 냄새도 한 번 익숙해지면 그리 큰일도 아니고, 아파트 주민 회람판을 하루 이틀 늦게 돌렸다고 곤란해 하는 사람은 별로 없다. 확실히 일회용 기저귀가 편리한 건 사실일 뿐더러 칼로리까지 명시되어 있는 편의점의 반찬들이 서툰 솜씨로 집에서 만든 음식보다 건강에 좋다는 건 충분히 일리가 있는 말이다.

부부가 맞벌이를 하면서 애까지 딸린 집에서는 '어떻게든 된다'는 허용 범위가 얼마든지 넓어지게 마련이다.

하지만 현재의 아내는 웬만해선 "괜찮다."는 말을 하지 않는다. "어떻게든 될 거야."가 "어떻게든 할게."로 바뀐 지 꽤 오래다.

방은 깨끗이 정리 정돈되어 있고, 예전에는 눈인사만 나누던 이웃들하고도 잘 어울리게 되어 주부들을 모아 산지 직송 무농약 야채도 공동 구매하기 시작했다. 저녁 식탁에 반찬 수가 늘고, 고헤이가 다니는 유치원 버스는 아파트 현관까지 데리러 와 준다.

아내는 때때로 웃으면서 말한다. "늦은 감은 있지만 드디어 우리 집도 보통 가정들처럼 된 것 같지 않아?"

찌르르, 가시가 박힌다. 통증이라기보다 소리가 귓가에 울린다.

보통 가정. 그 말을 처음 입에 올린 건 나다. 6년 전, 아내가 둘째 아이를 임신한 걸 알았을 때 서로 오랜 시간 이야기를 나눈 끝에 말했다. 일반론으로 내 목구멍과 혀를 몇 겹씩 무장하고 아내를 향해 가시를 뱉었다.


잘못했다고는 생각지 않는다. 바로 그때가 내겐 한계였다.

아내는 매년 2학기 말이 되면 나호를 시즈오카 현에 있는 친정에 맡기고 아침 5시경에 집을 나서 출석 일수가 아슬아슬한 학생을 데리러 갔다.

교직원 회의가 길어지는 날에는 "미안하지만 나호 좀 부탁해." 하며 내게 전화를 한다. 그러면 그날 남은 업무나 회식을 모두 취소하고, 때로는 회사를 조퇴까지 해 가면서 놀이방으로 나호를 데리러 가, 돌아오는 길에 편의점에서 도시락을 샀다.

나호가 놀이방에 다니는 동안에는 그래도 괜찮았다. 하지만 초등학교에 입학하면 친정에 맡길 수도 없는 노릇이고, 더욱이 저학년 때는 오후 3시면 학교가 끝난다. 게다가 둘째 아이까지 생긴 것이다.

언제까지고 그런 생활을 계속할 수는 없었다.

"괜찮아, 이번에는 우리 학교 근처에 있는 놀이방을 알아볼게."

나나 아내나 체력이 20대만은 못할 터이다.

"애들이 어릴 때뿐이야, 그 시기만 넘기면 좀 편해질 거야."

나도 몇 년 있으면 계장으로 승진할 시기였다. 월급은 그다지 크게 달라질 건 없지만 책임과 업무량은 확실히 늘어난다.

"나호가 똑똑하니까 집 보는 일쯤은 할 수 있다고."

초등학교 1학년짜리 꼬마가 밖이 컴컴해질 때까지 혼자서 방안에 있는 모습은 상상하고 싶지도 않다.

"힘은 좀 들겠지만, 뭐 어떻게든 된다니까."

되긴 뭐가 돼.

이야기를 하는 동안에 깨달았다. 나호가 태어나고 1년 간의 육아휴직을 마친 아내가 직장으로 복귀한 다음부터 3년 동안 우리들은 '어떻게든 된다'는 말에 너무 익숙해져 있었다. '어떻게든 된다'는 건 거짓말이다. 수많은 순간을 참고 넘어가야 했고 우리 둘 사이에 알력도 있었다. 그럴 때마다 분위기는 또 얼마나 껄끄러웠고, 스트레스를 얼마나 받았는지……. 그 '어떻게든 된다'는 말 앞에서 그저 보고도 못 본 척해 온 것뿐이란 생각이 들었다.

나호가 감기라도 걸리면 어떡하나 하는 걱정 없이 일하고 싶다. 수첩에는 업무 일정만 적어 두고 싶다. 아내의 학교와 나호의 놀이방 행사 일정을 새 수첩을 펴자마자 적어 넣고, 나머지 빈칸을 채우듯이 그 다음에 내 스케줄을 짜 넣는 건 이제 사양한다. 상사나 동료들이나 거래처에 늘 빚진 것 같은 기분을 느끼는 것도 이제 싫다. 나는 가족도 사랑하지만 일도 소중하다. 내 능력의 100%를 일에 쏟아 붓고 싶다.

그리고 아내가 일에 전념했던 시간과 노력을 모두 나호와 새로 태어날 아기에게 기울여 주었으면 좋겠다. 아이를 키우는 일은 그만큼의 가치와 희생이 따를 터이다. 먹고사는 건 걱정할 필요 없다. 남들이 일류라고 부르는 기업이다. 부양가족 세 명은 충분히 짊어지고 갈 수 있다. 내게 맡겨 주면 좋겠다. 대신 그 이상의 짐은 덜어 주었으면 한다. 보통의 가정이 됐으면 좋겠다. 학교에서 돌아온 아이를 엄마가 어서 오라며 맞아 주고, 아내가 출근하는 남편을 잘 다녀오라며 배웅해 주는, 그런 보통 가정에서 아이들을 키우고 싶다.

긴 이야기 끝에 좀 더 긴 침묵이 흐른 뒤, "내가 어떻게든 할게." 아내는 낮은 목소리로 말했다. 생각해 보면 그것이 아내의 입에서 나온 첫 번째 '어떻게든 할게'란 말이었다.

아내는 임신 8개월이 될 때까지 일을 계속하다가 담임을 맡았던 반 아이들에게서 꽃다발을 받으며 퇴직했다. 전업주부가 된 첫날 통신 판매로 수납 상자를 주문하고 산만한 배를 안고 쩔쩔매면서 부엌 바닥을 구석구석 청소했다. 나호는 놀이방에서 집 근처의 유치원으로 옮겼고, 나는 하루 걸러 교대로 하던 아침 설거지에서 해방됐다.

그런 식으로 우리 집은 보통의 3인 가족이 되고, 마침내 고혜이가 태어나 보통의 4인 가족이 됐다.


2


10월 중순이 지나서도 나호는 아무런 감상도 감정도 없는 일기를 계속 썼다. 미즈하라 선생은 빨간 펜으로 "나호의 마음속에 있는 말이나 생각한 바를 알려 주었으면 좋겠다."며 토를 달고 "나호, 만화영화 좋아하는구나. 최근에 가장 재밌게 본 만화영화는 뭐니? 어떤 점이 재밌었는지 써 봐라." 하고 부추겼지만 나호는 전혀 거기에 따르지 않았다.

불안한 마음이 없었다고 하면 거짓말이다. 나는 아내를 직장에서 집안으로 들어앉혔지만 아버지로서의 책임까지 놓아 버린 건 아니다.

그러나 나호도 이제 열 살이다. 아내가 언젠가 살짝 귀띔해 주었다. 몸집이 작은 나호에게는 아직 먼 얘기지만 같은 반 아이들 가운데는 벌써 초경을 한 아이도 적지 않단다. 복잡하고 까다로운 시기에 접어든 것이다. 아버지의 입장에서는 더 그렇다.

"당신한테 맡길게." 나는 아내에게 말했다.

"자기가 쓰고 싶은 말을 쓰는 게 일기니까, 사실 선생님의 감상이란 것도 필요 없는 거야."

아내는 자기 생각을 다시 한 번 굳히려는 듯 확신에 찬 말투로 말하고 "게다가 말이야," 하며 말을 이었다. "우리가 일기장 읽어 보는 걸 알면, 나호는 화낼 거라고."

"그래도 계속 이런 식이라면 또 선생한테서 전화가 걸려오지 않을까?"

"상관없어, 나는. 나호의 일기는 하나도 이상한 게 없다고 생각해. 억지로 틀에 맞추는 게 더 안 좋지. 확실해, 그건. 그리고 그 선생, 뭐하나 제대로 알지도 못하면서 자기가 제일 올바른 줄 알고 있다니까."

말을 거기서 멈추고 아내는 격하게 고개를 가로저었다. 초조와 분노가 뒤섞인 눈빛으로 나를 바라보다가 눈길이 마주치자 한층 더 짜증이 나는지 얼굴을 돌린다.

"지겨워, 정말. 왜 이렇게 화가 나는 걸까, 싫어 죽겠어. 그 선생 나랑은 안 맞아. 내년에도 그 선생이 담임이 되면 어쩌지? 화가 난단 말이야, 어디 하나 마음에 드는 구석이 없어, 왜 그럴까? 도대체."

나는 이유를 알 것도 같다. 아내도 내심 알고 있을 거란 생각이 든다.

비슷해, 서로. 당신이랑 미즈하라 선생 말이야. 그런 식으로 대답하면 아내는 화를 낼까 아니면 울음을 터뜨릴까?

딱 꼬집어 어느 부분이 어느 만큼 닮았는지는 모르겠다. 하지만 분명 두 사람은 비슷하다.

아내도 교사 시절 공업 고등학교 학생들에게 나쓰메 소세키의 작품을 읽히고 감상문을 제출하게 하고선 성실하게 써 오지 않으면 불평을 해댔다. 마구잡이로 체벌을 가하는 체육 교사와 교무 회의 시간에 맞붙어 조목조목 따져 물었다고 내게 자랑한 적도 있었다. 일이 있을 때마다 학부모들에게 빠짐없이 전화를 걸고, 또 부모에게서 걸려 온 상담 전화에 몇 시간이나 상대를 해 주었다. 만약 당시의 제자들이나 학부모에게 아내에 대해 어떻게 생각하느냐고 물으면 "교육열이 대단한 선생님이었다."는 대답이 여기저기서 터져 나올 것이다.

아내는 감정이 더 격해지려는 것을 억누르려는 듯 숨을 길게 들이쉬고 하나 둘 숫자를 세는 것처럼 손가락을 펴 나갔다. 둘째 손가락부터 시작해 새끼손가락까지 나가다가 마지막으로 엄지손가락. "욕구불만이 쌓인 건가……."

　내쉬는 숨에 한마디가 묻어난다. 곧게 편 손가락이 모두 다섯 개. 5년. 일을 그만둔 이후의 날들을 아내는 다시 꼽으면서 주먹을 꼭 쥐고 "나호의 일은 잠시 더 상태를 본 다음에 그래도 계속 변함이 없으면 그땐 내가 어떻게든 할게." 하며 기분을 추스르려는지 웃었다.


　"당신한테 맡길게." 내가 말하면 "어떻게든 할게." 하고 아내가 받는다. 이야기는 늘 그렇게 끝난다. 깔끔한 역할 분담이다. 우리들은 서로의 영역을 침범하지 않는다.

　가끔씩 나는 베란다에 나가 캔 맥주를 마신다. 난간에 등을 기대고 아내가 있는 거실을 바라보면서 우리 집 구석구석에 아내의 체취가 가득 차 있는 것을 확인한다. 벽에 걸린 그림도, 달력 디자인도, 테이블보도 모두 아내가 고른다. 아이들이 없는 점심나절에 아내 혼자서 무거운 소파와 장식장을 들어 옮겨 인테리어를 바꾸는 경우도 있다. 나는 이제 화장지가 어느 방 서랍에 들어 있는지도 모른다.

　나는 맥주를 홀짝이며 몸을 돌려 도심 속 초고층 빌딩 숲으로 시선을 던진다. 내 영역은 우리 집 밖에 있다. 나는 밖에서 일하고 곁에서 가족들을 감싸 안는다. 그런 아버지이자 그런 남편이고 싶다.

　베란다에서 마시는 맥주는 달짝지근하다. 유리창 너머로 보는 우리 집은 두 팔을 쫙 벌리면 한꺼번에 품안으로 끌어안을 수 있을 것 같다. 나는 분명, 지금 행복한 거겠지. 그런 기분을 음미하기 위해 베란다에서 맥주를 마신다. 가끔씩 아내에게 지령을 받은 고헤이가 베란다 문을 잠그고 유리창 안에서 나호가 혀를 내밀며 골탕 먹일 때도 있긴 하지만.

10월 23일 목요일 밤, 여느 날과 다름없이 11시 넘어 집에 돌아와 보니 아내는 거실 소파에 앉아 테이블 위에 있는 일기장을 가만히 내려다보고 있었다. 머리는 아직 젖어 있고, 목에는 목욕 타월이 걸쳐 있다. 내가 안으로 들어가도 고개 한 번 돌리지 않더니 "다녀왔어." 하고 말을 걸어 봐도 대꾸 한마디 없다.

"일기, 나도 좀 봐도 돼?"

봐, 아내는 입술을 움직였다. 하지만 소리는 나지 않았다. 눈가가 벌겋게 부어 있다. 나는 아내와 대각선 방향에 자리를 잡았다. "감기 들겠다." 하며 넥타이를 풀면서 턱을 쳐들어 젖은 머리를 가리켰더니, 알아, 이번에도 입술만 움직여 대답한다.

나는 일기장을 앞으로 끌어당겨 무릎 위에 펼쳤다. 아내는 그제야 세면대로 향한다.

"미안하지만, 머리 다 말리고 나서 나 그냥 잘래." 가는 목소리로 말했다.

"금방 다 봐." 하는 내 대답은 문 닫는 소리에 묻혀 들리지 않았는지도 모르겠다.

나호의 일기는 여전히 날씨로 시작됐다.

"흐리다 갬. 수요일. 급식은 카레라이스와 우엉 샐러드와 중국식 수프와 귤과 푸딩과 우유였습니다.

카레를 한 그릇 더 먹었습니다. 학교에서 돌아온 다음 미야모토네 집에 도이와 함께 놀러 갔습니다. 미야모토네 어머니가 일을 하시기 때문에, 식탁 위에 먹을 것이 놓여 있어서, 셋이 나누어 먹었습니다. 도이가 미야모토는 언제나 TV를 볼 수 있어서 좋겠다고 했습니다. 5시가 돼서 집으로 돌아와 숙제를 하고 있는데 동생이 방해를 해서 엄마가 대신 혼내 주었습니다."

미즈하라 선생은 빨간 펜으로 틀린 철자를 바로 잡아주고 마지막에 '혼내 주었습니다'를 '주의를 주었습니다'로 고쳐 놓았다.

밑줄 친 곳도 있었다. 전부 두 군데. 첫 번째는 "어머니가 일을 하시기 때문에"라는 부분이었다. 여백의 선생님 감상란에는 "훌륭하구나. 미야모토는 학교에서도 자기 일을 똑 부러지게 하는 아이지."라고 적혀 있다. 두 번째는 도이가 한 말에 밑줄이 그어져 있다.

선생님이 덧붙인 말은 "나호의 의견은 어때? 어머니가 학교 선생님이셨을 때가 좋았니, 아니면 지금이 좋니? 그런 이야기를 덧붙여야지!"였다.

아이들 방에 들어가 나호의 가방에 일기장을 넣고 이불을 다시 잘 덮어 주었다. 2층 침대의 위 칸에 나호, 아래 칸에 고헤이. 나호의 머리맡에는 학교 도서관에서 빌린 소설책 《홍당무(Poil de carotte)》(1894년에 발표된 프랑스 작가 르나르의 소설. 가정에 무관심한 아버지와 신경질적인 어머니 사이에 고민하는 빨간 머리 소년의 이야기-옮긴이)가 놓여 있었다. 나도 나호만한 나이 때인가, 좀 더 고학년 때인가 읽은 적이 있다. 기억이 가물가물한 그 소설의 내용 중에 심술궂은 선생님에게 주인공 소년이 괴롭힘 당하는 장면이 있었던 것 같기도 하다. 그러다가 아니지, 소년은 엄마와 사이가 안 좋았었지, 기억을 바로잡고 나니 괜히 피식 웃음이 흘렀다.

고헤이는 또 엄지손가락을 빨며 잠들어 있었다. 손가락을 입에서 살짝 떼어 놓자 너무나 소중한 것을 빼앗겨 버린 것처럼 잠든 얼굴이 허전해진다. 사내아이치고는 기가 약한 구석이 있어 유치원에서도 친구가 많지 않다. 엄마가 늘 곁에서 돌봐 줘서 그런 건지 어쩐지는 모르겠다.

침실로 들어갔더니 아내는 옷장 거울을 향해 서서, 아직도 덜 마른 머리에 클립(웨이브를 만들기 위해 머리에 감는 미용 기구-옮긴이)을 끼우고 있었다. 양복 윗도리를 벗으면서 "나도 읽어 봤어." 하고 말하자 "어때? 답이 안 나오지?" 하며 거울 속의 나를 보고 쓸쓸하게 웃었다.

"괜찮아."

"뭐가?"

"만약에 나호한테 물어봐도 지금이 좋다고 할 거라고. 놀이방 다닐 때는 많이 외로웠겠지. 생각해 봐, 당신이 학교에서 돌아오면 착 달라붙어서 떨어지지 않으려고 했었잖아. 지금은 늘 당신이 집에 있으니까 지금이 훨씬 좋을 거라고."

나는 침대 끄트머리에 앉고 아내는 옷장 앞에서 움직이지 않는다. 서로 등을 마주한 모양새가 된다. 그러는 게 이야기하기 편하다.

"모르겠어." 아내는 말했다. "엄마가 매일 집에서 학교 갔다 돌아오는 걸 기다리고 있는 거, 의외로 답답하고 성가시지 않아? 나도 중학교 무렵에는 그랬는걸. 당신은 그렇지 않았어?"

"아직 4학년이라 그렇게 생각하지 않는다니까."

"그래도 이제 곧 중학생이 될 텐데, 뭐."

"고헤이도 아직 어리고."

"금방이야, 사내아이 크는 건."

잠시 틈을 두었다가 말을 이었다.

"이렇게 하는 게 부모로서 아이들한테 죄책감 같은 것도 들지 않고. 우리들은 나호와 고헤이에게 가장 좋은 길을 찾느라고 서로 생각하고 상의해서 정한 거잖아."

"죄책감? 뭐야, 그게?" 아내는 잠깐 웃음을 띤다.

"미즈하라 선생한테 말 들을 이유는 없어. 그렇잖아? 이건 가정 문제지, 학교와는 아무 상관도 없으니까."

아내는 잠자코 있었다. 그 대신 머리에 말고 있던 클립이 바닥에 떨어지는 소리가 났다. 웅크리고 앉아 클립을 줍는 기척이 나고 한숨이 이어진다.

"지금 생각한 건데" 아내가 돌아다본다. "내가 일을 그만두고 집에 있게 돼서 당신은 확실히 좋지?"

나는 몸을 움직이지 않고 말했다.

"아이들을 위해서는. 나는 잘못 결정한 일이라고 생각하지 않아."

"나도 그래."

아내는 일어나서 침대로 갔다. "욕실에서 나올 때, 욕조 안에 물 좀 빼 줘." 하더니 이불 속으로 파고든다.

이젠 무슨 말을 해도 대답이 없겠구나 싶어 방을 나서려는데 등 뒤로 낮게 깔린 소리가 들려왔다.

"다음에 또 선생이 저런 글을 덧붙이면 그땐 항의하겠어."

"다음에 또 그러면, 응?" 나는 조용히 말하고 문을 닫았다.

금요일 퇴근도 늦어졌다. 서류 하나를 가져와 주말에 마저 정리하기로 했지만 그나마도 집에 도착한 건 밤 11시 넘어서다. 지금까지도 아이들을 놀이방에 데려다 주고 데려오는 일을 하고 있었더라면……, 생각만 해도 끔찍하다.

현관에 들어서자마자 곧바로 아이들 방문이 열리더니, 자고 있어야할 나호가 당황스런 표정으로 손짓해 부른다.

"무슨 일이야? 어서 자야지." 하자 내 입술 앞에 손가락을 갖다 대더니, 아무튼 빨리 이쪽으로 들어오라며 손을 흔든다.

나호의 손짓에 따라 책상 위 스탠드만 켜둔 아이들 방으로 들어갔다. 고헤이는 곤히 잠들어 있다. 옆으로 누워 몸에 이불을 칭칭 감고 역시나 엄지손가락을 입에 물고 있었다.

"엄마, 지금 목욕탕에 있어."

벽 너머로 드라이어 소리가 들린다. 욕실은 아이들 방 바로 옆에 붙어 있다. 아내는 언제나 젖은 머리카락을 처음에는 드라이어의 '강'으로 말리고, 수분이 날아가면 '약'으로 마무리한다. 소리는 이미 '약'으로 가 있었다.

"나, 위층에서 얘기할 테니까 아빠는 의자에 앉아 있어."

나호는 사다리를 타고 침대 위층으로 올라간다. 어스름한 방 안 불빛 탓인지, 긴 머리카락을 묶지 않고 어깨까지 늘어뜨리고 있어서 그런지, 깨어 있을 때의 얼굴을 보는 게 오랜만이어서 그런지, 부쩍 성숙해 보인다.

나호의 말대로 의자에 앉았더니 나호는 풍선에서 바람이 쭉 빠지듯 한숨을 내쉬고 그 분위기를 그대로 이어가며 말했다.

"저기…… 오늘 엄마랑 선생님이랑 싸웠어."

찬 기운이 등줄기를 훑고 내려간다.

나는 침대 쪽으로 다가가 목소리를 낮추고 물었다.

"어떻게 된 거야?"

"엄마가 학교로 전화를 걸어서 무진장 화를 냈어."

"뭣 때문에?"

나호는 그다지 망설이는 기색도 없이 "내 일기 때문에." 대답하고, "오늘 선생님이 나한테 화를 냈거든." 하며 쿡쿡, 웃었다. 쑥스러워하는 웃음이었지만 기가 수그러드는 기미는 없다. 어릴 때부터 나나 아내에게 혼이 나도 주눅 드는 일 없이 맹랑한 데가 있는 아이였다.

"아무튼 그런 얘기야, 안녕히 주무세요."

"잠깐만 나호야, 좀 기다려 봐."

"나, 이제 졸려. 내일은 학교 안 가는 토요일이니까, 괜히 일찍 깨우지 말라고 엄마한테 좀 전해 줘."

나호가 자리에 누워 이불을 머리 위까지 덮어썼을 때 드라이어 소리가 멈췄다.


아내는 날짜가 바뀌는 시간까지 혼자서 줄곧 떠들었다. 격한 감정이 파도처럼 잦아들었다가는 다시 몰려와 그때마다 두 눈에 눈물을 머금고 "아아, 너무 화가 나." 하며 소파의 등받이 쿠션을 바닥에 내팽개친다.

나호가 학교에서 책 한 권을 들고 왔다. 어린이 대상으로 다시 쓴 《안네의 일기》였다. 점심시간에 미즈하라 선생이 교무실로 불러 "이

걸 읽고 참된 일기란 어떤 건지 잘 좀 생각해 보라." 하며 건네주었다고 한다.

하지만 나호는《안네의 일기》를 이미 3학년 여름방학 때 다 읽었다. 중학생을 대상으로 나온 책이었다. "좀 이를지도 모르겠는데 우리 나호는 책을 좋아하니까 괜찮아." 하며 아내가 사다 준 것이다. 그건 특별한 일은 아니었다. 아이들이 읽었으면 하는 책과 들려주고 싶은 음악은 부족함 없이 안겨 주었다. 우리 부부 둘 다 나호를 위해서 좋다고 생각되는 것은 무엇이든 해 주었다고 생각한다. 이건 아내의 말이 아니라, 선생이 끼어들어 참견하는 건 나도 원치 않는다.

나호는 책 표지를 보자마자 "이 책 벌써 읽었는데요." 하고 말했단다. 그런데 선생은 그 말을 거짓말이라고 치부해 버리고 책 내용에 대해 꼬치꼬치 캐물었다.《안네의 일기》를 제대로 읽었다면 이렇게 아무런 감상도 없는 일기를 쓸 리도 없거니와 진짜로 읽었다면 질문에 대답 못 할 이유가 없다며.

읽은 지 1년이 더 지난 책이다. 어느 날 뜬금없이 질문을 받는다고 곧장 기억이 날 리가 없다. 더구나 교무실에는 다른 선생들도 있다. 모두들 무슨 일이 생겼나 두 사람을 쳐다봤을 게 뻔하다.

"구경거리로 만든 거야, 우리 나호를." 아내는 기가 막힌다는 듯이 진저리를 치고 나도 그때의 광경과 나호의 기분을 상상하니 얼굴이 일그러졌다.

선생은 나호가 아무리 말을 해도 믿어 주지 않았단다. 우리 딸에게 거짓말쟁이 늑대의 탈을 씌운 것이다.

집으로 돌아온 나호에게 자초지종을 전해 들은 아내는 곧바로 선생에게 전화해 따졌다.

"처음엔 그저 한마디 정도 해두려고 생각했었는데, 자기 말을 거스르는 아이들은 용서하지 않겠다는 식으로 말을 하잖아, 그 선생. 무슨 인질을 잡고 있는 것 같은 말투였다니까. 내 말 무슨 말인지 알겠어? 당신이 하는 짓은 교사 자신을 위한 자기만족에 지나지 않는다고 한 열 번은 말해 줬지. 나도 폼으로 교사 생활한 건 아니다, 댁의 의도는 훤히 들여다보인다고 말이야.

그건 말하는 김에 열이 나서 한 말이 아니야. 난 뻔히 안다고. 일기라든가 작문이라든가 아이들한테 왕창 쓰라고 시키는 걸 좋아하는 선생들은 모두 똑같아. 학생들이 무슨 일을 하고, 무슨 생각을 하는지 전부 자기가 알고 있지 않으면 성이 안 차는 거야. 그건 사상 조사와 같은 거라고. 당신은 그렇게 생각하지 않아? 아이들의 솔직한 심성을 충분히 표현하도록 해 준다든가, 지금은 귀찮더라도 이렇게 일기를 써 두면 어른이 돼서 다시 읽어 보고 그날을 되새길 수 있다든가, 그런 거 다 거짓말이야. 새빨간 거짓말. 진정으로 그렇게 생각하고 있다면 학생들에게 쓰라고 하기만 해도 되는 거 아니야? 매일매일 선생한테 보일 필요가 있어? 내 말이 틀려? 나는 알아. 그런 식으로 해서, 그 선생, 나호랑 아이들을 하나하나 감시하는 거라고. 학생들을 감시하고 싶어서 안달이 난 거지, 그런 교사들은 모두 다 똑같아. 그래서 나 아주 똑 부러지게 말해 줬어. 이제 일기 검사 같은 거 그만둘 수 없겠냐고. 그리고 또 여러 가지 일러 줬지, 뭐냐 하면……."

나는 먼 데서 들려오는 북소리에 장단 맞추듯 대충 응, 응, 고개를 끄덕이며 아내의 말에 동의도 딱히 반론도 하지 않았다. 놀람과 망설임보다도, 기어코 여기까지 와 버렸구나, 하는 느낌. 그래, 언제 일어나도 한 번은 일어났을 일이지. 조용히 한숨을 내쉬며 받아들였다.

한바탕 떠들고 나서 겨우 안정을 되찾은 아내는 어색한 미소를 띠면서 "당신이 화내지 않을까 싶었는데." 했다.

"화는 무슨." 나는 말했다.

"어쩌면 나호가 불쾌하게 생각할지도 모르겠지만 나 잘못한 건 없다고 생각해."

"알아."

이것은 아내의 영역이다.

"시원시원하네." 아내가 웃는다.

우리들은 이미 몇 년간, 서로 긴 이야기를 나누지 않고 있다.


3


아내가 뭐라고 말하는 것을 비몽사몽간에 듣고, 거기에 뭐라고 대꾸했는지도 모르는 채 다시 잠이 들었다가 눈을 떴을 때는 이미 오전 10시가 가까웠다.

잠옷 차림으로 거실로 나가니 나호와 고헤이가 TV를 보고 있었다. 식탁에는 편의점에서 사 온 샌드위치가 놓여 있다. "엄마는?"

"저녁에 온대." 나호는 TV 화면에서 시선을 떼지 않고 대답한 다음 "아빠 먹을 빵, 저기 남겨 놨어." 했다.

"어디 갔는데?"

"밋짱네. 우리 반 애야. 밋짱 엄마한테 볼일이 있대. 어제 선생님이랑 싸운 것 때문에 그런 거 아니겠어?"

가벼운 말투였다. 시선은 여전히 TV 화면을 향하고 있다. NHK 교육 방송의 유아용 프로그램이다. 화면에서는 버섯을 본떠 만든 인형이 음악에 맞춰 날다 뛰다 하고 있다. 나는 잠자코 테이블 앞에 앉았다. 샌드위치를 집어 포장을 벗기다가 다시 놓았다. 눈을 떴을 때는 빈속이라 위가 쓰릴 정도였는데 지금은 다른 종류의 통증이 명치끝을 죄고 있다. TV에 넋이 나가 "아빠, 안녕?" 소리도 하지 않는 고헤이는 아까부터 손을 입에 대고 있다. 턱이 잘근잘근 움직인다. 주의 줄 기회를 엿보고 있는데 나호가 "고헤이, 또 손톱 깨물고 있잖아!" 하며 반바지 밖으로 뻗어 있는 다리를 손바닥으로 치며 야단쳤다. 고헤이는 맹한 표정으로 나호를 한 번 쳐다보고 얼른 입에서 손을 뗐다.

10시가 되어 방송 프로가 이과계 실험교실로 바뀌자 나호는 그제야 나를 돌아보며 "아빠, 어디 놀러가자."라고 했다. "1시에 친구랑 놀러갈 거니까 그때까지 시간 있어."

고헤이도 "유원지!" 하고 소릴 지른다. 평소에는 남이 뭐라 하든 태평하게 딴청만 부리고 앉아 있으면서 이럴 때는 또 귀가 밝다.

회사에서 가져온 일의 내용을 머릿속으로 훑어갔다. 집에 있는 구형 노트북으로는 아무리 빨리 해도 두세 시간은 걸릴 것이다. 주말 안에 마무리를 짓지 않으면 월요일 업무에 지장이 생긴다. 내일 회사에 나가 회사 컴퓨터로 단숨에 해치울까? 그렇지 않으면 오늘 오래 걸리더라도 해 버리는 게 좋을까? 저녁까지 이메일로 거래처에 보내두면 월요일 업무가 훨씬 수월해진다. 연장 근무를 하지 않고 제시간에 퇴근할 수도 있을 것이다. 아니, 월요일 밤에 틈이 나면 이쪽 사정으로 보류해 두었던 협상 자리를 하루라도 빨리 마련하는 것이 좋을 텐데……

고헤이가 나를 보고 있다. 섣불리 보채지도 않고 그렇다고 달뜬 마음을 감추지도 못하고서.

만화가라면 그 얼굴에 '콩당콩당'이라는 말을 써넣을까, 아니 '두근두근'이라는 말이 더 어울릴까?

"그래, 알았다." 오늘은 쉬는 날이잖아, 하고 당연한 말로 내 자신에게 타일렀다. "그렇게 멀리는 못 가고 요 앞에 산책이나 갈까?"

고헤이는 근처로 나간다는 소리에 약간 불만스러운 듯했지만 나호는 자기 입으로 먼저 말을 꺼내 놓고 의외란 표정으로 "정말 나가는 거야?" 하고 되묻는다.

"어어, 뭐 집에만 있는 것도 따분하잖아?"

"별로 그렇지는 않지만……. 뭐, 됐어."

"뭐야, 그게."

"그렇잖아, 무지무지 옛날 일 같은 느낌이 들어서."

"뭐가?"

"엄마 없이 아빠하고만 외출하는 거."

그것이 좋은지 싫은지 자기도 잘 모르겠다는 말투였다.

나도 오랜만에 아이들을 데리고 외출하는 것이 내키지 않는 건지 설레는 건지, 그저 태엽을 감은 로봇처럼 욕실로 들어가 세수를 하고 옷을 갈아입었다.

아파트에서 15분 정도 걸어 보트장이 있는 공원으로 나갔다. "한번 타 볼래?" 하며 보트 선착장 앞에서 아이들을 불렀지만 아이들은 둘 다 고개를 내저었다.

연못을 따라 난 길을 잠시 걸어 나가자 그네와 정글짐이 나온다. 고 혜이는 처음부터 그것을 염두에 두고 있었는지 그네가 비어 있는 것을 보자마자 "우와!" 소리를 지르며 쏜살같이 달려갔다. 나호는 "서서 타면 위험해." 하고 고혜이 등 뒤에 대고 한마디 한 다음, 옆에 있는 벤치에 앉는다. 두 사람이 앉는 벤치의 한가운데. 나를 의식하고 일부러 그 위치를 고른 걸지도 모른다 싶어 나는 벤치 옆에 선 채로 잎이 지기 시작한 가로수를 쳐다보았다.

"엄마, 월요일에 학교에 올지도 모른대. 선생님이 사과할 때까지 용서하지 않겠대." 나호는 그렇게 말하고 공원 입구에 있는 매점에서 사 온 동물 모형 비스킷의 봉투를 뜯었다. "농담 아니고 진짜로 그랬어. 오늘 아침에도 화가 안 풀렸는걸."

"그랬니?"

"나는 전혀 신경 쓰지 않지만, 분명히 말해서."

태연한 말투였지만, 반대로 그 말투가 너무나 무관심한 것이 억지로 신경을 안 쓰려고 애쓰는 것 같기도 하다.

가슴에 담고 있는 생각을 알려면 말의 속뜻을 읽어 내야 하는, 벌써 그런 나이에 접어든 것이다.

"《안네의 일기》에 관한 것도 신경 안 써?" 내가 물었다.

"뭐, 화는 나지만 어쩔 수 없잖아?" 코알라 비스킷을 머리부터 깨문다. "그 책, 나 앞부분밖에 읽지 않았거든. 엄마한테는 비밀이지만."

나호는 곧바로 콧노래라도 흘러나올 것 같은 가벼운 동작으로 두 번째 코알라를 골라내 이번에는 엉덩이 부분부터 씹는다. 내가 내쉬는 숨은 이미 한숨이 되어 버리고, 나호는 그쯤에서 더 이상 이야기를 끌 생각이 없는지 아까보다도 더 홀가분한 손짓으로 비스킷 상자에 손을 넣는다. 나호와 나 사이, 무게가 전혀 다른 어색한 침묵 속에 고헤이가 타는 그네의 마른 쇳소리만 연신 울린다.

"엄마랑 선생님 일은 걱정하지 않아도 돼."

"안 한다니까."

간단명료하게 받아친 나호의 대답은, 새로 숨을 들이쉬기도 전에 "사실은《안네의 일기》보다 더 화가 나는 일이 있어." 하고 이어졌다.

"뭔데?"

"아빠랑 엄마, 말없이 매일 내 일기 읽지? 다 알고 있어."

"아니, 그건, 선생님한테서 전화도 왔었고…….."

귓바퀴가 갑자기 달아올랐다.

"좋아, 엄마 아빠는 읽어도 돼, 부모니까. 자식에 관한 것을 모르면 안 되니까."

"그렇지." 나호는 가볍게 넘기듯이 그렇게 말했다.

"그런데 읽고 난 다음엔 내 책가방 원래 있던 자리에다 좀 넣어 달라고 엄마한테 말 좀 해. 나도 다 생각해서 챙겨 넣는 거니까." 하고 덧붙였다. 이야기는 거기서 끝이었다.

언제부터였나, 나는 생각한다. 나는 언제부터 나호와 이야기하는 게 이렇게 서툴게 되어 버렸을까.

나호는 상자 안으로 손을 넣어 비스킷을 헤집더니 "이제 코알라 없나?"하고 고개를 모로 틀면서 손가락 끝을 문질러 소금기를 떨어낸 다음, 다시 상자 속으로 손을 집어넣는다. 몇 차례 반복했지만 결국 코알라는 찾아내지 못했다.

"코알라가 세 개 들어 있는 걸 고르면 좋은 일이 생기는데."

나호는 상자를 조그만 가방 안에 넣고 "그래도 다행이야. 네 개가 들어 있으면 교통사고로 죽는대." 하고 한마디 더했다. 나는 무슨 소린지 몰라 고개를 갸웃하다가 피식 웃었다.

"저기, 아빠, 이건 좀 다른 얘긴데."

"괜찮아, 뭐든지."

"엄마 말이야, 왜 학교 선생님 그만둔 거야?"

아이의 입을 통해 나오는 말은 어째서 서론도 없이 정통으로 핵심을 찌르는 걸까.

"고헤이가 태어났기 때문이지. 나호는 그때 아직 놀이방에 다니고 있었고. 아빠랑 엄마 모두 일을 하고 있으면 제대로 돌봐 줄 수가 없잖니. 그래서 엄마가 일을 그만두기로 한 거야."

"그럼 아빠가 회사를 그만둘 가능성도 있었어?"

예상치도 못한 말을 듣고 나는 '가능성'이란 단어를 잘못 들은 게 아닌가 했다.

"아니, 그게……, 그런 생각은 하지 않았지."

"왜?"

"왜라니, 그러니까, 아빠는 그냥 아빠지, 아기 돌보는 일 같은 걸 제대로 할 수 있겠어?"

"내가 아기였을 때 우유나 밥도 아빠가 먹여 줬잖아."

"그러니까 그때 굉장히 힘들었지. 사람들이 전부 고헤이 때도 똑같이 하면 된다고 말을 하더라도, 아무래도 그건 곤란했을 거야. 회사일도 바빠졌고……."

교활한 핑계일지도 모른다. 이야기를 계속하면 점점 더 교활한 핑계를 대게 될 것이다. 나도 안다. 하지만 나호는 아직 어린아이다. 복잡한 이야기를 해도 통하지 않는다. 어른의 심정을 알기 쉽게 설명하는 일은 약간의 교활함을 허용하는 것이기도 하다. 이렇게 조그맣구나, 우리 나호는. 반에서 제일 키가 작고 왜소한 아이다.

"게다가" 나는 말했다. "나호도 늘 엄마가 집에 있는 게 좋았을 거야, 그렇지?"

나호는 자리에서 불현듯 일어나더니 "고헤이, 일어나서 타면 안 된다고 했잖아!" 하며 그네 쪽으로 달려갔다.


그러고 나서 나호는 벤치로 돌아오지 않았다. 고헤이의 손을 잡아끌고 정글짐, 미끄럼틀, 모래밭, 터널 순으로 놀이터를 일주하고는 마지막으로 고헤이를 다시 한 번 그네에 앉히더니 "저녁 먹을 때까지는 돌아올게." 하고 그길로 친구와의 약속 장소로 향했다.

아직 약속 시간까지는 시간이 남아 있었고, 점심도 챙겨 먹이지 않았지만 나는 그저 "차 조심해라."란 소리만으로 나호를 보냈다.

고헤이는 그 뒤에도 혼자서 그네 타는 데 신이 나 있었다. 유치원에서 배운 노래와 TV 만화 주제가를 흥얼거리면서 아주 기분 좋게 그네를 탄다. 그것에 싫증이 나자 이번엔 정글짐.

혼자서 1인 2역으로 정의의 기사와 악당 역을 흉내 내는지 혼잣말로 뭐라고 큰소리로 떠들면서 정글짐을 오르락내리락한다. 처음엔 같이 놀아 주려고 했지만, 혼자서도 잘 노는구나 싶어 벤치로 물러나 앉았다. 고헤이에게는 나름의 즐기는 방식이 있을 것이고, 나는 어떤 식으로 놀아 주면 고헤이가 좋아하는지도 모른다.

나호와 고헤이. 아버지로서 두 아이 모두 귀여운 건 마찬가지다. 그러나 미묘한 차이가 없는 것도 아니다. 고헤이는 나호보다도 멀다. 서먹하다고 할 것까지는 없지만 고헤이와의 사이에는 어딘가 아직 채우지 못한 괴리가 있는 것 같다.

태어나자마자부터 고헤이 곁에는 늘 아내가 붙어 있었다. 고헤이의 육아는 거의 아내가 도맡았다. 내가 고헤이 목욕을 시키는 건 주말뿐이었고, 기저귀를 갈아준 적도 몇 번 안 된다. 이렇게 아내도 나호도 없이 고헤이와 둘만의 오후를 보낸 적은 한 손으로 꼽아도 남을 정도밖에 되지 않을 것이다.

나호 때만 해도 그렇지는 않았다. 아내 대신 나호를 데리러 놀이방에 가는 밤에는 돌아오는 길에 둘이서 이런 저런 수다를 떨기도 했다. "엄마한텐 비밀이야." 하면서 편의점에서 산 아이스크림을 둘이 번갈아 핥으며 돌아온 적도 있다. 나호가 홍역에 걸렸을 때는 시험 기간이라 도저히 학교를 쉴 수 없었던 아내 대신, 내가 유급휴가를 내고 나호를 간호했다. 열이 40도까지 올랐던 나호의 몸이 어떻게 달아올랐고, 손을 대면 얼마나 뜨거웠는지 지금도 생생히 기억하고 있다. 테니스부의 지도 교사였던 아내는 휴일에도 연습이나 시합 때문에 학교에 나가는 경우가 많았다. 그런 날엔 아내 대신 내가 하루 종일 놀이 상대가 되어 주었다. 이 공원에도 몇 번이나 왔었다. 위험하니까 그러지 말라고 누차 말을 해도 나호는 늘 서서 그네 타기를 좋아했고, 펄쩍 뛰어내릴 때마다 넘어져 무릎이 까졌다.

지금 한 가지 깨달은 게 있다. '아내 대신'이란 말은 바른 말이 아니다. 그런 의식은 그 시절 나에겐 없었다. '아빠'와 '엄마'는 언제나 나호로부터 같은 거리에 나란히 있었다.

하지만 고헤이의 경우는 다르다. 고헤이의 눈앞에는 늘 '엄마'가 있고, '엄마'의 어깨 너머로 '아빠'를 살핀다. 어찌 보면 약간 겁먹은 눈빛으로.

나는 고헤이의 버릇을 잘 모른다. 좋아하는 TV 프로그램도, 유치원 친구의 이름도, 젓가락 쥐는 법을 배운 시기도 모른다.

후회하고 있는가? 에이, 무슨. 쓴웃음이 흐른다.

다만 우리들에게는, 지금과는 다른 생활을 하고 있을 가능성은 확실히 있었다. 그것만큼은 인정하려 한다.

정오가 되길 기다렸다가 "이제 그만 가자." 하고, 고헤이를 불러 좀처럼 놀아 주지 못한 죄를 벌충할 셈으로 번쩍 안아 올렸다. 헌데 다섯 살짜리 사내아이의 몸은 생각보다 크고 무거웠다. 두세 살 때의 감각으로 안으려고 했던 게 실수였다. 다리에 힘을 주는 것이 한 박자 늦어 그 바람에 허리 오른쪽으로 찌릿한 통증이 스쳤다.

"그냥 혼자 걸을래?"

고헤이를 내려놓고 손을 맞잡고서 출구를 향해 걷기 시작했지만 허리 통증은 가시지 않는다. 근육이 잘못됐는지도 모른다.

"엄마 집에 있어?" 고헤이가 묻는다.

"모르겠는데. 괜찮아, 점심은 아빠가 적당히 만들어 줄 테니까."

"뭐 만들 건데?"

"응? 어, 아니, 우리 그냥 편의점에서 도시락 사 가자."

고헤이와 둘이서 편의점에 가는 건 처음이다.

"고헤이" 옆을 돌아다보며 물었다.

"엄마가 집에 있는 거랑 없는 거랑 고헤이는 어느 쪽이 좋니?"

고헤이는 즉석에서 "그야 있는 게 좋지." 했다. 뻔한 걸 왜 묻느냐는 투다.

나는 고헤이의 손을 다시 꼭 쥐었다.

"아빠, 집에 가면 미니용크 해도 돼?"

"미니용크가 뭐야? 로봇이나 뭐 그런 거니?"

"아니, 자동차 말이야아."

그제야 겨우 미니용크가 미니어처 4륜 구동을 말하는 것임을 알았다.

"고헤이도 갖고 있니?"

"응. 스트라이벡타, 8월에 엄마가 사 줬어. 아빤 몰라?"

몰랐다.

"응? 되지?" 고헤이는 걸음을 멈추고 서서 나를 올려다보았다.

"그럼, 되지." 팔을 좀 더 세게 잡아끌었다. "자, 가자."

몰랐던 게 또 한 가지 있다. 다섯 살짜리 꼬마의 발걸음은 생각한 것보다 훨씬 빠르다. 딱히 서두를 일도 없는데 갑자기 뛰어나가곤 해서 도무지 누가 누구한테 끌려가는지 모를 정도다. 그러다가 "잠깐만,

고헤이, 너 그냥 혼자 걸어갈래? 아빠, 허리가 아프다." 하며 손을 놓 았다. 그러자 인도를 벗어나 연못가 근처로 뛰어갔다가 매점 가판대 에 늘어놓은 풍선을 정신없이 바라보기도 하고, 산책 중인 시베리안 허스키가 무서워서 다시 뛰어와 내 뒤에 숨기도 하면서 아무튼 잠시 도 가만히 걸어 주질 않는다.

나호도 다섯 살 때는 저랬었지, 떠올려 본다.

몰랐던 게 아니라 잊고 있었던 거였다.

아내가 돌아온 것은 저녁나절이었다. 나호는 친구와 놀러 나가고, 고헤이는 자기 방에서 낮잠 중. 그렇게 전하는 내 목소리도 귀에 들 어오지 않는지, 아내는 흥분한 목소리로 "저기, 일이 커졌어." 하며 식 탁 의자에 앉았다.

"미즈하라 선생, 아주 안 되겠더라고. 정말이지 믿을 수가 없어."

기가 막히다 못해 힘이 빠진 목소리다. 하지만 표정은 뭔가 단서를 포착해 낸 형사처럼 어딘가 활기 띤 빛이 엿보인다.

"밋짱네 집에 갔었다며?"

"응, 그 집 엄마랑 만나서 같이 가시와바라네 집에 가는데, 중간에 요시가와하고 야마자키의 엄마도 와서 말이지……. 밤에는 사사키네 엄마도 들를 거라는데, 그 전에 저녁상 준비만이라도 해놓으려고 온 거야. 세상에 벌써 엄마들이 난리가 났어, 오늘 밤 학부모들한테 전부 전화를 걸자고. 모두들 지금까지 입 다물고 있었는데, 그 선생한테 하 고 싶은 말들이 한두 가지가 아니더라고."

아내는 가방에서 공책을 꺼내 다른 어머니들의 '하고 싶은 말'을 받 아 쓴 메모를 앞에 두고 알려 주었다.

밋짱은 가리는 음식이 많다. '나무 잎사귀 같아서 징그럽다'는 이유로 생야채를 거의 먹지 못한다니 그만하면 중증이다. 급식을 남김없이 다 먹은 날도 몇 번밖에 없다. 3학년 때까지의 담임 선생들은 그런 것을 그대로 묵인했지만 미즈하라 선생은 어떻게든 편식 습관을 고치려 했다. 절반 포기하고 있던 밋짱의 어머니를 '초조해하지 말고 천천히 바로잡자'며 격려하고, 잡지나 TV에서 생야채를 이용한 아이디어 요리가 소개되면 그 요리법을 메모해 밋짱의 일기에 꽂아 전달했다. 그런 보람이 있어 7월경에는 밋짱이 생야채에 두세 입 정도는 입을 대게 되었다.

"아주 잘 된 일이네." 내가 말했다.

아내는 "끝까지 들어." 하며 이야기를 계속 했다.

1학기 말 보호자 면담에서 밋짱과 어머니는 여름방학 동안에 열심히 노력해서 편식을 고치겠다고 선생과 약속했다. 그러나 여름방학 중 식사는 메뉴나 분량 모두 어머니가 결정한다. 딸이 싫어하는 걸 뻔히 알고 있으면서 생야채를 식탁에 내고 싶지는 않았다. "그럼 부모 마음은 다 그런 거지." 아내가 곁들였고, 나는 잠자코 다음 이야기를 재촉했다.

결국 여름방학 40일 동안 생야채가 식탁에 오른 적은 거의 없었고 밋짱의 편식은 여전했다. 약속 위반이다. 미즈하라 선생은 그것을 그냥 넘어가지 않았다. 2학기에 들자 급식으로 나온 생야채를 남기지 못하게 했다. 접시에 생야채가 남아 있는 한 "잘 먹었습니다."라는 말을 하지 못하게 한 것이다. 식후 휴식 시간이 되어도, 어느 날은 5교시 수업이 시작돼도 밋짱의 책상 위에는 급식 쟁반이 그대로 놓여 있었다. 친구들이 떠들며 놀거나 수업 받는 자리 옆에서 밋짱은 눈물을 흘리며 양상추나 오이를 억지로 입으로 가져갔다고 한다.

"밋짱만 그런 게 아니야."

아내는 공책을 넘겼다.

타로의 어머니. 9월 말경, 타로가 미즈하라 선생에게 심하게 야단을 맞았다. 책받침에 만화영화 주인공 스티커를 붙였다는 게 이유였다. 공부와 상관없는 물건은 학교에 가져오지 않는다는 것이 학급 내 규칙이었다. 타로도 평소에는 그것을 잘 지켰는데 어쩌다 그날은 학원 다닐 때 갖고 다니는 책받침을 어머니가 잘못 챙겨 넣어 주었던 것이다. "그게 무슨 말이야?" 내가 묻자, 아내는 "혹시 빠뜨리는 물건 있을까 봐 엄마가 매일 공책이랑 교과서를 가방에 챙겨 넣어 줬대." 하더니 푸후후, 웃다가 곧바로 좀 전의 표정으로 돌아와서 계속했다.

엄마가 잘못 챙겨 넣은 것이라는 변명은 통하지 않았다. 선생은 책받침을 빼앗고 타로의 어머니에게 전화해 부모의 간섭과 과보호가 얼마나 아이들의 성장을 방해하는지 아주 강력하게 말했다고 한다.

가오리의 엄마. 가오리는 발레와 수영, 그리고 보습 학원과 영어 회화, 컴퓨터 교실에 다니기 때문에 학교가 끝나도 매일 할 일이 있었다. 10월 초 나호와 친구들이 방과 후에도 연일 남아 운동회에 쓸 응원기를 만들고 있을 때에도 가오리만은 먼저 학교를 나섰다. 반 아이들도 그것을 암묵적으로 양해를 해, 가오리는 작업에 참여하지 않는 대신 모두들 창피하다며 하기 싫어했던 운동회 당일 응원 단장을 맡기로 했다.

그러나 작업하고 있는 모습을 보러 온 미즈하라 선생은 교실에 가오리가 없는 것을 알고는 곧장 어머니에게 전화를 했다. 운동회라는 것은 그날만이 아니라 준비 기간을 모두 포함한 학교 행사이므로 혼자만 먼저 집에 돌아가는 것은 잘못된 행동이라고. 하는 수 없이 가오리는 발레 레슨을 3회 연속 빠져서 11월 발레 발표회 때 주인공 자리를 다른 아이에게 내주어야 했던 모양이다.

쇼우의 어머니. 쇼우가 여름방학 그림 숙제로 전쟁 장면을 그렸다. 전철와 전투기가 격렬하게 충돌하고 땅에는 피를 흘리는 병사들이 몇 명이나 쓰러져 있는, 그런 그림이었다. 미즈하라 선생은 학기 첫 수업이 있던 날, 그 그림을 보자마자 다시 그리라고 명령했다. 하지만 그림 숙제는 제대로 제 날짜에 해 왔고, 주제도 자유롭게 그리고 싶은 대로 그리는 거였다. 쇼우한테 이야기를 전해 들은 어머니는 곧 선생에게 항의했다. 하지만 오히려 선생은 아이가 이런 잔혹한 그림을 그리는 것은 가정 교육에 문제가 있어서라며 전쟁이 얼마나 어리석은 행위인지, 전투 장면이 많이 나오는 만화영화나 만화책이 아이들한테 얼마나 악영향을 미치는지, 부모와 자식이 평화에 대해 이야기를 나누는 게 얼마나 중요한지를 쉴 새 없이 퍼부었다고 한다.

"이런 식이라면……."

아내는 공책을 덮고 자기가 생각하고 있던 것이 공공연한 사실이었다고 확신한 듯 고개를 크게 끄덕였다.

"다른 아이들한테서도 얼마든지 나올 거야, 분명해."

전화벨이 울렸다. 아내는 곧장 수화기를 집어 들었다. 나호와 같은 반 아이의 어머니에게서 온 전화였다.

"괜찮아요. 걱정 마세요. 어찌 생각하든 잘못은 그쪽이니까. 저한테 맡기세요. 저도 교사였기 때문에 그쪽의 수법 정도는 잘 알고 있으니 까요."

전화에 답하는 아내의 목소리에서 그다지 좋은 느낌을 받을 수가 없었다. 하지만 듣는 사람에 따라서는 쌩쌩하고 믿음직한 음성으로 들렸을지도 모르겠다.

고혜이를 낳기 전에는 늘 저런 말투였던 것 같기도 하고, 저렇지는 않았었다는 생각도 든다. 나는 이미 많은 것을 잊고 있다.


4


주말 이틀 동안 아내의 공책은 절반 가까이 채워졌다. 아이 한 명당 한 장씩. 학급 정원 서른일곱 명 가운데 스물세 명의 어머니들이 전화를 걸어왔다. 미즈하라 선생의 행동에 정면으로 반발하고 나선 부모는 없었지만, '듣고 보니 이런 일이 있었다'는 식으로 선생과의 자잘한 충돌을 생각해 낸 사람들이 몇이나 있었다. 앞으로 며칠 안에 학급 전원의 이야기가 모아질 판이었다. 다음 주말에 뜻을 같이하는 부모들이 다시 모여 앞으로 어떻게 해야 할지 상의할 예정이란다.

일요일 깊은 밤, 아내는 어쩐 일인지 자기 손으로 직접 캔 맥주를 따 마시고, 약간의 술기운을 빌어 말했다. "모두들 내게 감사하대. 아무리 내가 지금 이 모양으로 보여도 한때는 교사였다고 설득력이 있단 말이지. 타로 어머니나 밋짱의 어머니는 뭐 목소리만 컸지. 이론적 지주라고 하나? 그건 바로 나야."

"이제부터 어떻게 할 건데?"

"절차로 말하자면, 일단 본인에게 이야기를 하겠지. 하지만 뭐 아무리 부모들이 말을 해도 제대로 귀를 열고 듣지 않을 게 뻔해. 다음엔 교장 선생님 앞으로 편지를 쓰겠지. 그것도 안 된다 싶으면, 강경 대응이랄까……, 부모들이 교대로 매일 수업 참관을 한다든가, 수업을 보이콧한다든가, 교육위원회에 진정을 낸다든가……."

아내는 남의 말 하듯 말하고 "뭐, 아무리 그래도, 그렇게까지 할 생각은 없지만." 하고 덧붙이며 웃었다.

"저기, 부탁인데, 나호가 싫어하거나 마음 상해할 일은 제발 하지 마."

"알고 있다니까."

"선생도 나름대로 최선을 다하고 있고, 또 그게 일이니까."

"이쪽도 최선을 다해 자식 일을 생각하고 있어."

아내는 여유 있는 포즈로 맥주를 한 모금 들이켜고 약간의 틈을 둔 다음 "그게 일이니까." 하며 내 말투를 그대로 따라했다.


주말에 마무리할 생각이었던 회사일은 결국 손도 대지 못했다. 시간이야 얼마든지 있었지만 머리와 몸을 회사일로 돌릴 만한 기회를 잡지 못했다. 어제 오늘 일이 아니다. 월요일 점심도 거르고 그 시간에 컴퓨터를 만지면서 나는 멍하니 웃음을 흘린다. 아주 좋은 교훈을 얻은 셈이다. 주말에 일을 하려면 아예 회사로 나와서 해야만 한다. 집은 내게 있어 쉬는 장소이고, 비즈니스 잡지에 나오는 말을 빌자면, ON TIME과 OFF TIME을 확실히 구분 짓지 않으면 양쪽 모두 흐지

부지한 상태가 되고 마는 것이다.

"계장님, 잠깐 시간 괜찮으세요?"

뒤에서 소리가 들려 돌아다보니 입사한 지 2, 3년 된 젊은 부하 직원이 서 있었다. 내달 결혼식을 올릴 다른 부하 직원을 축하하는 부서 회식에 대한 상담이었다.

"시간은 언제라도 괜찮으니까 결정되면 바로 알려 줘. 나도 스케줄을 손봐야 되니까."

주의하며 말한다고 한 것인데, 어딘가 약간 비위가 상한 말투였다는 걸 나 스스로도 느낄 수 있었다. 부하 직원에게도 그것이 전해졌나 보다. 그다음 말을 어렵사리 꺼낸다.

"역시 회식 자리 대신, 모두들 조금씩 돈을 모아 기념품 같은 거라도 선물할까요? 일도 바쁜 시기이고 하니까, 그러는 편이 나을까요?"

"아니, 괜찮아, 제대로 자릴 마련하자고. 기왕 마련하는 자리니까 배우자도 함께 나오라고 해봐."

"아, 네. 말해 보겠습니다."

"신부될 사람이 직장에 다닌다고 했지?"

"예, 그렇지만 뭐, 이제 곧 그만두지 않겠습니까? 이것저것 준비도 해야 되고 빨리 아이도 갖고 싶다고 했으니까."

"그렇지. 뭐 그러는 게 좋겠지."

부하 직원이 돌아간 후 초점 없는 눈으로 컴퓨터 화면을 바라보면서 생각했다.

만약 결혼 후에도 아내를 계속 직장에 다니도록 할지 어쩔지 부하 직원이 내게 상담을 청한다면, 나는 뭐라고 대답을 할까? 대답이 궁

했던 게 아니다. 내가 어떻게 대답할지 알고 있기에 내 자신에게 되묻고 싶은 것이다. 12년 전 너는 어째서 이런 간단한 이치를 몰랐었는가?

아내와 나는 스물두 살에 결혼했다. 둘 다 사회에 나온 지 반 년밖에 되지 않았다. 보통 사람들의 상식으로 보자면 상당히 빠른, 너무 빠르다고 해도 과언은 아닐 시기였다. 양쪽 부모님들도 대놓고 반대하지는 않았지만, 속으로는 '한 2, 3년 뒤에 했으면 좋겠다.'고 생각했을 터이다.

하지만 우리들은 상식의 틀 안에 우리를 억지로 끼워 맞추고 싶지 않았다. 둘이서 결정한 사항은 다른 무엇보다도 우선했다. 분명 자신이 있었을 것이다. 도대체 그 근거가 어디에 있었는지는, 지금은 도무지 알 길이 없어졌지만.

'그런 데 쓸 돈이 있으면 그 돈으로 좋은 가구를 들여놓고 싶다'는 의견이 일치해 결혼식은 아예 올리지 않았다. 신혼여행은 결혼 신고를 한 지 석 달 후에 유급휴가를 넉넉히 잡아 스키를 즐겼다. 아내는 학교에서 결혼 전의 성(姓)을 그대로 사용했고, 연하장은 각자 다른 도안으로 했으며 나는 학생 때 그랬던 것처럼 내 옷은 직접 다려 입었다.

아이를 갖는 일은 자연스럽게 생기는 대로 따르기로 했다. 덜컥 아이가 생기면 생활이 바빠질 거라는 것쯤 알고는 있었지만, 그런 이유로 아이를 단념하는 건 패배를 인정하는 것 같아 싫었다. 누구에게 패배하는 게 싫었는지, 누구에게 이기려고 했었는지, 그것도 이젠 모르겠다.

나호가 태어난 이후에도 우리들은 변함없었다. 오미야마이리(아이의 백일에 아기를 데리고 그 고장 수호신께 참배하는 일-옮긴이)는 했지만, 터무니없이 비싼 스튜디오 촬영은 거절했다. "아이는 흙이 있는 곳에서 키우는 게 좋다."라는 내 부모님의 말씀은 흘려들은 채 융자를 끼고 두 사람이 통근하기 편한 고층 아파트를 샀다. 장인장모에게 "놀이방에서는 버릇을 제대로 가르치지 못한다."는 말씀을 들었을 때는 아내가 화를 내며 한 상자 가득 보내온 육아 관련 서적을 모두 친정으로 되돌려 보냈다. 각오하고 있던 대로 하루하루가 눈코 뜰 새 없이 바빠, 우리 부부는 나호가 잠든 후 거실에서 일을 하는 경우도 많았다. 그게 당연한 거라고 생각했었다. 대신, 한 달에 한 번 나호를 베이비시터에게 맡기고 둘이서 학생 때처럼 신주쿠나 시부야로 놀러나갔다.

우리들은 변함없다. 쭉 그렇게 생각하고 있었다.

실제로 뭔가 구체적인 사건이 있었던 건 아니다. 어느샌가 변했다. '보통 가정'에 나를 끼워 넣고 싶어졌다. 변하는 게 지는 거라고 말한다면 우리는 졌다. 그것을 인정해야 할 만큼 우리는 변했다. 그리고 누구든 결국에는 무엇엔가 지고 만다는 것도 알았다.

아내가 학교에 나갈 때, 나는 상사는 차치하고라도 같은 과의 여직원들한테는 꽤 평판이 좋았다. 아내가 처녀 때의 성을 유지하며 정규직으로 일을 하고, 가사일이나 육아도 부부가 서로 분담하고 있다는 것이 '이상적'이고 '멋진 일'이며, '고리타분한 아저씨와는 역시 다른' 세대이고 '이제부터는 분명 그런 시대가 될 것'이라고 저마다 한마디씩 했다.

나는 그런 지지와 기대에 부응해 여직원들에게 잡일을 떠맡기지도 않고, 고압적으로 말하거나 행동하지도 않았다. 여직원들도 내가 밀린 업무를 가급적 빨리 끝낼 수 있도록 알아서 뒷받침해 주었고, 과장의 심기가 안 좋을 때는 "조심하시는 게 좋겠어요." 하며 슬쩍 귀띔을 해 주곤 했다.

내 현재 생활을 본다면 그 여직원들은 뭐라 말할까? 한번 확인해 보고 싶은 마음도 들지만 그건 불가능하다. 20대 무렵의 나를 알고 있던 여직원들은 이제 사무실 안에 없다. 모두 결혼을 계기로 퇴직해 버렸다. 한 명도 남김없이, 전부 다.

지금 근무하고 있는 여직원들은 취직난을 뚫고 입사한 만큼, 감탄할 만큼 우수하거나 혹은 기막히게 강력한 배경을 갖고 있다. 나와는 10년 정도의 나이 차이가 나는 그녀들을 보고 있으면, 십 년 전 아내의 모습이 아니라 십수 년 뒤의 나호를 상상하게 된다. 나도 '고리타분한 아저씨'가 다 됐다. 근무 중에는 캔 커피보다 일본차를 더 좋아하게 됐고, 여직원이 타 온 차를 마시며 가끔 "미지근하다."며 잔소리를 하곤 한다.


10월 29일 수요일 새벽, 볼일을 보고 나온 김에 아이들 방을 한번 열어 보고 약간 망설여지긴 했지만 아무래도 신경이 쓰여 나호의 책가방에서 일기장을 꺼냈다.

"흐린 후 갬. 월요일. 결석은 0. 급식은 크림 고로케와 시금치 절임과 계란국과 감자 샐러드와 치즈와 식빵 두 장과 딸기잼과 우유였습니다. 점심시간에 도이와 도서관에서 책을 읽었습니다.《로테와 루이제》를 중간까지 읽었습니다. 도이는 《지구의 일곱 가지 불가사의》를 읽었습니다. 집에 온 다음에는 밋짱이 공책을 사러 가는 데 같이 가서 나는 지우개를 사려고 했으나 지갑을 두고 와서 사지 못했습니다. 역 앞에서 헤어져 나는 혼자 집으로 돌아왔습니다. TV를 보았습니다."

미즈하라 선생은 두 군데에 밑줄을 그었다. 《로테와 루이제》 부분과 지갑을 두고 와서 지우개를 살 수 없었다는 부분. 여백에는 빨간 펜으로 "감상은? 아무 생각도 하지 않았니? 그렇지는 않았겠지?"라고 적혀 있다. 물음표가 가늘게 그려져 있다. 글 쓸 때의 버릇인지 거슬림의 표현인지는 모르겠다.

선생의 감상은 계속 이어진다.

"자신의 생각이나 느낀 점을 말로 표현하는 일은, 상당히 어려운 것이라 생각한다. 하지만 어렵다고 해서 피하기만 하면 언젠가 나호가 정말로 자신의 생각을 말해야만 할 때 하지 못하게 된단다. 1학기 때의 일기와 9월 일기를 잘 읽고 생각해 볼래? 자신의 생각이 아주 생생하게 적혀 있다는 걸 알 수 있을 거야."

한숨과 하품이 동시에 섞여 나왔다. 눈을 깜빡거려도 눈물이 묻어나지 않는 걸 보면, 하품 쪽이 진 모양이다.

일기장을 책가방 안에 다시 넣었다. 처음에 들어 있던 대로 수학책과 국어책 사이에. 겉표지 방향도 아마 틀림없을 것이다. 거기에 신경을 쓰느라 책가방 뚜껑 닫는 손이 미끄러져 그만 자석이 딸칵 소리를 냈다.

나호의 이불이 꿈틀댄다.

"엄…… 아빠? 뭐하는 거야?"

"아니, 저기, 오늘 아침 추워서, 고헤이가 이불 걷어차고 자면 다시 덮어 주려고."

"어어, 그래."

"아직 이르니까, 더 자라."

"응"

그대로 방을 나서려는데, 나호가 침대에서 벌떡 일어나 "나 어떡해, 정말!" 하고 허둥대며 사다리를 밟고 내려왔다. 왜 그러냐며 다가서는 나를 밀치고 책꽂이에서 책 한 권을 꺼낸다. 서점 커버가 씌워 있는, 길이가 약간 긴 책이었다. 희끗희끗한 창밖의 빛을 전등 삼아 페이지를 재빨리 넘긴다. "왜 그러냐니까." 말을 걸어도 대답이 없다.

책의 끄트머리까지 거의 다 가서 손이 멈춘다. 나호는 책에 얼굴을 바짝 들이대고 뭐라 뭐라고 중얼댔다. 거의 알아들을 수가 없다. 경음과 격음이 많은 외국어, 어떻게 들으면 주문 같기도 하다.

혼잣말이 끝나자 나호는 그제야 안심이 되는지 숨을 들이쉬고 책을 원래 자리에 꽂았다. 그리고 나를 돌아보더니 "내가 침대에 있을 때는 내 쪽에서 먼저 아침 인사를 할 때까지 말을 걸지 말아 줘." 하고 뿌루퉁하게 말한다.

"왜?"

"왜긴 왜야, 그렇게 되어 있어. 아침이 되기 전에 남자와 이야기할 때는 그렇게 하는 거야. 한 번 실패하면 친구 하나가 5년 안에 죽어 버린다고."

"뭐?"

"그렇게 되어 있다고. 이제 됐어, 괜찮아, 말을 하고 1분 이내에 머큐리의 비법을 사용하면 돼. 됐어, 그럼 잘 자. 이제부터 맘대로 이 방에 들어오면 안 돼, 아빠는."

나호는 일방적으로 할 말을 하고는 사다리를 올라가 이불 속으로 파고들어 갔다.

비법? 도대체 무슨 말인지 영문도 모른 채 그저 나호를 화나게 했다는 생각만 짊어지고 방을 나왔다. 고헤이도 멀지만 나호도 한참 멀다. 앞으로 우리 사이는 더욱더 멀어지기만 할 것 같다.


그날 밤까지 아내의 공책은 반 학생들 전원, 서른일곱 장이 꽉 찼다.

"이런 일은 전원의 뜻을 모으는 게 중요하니까."

거실 소파에서 이야기하는 아내의 목소리와 표정에는 얼핏 실망한 기색이 엿보였다. 학창 시절 애써 티켓을 구한 럭비 시합이 예상 외로 지루하고 재미없었을 때의 표정과 비슷하다.

만족스럽지는 못해도 불만을 입 밖으로 내고 나면 한층 더 속이 상할 것 같은, 그런 느낌이다.

"지난 주말 분위기 같아서는 많은 말들이 속속 쏟아져 나올 줄 알았는데……. 완전히 용두사미 꼴이야."

미즈하라 선생에 대한 악평은 아내나 밋짱의 어머니가 기대한 만큼 모이지 않았다. 전혀 응해 주지 않은 학부모도 있었고, 교육과 예의범절 지도에 열심인 선생을 옹호하는 목소리도 적지 않았다. 이번 주말로 예정된 모임도 처음에 같이 모여서 열을 올렸던 몇몇 어머니들만 참가할 듯싶다고 한다.

"모두들 학교를 너무 믿고 있어. 선생이 하는 일에 잘못은 없다, 선생에게 맡겨 두기만 하면 된다니, 사람이 좋아서 그런다고 해야 하나 너무들 무관심해."

"밋짱의 어머니나 타로의 어머니도 꽤 말들이 많은 타입이지?"

"열심들이야."

"하지만 옛날에는 그런 학부모가 제일 싫었을 걸?"

"그렇지, 맞아, 그랬어. 피해 의식이 크고 자기 자식 일만 생각하고, 시야가 좁고 자기가 활동하는 범위가 세상의 전부라고 알고 있는 그런 엄마들이 제일 싫었지."

아내가 약간은 익살맞게 말했고, "자주 불평했었지." 하고 나도 한마디 거들며 잠깐 웃었다.

"그렇지만" 아내는 아마도 일부러 그랬겠지, 중간에 하품을 한 번 하고 말을 이었다.

"학부모는 이기적인 입장이 될 수밖에 없는 거야. 교사한테는 많은 학생들 가운데 한 명일지 모르지만, 부모한테는 그렇지 않잖아? 무엇과도 바꿀 수 없다고나 할까, 부모와 자식은 뗄래야 뗄 수 없는 사이인 걸."

"흠……."

"나 말이야, 지금 같으면 그런 불평 안 하리라고 봐. 어머님들의 심정도 조금은 이해해 줄 수 있을 것 같아."

그럴지도 모른다. 그렇지 않을지도 모르고. 확실한 건 하나다. 아내는 지금 '어머님들' 가운데 한 사람이 되어 있다는 점이다.

"모두들 이렇게 말해 줄 거야. 나호의 어머니 같은 사람이 선생님이었다면 좋았을 거라고. 나도 조금은 자신 있어. 만약 지금도 교사 일을 계속하고 있었더라면 옛날보다 더 좋은 선생님이 되어 있을 거 같아."

나는 말없이 고개를 끄덕였다.

"아휴, 그런 소리 해봤자 소용도 없지만." 아내는 거기서 이야기를 맺고 침실로 향했다.

나는 아내가 들어간 후에도 소파에 남아 그대로 계속 고개를 주억거렸다.


이튿날 저녁, 입사 동기인 다카하시와 업무 협의를 하고 있는데, 여직원이 전화가 왔다고 나를 불렀다. 아내한테서 온 전화란다.

평소에도 아내한테는 웬만한 일이 아니면 회사로 전화를 하지 말라고 말을 해두었다.

둘 다 일을 하고 있을 때는 교직원 회의가 길어지네, 나호가 열이 난다고 놀이방에서 연락이 왔네, 하며 하루가 멀다 하고 전화가 걸려와 그때마다 상사나 동료들 얼굴 보기가 거북스러웠다.

나는 언짢은 얼굴로 여직원에게 나중에 다시 걸겠다고 전해 달라고 했다. 논의는 어려운 국면에 접어들고 있다. 맥을 끊고 싶지 않다.

하지만 다카하시는 자리로 돌아가려는 여직원을 불러 세우더니, "괜찮아, 가서 전화 받아 봐." 하며 회의 테이블 밖으로 턱을 쳐들었다. "이야기도 거의 막바지까지 진전됐으니까, 이쯤에서 한숨 좀 돌리자고."

"아니야, 괜찮아. 미안하네, 한창 이야기 중에 흐름을 끊어서."

"예전 같았으면 전화기로 곧장 뛰어갔을 거 아니야. 전화를 끊고 나면 99퍼센트 그날의 다음 스케줄은 취소하고 말이야. 다무라의 조퇴 전화, 아주 유명했지."

"비꼬지 마."

"그런 게 아니라니까 그러네. 아무튼 이쪽은 신경 쓰지 않아도 되니까 전화나 받아 봐. 중요한 일일지도 모르잖아. 아이가 다쳤다든가 말이야. 나도 화장실 좀 다녀올 테니, 응? 전화 받아."

다카하시의 태도에서 확실히 비아냥거림은 전혀 느낄 수 없었다. 예전과는 달라졌구나 싶기도 하다가, 아니 예전에도 저런 식으로 웃으며 전화를 받아 보라고 말을 했던 것 같기도 한데, 그 시절엔 어째서, 그리고 모든 사람들한테 그렇게도 거북한 기분이 들었었는지 잘 모르겠다. 다카하시가 화장실에 간 후 회의 테이블로 전화를 연결해 받자 아내의 다급한 목소리가 날아들었다.

"당신이야? 큰일났어! 어쩜 좋아, 일이 커졌다고!"

밋짱이 점심시간에 쓰러져 구급차에 실려 갔다고 한다.

"나도 아까 나호한테 들은 건데, 그 선생이 오늘 또 급식을 억지로 먹였대. 그러자 갑자기 온몸에 발진이 생기고 경련을 일으키더니 입에 거품을 물고 바닥에 쓰러졌대."

나호와 고헤이하고는 상관없다는 것에 약간 김이 새기도 하고, 솔직히 말해 화가 나기도 했다.

"저 말이야……. 그런 일로 일일이 전화하지 마. 지금 근무 중이야. 퇴근한 다음에 해도 되잖아."

그러나 아내는 "그 일만이 아니야." 하며 재빨리 말을 이었다.

밋짱의 상태는 심각한 것은 아니었다. 일시적으로 심한 스트레스를 받아 그렇다는 의사의 진단을 받고 집으로 돌아왔다. 하지만 진정되지 않은 쪽은 어머니였다. 미즈하라 선생이 병원으로 실려 가는 밋짱을 양호 선생에게 맡기고 자신은 그대로 오후 수업을 진행했다는 것이 어머니의 분노에 기름을 부은 것이다.

"타로의 어머니와 둘이서 지금 학교로 찾아가 미즈하라 선생에게 항의하겠대. 그래서 나한테도 함께 가지 않겠냐고. 얘기가 길어질 거 같으니까 오늘 밤은 일찍 와서 아이들 저녁밥 좀 챙겨 줬으면 해."

"그건 곤란해, 오늘은."

"어떻게 좀 안 되겠어? 밋짱 어머니하고 타로 어머니는 지금 흥분한 상태라 무슨 말을 꺼낼지 모른단 말이야."

"거래처와 상담할 게 있어. 내가 빠지면 안 된다고."

"그러니까 바쁜 건 안다고 했잖아."

다카하시가 돌아왔다. 나는 곧 끝난다고 손짓을 하고 한숨 속에 한마디를 실었다.

"아무튼 안 돼."

전화를 끊었다. 그럴 생각은 아니었는데 수화기를 내려치는 모양새가 됐다.

"왜 그래? 싸운 거야?"

웃으며 의자에 앉은 다카하시는 복습하듯이 서류의 앞 페이지를 다시 넘기면서 "다무라, 아내한테 꽤나 어깃장을 놓는구면." 하고 말했다.

"그런 일 없어, 평소대로야."

"젊은 시절의 반동으로 아주 폭군이 되고 말이야. 못 써, 그렇게 나이 들면."

"자네한테 그런 말 들을 일은 없어. 그 얘긴 됐으니까 어서 납기일이나 정하자구."

다카하시는 서른넷의 독신이다. 딱히 여자와 인연이 없는 건 아니지만, 마흔 전에만 결혼하면 된다며 여유만만이다. 그런 다카하시에게서 듣는 사소한 말 한마디가 가끔씩 신경에 거슬릴 때가 있다.

예정대로 거래처와의 협상을 겸한 회식을 마치고 2차는 동료에게 맡기고서 서둘러 집으로 향했다. 집에 들어섰더니 현관에서 구두를 벗을 새도 없이 욕실에서 이를 닦고 있던 나호가 복도로 뛰어나왔다. 조금 있다가 아내도 거실 문을 열었다.

"아빠, 동맹파업! 밋짱하고 가오리하고, 타로하고 또, 쇼우."

"무슨 말이야? 그게."

"내일부터 학교에 가지 않는대. 다같이 그러기로 결정했대."

나호는 "응? 엄마, 그런 거지?" 하며 거실 문 앞에 우두커니 서 있는 아내를 돌아보며 묻고는 다시 내 쪽으로 돌아서서 "나, 어떻게 하는 게 좋겠어?" 하고 물었다.

마치 태풍 전야 같은 얼굴을 하고 있다.

"어떻게 하다니."

"아빠가 괜찮다고 하면 학교 안 가도 된대."

나호는 다시 아내를 돌아보았다.

"맞지?"

아내는 "얼른 이 닦고 자. 어찌 되든 내일 아침 7시에 깨울 거니까." 하면서 나호를 욕실로 들여보내고 한숨을 흘리며 먼 산 보듯 내게 시선을 보냈다.

"같이 갔었나?" 내가 물었다.

아내는 잠자코 고개를 흔들더니 "수업을 보이콧하겠대. 담력들이 보통이 아니야." 하며 혼잣말하듯 했다. 거실 문 그림자가 바로 얼굴 위치에 드리워 있어 표정을 제대로 읽을 수가 없다. 노려보는 것 같기도 하고 울기 직전의 표정같이도 보였다.


5


양복을 벗는 내 옆에서 아내는 엇갈리듯 옷걸이에서 방한용 점퍼를 꺼냈다. "쓰레기는 아침에 내놔도 되잖아?" 하고 내가 말을 걸자 "지금 학교에 갈 거야. 당신이 돌아올 때만 기다리고 있었어." 하고 목에 머플러를 감으며 말한다. 나와 눈을 맞추려 하지 않는다. 목소리의 톤은 높고 살짝 떨리고 있다.

"무슨 소리야, 벌써 10시인데."

"부모들이 수업을 보이콧하겠다고 선언했단 말이야. 아직 학교에 다들 있어. 교장이나 교감 선생하고 앞으로의 일에 대해서 이야기하고 있다고."

"학교로 전화했어?"

"사무실 전화니까 밤엔 어차피 연결되지 않아. 아무튼 잠깐 가볼 테니까, 당신이 아이들 좀 봐주겠어? 밥 먹겠으면 냄비 안에 스튜 해놓은 거 있으니까 먹으면 되고."

아내는 침실에서 현관 쪽으로 나가면서 일사천리로 말하고, 신발장 위에 놓아둔 열쇠 상자에서 자전거 열쇠를 꺼내 들었다. 현관문이 벌컥 열린다. 팔을 뻗어 다시 불러들이려고 했지만, 아슬아슬하게 내 팔은 아내에게 가닿지 않았다. 엘리베이터 쪽으로 가는 신발 소리가 복도를 타고 울려온다.

나는 침실로 돌아와 옷걸이에서 양복을 걷어내 겨드랑이에 슬쩍 끼워 넣고 현관으로 나갔다.

"나호, 잠깐 나갔다 올게. 금방 돌아올 테니까 전화는 부재중으로 돌려놔라."

아이들 방에서 "네에." 하고 장난스런 목소리가 되돌아왔다. 빈집 보는 것쯤 이제 문제도 아니다. 부모가 집에 꼭 붙어 있지 않아도 아무 문제도 없다. 누군가의 멱살을 붙잡고 말해 주고 싶었다. 누구한테? 모르겠다, 그건.

자전거 주차장에서 아내를 따라잡았다. 아내는 이미 자전거를 주차 구역에서 빼내 방향을 바꾸어 놓고, 내가 도착했을 때 막 안장에 올라타던 참이었다.

비상계단을 뛰어내려올 때는 "내일 해결하자."라고 하면서 경우에 따라서는 힘을 좀 써서라도 아내를 말릴 생각이었다. 하지만 헐떡이는 숨과 가슴 속 동요가 제멋대로 소리를 밖으로 밀어냈다. "같이 가."

아내는 페달에 한 쪽 발을 얹은 채 의아한 표정으로 나를 본다.

"나도 같이 갈게." 같은 말을 반복했다. 이번엔 확실한 목소리로.

“당신이 간다고 뭐가 달라져?”

“중간까지라도. 자전거 내가 몰게. 혼자서는 위험해.”

“둘이 타면 더 위험해. 그리고…….”

아내는 피식, 웃음을 흘리고 자전거에서 내렸다. “자, 여기 봐.” 하며 자전거를 살짝 옆으로 누인다. 예전에는 핸들 부위에 붙어 있던 아기용 좌석이 뒷좌석에 달려 있었다.

“내가 모르는 새 자리 좀 바꾸지 마.”

나도 모르게 웃음이 터졌다.

“고헤이는 사내아이라 몸이 더 무겁고 나호랑은 달라서 잠시도 가만있질 않잖아. 나도 이제 이 나이가 되니까 핸들만 잡고 버티기는 힘들다고.”

아내는 그렇게 말하고 다시 한 번 마음을 다잡는 것 모양 고개를 끄덕이면서 길게 숨을 들이쉬고 자전거를 주차 구역에 밀어 넣었다. 집을 뛰쳐나갈 때의 냉랭하게 굳은 표정은 어디론가 사라졌다. 나를 보며 “그럼, 어차피 10분 거리니까 걸어가자.”라고 말하는 얼굴은 이미 일 하나를 끝내고 난 후처럼 말쑥하게 개어 있었다.

우리는 나란히 걷기 시작했다.

큰길로 나가자 아내가 “왜, 쫓아왔어?” 하고 물었다.

“글쎄…… 밤도 늦었고 걱정도 되고…….”

“당신도 부모라는 생각이 들어서 그런 건 아니고?” 아내는 놀리듯 말했다.

정답이라고 하기에는 약간 어긋난 감이 없지 않지만, 나는 그냥 “그럴지도 모르지.” 하고 대답했다.

아파트에서 학교로 가려면 처음부터 긴 오르막길이 이어진다. 차가운 바람이 꼭대기에서부터 불어 내려온다. 회사에서 돌아올 때는 몰랐는데 하늘은 두터운 구름으로 덮여 있었다.

오랜만에 비가 바짝 다가와 있는지도 모르겠다.

오르막길의 중턱에서 아내가 불쑥 말을 꺼냈다. 수업을 보이콧하는 사태로까지 이르게 된 건, '바보'가 셋 모인 탓이란다.

밋쨩의 어머니, 타로의 어머니, 야마자키의 어머니, 요시가와의 어머니, 간단히 말해서 지난 주말에 모였던 멤버들이 모두 학교로 달려가 당장이라도 싸울 기세로 덤벼든 것이다. 그렇게 한 사람들이 첫 번째 바보. 어머니들의 따가운 목소리에 적당히 대응할 여유도 갖지 못하고 지지 않겠다며 부모의 과보호라는 둥, 아이들을 방임한다는 둥, 그런 말들을 입에 올리며 비판한 미즈하라 선생도, 바보. 세 번째 바보는 사건을 제대로 수습하지 못해서 선생이 사과할 때까지 수업을 보이콧하겠다는 말까지 나오게 만든 교장과 교감이었다.

보이콧은 길어야 며칠 이내로 끝난다. 미즈하라 선생이 진다. 이야기가 밖으로까지 퍼져 나갈 것을 두려워하는 교장이 끼어들어 미즈하라 선생에게 억지로 사과하도록 시킨다. 선생이 끝까지 굽히지 않고 그것을 거절하면, 교장은, 아니 학교는 체면 유지와 학내 질서를 위해 선생을 담임 자리에서 물러나게 한다. 아내의 예상으로는 99퍼센트 그렇게 될 거라는 이야기다.

"그럼, 선생은 어떻게 되는 거야?"

"딱히 정해진 어떤 형태의 처분은 받지 않겠지만 학교에 계속 있기는 어려워질 게 확실하고, 다른 학교로 이동하더라도 그 꼬리표는 붙어 다니겠지. 좁은 바닥이야, 블랙리스트에 오른다고 할까, 잘못하면 받아 주는 학교도 없어서 어디로도 옮기지 못할지도 몰라."

"부모 쪽은?"

"중학교 같으면 고등학교 시험 볼 때 내신 성적에 마이너스가 될지도 모르지만, 초등학교잖아. 손해 보는 건 교사뿐이라고. 비록 단 한 명이라도 수업을 보이콧하는 학생이 있으면, 그것만으로도 담임으로서는 부적격 판정을 받게 되니까. 이유나 원인 같은 건 아무래도 상관없어. 비록 서른일곱 명 중에 서른여섯 명한테는 최고의 교사라도 나머지 한 명이 선생이 못마땅해서 말을 안 들으면 그것만으로도 아웃이야."

"그거 좀 심한데."

"수지가 안 맞는 일이지? 교사란 직업 말이야. 그러니까 보이콧이 가장 무서운 거야. 초등학교든 고등학교든 교사들은 모두 그걸 두려워한다고."

"예전에 당신도 그랬나?"

아내는 잠시 틈을 두고 낮은 목소리로 대답했다.

"그랬지, 아주 많이."

오르막길을 다 오르면 넓은 길이 나온다. 이 길을 따라 몇 분 걷다 보면 학교다. 학교를 지나쳐 더 나아가면 한적한 주택가로 들어선다. 상점이나 주유소가 군데군데 서 있는 우리 집 근처보다 아이를 키우기에는 훨씬 환경이 좋지만 역에서 오려면 버스를 이용해야 한다. 또 놀이방도 멀다. 아파트를 산 9년 전에는 통근 편의와 놀이방의 위치밖에 생각하지 않았다. 중고 아파트의 거래 가격이 내려간 지금은, 지금 살고 있는 집을 팔고 새 집으로 옮기기에 전망이 영 좋지 않다.

"사실은 말이지," 아내는 혼잣말하듯 말했다. "학교에 갈 생각 같은 건 없었어. 다른 어머니들이랑 같이 보이콧하면 괜찮을까, 절반은 그렇게 마음먹었었는데, 좀 전에 당신이 돌아왔잖아, 당신 얼굴을 본 순간 머리 꼭대기로 피가 치솟아서……, 왜 그랬을까? 절대로 나호를 쉬게 하면 안 된다는 생각이 들었어."

"타로 어머니에게 전화를 해서 설득하겠단 생각은 안 했어?"

"전혀." 똑 떨어진 대답이었다. "말해서 알아듣는 타입이 아닌데 뭐, 그 아줌마는."

"미즈하라 선생이라면, 알아들을까?"

"글쎄, 어떨까?"

아내는 이번에도 다부진 목소리로 대답하고 "하지만" 하면서 말을 이었다. "둘 중 하나를 택하라면 나는 선생과 이야기하는 편을 택하겠어."

학교가 보이기 시작했다. 복도의 비상등이 빨강과 초록, 두 가지 엷은 빛으로 학교 건물을 안쪽에서부터 어둠 속에 떠오르게 한다.

교문을 들어서자 교무실에 불이 켜져 있는 것이 보였다.

"저것 봐, 역시 남아 있었어."

아내는 자신 있게 고갯짓을 하고 끝까지 다 와서 문득 불안한 느낌이 들어 주춤하는 내게 "괜찮아, 어떻게든 될 거라니까." 했다.

말미가 위로 바짝 치켜 올라간다. 일부러 지어 보인 웃음이 아니었다.

생각이 났다. 예전의 아내는 어떤 상황에서나 이런 식으로 웃으면서 "어떻게든 된다."란 말을 연발했었다.

교문의 인터폰으로 경비를 불러 교무실로 연락을 취하도록 부탁했다. 연결된 것은 교무실 한 쪽에 마련된 테이블 전화였다. ㄷ자형으로 배치된 소파에는 이미 교장과 학생주임과 미즈하라 선생이 아주 지친 얼굴로 앉아 있었다.

우리들은 미즈하라 선생과 마주 보는 위치에 앉았다. "대단히 죄송합니다. 일이 이렇게까지 돼서……." 쉰 목소리로 말하는 교장도, 차를 내오겠다며 좋은 구실을 발견한 것 모양 재빨리 자리를 뜬 학생주임도, 미즈하라 선생을 볼 때마다 실망스럽다는 표정으로 한숨을 쉰다. 하지만 선생은, 처음에 나와 아내에게 살짝 목례를 한 것을 끝으로 아무하고도 눈을 마주치려 하지 않는다.

교장이 뭔가 변명하려는 투로 말을 꺼내자, 아내가 제지하며 이야기를 꺼냈다.

"우선 사과부터 하는 게 좋지 않겠습니까?"

차분한 목소리였다. 미즈하라 선생은 잠자코 있었다. 감정을 파악할 수 없는 눈빛을 허공에 던지며 어깨를 약간 위아래로 들썩였을 뿐이다.

"어려울 것 없잖아요. 그저 부담 없이 '미안합니다. 저도 말이 심했습니다.' 하고 말하면 뒷일은 어떻게든 해결될 거라고요."

"저는, 제가 잘못했다고 생각지 않습니다." 미즈하라 선생은 분명치 않은 낮은 목소리로 말했다.

아내는 고개를 끄덕이며 말을 이었다. "하지만 잘못된 건 아니더라도, 올바른 행동과 말이 아니었을 수는 있습니다."

"어떤 점이 그렇다는 말씀인가요? 가르쳐 주세요. 나호 어머니, 교사 생활하실 때, 저처럼 하지 않으셨나요? 예를 들어 나호의 일기, 학생이 그런 일기를 써 왔어도 아무 말도 하지 않으셨을까요?"

"그런 일기라는 식의 표현 쓰지 말아 주세요."

선생은 아내의 말을 되받아치듯, 얼굴을 쳐들고 빨갛게 충혈된 눈으로 아내와 나를 쏘아보았다. "하지만 감상이 전혀 없는 일기라는 건 좀 이상하지 않나요? 나호뿐만이 아니라 모두 이상한 짓을 하고 있다고요, 잘못된 겁니다. 그래서 지도하는 것 아닙니까? 그게 교사의 일 아니에요? 학교는 무엇을 위해 있습니까? 어떤 식으로 하든 상관없다면 교사도 필요 없는 거 아닌가요? 아이가 하고픈 대로 하게 놔두라는 겁니까? 그렇게 아이를 제멋대로 하게 놔두어도 되는 겁니까?"

"그게 아닙니다."

내가 말했다. 나도 모르게 소리가 입 밖으로 나왔다. 아내보다 나를 힐책하는 것 같아 가만있을 수 없었다. "우리들은 신중히 생각해서, 최선을 다해 딸을 키워 왔습니다. 어떻게 행동해도 다 좋다는 식으로 멋대로 키우진 않았다고 생각합니다. 신념을 갖고 아이를 위해 최선의 길을 생각하고 있습니다. 그러니……."

내 말은 중간에서 흐지부지 꼬리를 감추었다.

"시행착오도 꽤 많이 겪었지만요."

끊어진 내 말을 이은 건, 아내였다.

나는 말이 궁했고 미즈하라 선생도 곤란한 표정이 되었다. 교장은 과장된 몸짓으로 주전자와 컵이 놓인 곳을 돌아다보았지만, 학생주임이 돌아올 기미는 없었다. 아내는 그 자리에 있는 누구에게도 눈길을 보내지 않고 단숨에 말을 이었다.

"사실, 잘못이 많지요, 잘난 듯이 떠들어도. 후회하는 일도 많습니다. 저희 집뿐만 아니라 아마 모두들 마찬가지일 겁니다. 부모란 늘 시행착오를 겪게 마련이지요. 만약 아이를 한 서른 명쯤 키울 수 있다면 많은 실수를 하고, 후회도 하고, 반성도 해 가면서 점차 아이들에게 있어 가장 바른 길이 무엇인지도 깨닫게 되겠죠. 막내 아이의 경우에는 아주 올바른 육아가 가능하게 될지도 모르겠습니다만, 실제로는 한두 명이잖아요. 바르지 않은 일, 당연히 저지른답니다. 애들 하는 일을 귀엽게만 본다거나 잊고 가르치지 못하는 일, 있습니다. 하지만, 이건, 모든 분들을 믿고 드리는 말씀입니다만, 어떤 부모라도 자식 일만큼은 최선을 다합니다. 자기 자식에 대해서는 무엇보다 우선해서 생각하고 있습니다. 그러면서도 노상 생각이 같은 자리만 맴돈다거나, 전혀 예상치 못한 행동을 해 버리기도 하지요. 그런 건 바르다거나 잘못됐다거나 하는 것과는 다른 차원입니다."

"억지 이론 아닙니까? 그런 건." 미즈하라 선생이 말한다.

"억지 이론 그 이하라 할지라도 사실입니다."

아내는 또박또박 답한다.

"죄송하지만 무슨 말씀하시는지 전혀 모르겠습니다."

"그래요?"

도전하는 투의 선생 목소리와 그것을 가볍게 받아넘기는 아내의 목소리가, 서로 충돌했는지 엇비꼈는지, 선생은 고개를 숙이고 지금까지 주고받은 대화 내용을 모두 지워 버리려는 것처럼 좌우로 고개를 내저으며 말했다. "이제 됐습니다."

"이제 되다니, 뭐가 말입니까?" 아내가 되묻는다.

"됐습니다, 이제 상관없어요."

"그러니까, 뭐가 상관없다는 말씀이냐고요."

"좀 전에 사표를 제출했습니다."

나와 아내는 시선을 곧장 교장에게 돌렸다. 교장은 앉아 있기 거북한지 엉덩이를 들썩이고 그 말이 맞다고 대답했다. "개인적인 사정으로 퇴직을 하게 됐으니, 이번 일하고는 상관없습니다만……."

미즈하라 선생은 고개를 숙인 채 눈을 치켜뜨고 우릴 보며 잠깐 웃어 보였다.

"정말 이제 지쳤어요. 도대체 왜 이런 경우를 당해야 하죠, 제가? 최선을 다해 아이들을 지도해 왔는데……, 아무것도 몰라주니……. 솔직히 말해서 학부모들의 이기주의에 휘둘리는 것, 이젠 지겹습니다. 이런 게 왕따하고 뭐가 다릅니까?"

숨을 한 번 들이쉬고 선생은 좀 전보다 더 길게 웃음을 띠며 말을 이었다.

"결혼해요, 내년에. 그래서 사실은 어찌 되더라도 3월에는 그만둘까 생각했었는데, 그것이 반년 정도 앞당겨진 것뿐이에요. 이번 일이 전혀 관계없다고는 안 하겠지만, 뭐 됐습니다. 이번 일로 마음을 굳히게 된 셈이라고 해두죠."

어디까지가 진심인지 모르겠다. 억지로 꿋꿋한 척 웃어 보이는 것 같기도 하고, 제멋대로에다 이기적인 학부모를 뒤에 남기고 떠나버린다는 해방감에서 웃는 것 같기도 했다.

이쪽이든 저쪽이든 기분은 좋지 않았다. 미즈하라 선생이 한 말이나 그 표정 때문이 아니라 좀 더 큰, 나와 아내도 그 안으로 휘감아 삼켜 버리는 안개와 같은 것 때문에 불쾌했다.

"저는 꼭 좋은 어머니가 될 겁니다. 현모양처라는 거 진부한 사고방식이지만 전 좋아요. 그러니까…… 역시, 어려울 거라 생각합니다, 일과 양립하기는요. 밖에서 짜증나는 일만 겪고 스트레스가 쌓이면 가족들한테도 피해를 줄 테니까요. 홀가분하게 지내는 게 좋겠죠, 나호의 어머니께서도 이해하시리라 생각합니다만, 100퍼센트 부모의 입장이 되는 게 홀가분하지 않습니까? 이건 비꼬는 말이 아니라, 이번 일을 통해서 그 점을 절실히 알게 됐습니다."

아내는 잠자코 듣고만 있었다. 입술이 움찔거리고 몸의 중심이 허리에서부터 공중으로 힘없이 떠 있는 게 옆에서도 보인다. 미즈하라 선생을 가만히 응시하고 있다. 나는 이 침묵을 깰 말을 찾았다. 하지만 여기서 내가 무슨 말을 할 수 있을까? 댁의 약혼자는 그래도 좋다고 하던가요?, 약혼자가 그러길 바라고 있습니까? 이 말들은 분명 내게 다시 되돌아온다.

"그리고 말이죠." 교장이 옆에서 힘없이 말한다. "내일부터 미즈하라 선생은 2, 3일 유급휴가를 내서, 뭐 이런 걸 냉각기라고 하나요? 그런 기간을 둔 다음에 선생도 다시 한번 앞으로의 일을 신중히 생각해 보시는 게 어떨까 하는데요."

하지만 그 말은 아무에게도 받아들여지지 않았다. 고개를 끄덕인 것은 교장 혼자이고, 아내나 미즈하라 선생 둘 다 교장 쪽으로는 아예 시선을 돌리려고도 하지 않았다.

잠시 침묵이 이어진 후 아내는 감정이 격해지는 걸 억누르려는지 숨을 길게 들이쉬고 어깨 힘을 빼고 나서 말했다.

"홀가분해지지 않습니다, 전혀. 전업주부란 거 의외로 힘든 일이니까요."

아주 똑똑 떨어지게 발음한 '전업주부'는 디자이너나 여행 설계사와 비슷한 종류의 단어처럼 들렸다.

"너무 쉽게 생각하는 거죠, 그건."

아내는 나를 돌아보며 말했다. 가벼운 웃음소리가 공중에 떴다. 이제는 괴로움을 모두 날려보낸 얼굴로도 보였고, 혀가 굳을 정도로 진한 괴로움이었던 것 같기도 하다.

그만 가자고 나는 말했다.

"맞아, 너무 안이한 생각이야. 안 그래?"

"됐으니까, 그만 가자고."

"홀가분하게 지내려고 그만둔 게 아닌데, 나는."

"나와, 빨리."

아내의 팔을 잡았다. 아내는 걱정 말라고 말하는 것 모양, 살짝 내 손을 치우며 일어섰다. "소란을 피워 죄송합니다." 교장에게 머리를 숙이고 그 자세 그대로 미즈하라 선생에게 "힘내세요." 하고 말한 다음 혼자서 먼저 문을 향해 나갔다.

나도 자리에서 곧 엉덩이를 떼고 엉거주춤한 자세로 선생에게 말했다.

"나는 후회하지 않습니다. 아내가 일을 그만둔 건 잘못 선택한 일이었다고 생각지 않습니다."

대답은 없다.

"하지만 너무 제 생각만 주장하는 건지 모르겠습니다만 미즈하라 선생님은 가능하면 일을 계속 해 주십시오. 우리 나호 앞으로도 잘 부탁드리겠습니다."

미즈하라 선생은 고개를 숙인 채 움직이지 않는다.

"나호는 학교에 나올 겁니다. 제가 약속드리지요."

선생은 치마 위에 올려둔 양손을 맞잡고 한숨과 함께 어깨를 움츠렸다.

내리막길이었기 때문만은 아닐 것이다. 갈 때보다 훨씬 빨리 집에 도착했다. 아내는 끊임없이 수다를 떨었다. 미즈하라 선생하고도 나호하고도 자기 자신하고도 관계없는, 어찌 되든 별 상관없는 이야기만 잔뜩 늘어놓았다. 차가운 밤바람에 등을 오므리면서 "라면이라도 먹고 갈까?" 하더니 곧바로 "아니, 나호가 화낼 거야."라면서 당장이라도 빗방울이 떨어질 듯한 구름 낀 하늘을 올려다본다.

나는 아내 말에 대충 대답만 하고 아무 말도 먼저 꺼내지 않았다. 목구멍 저 안쪽, 명치 부근에 걸려 있는 말이 있다. 마지막에 미즈하라 선생에게 한 말은 소리가 사라졌어도 그 울림이 여전히 남아 있다. 거짓말을 했다. 딱 한 가지. 이제야 비로소 그걸 깨달은 것일까? 오래 전부터 알고는 있었지만 모르는 척하고 있었던 걸까, 나도 잘 모르겠다.

엘리베이터를 기다리고 있을 때 아내가 문득 생각이 났는지 입을 뗐다.

"당신, 자신 있어?"

"뭐가?"

"당신의 아이 키우기라든가, 당신의 생각이라든가, 실제로 한 행동이라든가, 그 모든 것이 다 옳았다고 생각해?"

나는 생각하는 시늉을 하면서 아내가 한마디 더 해 주길 기다렸다.

"안 됐지만 나는 자신이 없어."

아내가 말했다.

"나도 그래." 하고 고개를 끄덕이자 "교활하니까." 하면서 등을 쥐어박는다. 어디서부터가 교활하다는 건지 알 수 없었다.

"미즈하라 선생이 그만두든 말든, 별로 달라질 건 없지."

아내는 그렇게 말하고 먼저 엘리베이터에 올라탔다. '열림' 단추를 누르고 내가 타길 기다리다 단추에서 손가락을 떼는 타이밍에 맞춰 혼잣말하듯 한마디 덧붙인다. "나한테 뭐라고 할 권리도 없고."

"내가 생각해 봤는데, 만약 미즈하라 선생이 학교를 그만둔다면 그 결혼 상대자, 언젠가 후회하지 않을까 싶어."

"본인이 납득하고 있는데도?"

"그만두게 한 쪽이 후회할 거야, 아마."

약간은 솔직해졌다.

하지만 아내는 뜻밖이라는 듯한 표정을 짓더니 또 그런 목소리로 물었다.

"나, 당신이 그만두게 해서 학교 그만둔 거야? 왠지 그거 굉장히 무례한 말 같은데?"

7층. 엘리베이터가 멈췄다. 이번엔 내가 먼저 복도로 내려섰다. 엘리베이터 문이 닫히는 소리에 순간 불안한 느낌이 들어 뒤를 돌아보니 아내가 있었다. 나란히 걸었다. 아내의 말과 내가 대답하지 못한 말은 허공에 뜬 채 엘리베이터 안에 갇혔다.

나호와 고헤이는 2층 침대의 아래 칸에서 둘이 꼭 붙어 자고 있었다. 방에 불은 그대로 켜져 있고, 베갯머리에는 잡지 부록이 놓여 있다. 나호는 그때까지 잠옷으로 갈아입지도 않았다. 누나 노릇을 하느라 고헤이를 재워 주다가 그러는 사이에 자기도 잠들어 버린 거겠지.

"애, 나호야, 네 침대에서 자야지. 자, 어서, 내일 학교 가야 되니까."

아내가 쓸쓸한 미소를 띠고 어깨를 툭툭 친다.

나호를 깨우는 건 아내에게 맡기고 아이들 방을 나왔다. 목욕하기 전에 맥주를 한 모금이라도 마시고 싶었다.

부엌으로 들어서려는데 전화기의 메시지 램프가 깜빡이는 게 눈에 띄었다. 회사인가? 상담에 문제가 생겼나? 아니, 그보다 먼저 떠오른 건 미즈하라 선생이었다. 사표는 철회하겠다, 일은 계속할 것이다, 내일도, 결혼한 이후에도, 아마 아기를 낳은 다음에도 계속. 그런 메시지를 상상하다가, 현실은 그렇게 쉽게 돌아가는 게 아니지, 머리를 가로젓고 회사일 쪽으로 생각을 바꾸고 전화기 옆에 있던 볼펜을 집어든 다음 앞으로 돌리기 버튼을 눌렀다. 테이프가 돌아가는 사이에 아내도 거실로 들어와서 "선생한테 온 거라면 정말 웃기겠다."고 했다.

이럴 때 생각이 일치하는 것은 둘이서 얼굴을 맞대고 사랑이나 행복을 이야기하는 것보다 훨씬 재밌다.

"여보세요, 밤늦게 죄송합니다."

처음 흘러나온 소리만 듣고도 아내는 단박에 "타로 어머니네." 했다. 어쩌면 내가 생각한 것 이상으로 아내는 '웃기는 일'을 기대하고 있었는지도 모르겠다.

"사실은 급히 상담할 게 있어서요. 실례인 줄 알지만 내일 일로 좀 여쭤 보고 싶어서요. 이런 경우에 학교를 쉬면 결석 처리가 되나요? 만약 결석 처리가 된다면 우리는 좀 곤란해서요. 타로가 개근상을 받았으면 하거든요. 앞으로 있을 중학교 시험도 그렇고, 그래서 저희 집 양반하고 이야기해 봤는데요, 타로를 생각하면 아무래도 수업에 참석하지 않기로 한 건 없던 일로 하는 게 나을 것 같다고. 아무튼 결석 처리가 되는지 어쩐지 좀 알려 주세요. 오늘 밤은 11시 반까지 깨어 있을 테니까요."

테이프가 멈춘다. 아내는 "네네, 당연히 결석이죠." 하고 혼자 말하고, 메시지를 지웠다. 11시 반이 되려면 아직 시간이 좀 남아 있었지만 아내는 전화할 생각이 없어 보였다. 만약 아내가 내게 어떡할까 하고 물으면 나도 그냥 내버려 두라고 대답했을 것이다.

아내는 거실 소파에 앉아 천장을 올려다보며 말했다.

"하긴, 타로 어머니도 틀린 건 아니지. 모두들, 다 똑같아. 자기 자식 일만 생각하면 되는 거야. 그게 일이니까, 어머님들의 일. 대단하지 않아? 무슨 감동 안 받았어? 이길 수가 없지, 교사가 감히, 절대로."

억양은 강했지만 목소리의 울림에는 그다지 악의가 묻어 있지 않았다. 꼭 옛날이야기에 등장하는 심술궂은 아줌마 얘기를 하고 있는 것 같았다.

"미즈하라 선생이 진짜로 학교를 그만두면 내가 대신 담임을 맡을 수 없을까? 좋은 선생이 될 수 있을 것 같은데. 이상적인 교육이란 말이야, 어머님들의 속내까지 잘 살피는, 눈물이 날 정도로 좋은 선생이 되는 거라고 생각하는데."

노래하는 듯한 아내의 말을 마지막으로 우리들 주위만 공기의 흐름이 멈춘 것처럼 침묵이 이어졌다. 끊임없이 지속됐다. 우리들은 더 이상 아무 말도 꺼내지 않았다. 내가 먼저, 그러고 나서 아내가 욕실로 들어갔다가, 날짜가 바뀌고 비가 내리기 시작한 다음에도 말은 나오지 않았다.


6


비는 날이 밝아서도 계속 내렸다. 차갑게 식은 비였다. 우산을 든 손등이 시리고 바짓단을 타고 올라오는 냉기에 등줄기가 움츠러든다. 내일부터 11월이다. 이번 주말에 코트를 꺼내 놓아야겠다.

무게도 이기지 못할, 흐릿하고 아슬아슬한 침묵이 밤을 훌쩍 넘겼다. 나와 아내 둘 다 어젯밤 일은 입에 담지 않고, 오늘 아침 이후의 일도 입 밖에 내지 않고서, 아직 중요한 일을 손도 대지 못하고 남겨둔 찜찜한 기분으로 "다녀올게."와 "잘 다녀와."란 말만 주고받았다.

역까지는 건널목을 세 번 건너고 6분 정도 걸린다. 첫 번째 건널목을 건너고 두 번째 건널목 앞에서 신호를 기다릴 때까지도 집에 뭔가 두고 나온 것 같은 기분은 가시지 않았다.

신호가 청색으로 바뀐다. 길바닥의 웅덩이에 고인 물을 밟지 않으려 조심하면서 천천히 건넌다. 도중에 노란색 우산을 든 사내아이가 나를 앞질러 나간다. 초등학생, 아직 1학년인가, 많아봐야 2학년이겠지. 사립학교에 다니는지 교복 디자인이나 녹색이 언뜻 섞인 색깔에 가로로 긴 가방이 별로 눈에 익지 않은 것이었다.

세 번째 건널목을 왼편으로 돌면 역에 닿는다. 오른쪽으로 돌면 나호가 다녔던 놀이방이다. 아내가 일을 그만둔 이후 지금까지 여기서 오른쪽으로 돌았던 적은 한 번도 없다. 앞으로도 없겠지.

저 아이는 매일 얼마나 걸려 학교에 다니고 있는 걸까, 전철을 갈아타고 가나? 사람들이 꽉 찬 전철에서 제대로 내릴 수는 있을까? 무섭겠지, 저 아이의 부모도 걱정되겠지, 그래도 벌써 2학기나 됐으니 괜찮을까? 멍하니 이런 생각들을 하는 사이에 사내아이의 노란 우산은 역전 골목 안으로 섞여 들어갔다.

교차로에 정차한 버스에서 내린 승객들이 한데 섞여 역사로 향한다. 이 역을 통과하는 급행 전철이 굉음을 내며 홈을 빠져나간다. 앞으로 3분 안에 각 역마다 서는 완행 전철이 들어올 것이다. 그걸 타고 나는 회사로 향한다. 발 디딜 틈 없는 전철 속, 붙잡은 손잡이를 놓치지 않으려고, 팔을 있는 대로 쭉 뻗고 눈을 감고서 오늘 처리할 일들의 순서를 잡는다. 어제와 다름없는 아침이다. 어제와 다름없는 내가, 어제와 다름없는 내 역할 속으로, 도망치고 있는 것이다.

나는 멈춰서서 우산 손잡이를 다시 꽉 움켜쥔다.

한 발자국 내딛고 그 자리를 축으로 발 앞부리를 뒤로 돌린다.

두고 온 것의 정체는 아직 모른다.

하지만 그것을 찾으러 돌아가 보자, 생각했다.

걸어가면서 옛날 일들을 하나둘 떠올렸다.

마지막 수업을 마치고 집에 돌아온 아내가 안고 있던 풍성한 꽃다발도, 서툰 글씨의 메시지가 가득 적힌 색종이도, 한밤중 경찰서에서 연락을 받고 학생을 인도하러 나갈 때 내쉰 아내의 한숨도, 시험 전날의 화풀이도, 비이성적이고 이기적인 '어머님들'에 대한 불평도, 손가락에 배어 있던 분필 냄새도, 학생의 취직과 진학이 결정되고 나서 터져 나온 아내의 환호성도, 나는 잊지 않고 있다. 이젠 좀처럼 떠오르는 일조차 없어졌지만 우리들은 그런 지난날들을 밟아 왔다.

기억 속에 있는 모습들은 많다. 아직 그리운 추억이라고 부를 만큼은 아니더라도, 다시 되돌아갈 수 없는, 우리 가족의 과거사라 생각한다.

전등을 밝힌 놀이방 복도에서 보모랑 둘이 놀며 나를 기다리던 나호의 모습도 잊지 않고 있다. 예전엔 비가 싫었다. 나호를 놀이방에 데려다 줄 때 자전거를 이용할 수 없기 때문에 우리 부부는 아침 식사할 겨를도 없이 아침잠 많은 나호를 달래면서 옷을 갈아입혀야 했다. 아내만 출근하는 토요일에는 점심으로 곧잘 나호와 함께 오코노미야키를 만들었다. 주걱으로 뒤집는 게 서툴렀던 나호는 내가 시범을 보이면 박수를 쳐 주었다. 엄마를 깜짝 놀래 주자며, 욕실 청소를 했던 적도 있다. 중간에 물놀이로 바뀌면서 머리카락을 흠뻑 적신 나호가 감기에 걸려 결국 둘 다 아내에게 혼이 났다. 나호는 기억하고 있을까? 그 무렵 나는 기저귀 가는 솜씨도 능숙했다. 변비가 있던 나호가 싼, 꼭 경단처럼 생긴 동글동글한 변의 색깔과 모양, 냄새까지도 나는 잊지 않고 있다.


아파트 앞에서 학교로 향하는 나호와 딱 마주쳤다.

"어떻게 된 거야, 아빠?"

"응, 깜빡 뭐 두고 온 게 있어서. 엄마는?"

"고헤이 아침 먹이고 있어."

"그래?"

"다행이야, 선생님이랑 엄마랑 화해해서. 타로도 가오리도 전부 학교에 가기로 했대."

미즈하라 선생은 오늘 학교에 나오려나? 내일부터는 어찌 될까? 어른이 된 나호가 어젯밤 담임 선생과 아내가 나눈 대화 내용을 들으면 무엇을 느끼고 어떻게 생각할까?

걷기 시작한 나호를 불러 세웠다. "왜?" 돌아다보면서 나호는 분홍색 우산을 빙그르 돌린다.

"음……." 콧속이 시큰해졌다. "많이 컸다, 우리 나호."

"뭐야, 그거. 왕으로 놀리는 거지?"

나호는 왈가닥 처녀처럼 말했다. 아니야, 나는 고개를 흔들었다. 반에서 키가 제일 작아도, 많이 컸다, 아무튼, 왕으로 많이 컸다, 우리 나호.

"밋짱이랑 만나서 같이 가기로 했어, 이제 가도 되지?"

발을 구르면서 말한 나호는 갑자기 "아, 맞아!" 하면서 우산을 흔들며 "아빠, 아빠" 하고 불렀다.

"저기, 이제는 일기 괜찮을 거야. 선생님 화나게 하는 일 없을 거라고, 오늘부터 일기, 예전에 쓰던 것처럼 쓸 거야."

"왜?"

"비가 왔으니까. 백 마술이거든. 위험했어, 실패하면 흑 마술이 되어 버려서 이번 달 내내 비가 한 방울도 안 올 뻔했지 뭐야."

백 마술, 흑 마술? 뭐야, 그게. 하얀 마술, 검은 마술이라는 뜻인가?

"나, 앞으로 키가 10센티미터나 20센티미터 클 거야. 정말로 진짜 클 거라고. 1년에 15센티미터나 큰 아이도 있대."

"무슨 소리냐, 그게?"

나호는 웃기만 하고 아무 대답 없이 기분 좋게 하얀 입김을 내뿜으면서 우산을 돌렸다.


아내는 고헤이와 함께 거실 소파에 앉아 있었다. 내가 들어가자 순간 놀란 표정을 지었지만 곧 "왠지 모르게 그럴 것 같은 느낌이 들었어." 하며 웃었다. 나도 멋쩍은 미소를 보내고 고헤이를 들쳐안고 소파에 앉았다.

"오늘은 지각해도 돼?"

"11시에 있을 회의 시간에만 맞춰 가면 돼. 지금 밖에서 나호 만났어."

"나호, 기분 좋았지?"

"어어. 뭐, 알아듣지도 못할 소릴 하긴 했는데."

"백 마술?"

"알고 있어?"

"아침 먹으면서 가르쳐 주더라고. 재밌더라."

아내는 그렇게 말하더니 잡지꽂이에서 서점 커버가 덮인 책을 꺼내 내게 건넸다.

"사랑의 HAPPY 백 마술♥흑 마술 격퇴법 첨부"

겉표지에 적힌 책 이름을 보고 생각이 났다. 언젠가 아침 인사를 하기도 전에 나와 말을 한 나호가 허둥대며 펼쳐 보았던, 바로 그 책이다.

"용돈으로 샀대. 좀 더 유익한 책을 읽었으면 좋겠는데, 안 되려나? 이제 부모가 사다 준 책은?"

아내는 자기가 한 말이 겸연쩍었는지 웃더니 책을 가리키며 말했다. "미즈하라 선생이 보면 한심해서 울어 버릴지도 모르겠네."

한 장에 하나씩, 마술이라기보다 간단히 말해서 주문이나 징크스를 다룬 것이다. 천사가 관장하는 것이 백 마술이고, 악마가 힘을 쓰는 것이 흑 마술. 그 두 가지 다 투고 글로 구성되어 있다. 짝사랑을 이룬다거나, 시험 볼 때 답을 잘 찍을 수 있다거나, 친구를 사귄다거나, 꼴 보기 싫은 친구를 멀리 쫓는다거나, 왕따시키는 애한테 복수를 한다거나…… 책의 끄트머리쯤에 키가 크는 백 마술도 소개되어 있었다.

"천사 마가렛님♥이 처녀자리에서 천칭자리로 옮길 때가 바로 마술을 걸 기회! 천칭자리(9월 24일~10월 23일)에 들어 처음 비가 오는 날부터, 세 번째로 비가 내리는 날까지 자신의 기분을 문자로 나타내지 말 것! 물론 이 마술에 대해서는 모든 이에게 비밀입니다. 전갈자리에 들어서도 계속된다면, 그야말로 큰 행운이지요. 내 친구는 그 뒤 1년 동안 무려 7센티미터나 키가 자랐습니다. 15센티 자란 사람도 있다는 소문도 있고요. 단, 도중에 천둥이 치면 성장이 멈추는 흑 마술에 걸리게 됩니다. 그때에는 3년 전 자신의 사진을 하트 모양으로 오려 집에서 가장 가까운 강에 흘려보내면 됩니다.(후쿠이 현, N.S양 11세)"

"그 녀석, 이런 걸 진짜로 믿고 있었던 거야?" 어이가 없기도 하고 좀 한심스럽기도 해서, 목소리가 다 떨렸다. "도대체 뭐야, 이거."

"혼낼 거야?"

"아니, 뭐 본인은 아주 심각하게 받아들이고 있고, 아닌 게 아니라 키가 작은 게 고민이었을 테니까."

기가 막혀 웃음이 터졌다.

아내는 부엌에 서서 아침 설거지를 시작했다. 식기를 씻는 물소리에 섞어 "애들이 점점 멀어져. 부모들이 모르는 게 많아져." 하고 무슨 표어나 격언을 읊듯이 말한다. 나도 그 리듬을 흉내 내서 "부모는 점점 나이를 먹는다는 말이야?" 하고 책을 덮었다.

미즈하라 선생이 알면 어떤 얼굴이 될까? 이런 걸 믿으면 안 된다며 책을 압수해 버릴까? 키가 크려면 우유나 생선을 많이 먹는 게 제일이라고 설교를 할까? 아니면, 이 경우도 또 나쁜 본보기가 돼서, 아이 양육에 전념할 각오를 새삼 다지게끔 훈계를 듣게 될까?

나는 고헤이를 무릎에서 내려놓고 아내 뒤를 따라 부엌으로 들어갔다. 지금이라면 말할 수 있다. 나는 분명, 이 말을 하려고 되돌아온 것이다.

"설득하는 게 좋겠어."

"무슨 소리야?" 아내는 고개만 돌렸다.

"미즈하라 선생에게 그만두지 말라고 말하는 게 좋지 않을까? 당신

밖에 없을 거야, 그 선생한테 제대로 말해 줄 수 있는 사람은. 교사라는 직업은 상당히 힘들지만 무척이나 보람 있는 일이다, 평생 계속할 수도 있고, 또 계속하지 않으면 후회할 것이다, 몸은 피곤하겠지만 어떻게든 잘 될 거라고 당신이라면 말해 줄 수 있잖아."

아내는 싱크대 쪽으로 고개를 되돌리고 식기를 닦는다.

"안 됐지만……."

접시와 접시가 부딪는 소리와 한숨 소리가 겹친다.

"그런 건, 그저 괜한 참견이라고 생각해."

"그래도 이대로 그만두어 버리면, 영 찜찜할 거 아니야."

"누가? 당신이 그렇단 얘기지? 당신을 위해서 그 선생이 그만두지 않았으면 하는 거지?"

인정한다. 지금이라면 몇 번이라도 말할 수 있고, 지금밖에 말할 수 없다.

"난 후회하고 있어. 아주 많이."

"난 아니야." 물소리가 그치고 순간의 정적이 목소리를 또렷이 울려 퍼지게 했다. "조금도 후회 같은 건 하지 않아. 왜 내가 후회해야 되는데? 나에 대해서 그런 식으로 생각하지 말아 줬으면 좋겠어. 사람 처량하게 만들지 말라고. 내가 포기했던 일을 선생님은 힘내서 애써 주세요, 나보고 이러라고? 그만둬, 사람 우습게 만들지 마."

"아니야, 그런 의미가 아니라……."

아내는 행주를 손에 들고 나를 돌아다보았다. 희비가 엇갈리는 표정이었다. "당신 기분은 이해하지만." 하면서 행주 끝부분으로 눈가를 훔치며 "그래도 화가 나." 하고 슬리퍼로 내 발을 밟았다.

"그보다, 저기, 오늘 밤 늦어?"

"월말이고 금요일이니까, 뭐 빨라야 9시, 8시 반 정도?"

"백화점에 가고 싶어서. 월동 준비도 해야 하고. 나호가 돌아오면 고헤이랑 둘이서 집 보게 하고 나가려는데, 저녁 식사 시간에 맞춰 돌아오지 못할 수도 있으니까, 어떻게 안 되겠어?"

다시 한 번 발을 밟혔다.

"백화점만?" 내가 물었다.

아내는 닦은 접시 하나를 내게 건네고, "영화도 볼 거야." 했다.

나는 싱크대 맞은편에 있는 식기 수납장의 유리문을 열고 접시를 넣었다. 빈 손바닥 위에 접시가 또 하나 얹힌다. 그것을 집어넣자, 또 하나. 예전엔 매일 밤 하는 일이었고, 그것이 당연한 일이었다.

"밖에서 저녁도 먹고, 술도 마시고 올 거야. 괜찮지? 가끔은."

"좋으실 대로."

"전업주부의 일에 대한 대가라든가, 미안한 마음이라든가, 그런 말 하지 마."

"안 한다니까."

"미즈하라 선생 일, 이제 됐잖아. 그 사람도 성인이니까 자신의 인생은 자기 스스로 결정해야지. 그렇잖아? 나도 내 스스로 결정한 거니까 말이야, 그 점 잊지 마."

아내는 고헤이의 머그 컵을 내게 건네면서, 그 틈을 타 다시 발을 밟으려 했다. 나는 재빨리 발을 뺐지만 발가락 끝이 걸리고 말았다.

나는 머그 컵을 식기 수납장의 한가운데, 고헤이의 손이 닿는 선반에다 놓았다. 예전에 이 선반을 사용했던 나호는, 지금 제일 꼭대기에서 두 번째 선반에 식기를 올려놓는다. 새해 선물로 산 유리잔을 내가 쓰면 진짜로 화를 낸다. 위스키 온더락을 마시기에 딱 좋은 크기인데.

아내는 행주를 건조대에 얹으며 "그런 말 하려고 일부러 돌아온 거야?" 하고 놀리듯 물었다. 나는 식기 수납장의 문을 닫는다.

"나, 7시 반에 돌아오면 되지?"

"괜찮겠어?"

"어떻게든 해볼게."

나도 이런 식으로 말했었다, 분명히, 예전엔.


비는 밤 사이에 그쳤다. 밤 10시가 넘었을 무렵, 양손에 백화점 쇼핑백을 들고 돌아온 아내가 하늘에 달도 나왔다고 알려 주었다.

쇼핑백 안의 내용물은 모두 겨울옷들이었다. 고헤이의 코트와 카디건, 나호의 스웨터와 쫄바지, 블라우스, 내 것으로는 앙고라 스웨터, 자기 몫으로는 원피스 두 벌. 모두 겨울 보너스로 한꺼번에 해결했단다. "괜찮지?" 하기에 "그럼." 나는 얼른 대답했다.

아내는 말한 대로 영화도 보고 왔다. 쇼핑한 후에 마지막 회가 시작하기 직전 영화관으로 뛰어들어 갔단다. 신문 영화평에서 별을 다섯 개나 받은 연애영화였지만 아내가 매긴 점수로는 아주 후하게 쳐도 별 두 개 정도였던 모양이다. 호텔 라운지에서 샌드위치를 먹고 캄파리(선명한 빨간색을 띤 이탈리아 술-옮긴이)를 두 잔 더 하고, 옆 테이블에서 힐끔힐끔 눈길을 보내오던, 베르사체 옷을 입은 젊은 남자에게 윙크를 해 주고 일어섰단다. "냄비나 프라이팬을 사 들고 있지 않아서 다행이네."라고 말하자, 아내는 오랜만에 굽 높은 구두를 신고 다녀 피곤한 발바닥을 골프공으로 마사지하면서 "고헤이의 도시락 통이 있었으면 샀어도 좋았을 걸 그랬어." 하고 약간은 진지하게 말했다.

나호는 자기 전에 일기를 썼다.

"비. 금요일. 미즈하라 선생님이 안 나오셨기 때문에 교감 선생님이 조례와 종례를 대신 하셨습니다. 미즈하라 선생님이 학교를 그만두신다고 밋짱이 말하기에, 내가 거짓말이라고 했습니다. 다른 아이들도 모두 거짓말이라고 했습니다. 선생님, 어느 말이 맞는 거예요? 저는 물론 선생님이 그만두지 않는 게 좋다고 생각합니다. 집에 왔더니 엄마가 볼일을 보러 나간다며 고헤이와 놀고 있으라고 했습니다. TV를 보고 있는데 아빠가 6시 반에 돌아오셨습니다. 저녁은 아빠가 오코노미야키를 만들어 주었습니다. 두 장이나 먹었더니 아빠가 돼지가 된다며 놀렸습니다. 하지만 아빠가 만든 오코노미야키는 무지 맛있기 때문에 또 만들어 주셨으면 좋겠습니다. 빨리 비가 그치고 키가 컸으면 좋겠습니다."

어제 일기에는 여백에 "참 잘했어요." 도장만 약간 왼쪽으로 비껴서 찍혀 있었다.

일기를 먼저 본 내가 미즈하라 선생이 읽었으면 참 좋겠다고 했더니 아내는 일기장에 눈을 박은 채 배우 흉내를 내며 "아아, 나의 지도가 드디어 열매를 맺었다고 감동하겠네." 했다.

"이제 괜찮은 거지?"

"처음부터 별일 아니었어."

"일기를 허락도 없이 읽는 거, 역시 좀 그렇지? 그래, 안 좋아, 이제 그만두자."

아내는 고개를 끄덕이며 일기장을 내게 건네주고 "아이고, 나중엔 자식한테 버림받는 일만 남았네, 아버지란 존재는 말이야." 하면서 웃었다.

나는 일기장을 첫 장부터 넘기며 말했다.

"내일 날씨 좋으면 점심때 어디 놀러 갈까? 멀리는 아니어도 우리네 식구 공원에라도 갑시다."

"왜 그래? 갑자기."

"고헤이는 아직 괜찮지만, 나호랑 같이 놀러 갈 수 있는 건 앞으로 5, 6년 정도겠지."

"2, 3년이야."

못 들은 척하고 나는 코로 숨을 깊이 들이쉬었다. 시간은 쉼 없이 흐르고 있어 꽤 엷어지기는 했지만 오코노미야키 소스의 냄새는 그때까지도 남아 있었다.


7


이튿날은 아침부터 맑게 개었다. 어젯밤 비가 온 동네 먼지들을 다 씻어 갔는지 마을 전체의 윤곽이 또렷이 잡혀 있다. 새 달의 시작을 축하해 주는 듯한 날씨다.

아내는 샌드위치 도시락을 만들고 나는 오랜만에 8미리 비디오 카메라의 전지를 충전했다. 도시락 반찬은 설탕과 간장으로 맛을 낸 멸치조림이었다. 샌드위치와는 전혀 어울리지 않는 반찬이지만 칼슘은 듬뿍 들어 있다.

점심때가 지나 나호가 학교에서 돌아오자마자 지난주에도 나갔었던 공원으로 이번엔 온 가족이 모두 함께 나섰다. 나호는 친구와 약속이라도 해두었는지 고헤이와 손을 맞잡은 나와 아내보다 약간 앞서 걸으며 "난 밥 먹은 다음에 곧장 빠진다, 알았지?" 하고 자꾸 되풀이한다. 확실히 앞으로 2, 3년, 아니 1, 2년으로 당겨야 할지도 모르겠다.

미즈하라 선생은 오늘도 학교에 나오지 않은 모양이다.

"감기 걸리셨대. 교감 선생님이 그러셨어."

나호는 우리를 돌아보며 말했다.

"넘어질라, 앞을 보고 걸어야지."

나호에게 말하고 살짝 아내를 쳐다보았다. 아내는 내 시선에 미동도 않고 따뜻한 미소를 띠며 "빨리 나으셨으면 좋겠네." 했다.

나호가 다시 돌아본다.

"월요일이면 모레지?" 고헤이가 대화에서 떨려나기 싫었는지 나와 아내의 손을 잡아끌며 말했다. "그래 맞아. 모레." 나는 고헤이의 손을 다시 쥐었고 아내는 "월요일, 문화의 날이니까 휴일이야." 하고 말했다.

"아, 그런가?" 나호는 좋아하고, 고헤이는 문화의 날이 뭐냐고 묻는다.

"엄마, 모레 말이야, 다카야마하고 나카지마랑 셋이서 놀 건데 괜찮지? 그리고 내일 히로의 생일 선물 말인데, 밋짱이랑 같이 사러 가기로 했거든, 돈 좀 줘. 500엔."

"숙제 오늘 중으로 다 끝내 놔."

"아빠아, 엉? 문화의 날이 뭐야아, 그럼 유치원 안 가는 거야?"

"선물 사러 시부야나 뭐 그런 시내로 나가면 안 돼?"

"안 돼, 아빠가 데려다 준다면 몰라도."

"피이~"

"아무튼 아빠는 내일 안 돼, 골프 치러 가야 하거든."

"거짓말, 그런 말 들은 적 없는데? 나는."

"지난주에 말했잖아. 아침 5시에 일어나야 되니까 좀 부탁해."

"스스로 일어나 봐 좀, 가끔씩은."

"문화의 날이 뭐냐니까!"

"저기, 엄마, 샌드위치에 토마토 넣었어?"

대화는 조금도 앞으로 진척되지 않는다. 대화의 캐치볼이 아니라, 모두들 꼭대기에 매달린 바구니에 공 집어넣기를 하는 것 같다.

나는 고헤이를 들어 안았다. 지난주의 실수는 되풀이하지 않는다. 두 발을 땅에 꽉 붙이고 허리에 힘을 준 다음 고헤이의 몸을 잘 받쳤다.

작년까지의 나호는 이런 경우에 꼭 "아아, 좋겠다, 고헤이만." 하며 입술을 뿌루퉁하게 내밀었지만 이젠 아무 말도 하지 않는다. 자기 혼자 걷는 걸 자랑이라도 하듯 앞으로 성큼성큼 나간다. 그러면서도 때때로 뒤를 돌아다보고 거리가 너무 벌어졌다 싶으면 멈춰 서서 우릴 기다린다.

나는 고헤이를 목마 태우고 작은 목소리로 아내에게 말했다. "나호, 키가 좀 큰 거 아니야?"

아내는 소리 없이 발성 연습이라도 하는 것 모양 입술을 천천히, 시원스럽게 움직였다.

고, 습, 도, 치, 아, 빠.

지난주와 같은 벤치에 자리를 잡고 나호와 고헤이에게 매점에 가서 음료수와 과자를 사 오라고 시켰다. 손을 맞잡고 뛰어가는 둘의 뒷모습을 나는 8미리 비디오카메라로 촬영했다. 어제 내린 비로 생긴 물웅덩이를 피해 점프할 때, 나호의 치마가 들썩이며 흰 팬티가 살짝 엿보였다.

테이프를 멈추고 비디오카메라를 무릎에 내려놓자 옆에 앉았던 아내가 "날씨 참 좋다."고 했다. 하늘은 맑고 바람도 거의 없다. 코트를 꺼내야지, 했던 금요일과는 정반대로 내리쬐는 햇볕에 땀이 배어 나올 정도다. 계절에 잘 맞는지 어떤지는 모르겠지만 이런 날을 고하루비요리(小春日和, 음력 10월의 따뜻한 날씨-옮긴이)라 하겠지.

"미즈하라 선생, 화요일엔 나올까? 당신은 어떻게 생각해?"

"몰라."

"나는 왠지 나오지 않을까, 하는 기분이 드는데."

"타로의 어머니와 또 말싸움할지도 몰라. 뭐 이제 됐잖아, 어차피 3월에 그만둘 거니까. 5개월 더 일한다고 퇴직금이 부쩍 많아지는 것도 아니고 크게 달라질 건 없을 거야."

"겨울 보너스가 있지."

"얍실해, 정말 질색이야, 그런 생각."

아내는 어깨를 들썩이며 웃더니 내 무릎에서 비디오카메라를 집어 들었다.

"아니, 실은……."

말을 하려다 중간에서 그만두고, 뭐 이제 됐지, 생각을 바꿔 다시 말을 이었다.

"내년에도 계속 학교에 나오지 않을까 그런 생각도 난 했었는데……, 내가 너무 쉽게 생각했나?"

너무 쉽게 생각했다고는 하지 않았지만 아내는 그 대신 "당시의 내가, 지금의 나에게 설득 당했더라면 절대로 학교를 그만두지 않았겠지만." 하고 혼잣말하듯 했다.

하지만 서른아홉 살의 아내는 서른네 살 시절 아내와 만날 수 없고, 서른넷의 아내는 스물아홉으로 되돌아갈 수 없다.

후회는 있다. 이젠 다시 입 밖에 내지 않겠지만 줄곧 속으로 인정하고 있었다. 잘못을 저질렀다는 후회와는 다른, 바른 일을 둘 다 동시에 선택하지 못했다는 안타까움을 짊어지고, 나는, 아마 아내 또한, 아이를 키우다 언제가 다시 부부 둘만의 생활로 돌아가 마침내 노년을 맞게 될 것이다.

한 가지 결심을 했다. 지금 마음먹은 것이다. 지금부터 10년이 흘러 나호가 사회에 나가 결혼을 하고 그 남편이 만약 나호에게 일을 그만 두라고 다그친다면, 계속 일하고자 하는 나호를 억지로 집안에 들어 앉힌다면, 나는 사위를 때려눕힐 것이다. 고헤이가 자기 아내에게 같은 요구를 한다면, 지금 내 마음속에 있는 후회와 안타까움을 모두

이야기해 줄 것이다. 나호의 남편은 벌떡 일어나 대들 것이고, 우리들이 정한 인생에 끼어들지 말라고 고헤이는 대꾸하겠지. 그래도 상관없다. 그 정도의 카운터펀치는, 난 받을 만하다.

나는 천천히 숨을 들이쉬었다가 다시 내쉬면서 말했다.

"고헤이가 초등학교에 들어가면, 뭔가 일자리를 구해 봐도 되지 않을까? 만약 밖에 나가서 일하고 싶다면, 이번엔 나 반대하지 않을게."

"아이고, 세상에나 만상에나, 대단히 감사하나이다, 남편님."

아내는 장난스레 말하고 "고헤이가 학교에 들어가기 전이라도, 당신이 반대하더라도, 일하고 싶어지면 일해." 하며 웃음기 가신 목소리로 덧붙였다. 나는 아직 근본적으로 아내의 기분을 이해하지 못한 걸까.

"만약 처음부터 다시 시작한다면, 당신 학교에 계속 남아 있을까?"

아내는 잠시 생각한 후에 "다시 태어난다면 당신이랑 결혼하지 않을지도 모르지." 하며 비디오카메라를 들고 일어났다.

나호와 고헤이가 이쪽으로 뛰어온다. 나호가 손을 흔들었다. 고헤이는 발이 걸려 휘청한다.

갑자기 카메라 렌즈가 나를 향했다. "반성 중인 아빠의 모습입니다." 아내는 촬영하면서 내레이션을 넣는다.

나호는 '러시안 룰렛'이라는 이름의 초콜릿을 사 왔다. 여섯 조각이 들어 있는, 얼핏 봐서는 아주 흔한 초콜릿이었는데 그 여섯 개 중에 '당첨 초콜릿'이 들어 있다고 한다.

"왕으로 맛이 쓸 거야. 무지무지 죽을 만큼 쓸 테지만 그것을 골라 먹은 사람은 그냥 참아야 돼. 아무렇지도 않은 척하고 있다가 마지막에 모두 누가 그 쓴 초콜릿을 먹었는지 알아맞히는 거야."

"그런 게 유행이니, 요즘?"

"응. 학교 친구들은 별로 모르는데, 학원에 가면 모두 가져와. 응?
지금부터 하자."

아내는 "아주 쓰다며, 그러다 고헤이가 걸리면 가여워서 어쩌니?"
하면서 얼굴을 찌푸렸지만 나호는 아주 신이 나서 "괜찮다니까, 정말
로, 그냥 쬐금 더 쓸 거야." 하며 대충 말하고 아무리 봐도 싸구려로밖
에는 안 보이는 초콜릿 상자를 열었다.

"아빠랑 엄마는 두 번씩, 나랑 고헤이는 각각 한 번. 알았지? 내가
먼저 할게."

나호는 계란형 초콜릿을 한 개 집어 들고 눈을 감고서 입속으로 넣
었다. 볼과 턱을 천천히 움직여 가며 맛을 확인한다. 머릿속으로는 별
시답잖은 놀이라고 생각은 돼도, 어느 틈엔가 게임에 빠져들어 나호
를 빤히 바라본다.

마침내 나호는 초콜릿을 다 씹고 아주 점잔을 빼며 양팔을 옆으로
벌렸다. "세이프(Safe)!" 긴장했다 마음이 놓인 건 내 쪽인데, 그러고
보니 한편으론 참 어이없기도 하고, 한편으로는 실실 웃음이 새나오
려 했다.

"아! 맞다, 쓴 초콜릿을 먹은 사람도 '세이프.' 하고 말해야 돼. 알았
지? 고헤이, 알아들었지? 좋아, 다음은 고헤이."

고헤이가 한참을 망설이다가 초콜릿에 손을 뻗는다. 아내가 걱정이
되는지 옆에서 거든다. "쓰면 바로, 퇴, 퇫 해라. 알았지?"

고헤이도 세이프.

아내는 고헤이의 머리를 쓰다듬으며 "아유, 다행이다. 고헤이, 아주 잘했어." 했다. 나호가 약간 불만스러운 듯 "그거 아직 모르는 거잖아. 쓴 초콜릿을 먹고도 세이프라고 말했을지도 모르니까." 하고 말하자 고헤이가 옆에서 "아니야, 진짜 세이프야." 하며 지지 않고 말했다. 다음은 아내 차례. 초콜릿을 입에 물자마자 얼굴을 찡그린다. 그리고 곧 어색한 웃음으로 바꾸더니 "세이프" 하고 말했다. 나호가, 좋아. 잘하고 있어, 하고 말하는 것처럼 고개를 끄덕인다. 쓴 초콜릿을 먹었는지 아닌지 나는 도무지 모르겠다. 가족이어도, 부부여도, 모르는 일은 많이 있다.

"그럼, 마지막은 아빠. 하나 골라."

나호와 아내, 고헤이 세 사람의 시선을 받으며 나머지 세 조각 가운데 하나를 집어 들었다.

조금 전 나호가 했던 것처럼 두 눈을 꼭 감고 입 속으로 넣었다. 혀에 닿자마자 초콜릿의 표면이 녹아든다. 달다. 부드러운 달콤함이 입안 가득 찬다. 됐어, 세이프야. 안심하고 눈을 뜬 순간, 초콜릿이 터지면서 입안으로 쓴맛이 흘러나온다. 나는 다시 눈을 감고 일그러지려는 입술을 억지로 꼭 다문다. 나호가 앞에서 "어어? 왠지 좀…… 아빠가……." 하고, "꾹 참고 있는 거야, 분명해." 아내가 웃는다. 눈을 감은 채로 잠시 있으면서 고헤이 목소리가 들리지 않는다 싶었더니 갑자기 오른쪽 팔을 마구 흔든다. "아빠, 써? 엉? 써? 괜찮아?" 고헤이가 거의 울먹이면서 말한다. 내 아들은 참으로 마음이 고운 아이다.

나는 눈을 뜨고 고헤이의 어깨를 감쌌다. 괜찮아, 이런 거, 별것 아니야. 초콜릿 표면의 달콤함이 아직 입안에 남아 있다. 쓴맛을 그것으로 싸안으면 된다.

내 앞에 나호가 있다. 오른편엔 고헤이, 왼편에는 아내가 있다.

내 팔은 이 세 사람을 한꺼번에 끌어안을 수 있을까? 안다가 또 안기기도 하고, 그런 식으로 서로 꼭 끌어안을 수 있을까?

초콜릿을 삼키고 고헤이 어깨에서 오른팔을 내린 다음 왼팔과 함께 힘껏 펼치며 외쳤다.

"세이프!"